Antoinette Lühmann

Dragonfly

MIX
Papier aus verantwortungsvollen Quellen
FSC® C083411
5 4 3 2 1
ISBN: 978-3-649-66684-4

Hafenweg 30, 48155 Münster

Text: Antoinette Lühmann
Umschlaggestaltung: Nele Schütz Design, München
Lektorat: Kristin Overmeier
Satz: Sabine Conrad, Bad Nauheim
Printed in Germany
www.coppenrath.de
Das @book erscheint unter der ISBN: 978-3-649-67068-1.

ANTOINETTE LÜHMANN

DRAGON FLY

FINDE DEINE BESTIMMUNG

COPPENRATH

Für Jonas und alle anderen Drachenfreunde!

PROLOG

Ein blutroter Mond stand über der Zitadelle, als wüsste der Himmel, was in dieser Nacht geschehen war. Hauptmann Eisenhauer betrachtete die Türme und Mauern, hinter denen die Mitglieder des Rates schliefen und nicht ahnten, dass er vor wenigen Stunden das Leben in Himmerland für immer verändert hatte. Ein letztes Mal trat er seinem Pferd in die Seiten und ritt durch das Tor zu den Ställen.

Ein Stallbursche flitzte mit einer Laterne heran und griff nach den Zügeln. Der Hauptmann schwang sich vom Rücken seiner Stute und landete mit den Stiefeln in einer knöchelhohen Schicht frisch gefallenen Schnees. Weiße Wölkchen stiegen in die Luft, als das Tier seinen Atem durch die Nüstern stieß und der Junge beruhigend auf das Tier einredete. Eisenhauer wandte sich ab und genoss die Wärme, die ihn durchströmte. Für diesen Weg hätte er keinen Wintermantel gebraucht, denn der Triumph brodelte in seinen Adern und hielt ihn warm bis in die Fingerspitzen. Während er sich dem Südturm näherte, zog er die gewalkten Handschuhe von den Fingern und betrachtete die rosige Haut seiner Hände. Mit ihnen hatte er heute in ein Wespennest geschlagen und einen bedeutenden Sieg davongetragen.

»Eisenhauer!«

Der Hauptmann fuhr herum. Ein kleiner Mann huschte durch die Schatten wie eine Fledermaus. Das seltsam rote Licht des Mondes spiegelte sich auf seiner Glatze, als er die Kapuze herunterschob und sich zu erkennen gab.

»Was willst du?«, fuhr Eisenhauer ihn an.

»Hast du den Himmel gesehen? Etwas Schreckliches wird geschehen!«

»Es *ist* etwas Schreckliches geschehen«, bemerkte Eisenhauer kalt. »Aber nicht für uns.« Er schob den kleinen Mann zur Seite und setzte seinen Weg fort. Doch der andere hängte sich an seine Fersen. Der dunkle Mantel, den er über seine Schultern geworfen hatte, war nachlässig zugeknöpft und schleifte hinter ihm durch den weißen Schnee.

»Der König will dich sprechen«, wimmerte der kleine Mann. »Er weiß, was du getan hast.«

Der Hauptmann blieb stehen. Damit hatte er nicht gerechnet. Wie würde der Herrscher auf seinen Vorstoß reagieren? Hinter sich hörte er ein leises Rascheln und der kleine Mann verschwand wieder in den Schatten der Mauern. Eisenhauer sah zum Tor zurück.

In wenigen Stunden würden seine Männer die Stadt erreichen. Vielleicht war er dann schon zum obersten Berater des Königs aufgestiegen. Er tastete mit den Fingern in seinen Manteltaschen nach dem kleinen Fläschchen, das er schon vor Wochen besorgt hatte. Als seine Finger den Korken umschlossen, lächelte er. Heute Nacht würde ihn niemand aufhalten, und wenn König Frederik den Sieg nicht feierte, den Eisenhauer mit seinen Männern errungen hatte, dann war es Zeit für einen neuen Herrscher.

Oben im Turm drückte der Sturm gegen die Fenster und pfiff durch die Ritzen zwischen dem Mauerwerk. Der Klang von Eisenhauers Stiefeln dröhnte in den Gewölben der langen Gänge. Vor der Tür, die zu den Zimmern des Königs führte, hielt er kurz inne. Niemand antwortete auf sein Klopfen. Eisenhauer trat trotzdem ein und wartete in der Mitte des Raumes. Die tauenden Schneeflocken auf seinem Mantel glitzerten im Schein des Feuers und der *Jårlys,* die in gläsernen Schalen auf dem Kaminsims standen. Eisenhauer betrachtete die dunkelroten tanzenden Flammen, die aus dem Gestein vom Boden der Schalen aufstiegen. Zu seinen Füßen schmolz der Schnee von den Stiefeln und bildete einen dunklen Fleck auf dem roten Teppich.

Ein Diener öffnete die Tür und der König trat ein. Er trug schlichte Kleidung aus Wolle und Leder und roch nach Orangen. Aber noch etwas anderes umwehte den Mann. Es war der Geruch von Heu und Stroh und dem Fell nasser Tiere.

Eisenhauer legte Zeige- und Mittelfinger seiner rechten Hand kurz auf die Libelle, die über seinem Abzeichen auf den Mantel gestickt war, und neigte den Kopf. Dabei senkte er das Kinn kaum auf die Brust und andere hätten die mangelnde Unterordnung als einen Verstoß gegen die Gesetze von Himmerland geahndet. Doch der König erwiderte den Gruß mit einem flüchtigen Kopfnicken und ließ sich auf einen der weich gepolsterten Stühle neben dem Feuer nieder.

»Nimm Platz!«

Eisenhauer zog einen Stuhl von dem kleinen runden Tisch und setzte sich.

»Ich habe einen Bericht aus der Universität von Ousía bekommen.« König Frederick beugte sich vor. »Ich weiß, was du in den Dörfern getan hast.«

Auf dem Gesicht des Hauptmanns zeigte sich weder Angst noch Reue. Stumm erwiderte er den Blick seines Königs.

»In meinem Land werden unschuldige Menschen nicht gefangen gehalten. Ich dulde keine Ausnahme.«

»Wir haben nur die Kreaturen festgenommen, Menschen habe ich nicht eingesperrt.«

Frederik schlug mit der Faust auf den Tisch und Eisenhauer zuckte bei dieser unerwartet heftigen Geste zusammen.

»Alle Geschöpfe haben ein Recht auf Freiheit!«, rief er. »Eisenhauer, du darfst diese Wesen nicht einsperren. Wir werden auf andere Weise das Geheimnis der Magie lüften«, fuhr er etwas ruhiger fort. »Und wenn es uns nicht gelingt, dann soll es auch nicht sein. Dann freuen wir uns daran, solange wir sie haben.« Der König breitete die Arme aus und zeigte auf die magischen Lichter auf dem Kaminsims. Dann goss er sich dunkelroten Wein ein und reichte auch Eisenhauer ein Glas. Der nahm den Wein entgegen, trank aber nicht davon.

»Verrätst du mir dein Geheimnis? Warum hast du bei dem Haus der Nixe angefangen? Man erzählt sich, du hättest zwei Jahre nach ihr gesucht. Ist das wahr?«

Der Hauptmann stellte seinen Wein auf dem Tisch ab und stieß dabei wie zufällig gegen das Glas des Königs.

»Ich habe nicht nach dieser einen Nixe gesucht«, behauptete Eisenhauer. »Ich versuche, dieses Land zu retten. Die Magie schwindet, und immer weniger magische Wesen sind bereit, uns zu helfen. Wenn wir nicht hinter das Geheimnis ihrer Kraft kommen, haben wir bald gar nichts mehr. Und wenn die Wirtschaft zusammenbricht, geht auch das Volk auf die Straße.«

»Du bist ein Schwarzseher«, sagte Frederik und fing an zu lachen. »Wir finden einen Weg, um alle Menschen satt zu machen.« Mahnend erhob er den Zeigefinger. »Aber wir werden dafür niemanden gegen seinen Willen einsperren und untersuchen.«

Eisenhauer nickte und beobachtete zufrieden, wie der König sein Weinglas leerte. Frederik stand auf, griff nach dem Tisch und ließ sich wieder auf seinen Stuhl fallen. Er öffnete den Mund und streckte Eisenhauer hilflos die Hände entgegen. Doch der Hauptmann ergriff sie nicht. Ruhig betrachtete er das Gesicht des Herrschers, das sich im Schmerz verzerrte. Leider hatte er die falsche Entscheidung getroffen und nicht erkannt, welchen Sieg Eisenhauer heute für Himmerland errungen hatte. Hoffentlich würde sein Sohn nicht den gleichen Fehler machen. Der Hauptmann schob das kleine Fläschchen tief in seine Manteltasche. Flehend öffnete der König den Mund und streckte dem Hauptmann die zitternden Hände entgegen, bevor er von seinem Stuhl auf den Teppich rutschte. Speichel lief aus dem geöffneten Mund des Königs und seine hellen blauen Augen waren mit einem seltsam leeren Blick zur Decke gerichtet.

Eisenhauer stand auf und sah auf seinen König herab, der nun mit seinem schwarzen Haar in dem geschmolzenen Schnee lag. Dann verließ er das Zimmer.

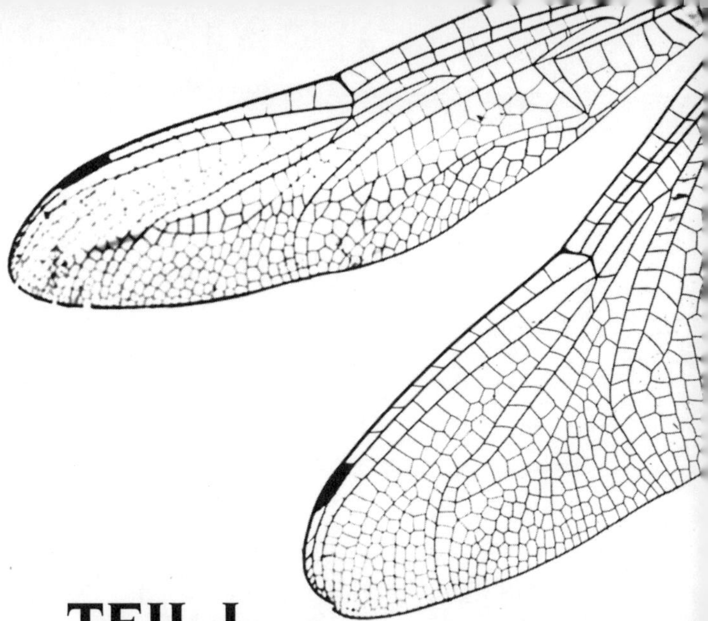

TEIL I

DIE ZITADELLE DES KÖNIGS

Zehn Jahre später

1. KAPITEL

Es waren nur noch wenige Stunden bis zum Tagesanbruch. Die Straßen, die sich zu den Füßen des Hügels zwischen den Häusern hindurchschlängelten, lagen dunkel und verlassen da. Nur ein schmaler orangefarbener Streifen am Himmel kündigte über den Dächern im Osten den neuen Tag an.

Fynn streifte schon seit Stunden durch die Gänge und Hallen der Zitadelle. Immer wieder horchte er auf, doch bisher hatte er noch keines der seltsamen Geräusche gehört, die ihn nachts manchmal aus dem Schlaf rissen. Es klang wie das entfernte Kreischen und Brüllen wilder Tiere, doch am Morgen war er sich nicht mehr sicher, ob er vielleicht doch nur geträumt hatte.

In der Ferne schlug eine Uhr und Fynn setzte seinen Weg fort. Doch seine hastigen Schritte klangen zu laut auf den ausgetretenen Steinen und der Hall wurde zwischen den schwarzen Mauersteinen der Wände und der gewölbten Decke hin- und hergeworfen. Er musste vorsichtiger sein. Wenn man ihn hier entdeckte, würde ihn auch seine Uniform nicht retten können. Der Zutritt zum Südturm war den Soldaten und Wächtern verboten. Schon seit Wochen erkundete Fynn nachts die Gänge und war mehrmals nur durch die spärliche Beleuchtung und einen Sprung in eine Mauerecke der Entdeckung ausgewichen. Vor einigen Tagen hatte er endlich diesen unbewachten Kellergang gefunden und wusste, dass er sich seinem Ziel näherte.

Doch kurz vor der nächsten Ecke fiel plötzlich helles Licht in den Gang und Fynn drückte sich an die Wand. Ganz in der Nähe musste ein magisches Licht brennen, denn der graue Steinboden war gleichmäßig ausgeleuchtet und außer dem typischen Flackern fehlte auch der durchdringende Geruch der alten Kerzen. Wer benutzte die kostbaren Lichter an diesem verlassenen Ort? Fynn hielt den Atem an und schob seinen Kopf langsam vor, um in den Gang zu spähen. An seinem Ende lag die Tür zum Südturm. Die Jårlys brannten in einem Glas, das mit einem breiten Metallstreifen an die Wand geschraubt worden war. Niemand war zu sehen. Der Weg in den Turm war frei, und die Gelegenheit lag vor ihm, endlich das zu finden, wonach er seit Jahren suchte.

Langsam trat Fynn in den Gang, doch als er eine Bewegung wahrnahm, zog er sich hastig zurück. War jemand hier unten oder hatte nur ein Luftzug an dem zerfransten Wandteppich gezerrt? Er zwang sich, ruhig ein- und auszuatmen, und versuchte, trotz seines lauten Herzschlages auf die Geräusche zu achten. Waren das Schritte vor ihm? Der Schein des Lichts verblasste, eine Tür quietschte und Fynn stand in der Dunkelheit. In Gedanken zählte er bis siebzig, bevor er sich wieder vorwagte.

Er zog ein Glas mit einem Schraubverschluss aus seiner Tasche. Drei daumengroße Wesen saßen auf dem Boden und hielten einander an den Händen. Als Fynn das Gefäß schüttelte, purzelten die drei durcheinander und begannen vor lauter Wut, die Fäuste zu ballen und am ganzen Körper zu zittern. Zufrieden beobachtete Fynn, wie ihre Körper und die dünnen ledrigen Flügel zu glühen begannen. Er hob das Glas wie eine Fackel in die Höhe und tastete sich langsam in den Gang hinein. Der grünliche Schein breitete sich immer stärker vor ihm aus, und in seinem Licht betrachtete

Fynn den Wandteppich, der am unteren Rand nur aus einigen herabhängenden Fäden bestand. Er streckte die Hand danach aus, schob ihn zur Seite und staunte, als er sah, was sich dahinter verbarg: ein geheimer Durchgang.

Fynn lauschte einen Augenblick, aber alles blieb still. Dann betrat er das verborgene Gewölbe. Der Schein seines magischen Lichtes erhellte einen Raum, in dem ein Tisch und zwei Stühle in der Ecke standen. Doch was Fynn an den Wänden entdeckte, ließ ihm den Atem stocken.

Tausende von Namen und Linien zierten die geweißten Mauern und verwandelten sie in einen gewaltigen Stammbaum, der vom Fußboden bis an die Decke reichte. Jedes Dorf und jede Stadt waren erfasst und ihre Bewohner aufgelistet. Jemand in der Zitadelle hatte einen enormen Aufwand betrieben, um all die Verbindungen zu recherchieren und hier zu sammeln. Es musste Jahre gedauert haben! Ob der alte König davon gewusst hatte? Oder ließ sein Sohn Børge das Volk ausspionieren?

Fynn schritt durch den Raum. Manche Stammbäume führten zu fremden Schriftzeichen, die unter der Decke notiert waren. Es mussten alte Runen sein, die Fynn jedoch nicht lesen konnte.

An der Wand hatte jemand an einigen Stellen mit kleinen Kugeln aus Baumharz Zettel neben die Namen geklebt. Unterhalb seines Knies häuften sich die Anmerkungen, und Fynn hockte sich hin, um eine zu entziffern. »Familie Kjeldsen hat im Winter den Limfjord überquert und ist Richtung Westen gewandert.« In der Nähe des Fußbodens wurden die Worte immer kleiner, als hätte jemand zu Beginn seiner Aufgabe nicht damit gerechnet, wie viel es für ihn zu ermitteln gab. Fynn kniete sich auf die Steine und beugte sich zu den winzigen Buchstaben hinunter. »Die Bjerres sind alle bei einem Grubenunglück umgekommen. Es sah für die Nachbarn wie ein Unfall aus.«

Fynn stellte das Lichtglas ab und wischte sich mit dem Ärmel seiner Uniform über die Stirn. Angesichts dieser ungeheuren Zahl von Namen und Schicksalen war ihm kalter Schweiß ausgebrochen. Zwischen all den Namen war sicher auch der, von dem er jede Nacht träumte. Er war auf dem richtigen Weg! Fynn atmete tief durch und machte sich auf die Suche.

Nachdem er die Namen und Notizen eine Weile betrachtet hatte, stellte er etwas Sonderbares fest. Die Einträge waren nicht nach den Dörfern und Städten von Himmerland geordnet. Auf jeder Wand prangte eine andere Rune, um die sich alles drängte. Und diese Zeichen erkannte er, da sie auch in die weißen Mauern der großen Halle gemeißelt waren. Sie bedeuteten nicht einzelne Buchstaben, sondern ganze Wörter: Erde, Feuer, Wasser und Luft. Auch ein fünftes Wort tauchte immer wieder auf: Ousía. Obwohl es in den vertrauten Schriftzeichen von Himmerland geschrieben war, ergab es keinen Sinn. Es tauchte an den unterschiedlichsten Stellen auf. Nach einer Stunde schwirrte ihm der Kopf, doch seinem Ziel war er kein Stück näher gekommen. Die Müdigkeit legte sich schwer auf seine Sinne, und trotzdem konnte er nicht aufhören, nach dem einen Namen zu suchen. Einen Schritt würde er noch weitergehen, und wenn er ihn dann nicht gefunden hatte, in der nächsten Nacht wiederkommen. Aber dann konnte er doch nicht aufhören, ging noch einen Schritt und dann noch einen. Die Buchstaben verschwammen vor seinen Augen und die Müdigkeit ließ ihn taumeln. Versehentlich stieß er gegen einen der Papierstapel, die am Fuß der Wände aufgetürmt lagen. Die obersten Blätter segelten durch die Luft. Fynn ließ sich auf die Knie fallen und raffte die Papiere zusammen. Als er sie wieder ordentlich auf den Stapel legte, um die Spuren seiner Anwesenheit zu verwischen, fiel sein Blick auf die Zeichnung eines Mädchens. Sie hatte langes dunkles Haar und ein blasses Gesicht. Eigentlich war sie ein ausgesprochen hübsches Mädchen, aber ihre Augen waren ungewöhnlich groß und schienen ihn von dem Papier direkt anzustarren. Fynns Hände fühlten sich auf einmal kalt und steif an und er ließ die Zeichnung zurück auf den Stapel fallen. Der Blick des Mädchens war unheimlicher als all die Namen und Orte, die er hier gefunden hatte.

Fynn wandte sich wieder der Wand und ihren Geheimnissen zu, aber er es war ihm kaum noch möglich, sich auf die kleinen Buchstaben zu konzentrieren. Sie flossen immer schneller zusammen und hinter seiner Stirn machte sich ein dumpfer Schmerz breit. Es war höchste Zeit. Er musste zu den anderen zurück, bevor sie zu ihrer Wache geweckt wurden. Doch Fynn zögerte. Bevor er den Raum verließ, wollte er noch einen letzten Blick auf die Zeichnung werfen. Das Bild ging ihm nicht aus dem Kopf. Er kniete sich neben den Stapel auf den Boden und betrachtete das Gesicht. Sie war nur wenige Jahre jünger als er, doch die Augen waren so groß wie bei einem fünfjährigen Mädchen. Nachdem er sie eine Weile betrachtet hatte, wusste er, was ihn wieder zurück zu der Zeichnung gezogen hatte. Ihr Blick erinnerte ihn an sein eigenes Spiegelbild! Sie sah aus, als versuchte sie mit aller Kraft, etwas zu finden, was sie verloren hatte. Auf seltsame Weise kam ihm dieses Mädchen mit den großen Augen vertraut vor, obwohl er wusste, dass er ihr noch nie im Leben begegnet war. Er fühlte sich zu ihr hingezogen und wollte ihre Geschichte erfahren. Fynn las den Text, der unter der Zeichnung notiert war. Es war der Bericht über ein Mädchen, dessen Eltern und Schwestern taub und stumm geboren waren. Unten auf der Seite stand ihr Name: Charlotte Johansson.

ooooo

Das einzige Licht, das Charlotte von ihrem Fenster im ersten Stock sehen konnte, brannte hinter den Fenstern der Zitadelle.

Die Festung stand auf einem Hügel am Rande der roten Mauer und ihre Lichter funkelten wie Sterne über den Dächern der Stadt. Der vertraute Anblick beruhigte Charlotte, und sie hörte endlich auf, am ganzen Körper zu zittern. Dunkle Träume hatten sie mal wieder aus dem Schlaf gerissen, und während ihre Schwestern im Schlaf leise seufzten, sah Charlotte zu, wie sich die Sonne hinter den Turmspitzen der Zitadelle hervorschob und den Himmel erklomm. Aber heute konnte sie die düsteren Bilder des Traums nicht so leicht abschütteln. Sie war zitternd aufgewacht, und ihr Nachthemd klebte an ihrem Rücken, denn die Hände, die immer öfter im Traum nach ihr griffen, hatten sich wirklicher angefühlt als je zuvor.

Charlotte zog das schweißnasse Hemd aus, trat an die Wasserschale auf dem Fensterbrett und tauchte ihren Waschlappen hinein. Das kleine Tuch sog sich mit dem kalten Wasser voll, und Charlotte biss die Zähne zusammen, als sie sich damit den Schweiß der Nacht vom Körper wischte. Dann nahm sie das neue Kleid von seinem Bügel und betrachtete es stolz, bevor sie hineinschlüpfte. Ihre Mutter hatte sogar etwas Stoff gekauft, damit sie kleine Taschen auf die Vorderseiten nähen konnte. Dieses hübsche Detail und ein kleiner Kragen würden davon ablenken, dass der größte Teil aus einem alten Mantel der Soldaten stammte, den ihre Mutter auf dem Markt gekauft hatte.

Jemand klopfte an die Tür. Ihre Schwestern hörten das Klopfen nicht und schliefen weiter, aber für sie war es das Zeichen, hinunterzugehen und das Frühstück vorzubereiten. Rasch kämmte Charlotte sich die dunkelbraunen Haare und raffte sie mit einem roten Band zusammen. Dann verließ sie ihr Zimmer.

»Du bist die Schönste hier. Trockne dir die Sommersprossen ab!«, rief ihr der Spiegel zu.

Charlotte drehte sich auf der Treppe noch einmal um. Ihr Vater hatte den Spiegel vor vielen Jahren erworben, als eine Menge magischer Gegenstände in einer Höhle in den Mulbjergen gefunden worden war. Weil seine Scheibe nicht ganz klar war, hatte Emil Johansson ihn zu einem günstigen Preis erstanden. Die Mädchen waren sehr stolz auf ihn gewesen, denn sie konnten sich im Haushalt kaum magische Helfer leisten. Anfangs hatte der Spiegel noch in Reimen gesprochen und allen, die an ihm vorbeiliefen oder vor ihm kurz verweilten, Komplimente gemacht.

Stand eine ihrer Schwestern in seiner Nähe, geriet er in Verzückung, dichtete und besang ihre ebenmäßigen Gesichter und die blonde Haarpracht.

Charlotte hatte ein rundes Gesicht ohne Sommersprossen oder Narben. Doch ihre Augen waren etwas zu groß, und weil sie seltener blinzelte als jeder, den sie kannte, sagte ihre Freundin Maja, sie sähe geheimnisvoll aus. Charlotte selbst fand das nicht. Sie war dankbar für den Tag, an dem die Jungen aufgehört hatten, sie mit einer glupschäugigen Kröte zu vergleichen. Ihre Schwestern Merle und Leni waren dagegen wunderschön und bezaubernd. Auch wenn sich Charlotte manchmal fragte, welcher Vorfahre ihr das schmutzig braune Haar vererbt hatte, gönnte sie den beiden jedes Kompliment, das sie bekamen. Denn sie liebte niemanden auf der Welt so sehr wie die beiden Mädchen, mit denen sie das Zimmer teilte. Genau wie ihre Eltern waren die beiden stumm zur Welt gekommen und hatten gelernt, mit den Händen zu sprechen und mit den Augen zu sehen, was andere sagen wollten. Charlotte betrachtete ihre Hände und die Bilder aus dem unheimlichen Traum drängten sich in ihre Gedanken. In dieser Nacht hatte sie deutlich die Arme gesehen und die Hände gespürt, die nach ihr gegriffen hatten. Die Erinnerung ließ ihr einen kalten Schauer über den Rücken laufen. Es hatte sich so wirklich angefühlt wie nie zuvor.

»Weiß wie Klee«, murmelte der Spiegel.

Charlotte lachte leise und streckte die Finger nach dem Rahmen aus. Natürlich stand ihr heute ein großer Tag bevor, und es war nicht verwunderlich, wenn sich ihre Sorgen in ihren Träumen spiegelten. Seit Tagen hatte sie Bauchschmerzen, und selbst ihre Nachbarin Jette, die sie immer mit ihren Geschichten ablenken und aufmuntern konnte, war keine große Hilfe gewesen. Die gutmütige alte Frau hatte sich mit Charlottes Eltern über irgendetwas gestritten und war bei ihrem wutentbrannten Abgang im Garten über eine Wurzel gefallen. Nun lag sie mit Schmerzen im Bett und erzählte keine Geschichten mehr von zauberhaften Wesen und mutigen kleinen Mädchen.

Das Holz des Spiegels war geschwungen und mit vielen Schnitzereien verziert. An den Ecken saßen ein Einhorn, eine Nixe und ein Drache. Dazwischen tummelten sich Elfen, Vögel und Echsen. Jette hatte ihr oft von den Zeiten erzählt, als die Menschen und die magischen Wesen noch friedlich zusammenlebten und aus den Bergen Milch und Honig in den Limfjord flossen. Charlotte liebte die Geschichten und fuhr mit dem Zeigefinger über Flügel, Gesichter und Krallen. Ihr Finger roch nach dem alten Holz und war grau von der Farbe, die sich immer mehr abrieb.

Als die Turmuhr vom Marktplatz siebenmal schlug, riss sich Charlotte von dem Anblick der Schnitzereien los und eilte die Treppe hinunter.

Es war ein frischer Morgen im Spätsommer und die Fliesen rund um den Kachelofen waren warm. Charlotte öffnete eine der vielen Klappen des Ofens. Die dicken Holzstücke knisterten und ein rötlicher Schein fiel auf fünf blasse Teigfladen.

Der Duft der backenden Brote schlängelte sich an Charlotte vorbei und füllte in wenigen Augenblicken die ganze Küche.

Sie schloss die Klappe und deckte den runden Tisch. Ein Krug mit frischem Wasser stand auf der Spüle bereit. Nachdem sie die

Becher gefüllt hatte, ließ sie sich auf die Knie fallen und öffnete die Tür unter dem Spülbecken. Doch die eisige Wolke, die ihr normalerweise entgegenschlug, blieb aus. Verwundert nahm Charlotte die Schale mit der Butter aus dem Fach und stellte sie auf den Tisch. Das hölzerne Buttermesser, das sie in die Schale legte, versank sofort in der weichen Butter. Seufzend beugte sie sich wieder hinunter und nahm den durchsichtigen Stein vom Boden des Faches. Er war doppelt so groß wie ihre Hand und glatt wie ein Spiegel. Ohne Überraschung stellte Charlotte fest, dass er nicht mehr kalt war. Kältesteine waren in den letzten Monaten immer teurer geworden und ihre Mutter war beim wöchentlichen Einkauf kopfschüttelnd an dem Stand vorbeigegangen. Doch nun war die Magie des Steins verbraucht und kein Ersatz im Haus. Wo war der Aufschwung, den die Minister verzweifelt herbeireden wollten? Charlotte glaubte langsam nicht mehr daran.

Als die anderen die Küche betraten, schloss sie den Schrank und setzte sich an den Tisch.

Charlotte erinnerte sich noch genau an den Tag, an dem ihre ältere Schwester Merle zum *Trivium* musste. Sie hatte den ganzen Morgen geweint und dann doch eine Lehrstelle in Aalborg bekommen, wie sie es sich immer gewünscht hatte. Charlotte würde auch gerne weiter zu Hause wohnen bleiben. Überhaupt sollte am besten alles so bleiben, wie es war. Es gefiel ihr nicht, dass ein fremder Mann heute über den Rest ihres Lebens bestimmte. Wieso wusste er am besten, welche Begabung die Kinder hatten und wo sie eingesetzt werden sollten? Charlotte seufzte. Selbst wenn sie die Möglichkeit hätte, selbst über das Ergebnis des Triviums zu entscheiden, wüsste sie nicht, was sie wählen sollte. Sie hatte keine besondere Gabe und sie wollte einfach weitermachen wie bisher. Sie würde morgens den Tisch für ihre Familie decken, dann mit ihrer Freundin Maja zur Schule gehen und abends bei ihrer

Nachbarin sitzen und Geschichten hören, bis sie selbst alt und grau wurde. Bei der Vorstellung breitete sich ein Lächeln auf ihrem Gesicht aus. Denn tief in ihrem Inneren wusste sie, dass dazwischen noch etwas Aufregendes passieren musste. Aber sie hatte keine Ahnung, was das sein könnte. Ihr Vater zwinkerte ihr zu. Vermutlich dachte er, sie würde sich auf die Feier freuen. Charlotte legte ihr Brot auf den Tisch.

»Kann ich irgendetwas tun?«, fragte sie mit ihren Händen. Ihr Vater schüttelte den Kopf.

»Keiner weiß es vorher?«

Wieder schüttelte er den Kopf. Dann legte er seine Faust auf die Brust und ihre Schwestern drückten sie kurz und heftig an sich. »Ich soll mutig sein«, seufzte Charlotte. »Ich werde es versuchen.«

Als die Uhr achtmal geschlagen hatte, traten sie nacheinander vor die Haustür. Die Klänge der Straße prasselten auf Charlotte ein und sie genoss für einen Moment die Geräusche und Stimmen. Dann ging sie die drei Stufen hinunter und durchquerte mit den anderen den Vorgarten. Charlotte schloss das Gartentor hinter ihnen und drehte sich noch einmal zum Haus um. Es steckte irgendwie zwischen den Nachbarhäusern fest, aber es sah nicht eingequetscht aus. Es strahlte dieselbe gemütliche Enge aus, die auch die Zimmer in seinem Inneren hatten. Wenn das Schicksal es wollte, würde sie in einem anderen Teil der Stadt oder in einem weit entfernten Dorf in die Lehre gehen. Dann würde sie heute Abend zum letzten Mal in ihrem Bett schlafen und morgen das Haus für viele Jahre verlassen. Bei dem Gedanken kam die Angst mit voller Wucht zurück, die sie seit dem Aufwachen so erfolgreich verdrängt hatte. Ihren düsteren Träumen würde sie dann allein begegnen müssen. Wenn sie nachts in schweißnassen Laken aufwachte, weil die Hände sie packten, dann würde sie nicht die leisen Atemgeräusche ihrer Schwestern hören, die sie wieder beruhigten und ihr manchmal zurück in den Schlaf halfen. Der Gedanke lähmte Charlotte, und sie umklammerte das Gartentor mit klammen Fingern, bis ihre kleine Schwester Leni ihre Hand ergriff und sie zu den Menschen auf der Straße zog.

ooooo

Fynn hatte nicht geschlafen. Er hatte sich kaum von dem Wandgemälde losreißen können und war nur wenige Augenblicke vor dem Weckruf in sein Bett gekrochen. Bis er das fand, was er wissen musste, würde er noch einige Nächte schlaflos in der verborgenen Kammer verbringen müssen.

Als er sich seine Uniform überzog, raschelte es an seiner Brust. Fynn sah über die Schulter, doch niemand achtete auf ihn. Die anderen spritzten an der Waschstelle mit Wasser herum und schlugen mit ihren Nachthemden nach denen, die sich noch unter ihren Kissen vergraben hatten. In den ersten drei Jahren der Ausbildung duldeten die Hauptmänner dieses kindische Verhalten noch, da die meisten Jungen wie Fynn aus den Dörfern in den Bergen kamen und ihre Familien seit dem Tag nach ihrem Trivium nicht mehr gesehen hatten. Aber danach gab es kein Verständnis mehr. In den Schlafkammern nebenan hörten sie stets nur die Schritte der Stiefel, wenn sich die Männer im Flur aufstellten.

Nachdem Fynn die letzten Knöpfe an seiner Uniform geschlossen hatte, folgte er den anderen zur Küche, wo sie ihr Frühstück abholen konnten. Das Papier brannte auf seiner Haut, und er war sich des Verbrechens bewusst, das er begangen hatte. Wenn jemand seinen Diebstahl bemerkte, musste er erklären, wo er die Zeichnung und das zerknickte Bild gefunden hatte. Es waren schon Menschen für weit weniger aufrührerische Taten für den Rest ihres Lebens im Kerker verschwunden.

2. KAPITEL

Eisenhauer schritt durch die Flure der Zitadelle.

Die meisten Wachen hatten sich bereits an den Stadtmauern und auf dem Hof vor der großen Halle aufgestellt, deshalb begegnete er nur wenigen Menschen auf seinem Weg. Ein Zimmermädchen hatte sich im Labyrinth der Treppen verirrt, quiekte wie eine Maus und presste sich gegen die Mauer, als er sich näherte. Die Wachen, deren Weg er kreuzte, grüßten ihn übertrieben pflichtbewusst und setzten dann beflissen ihren Rundgang fort.

Denn Eisenhauer war nicht irgendjemand. Er war der Hauptmann der Federn, einer Gruppe Wächter, die für besondere Aufgaben ausgebildet wurden.

Als er an der Tür zu seinem Amtszimmer angekommen war, räusperte er sich. Ein schmächtiger Junge, der erst ein Jahr bei den Wächtern der Zitadelle sein konnte, fuhr erschrocken hoch. Eisenhauer nahm sich vor, seinen Vorgesetzten zu rügen. Der Kleine war offensichtlich bei der Nachtschicht eingeschlafen und niemand hatte sein Fehlen am Morgen bemerkt. Solche Dinge kamen nur noch selten vor. In den letzten Jahren hatten immer wieder Männer versucht, die jungen Wachen ihrer Gruppe zu decken. Aber seit sich Eisenhauer persönlich um die Strafen für solche Vergehen kümmerte, meldeten sie sogar die Anzahl der Ratten, die sie aus den Kammern der Zitadelle vertrieben und im Burggraben ersäuft hatten.

Eisenhauer ließ den Jungen ohne ein Wort stehen und betrat sein Zimmer. Bevor er sich auf den Weg in die Halle machte, wollte er sich noch einmal die Gesichter der Mädchen einprägen, die er heute beobachten wollte. In diesem Jahr musste sie dabei sein. Es war Zeit. Er würde sie erkennen und dafür sorgen, dass sie keinen Schaden anrichten konnte. Eisenhauer öffnete die Schublade seines Sekretärs mit einem kleinen gebogenen Schlüssel von seinem Bund. Langsam breitete er die Zeichnungen vor sich aus. Seit Monaten beobachtete er die Kinder in der Schule, und die sieben Bilder hatte er so oft angestarrt, dass sich die Gesichter der Mädchen schon vor Wochen in seinem Innersten eingebrannt hatten. Doch er genoss diesen Moment, um sich zu sammeln. Er war nur noch wenige Stunden davon entfernt, eines der wichtigsten Ziele zu erreichen, die er sich für sein Leben gesetzt hatte. Und wenn er das Mädchen hatte, würde alles andere ein Kinderspiel werden. Es spielte noch nicht einmal eine Rolle, ob sie über die Begabung ihrer Mutter verfügte oder nicht.

ooooo

Die Flügeltüren standen weit offen und die Halle verschluckte alle Familien. Vereinzelt drehte sich noch einmal ein Kopf herum und eine Hand hob sich zum Gruß. Doch die nachfolgenden Menschen schoben unaufhaltsam in das Innere hinein.

Charlotte blieb mit den anderen Triviumkindern vor den Toren stehen. Als das blonde Haar ihrer Schwestern in der Masse verschwand, ging sie außen an den Mauern der Halle entlang. Auf dem Platz blieb sie stehen und wartete mit den anderen Kindern des Landes auf den Beginn der Zeremonie. Von hier konnten sie die Häuser der Priesterinnen und Heilerinnen sehen, die hinter einem kleinen Rundbogen lagen. Doch niemandem war es erlaubt, das Gelände der Schwesternschaft zu betreten, das wie die Zitadelle selbst direkt an die meterdicken roten Stadtmauern grenzte.

Charlotte stellte sich auf die Zehenspitzen und suchte zwischen all denen, die im letzten Jahr vierzehn Jahre alt geworden waren, nach ihrer Freundin.

»Maja!«, rief Charlotte und winkte.

Mit Schwung warf die Rothaarige ihren Kopf herum und drängte sich durch die Menge.

»Heute ist unser Tag«, rief Maja und schloss Charlotte fest in die Arme. »Meinst du, ich bekomme eine Lehrstelle bei den Schneiderinnen? Ach, das wäre so schön!« Als sie sich wieder aus der Umarmung löste, zog Maja ihre Freundin an den Rand der Gruppe und zeigte zum Eingang der Halle. »Alle sind gekommen. Sogar meine Großmutter hat die weite Reise gemacht. Du weißt ja, dass sie im Süden lebt, ganz nah an der Grenze.« Maja berichtete ausführlich von ihrem Morgen und den guten Ratschlägen, die sie von ihren Eltern bekommen hatte. Charlotte griff nach dem Ellenbogen ihrer Freundin.

»Kann man etwas tun?«

»Was meinst du damit?« Maja blinzelte.

»Wir bekommen doch unsere Bestimmung und erfahren, welche Lehrstelle wir antreten sollen. Steht das schon fest?«

Die Freundin warf die Haare zurück und hob ratlos die Schultern.

»Wenn ich dabei fest an Kleider und das Schneidern denke, werde ich dann eine Schneiderin?«

Maja runzelte die Stirn. »Du hast kein Interesse an Kleidern. Warum willst du auf einmal Schneiderin werden?«

»Nein, das war doch nur ein Beispiel.«

Aber Maja zog die Augenbrauen noch dichter zusammen.

»Ich will nicht Schneiderin werden, keine Sorge. Ich frage mich nur, ob ich Einfluss …«

Hinter ihnen ertönte plötzlich ein Pfiff. Acht Soldaten kamen auf die Gruppe der Jugendlichen zu und hielten in der Mitte des Platzes an. Immer zwei von ihnen hatten ein Kind zwischen sich, dessen Handgelenke mit Stricken zusammengebunden waren.

Die jungen Männer trugen Hosen und Hemden aus grauem, grob gewebtem Stoff. Charlotte erkannte auf den blauen Gürteln das Wappen des Königs: eine schwarze Libelle mit weißen Flügeln.

Ein Soldat drehte sich um und nahm dem Ersten die Stricke ab. Der Junge rieb sich die Handgelenke und schüttelte die Arme. An den Knien und den Ellenbogen war seine Kleidung abgerieben und dünn, aber er hatte ein sauberes Gesicht und seine Haare waren zu einem Zopf geflochten. Dann wurde ein Mädchen von den Fesseln befreit. Ihre Haare sahen aus wie ein zerrupftes Vogelnest und standen wild und verfilzt in alle Richtungen ab. Sie hatte den Geruch von Kuhmist und Pferden auf den Platz gebracht und ihre Fingernägel und Füße waren schwarz wie Teer. Sie spuckte den Soldaten vor die Stiefel und musterte dann die Kinder, die sie umgaben. Alle hatten gewaschene Haare und trugen ihre besten Kleider. Das Mädchen runzelte die Stirn und sah zu Boden.

Dem dritten Gefangenen wurden die Fesseln abgenommen. Es war ein Junge, der fast ein Kopf kleiner war als Charlotte. Er stand ihr am nächsten und weinte leise. Der Rotz lief ihm ungehindert aus der Nase, aber den Jungen kümmerte es nicht.

Charlotte suchte in den Taschen auf ihrem Kleid nach einem kleinen Stück Stoffrest, das sie eingesteckt hatte. Als sie es ihm hinhielt, hob der Junge den Kopf und musterte das Tuch. Im nächsten Moment lief er los und rempelte sie mit der Schulter an. Bevor Charlotte merkte, dass er es absichtlich getan hatte, landete sie mit dem Hintern auf dem harten Boden. Maja ergriff ihre Hände und zog sie wieder hoch.

Die Soldaten rannten dem Jungen hinterher, zogen kurze Stöcke aus ihren Hemden und schlugen auf ihn ein. Dann banden sie ihm die Hände wieder zusammen und trieben ihn zurück zu den anderen. Der Junge stand wieder neben Charlotte, bevor sie den gelben Sand von ihrem Kleid geklopft hatte.

»Sie sagen doch immer, die Soldaten tragen in der Stadt keine Waffen«, flüsterte Maja.

Charlotte beobachtete die Männer, die sich nur einen Schritt von dem Jungen entfernten. »Meinst du, sie haben alle magische Fähigkeiten?«, fragte sie leise.

Maja schüttelte den Kopf. »Die Minister behaupten es, aber ich glaube es nicht.«

Maja hatte etwas lauter gesprochen und ein paar Kinder drehten sich neugierig zu ihnen um.

Charlotte und Maja zuckten zusammen. Sie hatten in der Schule gelernt, welche Aussagen man besser nicht laut machte, wenn man Ärger und Schläge vermeiden wollte.

Der Junge mit dem schmutzigen Gesicht hatte es heute auch gelernt. Er versuchte nicht mehr zu fliehen.

Aber er stand etwas schief. Wahrscheinlich hatte er Schmerzen, wo ihn die Knüppel der Männer getroffen hatten. Charlotte konnte seine Lippen kaum erkennen, so fest kniff er sie zusammen. Die Tränen liefen ihm noch immer über das Gesicht und tropften dann grau und schmutzig in den Kragen seines Hemdes.

Hinter ihm standen fünf junge Männer von der Stadtwache und beobachteten das Geschehen auf dem Platz. Einer von ihnen sah Charlotte direkt ins Gesicht.

Er hatte grüne Augen und das ganze Gesicht war mit lustigen Sommersprossen besprenkelt.

Als die Soldaten sich zurückzogen, steckten die Männer von der Stadtwache lange Grashalme in ihre Mundwinkel. Mit den Schultern lehnten sie sich gegen die Mauer der Zitadelle und kauten auf dem Gras herum. Der mit den Sommersprossen achtete nicht auf seine Kameraden. Er starrte Charlotte weiterhin an, als würde er irgendetwas entdecken, wenn er sie nur lange genug musterte. Charlottes Kragen fühlte sich plötzlich sehr eng an und sie zog an den obersten Knöpfen. Ihr fiel auf, dass er jünger war als die anderen und wahrscheinlich nur zwei oder drei Jahre älter als sie selbst.

»Fynn!«, rief einer von den anderen Soldaten.

Da wandte er endlich den Kopf und Charlotte atmete erleichtert auf.

Aber auch die anderen Kinder gerieten in Bewegung und deuteten mit den Armen zu dem Torbogen, um sich gegenseitig auf die sich nähernde Frau aufmerksam zu machen.

Sie hatte lange schwarze Haare, die ihr glänzend den Rücken hinunterliefen. Auf dem Kopf wurden sie von einem silbernen Haarreif aus ihrem Gesicht gehalten. Er war das Zeichen der Priesterinnen und Sterne und andere Symbole waren in ihn hineingeritzt.

Noch bevor sie in der Mitte des Platzes zum Stehen kam, verstummten alle Geräusche. Auch das leise Gerumpel der Karren, die zum Markt fuhren, und die Stimmen derer, die hinter der Mauer der Zitadelle um die Preise feilschten, schienen davonzuwehen.

In ihrem schneeweißen Kleid leuchtete die Priesterin zwischen all den grauen Hosen und Kleidern wie ein Stern.

»Heute ist euer Tag«, sagte sie leise, doch die Worte hingen schwer und bedeutsam über den Köpfen der Kinder.

Auf einmal war Charlotte stolz, hier zu sein. Obwohl sie nichts dafür getan hatte, außer vierzehn zu werden.

»Die Hebammen trugen eure Namen nach der Geburt in das

Buch des Ministers ein. Während ihr friedlich in euren Betten geschlafen und an der Brust eurer Mutter gelegen habt, hörten wir euren Namen zum ersten Mal.«

Ein Junge kicherte. Er bekam von seinem Nachbarn einen Stoß mit dem Ellenbogen in die Rippen. Nach einem kurzen Schnaufen blieb er stumm.

»An diesem Tag haben wir eine Kerze für euch angezündet, so wie es bei uns Brauch ist seit dreihundert Jahren. Zu eurem zweiten Ritual trugen euch eure Väter auf ihren Armen in die Zitadelle und ihr seid auf euren Füßen wieder hinausgegangen.«

Die Priesterin erhob ihre Stimme nicht. Sie klang weder fröhlich noch traurig. Doch wer ihr zuhörte und von ihr angeschaut wurde, der wuchs mit ihren Worten über sich selbst hinaus und fühlte sich besonders.

»Das weiß ich noch«, raunte Maja. »Ein Mädchen hatte sich vor Aufregung die Hosen nass gemacht. Aber du warst das nicht, oder?« Sie grinste frech und wandte sich dann wieder der Priesterin zu.

Charlotte konnte sich an dieses Ritual nicht erinnern, obwohl sie damals schon sechs Jahre alt gewesen sein musste. Allerdings hatte sie noch ein Bild vor Augen, das die kleine Leni inmitten der Priesterinnen zeigte. Das musste zwei Jahre später gewesen sein.

Als die Priesterin fortfuhr, ihnen von dem Trivium, ihrem dritten Ritual in der Zitadelle, zu erzählen, waren die Gedanken an die fehlenden Erinnerungen wieder verschwunden und Charlotte wollte nirgends lieber sein auf der Welt. Zum ersten Mal hatte sie das Gefühl, es interessierte jemanden wirklich, wer sie war. Obwohl sie der Blick der Priesterin nur für einen Augenblick gestreift hatte, fühlte sie sich gesehen und einmalig.

Es war etwas Wind aufgekommen. Das weiße Kleid der Priesterin schwang wie eine Glocke hin und her.

»Heute betretet ihr die goldene Halle mit euren eigenen Füßen.«

Charlotte sah an sich herunter. Ihre Füße steckten in groben Lederstiefeln, die fast alle Kinder in der Stadt trugen. Wenige hatten glänzende Schuhe an und noch weniger nur dünne Stoffstreifen um ihre Füße gewickelt.

»Heute beginnt ein neues Leben. In drei Jahren werdet ihr als Erwachsene in die Gemeinschaft aufgenommen.«

Sie nickte ihnen zu, und Charlotte spürte, dass ihre Kindheit zu Ende war.

Nachdem die Priesterin jedem Einzelnen in die Augen gesehen hatte, drehte sie sich langsam um und winkte den Frauen, die zwischen ihren Wohnhäusern warteten. Sie folgten ihr in einer Reihenfolge, die seit ewigen Zeiten die gleiche zu sein schien. Langsam schritten sie an den Mauern der Zitadelle entlang zu den westlichen Flügeltüren, die in das Innere der Halle führten.

Charlotte starrte noch den Frauen mit ihrem fast schwebenden Gang und ihren schwingenden Röcken hinterher, als die Jungen und Mädchen sich hinter ihnen einreihten und Charlotte vor sich her schoben.

Als sie vor den Flügeltüren standen, hatten sie zwei gleichmäßige Reihen gebildet. Charlotte drehte sich erstaunt zu den anderen um. Auch die Jungen, die noch eben drängelnd Unruhe verbreitet hatten, waren still geworden. Maja drückte kurz ihre Hand.

Sie standen vor den geöffneten Türen und sahen auf die östliche Wand. Sie war aus Glassteinen in Rot- und Gelbtönen gestaltet und zeigte ein riesiges Abbild der Sonne. Von draußen wurde es durch die ersten Sonnenstrahlen zum Leuchten gebracht.

Rote, orange und gelbe Lichtflecke fielen auf die Menschen, die dicht gedrängt in der großen Halle standen. Es war still in den Reihen und wie alle anderen blickte Charlotte zum Eingang.

Die erste Priesterin betrat die Halle und stimmte eine Melodie an. Die anderen Frauen fielen nacheinander mit ein, bis der Gesang den ganzen Raum füllte.

Charlotte und die anderen Jungen und Mädchen folgten ihnen.

In der Luft lag ein süßlicher Geruch. Magische Lichter brannten in rot und orange gefärbten Gläsern. Sie standen auf Mauervorsprüngen, und neben ihnen lagen glühende Steine, die wie faustgroße Kohlestücke aussahen und von denen weißer, süßlich riechender Rauch aufstieg.

Vor zwei Jahren war Charlottes Schwester Merle durch den Mittelgang auf das Ostfenster zugegangen. Damals hatte Charlotte zwischen den Angehörigen gestanden und dem bezaubernden Gesang gelauscht und von ihrem eigenen großen Tag geträumt. Heute würde sie endlich ihre Berufung erfahren. Sie horchte in sich hinein und hoffte, eine Stimme zu hören oder einen Wunsch zu erspüren. Doch alles, was sie fühlte, war eine tiefe Ratlosigkeit, die sie fast zur Verzweiflung trieb. In ihrer Vorstellung war dieser Augenblick feierlicher gewesen. Doch bevor sie sich darüber wundern konnte, erreichten sie die Ostseite der Halle.

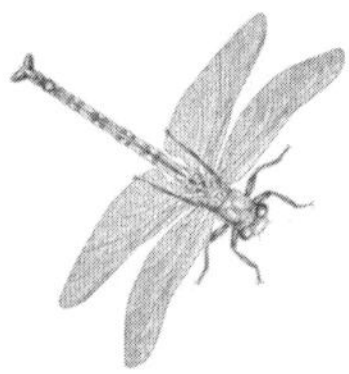

3. KAPITEL

Eisenhauer lehnte sich auf seinem Sitz oben auf der Empore weit nach vorn. Er konnte unter sich die wartenden Angehörigen und die Bewohner der Stadt Aalborg erkennen, die nicht von der Anwesenheitspflicht bei der Zeremonie befreit worden waren. Sie standen dicht gedrängt, und der süßliche Geruch der Opiumsteine gab ihnen das Gefühl, dass sie am richtigen Ort waren und hier einem wichtigen Ereignis beiwohnten. Wahrscheinlich würden sie das auch ohne die Unterstützung des Rauches, der das Gehirn mit Glücksgefühlen und Ehrfurcht überspülte. Aber es war Eisenhauer gewesen, der vor einigen Jahren durch einen Akt, den weniger weitsichtige Menschen vermutlich Erpressung nannten, die Priesterinnen dazu gebracht hatte, seinem Wunsch nachzugeben. Der Erfolg gab ihm Recht. In den Nachbarländern hatte die Verknappung der Magie bereits zu einer Hungersnot und Aufständen geführt, während die braven Bürger der Stadt Aalborg und Umgebung sich noch immer mit Hoffnung und Zuversicht füttern ließen.

Als die Kinder hereingeführt wurden, beobachtete er die Schöpfe. Doch erst als die Mädchen und Jungen sich vorn aufstellten, erkannte er seine Kandidatinnen. Mille hatte weißblondes langes Haar, Elins war etwas dunkler und fiel ihr in großen Locken auf die Schultern. Tilde und Freja hatten ihre blonden Haare zu langen Zöpfen geflochten, Lone ihre roten krausen Strähnen kunstvoll auf dem Kopf verschlungen und Charlotte und Femke hatten ihre dunklen Haare mit einem bunten Band zusammengefasst. Die sieben Mädchen hatten nichts gemeinsam außer dem Monat, in dem sie geboren waren, und der Hebamme, die dabei geholfen hatte. Femke und Elin waren bei den Beobachtungen in der Schule durch ein sehr temperamentvolles Wesen aufgefallen. Es musste eine von ihnen sein. Allerdings hatte Charlotte auffallend große Augen, die ihn auf beunruhigende Weise an eine Begegnung erinnerten, die er seit Jahren vergessen wollte und die ihn immer wieder in seinen Träumen heimsuchte.

ooooo

Charlotte spürte, wie ihre Hände feucht wurden, als sie sich mit den anderen in einem Halbkreis aufstellte. Der süßliche Geruch nahm ihr fast den Atem. Zwischen den Triviumkindern und den Angehörigen stand ein runder Steintisch, um den die Priesterinnen mit ihren Gesängen kreisten.

Nervös suchte Charlotte in der Menge nach einem vertrauten Gesicht. Ihre Familie entdeckte sie nicht, sah aber den Jungen der Stadtwache, der sie draußen angestarrt hatte. Er stand rechts von dem Mittelgang und beobachtete sie.

Charlotte merkte, wie ihre Wangen heiß wurden, und wich einen Schritt zurück, um sich hinter einem der größeren Kinder zu verstecken, doch sie trat jemandem auf die Füße. Es war leider ein Junge, der Stofflappen statt Schuhen trug, und sie wurde von ihm mit einem harten Schlag in den Rücken wieder nach vorn gestoßen.

Dann schaute sie die Priesterinnen an, doch sie spürte weiterhin den Blick des Wächters, der auf ihr ruhte. Die Frauen umkreisten den Tisch, wechselten die Richtung und drehten sich im Kreis. Es sah feierlich und auch irgendwie fröhlich aus, doch Charlotte konnte nicht länger hinsehen. Die Umrisse der Menschen verschwammen vor ihren Augen zu einer bunten breiigen Masse und von dem süßlichen Geruch wurde ihr langsam schlecht.

Sie senkte den Kopf, legte die Hand auf den Bauch und drückte gegen den Magen. Auf keinen Fall durfte sie sich übergeben oder ohnmächtig werden. Um sich zu beruhigen, schloss sie die Augen, doch sofort gaben ihre Knie nach, und Charlotte taumelte einen halben Schritt zur Seite, was ihr einen weiteren Stoß in den Rücken einbrachte. Hilflos suchte sie in der bunten Masse aus Körpern nach ihrer Familie, doch die Schatten der Priesterinnen vor dem Sonnenfenster flackerten. Charlotte blickte an die Decke und spürte umgehend, wie die Übelkeit wich.

Endlich konnte sie die Augen ruhen lassen. Mehrere Atemzüge lang betrachtete sie die dünnen Risse in der weiß getünchten Decke und blickte dann zur Empore, die sich über die ganze nördliche Seite der Halle erstreckte.

Seit sie ein Kind war, erzählte man ihr, der junge König komme mit seinen Magiern zu jeder Zeremonie, um seine Macht und Herrschaft über das Volk und die Magie zu demonstrieren.

Auch in diesem Jahr war er gekommen und er saß umringt von seinen Magiern und Wächtern auf der Empore. Es waren die Reihen, die das Volk aus der Mitte der Halle am besten sehen konnte.

Bislang hatte Charlotte noch nie die Gelegenheit gehabt, Børge lange zu betrachten. Er trug einen Pelzmantel und ein Gewand aus dickem grünem Samt, so wie der alte König auch immer auf Bildern gezeigt wurde. Aber er hatte ein breiteres Kreuz und seine langen roten Haare waren unter der Krone zu einem dicken Zopf geflochten.

Der Gesang der Priesterinnen verstummte und Charlotte senkte den Kopf. Die Frauen standen nun zu beiden Seiten des Tisches zwischen den Jugendlichen und ihren Familien.

Über eine Wendeltreppe neben den Flügeltüren kam ein Minister von der Empore herunter und schritt durch den Mittelgang auf die Triviumkinder zu. Er trug zu den hellen Kleidern der Beamten einen spitzen Ministerhut und einen Sack aus gelbem Stoff bei sich, auf den das Siegel des Königs gestickt war: die Libelle.

Der Nebel in Charlottes Kopf und der schwere süßliche Duft waren verschwunden. Sie sah nur den fremden Mann auf sich zukommen. Er entschied, was sie in den nächsten drei Jahren lernen würde – was sie für den Rest ihres Lebens tun musste.

Sie wusste nicht, was sie sich wünschen sollte, und Charlotte spürte Panik in sich aufsteigen. Jemand würde über ihr Leben entscheiden, und sie konnte nicht froh oder enttäuscht, nicht empört oder dankbar sein, wenn sie seine Wahl erfuhr. Denn sie hatte jeden Tag eine andere Idee von dem, was sie gerne machen würde. Einen Tag wollte sie anderen Menschen helfen, an einem anderen lieber die Welt jenseits von Himmerland erkunden, und wenn ihre alte Nachbarin Jette ihre Geschichten erzählte, dann wollte Charlotte eigentlich gar nicht erwachsen werden, sondern lieber daran glauben, dass es irgendwo noch Drachen gab, auf denen sie durch die Lüfte reiten konnte, und Elfen und Kobolde, die ihre lustigen Lieder sangen. Ihre Schwestern hatten sich allerdings nie von ihren abenteuerlichen Träumen anstecken lassen. Merle wollte schon als kleines Mädchen ihrer Mutter beim Schneidern helfen und sie war von Anfang an sehr geschickt und wissbegierig gewesen. Während nun für sie das letzte Jahr ihrer Ausbildung bei einer Hutmacherin begann, hatte Charlotte bis auf den heutigen Tag keine besondere Begabung an sich festgestellt. Der Tag des Triviums war gekommen, und sie stand hier ohne Wunsch und Ziel und wartete auf den Minister und sein gelbes Säckchen voll mit

Zukunft. Charlotte seufzte lautlos und starrte ihre Hände an. Was würde aus ihr werden? Was musste sie für den Rest ihres Lebens tun?

Der Mann blieb vor dem Tisch stehen. Eine Lehrerin aus der Volksschule, die in der ersten Reihe gestanden hatte, trat neben ihn und rollte ein Pergament auseinander.

»Maja Bartholomæus«, rief sie zuerst. Charlotte warf ihrer Freundin einen aufmunternden Blick zu, bevor Maja mit zögerlichen Schritten an den Tisch trat.

Der Minister blickte zu der Lehrerin und griff dann in den Beutel. Daraus zog er eine Tonscherbe hervor, in die ein Symbol hineingeritzt war. Aus der Entfernung konnte Charlotte es jedoch nicht erkennen. Mit einer leichten Verbeugung legte der Minister die gezackte Scherbe in Majas Hände. Sie war dunkelrot und schien etwas kleiner als ihre Handfläche zu sein. Maja trug sie wie einen zerbrechlichen Schatz vor sich her, als sie am anderen Ende des Tisches wieder in die Reihe trat.

»Ole Sønderborg«, rief die Lehrerin.

Aufmerksam beobachtete Charlotte die Jungen und Mädchen, die nacheinander nach vorn gingen. Manche waren ihr seit Jahren vertraut, andere sah sie heute zum ersten Mal. Vor allem versuchte sie, aus den Blicken und Gesten von Minister und Lehrerin Schlüsse zu ziehen, doch es gelang ihr nicht.

Das stumme Gespräch zwischen den beiden Erwachsenen blieb undurchschaubar. Aber manchmal sahen sie überrascht aus, als hätte der Beutel selbst die Zukunft der Kinder ausgewählt.

Manche Tonscherben waren rund, andere hatten eine ovale Form, aber jede hatte abgebrochene, gezackte Kanten und trug ein Symbol, das in die Oberfläche hineingeritzt war. Wer seine Scherbe bekommen hatte, zeigte sie lautlos seinem Nachbarn, doch niemand wusste die Zeichen zu deuten.

Dann endlich hörte sie ihren Namen.

»Charlotte Johansson«.

Sie trat auf den Minister zu, der nach einem Blick auf die Lehrerin in den Beutel griff und eine Scherbe herausholte. Ohne ihr in die Augen zu sehen, legte er ihr das Tonstück in die ausgestreckte Hand.

ooooo

Eisenhauer erhob sich schnell und lautlos von seinem Platz, als er eine Bewegung an der Brüstung der Empore wahrnahm. War nur ein junger Soldat in die erste Reihe geschlichen, um unentdeckt zu schlafen? Oder hatte einer der Rebellen den ungeheuerlichen Mut bewiesen, sich in die Höhle des Löwen zu begeben? Der Hauptmann blinzelte mehrmals und starrte auf das Ende der vordersten Bank. Obwohl sich dort nichts bewegte, hatte er keinen Zweifel an seiner Beobachtung.

Den meisten Menschen vertraute Eisenhauer nicht, aber auf seine Sinne verließ er sich uneingeschränkt. Sie spielten ihm niemals einen Streich. Zum Schutz gegen die Wirkung des süßlichen Rauches in der Halle hatte er sich eine braune Paste in die Nasenlöcher geschmiert. Sie bestand aus Kräutern und Lehm und bewahrte ihn vor der trägen Zufriedenheit, von der alle anderen umweht wurden. Wenn Eisenhauer etwas gesehen hatte, dann war dort auch jemand. Die Absicht des Versteckten würde er bald aufdecken.

»Lone Thøgersen«, erklang es unten in der Halle. Ein brauner Hut mit einer breiten Krempe erhob sich für einen Atemzug und verschwand dann wieder hinter der ersten Bank am Ende der Reihe. Jemand beobachtete die Zeremonie und hatte sich mit dem großen Hut und einem dicken Schal getarnt. Im dämmrigen Licht auf der Empore war er kaum zu entdecken.

Langsam schob Eisenhauer sich hinter die letzte Bank und umrundete die anderen Gäste. Er beugte seinen Oberkörper zur Seite und spähte in den äußeren Gang. Da kniete tatsächlich eine kleine Gestalt. Eisenhauer spürte, wie ein Gefühl in ihm aufstieg, das er lange vermisst hatte. Respekt. Die Rebellen waren in den letzten Monaten feige und zurückhaltend gewesen. Seine Wächter, die Federn, waren dazu ausgebildet, das Land nach innen zu schützen, während die Soldaten die Grenzen zu den Nachbarländern sicherten. Aber es hatte bislang keine Herausforderung für seine Truppen gegeben.

Die Menschen akzeptierten die bestehende Ordnung und sogar die Versprechen des jungen Königs, der seit zehn Jahren auf seine Krönung wartete. Selbst die sogenannten Rebellen waren keine ernste Gefahr gewesen.

Bis heute. Denn dort vorn kauerte ein kleiner Mann, vielleicht sogar ein Kind. Der Hut warf einen Schatten auf das Gesicht und der Schal umhüllte den Rest des Oberkörpers. Selbst wenn Eisenhauer ein paar Schritte zurückgehen und sich dann von der anderen Seite nähern würde, könnte er das Gesicht des Burschen vermutlich nicht erkennen. Es gab nur noch eine Frage, bevor der Hauptmann sich den Spion schnappen würde. Warum war er hier und beobachtete die Zeremonie von der Empore aus, wo er nur wenige Schritte von der Regierung des Landes und den Führern des Militärs hockte? Unten in der Halle konnte ein Aufständischer ohne Probleme in der Masse verschwinden, während er sich hier oben in Lebensgefahr brachte.

»Johann Vejle.«

Kurz nachdem der Name erklang, schoss der Hut für einen Moment nach oben und verschwand dann wieder hinter der Lehne. Ein kurzer Schatten, für kaum jemanden zu erkennen, der nicht wie Eisenhauer verbissen in diese Richtung starrte. Nun war dem

Hauptmann auch das Ziel dieser Aktion klar. Der Bursche hatte sich hier versteckt, weil es der einzige Ort in der Halle war, wo man einen Blick auf die Scherben werfen konnte und damit einen Hinweis auf die Bestimmung der Jugendlichen erhielt.

Eisenhauers Arme schnellten nach vorn und drückten dem Mann die Kehle zu. Schnell zog er ihn an die hintere Wand, denn unten in der Halle durfte niemand etwas von dem Spion erfahren. Der Hauptmann richtete sich zu seiner vollen Größe auf und hob den kleinen Mann etwas über den Boden. Seine Füße zappelten hilflos in der Luft. Die Soldaten sprangen auf, um dem Hauptmann zur Hilfe zu eilen. Doch die Anweisungen, die Eisenhauer zischte, hielten sie zurück. Ratlos und mit besorgten Blicken zogen sie sich wieder zurück.

Er lauschte sorgfältig auf den Herzschlag und das fast lautlose Keuchen des Rebellen. Schließlich wollte er seinen Gefangenen nicht töten. Sobald er das Bewusstsein verlor und keinen Widerstand mehr leistete, würde er den Griff lockern und ihn irgendwo hinschaffen, wo er ihn verhören konnte.

Doch der Bursche verhielt sich seltsam. Anstatt mit den Beinen zu treten und mit den Armen nach Eisenhauer zu schlagen, hing er in der Armbeuge des Hauptmanns und wehrte sich nicht. Es war ein Instinkt, mit beiden Händen nach dem zu greifen, was einem den Atem nahm. Irgendetwas stimmte hier nicht.

Eisenhauer beugte sich nach vorn über die Schulter des Rebellen, wobei er seinen Griff nicht lockerte. Der Mann hatte einen kleinen Zettel in der Hand, auf dem er die Symbole der Tonscherben notiert hatte. Mit der anderen Hand zog er aus seiner Manteltasche eine kleine Taube. Ein Wächter, der in der nächsten Bank saß, hatte den Vogel bemerkt und stürzte auf sie zu. Doch bevor er sie erreichte, hatte der Bursche die Taube in die Luft geschleudert. Sie kreiste zwei Runden unter der Decke und verschwand dann durch eines der halb geöffneten kleinen Fenster auf der Südseite. Von dem Zettel war keine Spur mehr zu finden. Als der Spion endlich das Bewusstsein verlor, konnte Eisenhauer sich kaum beherrschen, mit dem Drücken aufzuhören. Er hasste es, überlistet zu werden. Nur ein kurzer Augenblick, den er gebraucht hatte, um den Plan zu durchschauen, hatte den Kampf gegen die Rebellen komplizierter gemacht, weil sie nun über wichtige Informationen verfügen könnten. Da sie mutiger wurden und plötzlich einen Plan hatten, musste er sie als Gegner ernst nehmen.

Eisenhauer betrachtete den schlaffen Körper zu seinen Füßen. Das Gesicht war noch immer von Hut und Schal verdeckt. Es gab nur eines, was Eisenhauer noch mehr verabscheute als eine Niederlage: die Beherrschung zu verlieren. Deshalb verschränkte er die Arme vor der Brust und verschonte den Rebellen. Zumindest so lange, bis er alles aus ihm herausgebracht hatte, was er wissen musste.

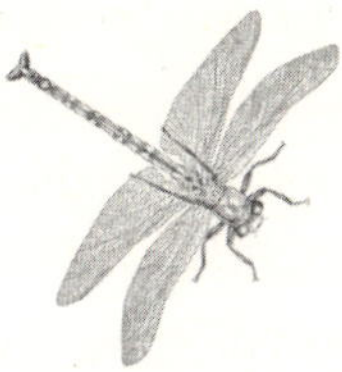

4. KAPITEL

Charlotte betrachtete eine kleine Taube, die hoch über ihren Köpfen durch die Halle flog. Sie sah etwas zerzaust aus. Aber als auch andere ihre Köpfe zur Decke wendeten, war sie schon durch einen der geöffneten Fensterbögen unter dem Deckengewölbe verschwunden. Der Gesang der Priesterinnen verstummte und die großen Flügeltüren wurden geöffnet.

Stolz trug Charlotte wie die anderen die Scherbe in der ausgestreckten Hand vor sich her. Sie waren keine Kinder mehr und konnten die Schulzeit hinter sich lassen. Die Neugier auf das, was die Zukunft ihnen bringen würde, spiegelte sich auf ihren Gesichtern. Charlotte fühlte sich wohl in ihrer Mitte. Heute gehörte sie endlich dazu und nichts unterschied sie von den anderen. Sie hatte ihre Bestimmung bekommen und musste jetzt nur noch herausfinden, welche es war.

Draußen auf dem Platz zwischen den Häusern stellte sich eine Heilerin vor sie und stemmte die Hände in die Hüften.

»Stellt euch hier vor der Mauer auf und lächelt!«, rief sie.

Sie schob die Jungen und Mädchen in mehreren Reihen hin und her und gab Anweisungen. »Tausch mit dem blonden Mädchen den Platz! Neige den Kopf zu deinem Nachbarn!«

Als sie drei Dutzend von diesen Anweisungen gerufen hatte,

stellte sie eine Leinwand auf. Dann schob die Heilerin ihren Stirnreif zurecht und holte einen Stoffbeutel unter ihrem Kleid hervor. Daraus zog sie Pinsel und kleine Fläschchen, die sie auf dem staubigen Fußboden ausbreitete. Sie schraubte die Deckel auf und legte sie neben die Fläschchen. Im nächsten Augenblick sprangen die Pinsel in die Luft. Sie tauchten ihre haarigen Spitzen in die Fläschchen ein und flitzten über die Leinwand.

»Lächeln!«, rief die Heilerin ärgerlich.

Charlottes Mund stand weit offen. Sie versuchte zu lächeln und auch die anderen gaben sich große Mühe. Schon seit Jahren hatten sie den Einsatz von Magie nicht mehr aus der Nähe beobachtet, weil nur noch Gegenstände in den Werkstätten verzaubert wurden.

Ein Raunen und Flüstern ging durch die Menge der Jugendlichen und ließ sich auch durch den missbilligenden Blick der Heilerin lange nicht unterdrücken.

Charlotte beobachtete das Gesicht und die Hände der Frau. Sie fuhr mit den Fingern durch die Luft, kniff die Augen zusammen und beugte sich immer wieder zu der Leinwand vor. Doch es gab keinen Hinweis darauf, wie sie die Pinsel lenkte. Frustriert drehte Charlotte den Kopf und hielt nach den Familien Ausschau, die mittlerweile über den Platz schlenderten.

Die Luft fühlte sich staubig an, als die Leute sich näherten und den trockenen Boden aufwirbelten. Auch sie beobachteten die Heilerin neugierig bei ihrem Einsatz der Magie und betrachteten die Pinsel, die anmutig in einer fast tänzerischen Leichtigkeit von den Farben zur Leinwand flitzten und über den Stoff strichen.

Die Heilerin runzelte die Stirn, als sich zwischen den Eltern und Geschwistern ein Wächter hindurchdrängelte und sich mit einem Kasten unter dem Arm neben ihr aufstellte. Er trug nicht das Zeichen der Zitadelle oder der Stadt Aalborg, sondern eine kleine Feder neben der Libelle an seinem Gürtel.

Die Jugendlichen reckten die Köpfe, um den Mann zu beobachten, der ein paar Schritte von den tanzenden Pinseln entfernt Beine aus dem Kasten zog und verschraubte. Dann stellte er sich hinter den Kasten und öffnete eine Klappe. Er beugte sich hinunter und kroch mit dem Gesicht fast hinein. Als er an einem Riegel zog, schoss ein Blitz aus dem Kasten und schlug einen Riss in den trockenen Fußboden. Die Pinsel der Heilerin stießen hektisch aneinander. Dabei spritzte die Farbe auf den Boden und hinterließ fröhliche Farbkleckse auf dem gelblichen Sandboden und den Schuhen der Mädchen, die in der ersten Reihe hockten.

Der Soldat richtete sich auf. Seine rechte Wange sah aus, als hätte er sie an dem Inneren eines Kamins gerieben.

Ein paar der Jungen in der hintersten Reihe lachten, doch der Wächter beachtete sie nicht. Er kurbelte die Beine wieder in den Kasten und klemmte ihn sich unter den Arm. Ohne ein Wort verschwand er in der Menge.

Leise fluchend wischte die Heilerin mit einem Tuch über die Leinwand, wo die Pinsel den größten Schaden angerichtet hatten.

»Wir müssen auf der rechten Seite noch einmal von vorn anfangen«, verkündete sie durch zusammengebissene Zähne.

Wenig später verbannte die Heilerin endlich die Pinsel in ihr Säckchen und die Jugendlichen lösten sich aus der ungewöhnlichen Aufstellung. Sie verteilten sich zwischen den Häusern, wo Gesang erklang und Instrumente spielten. Irgendwo prasselte ein Feuer, und der Geruch von gebratenem Fleisch zog durch die Luft, als hätte die Umgebung bis zu diesem Augenblick den Atem angehalten.

Einige liefen sofort zu den großen Tafeln, an denen neben den Symbolen die Handwerker und Abteilungen angeschlagen waren, die sie ausbilden sollten. Andere fielen ihren Eltern und Geschwistern in die Arme.

Charlotte fühlte die Scherbe in ihrer Hand und drückte sie.

Eine neue Zeit begann.

ooooo

Eisenhauer schob die letzte Bank zur Seite und öffnete einen Geheimgang, der von der Empore hinunter zum Nordturm führte. Zwei breitschultrige Wächter standen in ihren Uniformen bereit und warteten auf sein Zeichen. Seine Federn stellten niemals Fragen. Die beiden kannten ihn schon lange und hatten noch nicht einmal die Miene verzogen, als er den geheimen Gang enthüllt hatte. Wenn es irgendwie möglich war, behielt er die Informationen über die Stadt, die er in den letzten Jahren zusammengetragen hatte, für sich. Doch er wollte den bewusstlosen Rebellen nicht über den Innenhof tragen, wo die Jugendlichen mit ihren Familien zum Fest versammelt waren. Schließlich musste er das Volk nicht mit der Nase darauf stoßen, wie nah sich die Aufständischen an den Prinzen herangewagt hatten. Auch die Mitglieder der Regierung hatten von dem Vorfall nur schnelle Bewegungen im Dämmerlicht mitbekommen und ahnten noch nicht, wen der Hauptmann der Federn auf der Empore aufgegriffen hatte. Er selbst würde sie in wenigen Stunden über das Ausmaß und die Folgen informieren. Doch dazu musste er alles über die Pläne der Aufständischen wissen.

»Wie sieht es draußen aus? Gibt es Hinweise auf weitere Rebellen?«

»Nein, Hauptmann.« Ein Wächter trat einen Schritt vor. »Die Stadtwache kontrolliert die Tore und streift durch die Stadt. Die Wächter der Zitadelle haben alle Gebäude und die inneren Mauern durchsucht, aber es sind keine Rebellen gesichtet worden. Auch die Späher auf den Türmen haben nichts Auffälliges gemeldet.«

Der Rebell lag hilflos auf dem Boden zwischen ihnen, niemand war zu seiner Rettung gekommen.

Eisenhauer trat an die Brüstung und sah in die Halle hinunter. Die Priesterinnen waren fort und auch von den Stadtbewohnern hielt sich keiner in der Halle auf. Es war Zeit, den Rebellen wegzuschaffen. Eisenhauer drehte sich um, damit er den Wächtern ein Zeichen geben konnte, und stieß dabei an einen Gegenstand.

»Ist das etwa ein …?«, entfuhr es ihm. Der Hauptmann bückte sich und hob ein Messingrohr auf, das neben den Stiefeln des Rebellen lag. Als er es in den Händen drehte, hatte er die Gewissheit. Mit diesem Fernrohr hatte der Bursche einen Blick auf die Symbole werfen können, und wenn die Taube ihr Ziel erreichte, dann wussten die Aufständischen, wer von den Jugendlichen über eine magische Begabung verfügte.

Eisenhauer starrte auf seine andere Faust, die sich um das Geländer geschlossen hatte, und das Holz begann, unter dem Druck seiner Hände zu ächzen. Es war unvermeidlich, diesen Jungen umgehend zu foltern und zu sehen, ob er einen Hinweis auf die Pläne oder das Versteck der Aufständischen bekommen konnte.

Eisenhauer nickte den beiden Wächtern zu. Sofort traten sie zu dem Bewusstlosen, schoben ihre Arme unter seine Schultern und zwängten sich seitwärts durch den Geheimgang.

Lächelnd schloss Eisenhauer den Durchgang hinter sich. Die Rebellen waren ein unvorhersehbarer Faktor geworden, und er freute sich schon darauf, sie aufzuhalten. Dabei würde ihm der Gefangene bald helfen. Freiwillig oder nicht.

ooooo

»Wach auf!«, rief Maja und rüttelte an ihrer Schulter.

Charlotte schlug die Augen auf. Sie saß mit dem Rücken an der

Mauer in der Mittagssonne und hielt die Tonscherbe in der Hand. Das lange Stehen und Warten bei der Zeremonie und die dunklen Träume in der vergangenen Nacht hatten sie mehr geschafft, als sie sich eingestanden hatte. Sonst wäre sie sicher nicht mitten am Tag eingeschlafen.

»Jemand wollte mich fangen«, murmelte sie und stand auf.

»Hast du wieder geträumt?«, fragte Maja.

Charlotte nickte. »Aber es fühlte sich echter an als je zuvor. Ich war in einer kleinen Hütte und hatte richtig Angst.«

»Sieh dich um, Charlotte! Die Sonne scheint.«

Majas Lachen war hell und warm wie dieser Sommertag. Doch Charlotte konnte den Schrecken nicht abschütteln. Sie sah noch immer den Mann vor sich, der im Traum die Hände nach ihr ausgestreckt hatte. Er hatte eine große Tätowierung an seinem Arm gehabt.

»Wo bist du nur mit deinen Gedanken?«, fragte Maja und strich sich ihre roten Haare aus dem Gesicht.

Charlotte erinnerte sich meist nur verschwommen an ihre dunklen Träume, aber heute hatte sie deutlich eine kleine Hütte am Waldrand gesehen.

Inzwischen hatte sich Maja schon wieder abgewandt und zwinkerte einem Jungen zu, der sich ein paar Schritte weiter gegen die Mauer gelehnt hatte.

Charlotte schloss die Augen und versuchte, sich zu erinnern, welches Zeichen auf dem Arm des Mannes eingebrannt worden war. Hatte sie es im Traum vorher schon einmal gesehen?

»Wo beginnt morgen dein neues Leben, Charlotte?«, fragte Maja, ohne sich zu der Freundin umzudrehen.

»Ich soll in die Zitadelle«, sagte Charlotte und öffnete die Augen. Sie wartete auf ein Gefühl, das zu diesem Satz und dieser Erkenntnis gehörte, doch es regte sich immer noch nichts in ihr.

Kein Stolz, keine Enttäuschung. Nur dieses Bild von der dunklen Hütte und dem tätowierten Arm.

»Oh. Du wirst ein Zimmermädchen?« Maja lächelte dem Jungen zu und betrachtete dann eingehend ihre Schuhe.

Charlotte schüttelte den Kopf.

»Ich muss mich im Südturm melden.«

»Warum?«

Charlotte hob die Schultern und ließ sie wieder fallen. Dann öffnete sie die Hand und starrte auf die Scherbe. Das Symbol blieb dasselbe.

»Nein!« Majas Stimme klang ein wenig zu laut und der Junge schaute endlich zu ihnen herüber. Doch Maja bemerkte es nicht. Sie hatte sich vor Charlotte aufgebaut und stemmte die Hände in die Hüften.

»Du hast doch gar keine magische Begabung. Mads und Petur, die haben in der Schule Dinge geschehen lassen. Die kommen in den Südturm. Lone wollte so gerne zu den Heilerinnen. Schließlich hat sie Verletzungen geheilt. Jeden Kratzer konnte sie verschwinden lassen. Aber weil der König jetzt alle Kinder mit magischen Fähigkeiten an seinen Hof holt, wurde sie auch in den Südturm bestellt.« Maja kratzte sich am Hinterkopf und sah nicht mehr so lieb und fürsorglich aus wie sonst.

Sie sprach es nicht aus, aber die Frage hing zwischen ihnen. Was wollte der König mit Charlotte? Einem Mädchen, das nichts Besonderes konnte. Es musste eine Verwechslung sein.

»Wegen der Hände?«, fragte Maja.

Charlotte schüttelte den Kopf. »Ich kann zwar verstehen, was Hände sagen, aber in der Zitadelle lebt doch niemand, der taub ist, oder?«

Die Scherbe lag tonnenschwer in Charlottes Hand, aber durch die Unterhaltung mit Maja verflüchtigte sich der Traum von der

Hütte ein wenig. Charlotte fühlte die Mauer hinter sich, roch gebratenes Fleisch und frisches Brot. Sie betrachtete die Katzen, die sich in den Mauernischen einrollten, und spürte die warmen Sonnenstrahlen auf ihren Armen und im Gesicht. Der Traum war eine Erinnerung und nicht mehr so bedrohlich und beängstigend wie in den Augenblicken nach dem Aufwachen.

»Vielleicht doch«, sagte Maja und lächelte. Charlotte starrte sie an. Das beklemmende Gefühl kam wieder. Es kroch in ihren Bauch und machte sich dort breit. Schwer blieb es liegen und vertrieb den Appetit und die leichten Sommergefühle.

Aber es hatte nichts mit der dunklen Hütte zu tun. Es war Majas Gesicht und die Erleichterung darüber, dass ihre Freundin Charlotte niemand Besonderes war.

An ihrer Stelle hätte sich Charlotte mit Maja gefreut und mit ihr nachgedacht, warum der König sie zu sich rief. Da war sie ganz sicher.

»Was wirst du morgen tun, Maja?«, fragte sie, um sich von der Diskussion um ihre angeblichen Fähigkeiten zu befreien.

»Ich gehe in die Schneiderei.« Triumphierend hob die Rothaarige ihre Scherbe hoch und streckte sie Charlotte entgegen. »Ich habe gehört, sie öffnen vielleicht die großen Häuser wieder. Wie früher und wie es in den Geschichten erzählt wird. Alle sitzen zusammen und spinnen Wolle und weben und nähen. Ich lerne bei Meisterin Annelore. Sie hat ein großes Nähzimmer am Rande der Stadt. Bald will sie die altmodischen Maschinen in Betrieb nehmen zum Stricken und Weben. Es werden ja immer weniger Kinder mit magischen Fähigkeiten geboren. Deshalb sind auch die Jårlys furchtbar teuer geworden. Jetzt müssen wir wieder Glühwürmchen fangen und in Gläser stecken oder Kerzen ziehen und Bienen halten. Das ist so mühsam und unzuverlässig.« Sie rümpfte die Nase. »Und nichts ist so hell und dauerhaft wie eine kleine Elfe in einem Glas, sagt meine Oma. Aber Elfen wurden ja schon seit zwei Jahrzehnten nicht mehr gesehen …«

Sie plapperte noch eine Weile weiter über die Nähstuben und Meisterin Annelores wunderbare Pläne mit den altmodischen Geräten.

Charlotte beobachtete, wie sich die Augen ihrer Freundin vor Aufregung weiteten. Ihre Lippen bewegten sich unaufhaltsam, aber Charlotte wollte nicht hören, was Maja zu sagen hatte.

Morgen würde sie in die Zitadelle gehen und nicht wie sonst an der Ecke auf Maja warten, denn ihre Wege trennten sich heute.

Sie wusste nicht einmal, ob sie Maja jemals wiedersehen und ob sie sie vermissen würde. Die Freundin war die Einzige gewesen, der Charlotte ab und an von ihren dunklen Träumen erzählt hatte, und trotz allem drängte es sie auch heute, Maja zu berichten, wie beunruhigend echt sich die Bilder von der Hütte und den nach ihr greifenden Händen angefühlt hatten.

»Kannst du dir das vorstellen?«, fragte Maja.

»Nein«, antwortete Charlotte, obwohl sie keine Ahnung hatte, wovon Maja sprach.

Auch wenn sie nicht wusste, was sie morgen in der Zitadelle erwartete, wurde ihr doch eines in diesem Moment klar: Die Schulzeit war vorbei. Der Weg mit Maja war zu Ende. Morgen begann eine neue Zeit.

Fynn rannte durch die Gänge zu den Treppen, die in die Untergeschosse der Zitadelle führten. Nach der Zeremonie hatte er vier Stunden auf der inneren Mauer marschieren müssen. Irgendetwas war vorgefallen, und er würde herausbekommen, was es war. Vermutlich hatte es mit der Taube zu tun, die plötzlich in der Halle aufgetaucht war. Schließlich verirrte sich nicht ein Vogel, der einen Gegenstand am Bein trug, ganz zufällig in die Nähe der Triviumkinder.

Mithilfe eines Umwegs durch die Wäscherei hatte Fynn die Begegnung mit den Wächtern in der Eingangshalle vermieden, auf den Fluren war er nur Dienstboten begegnet. Eigentlich hätte Fynn sich jetzt im Schlafsaal des Nordturms ausruhen müssen, da seine nächste Schicht um ein Uhr in der Nacht begann. Doch es zog ihn zu dem Gang mit der geheimen Kammer. Nirgends sonst hatte er einen Hinweis auf einen Vorfall bei der Zeremonie finden können und die anderen Wachen wussten auch nichts darüber. Nun hatte er jedoch einen verrückten Gedanken gehabt: Dort, wo *ein* Geheimnis verborgen wurde, suchte er am besten auch nach einem anderen. Es klang absurd, aber es war seine letzte Chance, dem Vorfall auf die Spur zu kommen. In einer Stunde war es dunkel und das Herumstreichen in der Zitadelle wurde wieder riskanter. Denn dann musste er entweder im Schein der alten stinkenden Dämmerlichter herumirren oder die Gefahr einer Entdeckung erhöhen, wenn er selbst für Helligkeit sorgte.

Als Fynn sich dem Südturm näherte, hörte er Stimmen.

»Wir haben den Gefangenen in das Verlies gebracht. Was soll nun mit ihm passieren?«

»Hat er noch andere Kräfte gezeigt?«

»Nein, Hauptmann.«

»Gut, dann teilen Sie einen von den Federn ein, damit jemand von unseren eigenen Leuten ihn im Auge behält.«

»Jawohl, Hauptmann.«

»Morgen früh bringen wir ihn in die Universität.«

»Er ist dem Tod heute von der Schippe gesprungen.«

»Ja. Obwohl er es verdient hätte, sofort zu sterben. Er war nicht hilfreich.«

»Wohl wahr. Aber wenn jemand Begabung für die Magie zeigt, dann untersuchen wir ihn auch.«

Einen Augenblick herrschte Stille.

»Heute Abend schicken wir alle diensthabenden Wächter zu den Kindern.«

»Aber wir wissen nicht mit Sicherheit, was der kleine Mann auf der Empore gemacht hat. Vielleicht kennen die Rebellen keine Namen.«

»Ich gehe kein Risiko ein. Wir müssen die Kinder holen, bevor es die Rebellen tun.«

Die Stimme klang scharf und der andere Mann widersprach ihm nicht.

Fynn hielt den Atem an und konzentrierte sich auf die Geräusche der Stiefel der beiden. Sie gingen in die andere Richtung. Erleichtert ließ er die Luft wieder ausströmen und lehnte sich gegen die Mauer. Diese Dinge betrafen ihn nicht. Sein Vorhaben war nicht in Gefahr. Außerdem hatte er einen neuen Hinweis bekommen. Sie brachten den Rebellen in die Universität, um ihn zu untersuchen. In der Kammer hatte er auf einigen Zetteln den Hinweis auf die Universität von Ousía gefunden. Doch der Ort war auf keiner Karte verzeichnet gewesen. Trotz der Aufregung über diese Neuigkeit spürte er die Müdigkeit bleiern und schwer in seinen Gliedern. Zunächst würde er sich endlich schlafen legen und auf den Nachtdienst warten. Als er aber leise zurück zum Nordturm schlich, sah er immer wieder die großen dunklen Augen eines Mädchens vor sich. Ihr Name hüpfte wie ein Lied in seinem Kopf herum und er sprang in seinem Rhythmus die Treppen zu den Schlafsälen hinauf. Charlotte Johansson.

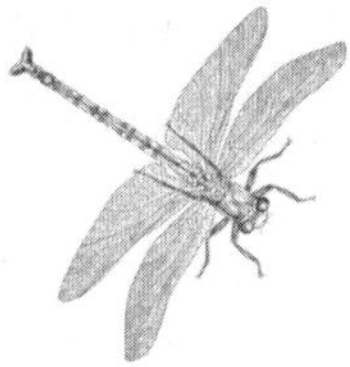

5. KAPITEL

Ihre Mutter hielt ihr einen Teller Suppe und ein Brötchen entgegen. Charlotte nahm das Essen und ging zur Tür hinaus. Sie lief durch den kleinen Vorgarten bis zur Straße und dann den Steinweg durch den Vorgarten der Nachbarin wieder zurück.

Nachdem sie geklopft hatte, dauerte es eine Weile, bis Jette zur Tür geschlurft kam.

»Du bringst mir Abendbrot? Das ist lieb von dir, Kind.« Sie trat einen Schritt zur Seite, und Charlotte schob sich an ihr vorbei in die kleine Küche, die fast genauso aussah wie die der Familie Johansson. Charlotte stellte den Teller auf den Tisch, nahm einen Becher aus dem kleinen Schrank und goss Milch aus einem Krug hinein. Eisige Luft kam ihr aus dem Kälteschrank entgegen.

Jette schien keine Probleme zu haben, Lichter und Kältesteine zu besorgen. Charlotte wusste nicht, was Jette für eine Arbeit machte und warum sie sich diese Dinge immer noch leisten konnte. Bis heute war es ihr gar nicht in den Sinn gekommen, die alte Nachbarin danach zu fragen.

»Liebes, wie war dein Trivium? Zeigst du mir deine Scherbe?« Jette lehnte sich an den Türrahmen, um ihr verletztes Bein zu entlasten. Aber sie hatte für den Weg zur Tür keine Krücken mehr genommen.

Charlotte griff in die Tasche und zeigte ihr das Tonstück. »Mama und Papa konnten es auch nicht glauben, aber ich soll morgen in den Südturm.«

Jette schnappte nach Luft und alle Farbe wich aus ihrem Gesicht. »Ach, meine Kleine«, sagte sie leise und humpelte dann zu einem Stuhl.

»Ich weiß. Vermutlich bemerken sie morgen den Irrtum. Ich hoffe, ich bekomme keinen Ärger. Schließlich kann man doch die Wahl nicht beeinflussen, oder? Habe ich an etwas Falsches gedacht und dadurch das Ergebnis verändert? Ist es doch meine Schuld?« Charlotte ließ sich auf einen Stuhl neben Jette fallen. Es tat gut, ihre Sorgen laut auszusprechen.

»Du hast nichts falsch gemacht, mein Kind.« Jette beugte sich vor und umschloss Charlottes Gesicht mit ihren kleinen faltigen Händen. »Wie soll ich es dir nur sagen? Du musst gut auf dich aufpassen!« Dann verstummte sie und richtete sich auf. Draußen waren Stimmen zu hören.

»Wo ist Ihre Tochter?«, brüllte ein Mann. Charlotte lief zur Haustür und spähte über die Hecke in die anderen Gärten. Ein Mann stand bei ihren Eltern vor der Tür.

Eigentlich musste sie rasch hinübergehen und dem Mann helfen, sich mit ihrem Vater zu verständigen. Aber irgendetwas hielt sie zurück. Charlotte beugte sich weiter vor, um besser sehen zu können. Vier Männer standen vor dem Hauseingang und im dämmrigen Licht aus dem Hausflur wirkte das Gesicht ihres Vaters eigenartig fremd. Er hob hilflos die Arme und wurde bei dem sinnlosen Bemühen, dem Mann mit seinen Händen zu antworten, immer wütender. Charlotte sah seine Gesten und wusste, was er zu sagen versuchte. Sie hörte seine Worte in ihrem Kopf und würde sie dem Mann am liebsten entgegenschleudern und ihn anbrüllen, wie er ihren Vater angebrüllt hatte.

Sie trat einen Schritt vor und wollte auf sich aufmerksam machen, als sie an dem Bauch des Mannes den Gürtel mit der Libelle des Königs entdeckte. Es waren Wächter, aber sie konnte in der Abenddämmerung nicht erkennen, ob noch ein weiteres Zeichen daneben war. War es die Stadtwache? War sie in Schwierigkeiten geraten? Oder waren es Wächter der Zitadelle, die der Minister geschickt hatte, um Charlotte die Tonscherbe wieder abzunehmen? Es war also doch ein Irrtum gewesen! Charlotte fühlte sich schon den ganzen Tag wie eine Betrügerin, obwohl sie nichts dafür getan hatte, um das Symbol der Magiebegabten zu bekommen.

Plötzlich spürte sie eine Hand auf ihrer Schulter. Erschrocken zuckte Charlotte zusammen. Doch als sie sich umdrehte, stellte sie erleichtert fest, dass es Jette war. Gemeinsam beobachteten sie nun, was bei Charlotte zu Hause vor sich ging.

Einer der Wachen hob seinen Arm und drohte Emil Johansson mit der Faust.

Sein Ärmel rutschte herunter. Auf der Haut leuchtete in der Abenddämmerung eine Schlange mit weißen Flügeln. Charlotte schwankte. Das Bild war ihr auf beunruhigende Weise vertraut, und sie lehnte sich gegen Jette, weil ihre Beine sich plötzlich schwach und zerbrechlich anfühlten. Dann schloss sie die Augen und beschwor die Bilder des Traumes herauf. Einer der Männer hatte eine geflügelte Schlange auf den Arm tätowiert gehabt. Charlotte schnappte laut nach Luft. Wie hatte sie von etwas träumen können, das sie vorher noch nie gesehen hatte? Als sie mit zitternden Händen nach Jettes Hand griff, wurde sie an der Schulter zurückgerissen. Jette schob sie in den Hausflur und lief erstaunlich flink zu der Hecke, die die Gärten voneinander trennte.

»Brüllen sie den armen Mann nicht an. Er versteht Sie nicht!«, rief sie.

»Wer sind Sie?« Die Antwort des Mannes klang wie ein Befehl und nicht wie eine Frage.

»Jette Clasen.«

Charlotte stand im Hausflur und wagte es nicht, wieder aus der Tür zu treten, um zu sehen, was draußen geschah.

»Und wer sind Sie?«, fragte Jette.

»Wir sind im Auftrag des Königs hier. Mehr müssen Sie nicht wissen«, antwortete der Mann.

»Wen suchen Sie denn?«, fragte Jette.

»Die Tochter«, antwortete der Mann.

»Welche? Der Mann hat drei.«

»Die mittlere. Charlotte.«

Charlotte drückte den Türrahmen mit beiden Händen wie eine rettende Hand. Sie hielt den Atem an und lauschte.

»Sie schläft bei ihrer Freundin. Was wollen Sie von ihr?«

Jette belog die Männer. Erleichterung durchströmte Charlotte, und sie spürte den dringenden Wunsch, die alte Frau zu umarmen und zu küssen. Auch wenn sie nicht wusste, was dieser Besuch zu bedeuten hatte, wollte sie in der Nacht mit niemandem durch die Stadt laufen. Schon gar nicht mit dunkel gekleideten Männern, die sie schon einmal in ihren Albträumen gesehen hatte.

»Wir wollen sie abholen. Sie wird bei uns lernen«, sagte der Mann, der Jette am nächsten stand.

»Aber doch erst morgen früh, oder?«

»Fragen Sie Ihren Nachbarn, wo wir seine Tochter finden können.« Der Mann sprach jetzt endlich in normaler Lautstärke.

Jette zögerte mit der Antwort nur einen Augenblick und schüttelte dann energisch den Kopf.

»Ich kann ihn das nicht fragen. Ich verstehe nichts von den Bewegungen, mit denen sie sich unterhalten. Sie müssen wohl bis morgen warten.« Jette zuckte mit den Schultern und drehte sich um. Sie schob Charlotte vor sich her ins Haus und schloss die Tür. Dann humpelte sie zum Küchenfenster.

»Sie gehen«, rief Jette nach einem Augenblick.

Charlotte ließ sich mitten im Flur auf den Boden fallen. Was hatte das alles zu bedeuten? Warum fühlte sie sich bedroht, wenn sie doch nur ihre Ausbildung beginnen sollte? Aber konnten das wirklich Wächter gewesen sein? Warum hatte sie ausgerechnet heute von der Tätowierung des Mannes geträumt? Eine geflügelte Schlange hatte sie noch nie zuvor gesehen. Außerdem sollte sie sich wie alle anderen erst morgen in der Zitadelle melden. Warum kamen die Männer in der Nacht?

Jette trat neben sie und legte den Arm um ihre Schulter. Dankbar senkte Charlotte den Kopf und genoss die Wärme, die von der kleinen Frau ausging.

»Warum hast du gelogen?«, fragte sie schließlich. Dabei konnte sie ihre Stimme selbst kaum verstehen, weil sie die Frage so leise in die Richtung von Jettes Pantoffeln gehaucht hatte.

»Warte bei mir, bis es ganz dunkel ist. Dann sprechen wir mit deinem Vater.«

ooooo

Hauptmann Eisenhauer krempelte die Ärmel seiner Uniform herunter und schloss die Knöpfe. Zu seinen Füßen lag das Hemd, das mit dem Blut des Rebellen befleckt war. Er wusch sich fünfmal die Hände in der kleinen Schale neben der Tür, bis seine Hände rot waren und brannten. Als es an der Tür klopfte, trat Eisenhauer gegen die schmutzige Uniform, die über den Boden rutschte und unter dem Bett liegen blieb. Dann öffnete er.

Bo, einer seiner Federn, stand draußen. Er salutierte und trat dann ein, um Bericht zu erstatten.

»Es wurden keine weiteren Rebellen aufgegriffen. Wir haben die Wachen an den Stadttoren wieder reduziert und alle verfügbaren Männer mit den Federn ausgeschickt, um die Kinder zusammenzutreiben.«

Eisenhauer nickte zufrieden. Bevor die Sonne unterging, hatte er alle Magiebegabten im Schloss. Alles lief nach Plan. Er würde also den Gefangenen selbst zur Universität bringen können. Schließlich verpasste er nie eine Gelegenheit, sie zu sehen.

Bo räusperte sich. »Wollen Sie den kleinen Mann selbst begleiten, Hauptmann? Er ist bereits auf den Wagen geladen worden.«

»Schließen Sie die Kinder in einen Versammlungssaal im Ostturm ein. Ich bin in ein paar Stunden wieder da und will sie verhören, bevor ich Prinz Børge Bericht erstatte.« Eisenhauer warf sich einen Mantel über und betrachtete dann seinen Wächter. Auf Bo konnte er sich verlassen. Der schlanke rothaarige Mann war nur wenige Jahre jünger als er und hatte der Truppe schon angehört, als der alte König noch die Regierungsgeschäfte geführt hatte. *Er folgt meinen Befehlen wie ein treuer Jagdhund*, dachte Eisenhauer zufrieden, als er Bos Gesicht mit den großen braunen Augen noch einmal gründlich musterte. Fast war ihm der Mann ein bisschen sympathisch.

»Erlauben Sie sich keine Fehler«, mahnte Eisenhauer seinen Untergebenen streng. Dann verließ er das Zimmer und marschierte durch den Flur zum Innenhof der Zitadelle, wo der Fahrer der Kutsche bereits auf ihn wartete.

ooooo

Charlotte stand am Fenster und sah in den dunklen Garten hinaus. Mittlerweile war draußen außer Umrissen kaum noch etwas zu erkennen. Die Kuckucksuhr über der Spüle zwitscherte und Jette betrat die Küche.

»Ich mache uns erst einmal einen Tee. Ich hoffe, dein Vater kommt gleich herüber. Dann können wir besprechen, wie es weitergeht.«

Jette öffnete eine Klappe am Ofen und griff nach einem Kessel. Charlotte hörte Wasser und das leise Rascheln von Teeblättern. Sie hielt sich an Jettes Worten fest und machte sie zu ihren Gedanken. Vater würde kommen und mit ihr besprechen, wie es weitergehen sollte.

Charlotte wandte sich vom Fenster ab und betrachtete Jette im Schein des Feuers.

»Was wird jetzt geschehen? Waren das wirklich Wächter?«, fragte sie leise und zog einen Vorhang vor das Fenster. Sie wollte von draußen nicht gesehen werden. Zu viele Schatten bewegten sich in der Nacht.

»Klug von dir, Schätzchen. Es ist nur wenig Licht, aber wahrscheinlich reicht es, um von der Straße zwei Menschen zu erkennen.«

»Was wird geschehen?«, wiederholte Charlotte ihre Frage.

»Das besprechen wir mit deinem Vater, Liebes.«

»Aber was für Möglichkeiten gibt es denn?«

»Du solltest dich verstecken.« Jette hielt kurz inne. »Aber ich kann das nicht entscheiden.«

Es klopfte an der Tür.

Emil Johansson lächelte Charlotte zu und folgte Jette durch eine Tür, die Charlotte zuvor nie aufgefallen war. Sie ging ihnen nach, auch wenn sie niemand darum gebeten hatte.

Charlotte hob erstaunt die Augenbrauen, als sie das Zimmer betrat. Die Wände waren bis unter die Decke von Regalen bedeckt, in denen sich Steine und Muscheln nebeneinander und aufeinander drängten. Außerdem waren dort Holzstücke und aufgerollte Fischernetze, Schalen mit Nüssen und Kernen und mit Sand gefüllte Glasflaschen. Manche Körner waren fein und schimmerten fast silbern, andere waren von einem hellen Gelb und grob wie Kieselsteine.

Dazwischen standen drei Dutzend Bücherrücken. Charlotte hatte noch nie so viele Bücher gesehen. In ihrer Familie besaß jeder von ihnen ein Buch. Im letzten Jahr hätte Vater sich fast ein zweites gekauft. Doch die Kühlsteine, die Jårlys und alle Lebensmittel waren immer teurer geworden und das Geld hatte kaum für die notwendigen Dinge gereicht. Für etwas derart Kostbares wie Geschichten war einfach nichts mehr übrig.

Außer den Regalen standen nur vier Sessel in dem Raum, die sich weder durch ihr Muster noch durch ihre Form im Entferntesten ähnelten.

Jette hatte Licht gemacht und die Vorhänge zugezogen, denn mit Emil Johansson konnte man sich nicht im Dunkeln unterhalten. Er musste die Hände sehen.

Die ersten Sätze verfolgte Charlotte stumm. Doch ihr Vater bewegte sich zu schnell für Jette, und weil sie immer wieder verzweifelt die Hände hob, sprach Charlotte die Worte ihres Vaters laut mit.

Sie musste nicht weiter darüber nachdenken, sie tat es einfach, wie sie es schon unzählige Male in ihrem Leben getan hatte.

»Charlotte soll sich nicht verstecken«, sagte Emil mit den Händen und Charlotte sprach die Worte laut aus.

»Sie wollten sie gerade holen. Du warst doch dabei, als sie dir das Siegel des Königs unter die Nase gehalten haben, Emil!«

»Ja. Sie hatten vielleicht eine Frage oder wollten ihr etwas sagen, was Charlotte für ihren ersten Arbeitstag wissen muss. Deshalb ist Charlotte noch nicht in Gefahr.«

»Doch, Emil. Du kennst die Gerüchte.«

»Es sind nur Gerüchte.«

Charlotte lehnte sich in ihrem Sessel nach vorn. «Von welchen Gerüchten sprecht ihr?«

»Die Männer des Königs holen Zwerge aus den Bergen und entführen Elfen und andere Waldgeister, weil nicht mehr genug magiebegabte Menschen geboren werden. Es sind auch kleine Kinder verschwunden, die besondere Fähigkeiten hatten.« Jette hatte schnell und eindringlich gesprochen und den Blick nicht von Emil Johansson gewendet.

»Das weißt du nicht, Jette«, erwiderte er, und Charlotte sprach die Worte laut aus, die er mit den Händen formte. »Die Wanderer verbreiten die Geschichten, aber ich habe seit meiner Kindheit keine Elfen und Zwerge mehr gesehen. Wahrscheinlich gibt es sie nicht, und die Alten haben es uns eingeredet, wenn wir kleine Menschen oder große Glühwürmchen gesehen haben. Außerdem können es auch andere Banden gewesen sein. Es wurden nicht immer blaue Gürtel und silberne Knöpfe gesehen, wenn jemand verschwand.«

»Aber manchmal.«

»Warum werden all die Wesen entführt?« Charlotte war aufgesprungen, doch die beiden beachteten sie nicht.

»Vielleicht wollten die Wächter Charlotte warnen, damit sie vorsichtig ist.«

Jette breitete flehend die Hände aus.

»Gib sie nicht in die Hände dieser Männer.« Ihre Augen waren feucht von Tränen.

»Was kann mir denn passieren? Ich habe doch keine magischen Fähigkeiten!« Charlotte schluckte. Hatte Jette wirklich Angst um sie?

Ihr Vater stand auf.

»Wir haben keine andere Wahl. Wenn sie morgen ihren Dienst nicht antritt, wird sie in jedem Fall abgeholt. Aber dann macht sie keine Ausbildung, sondern wird in ein Verlies gesteckt und wir sehen sie nie wieder. In der Zitadelle wird sie unter dem Schutz des jungen Königs stehen. Wo sollte sie denn sonst hin?«

Jette wollte antworten, aber Emil schüttelte den Kopf.

Die beiden schauten sich noch einen Augenblick lang in die Augen. Dann nickte Emil seiner Tochter zu und ging aus dem Zimmer. Charlotte folgte ihm. Bevor sie in den Flur trat, wandte sie sich noch einmal um. »Danke, Jette.«

Die Nachbarin blieb stumm auf dem Sessel sitzen und starrte ihnen hinterher.

Mit jedem Schritt wurden die Fragen in Charlottes Kopf lauter. »Was gibt es für Gerüchte über den jungen König? Warum habe ich nichts von den Entführungen gehört? Waren selbst in der Zitadelle nicht mehr genug Magier? Gibt es Grund zur Angst? Kann mir etwas passieren, wenn ich morgen in den Südturm gehe?«

ooooo

Fynn drehte sich auf den Rücken. In allen Häusern waren die Lichter gelöscht worden und er streckte seine Beine aus.

Niemand hatte gesehen, wie er sich in dem Garten neben Familie Johansson versteckt hatte. Zu seinem Glück waren die Nachbarn auf dieser Seite nicht aus dem Haus gekommen, als die Wachen eingetroffen waren.

Fynn krabbelte zwischen dem Pfeifengras hervor. Das Mädchen war zwei Stunden später mit seinem Vater aus Jette Clasens Haus gekommen. Sie hatte sich dort versteckt gehalten. Fynn kratzte sich am Kopf und zog Gras und einen Zweig von der kleinen Moorbirke aus seinem Haar.

Von den Wächtern war keiner geblieben, um die Straße zu beobachten. Wahrscheinlich hatten sie Charlotte verloren gegeben. Oder der Hauptmann hatte der Alten geglaubt. Dann würde er morgen im Turm auf das Mädchen warten oder sie auf dem Weg abfangen.

Fynn robbte zum Gartenzaun und lief gebückt bis zur nächsten Straßenecke. Er musste sich beeilen, damit er pünktlich seinen Dienst antreten konnte. Morgen würde er allerdings auch nicht zum Schlafen kommen. Denn wenn seine Kollegen sich in den Schlafsaal zurückzogen, würde er sich auf den Weg in die Stadt machen. Er musste erfahren, ob das Mädchen sich in die Dienste des Königs begeben würde. Oder war sie längst von den Rebellen auf deren Seite gezogen worden? Nachdem Fynn in der Halle die Taube gesehen hatte, schien ihm plötzlich alles möglich. Der große Aufstand stand bevor und es blieb ihm nicht mehr viel Zeit für seine eigenen Pläne.

Trotzdem musste er das Mädchen im Auge behalten. Seit er ihr Bild gesehen hatte, fragte er sich, welche Fähigkeiten sie haben könnte. Er musste wissen, auf welcher Seite sie stand. Und den verborgenen Raum würde er ohnehin erst in der nächsten Nacht weiter untersuchen können. Die Turmuhr an der Stadtmauer schlug Mitternacht, als er über den Platz lief. Er hatte noch eine Stunde Zeit, um sich auszuruhen. Das war auch bitter nötig. Er war in den engen Gassen entschieden zu oft gestolpert und würde noch die Aufmerksamkeit des Hauptmanns auf sich ziehen, wenn ihm das während seiner Wache geschah. Und das wäre das Ende all seiner Pläne. Er musste um jeden Preis unauffällig bleiben und wie ein braves Mitglied der Stadtwache wirken.

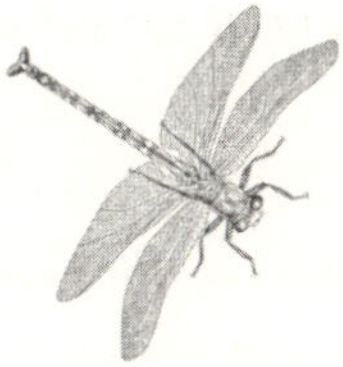

6. KAPITEL

Als Charlotte die Treppe hinunterging, murmelte der Spiegel etwas Unverständliches, aber heute entlockte es ihr kein Lächeln. Nicht einmal der herrliche Geruch von frischem Brot konnte die düsteren Erinnerungen an Träume von geflügelten Schlangen und wandernden Hütten vertreiben. In ihrem Traum war auch Jette aufgetaucht, die ihr immer wieder gesagt hatte, sie solle auf sich aufpassen, und dann wieder im Nebel verschwand. Charlotte fühlte sich müder und aufgewühlter als am Morgen zuvor und ihre Bauchschmerzen waren fast unerträglich geworden. Mit einem Beutel unter dem Arm, in den sie die wenigen Dinge hineingestopft hatte, die sie besaß, ging sie in die Küche. Die anderen setzten sich gerade zum Frühstück.

Guten Morgen! Ihr Vater hob die Hand zum Gruß.

Deine Zeit ist gekommen, Charlotte. Ihre Mutter deutete auf den gedeckten Tisch. *Du arbeitest ab heute und darfst die Aufgabe am Morgen an deine kleine Schwester abgeben.*

Bei den letzten Worten zwinkerte Mutter ihr zu. Leni grinste stolz.

Alles verändert sich, sagte Mutter mit den Händen und verteilte das Brot.

Doch Charlotte wollte nicht, dass sich alles veränderte.

Es sollte so bleiben wie früher. Stumm schluckte sie ein Stück Brot hinunter. Die Butter war noch immer zu weich, Käse hatten sie seit Wochen nicht, aber es gab für jeden einen schrumpeligen Apfel. Charlotte bemühte sich, das Ende des Frühstücks hinauszuzögern, und kaute endlos auf winzigen Brotstücken herum. Auch versuchte sie, ihre Eltern noch einmal auf die Gerüchte anzusprechen, aber sie bekam keine Antwort.

Um acht verließen sie das Haus, als wäre es ein Morgen wie schon Hunderte vor ihm. Wie ihre ältere Schwester Merle würde sie das Haus heute verlassen und erst zurückkehren, wenn man es ihr erlaubte. Aber sie wusste nicht, wie die Ausbildung im Südturm aussah und wann sie wieder heimkehren durfte. Merle schlief fast jede Nacht im Haus ihrer Eltern, da die Hutmacherin, bei der sie in die Lehre ging, nicht für alle Mädchen Schlafplätze zur Verfügung stellte und in der Stadt lebte. Vielleicht wurde Charlotte auch sofort wieder nach Hause geschickt, wenn jemand herausfand, dass sie nicht über eine magische Begabung verfügte. Oder die Wachen warfen sie wegen Betrugs in den Kerker. Dann kam sie gar nicht mehr nach Hause.

Charlotte schluckte und drehte sich an der Straße noch einmal um. Jette stand nicht am Fenster, um ihr zu winken.

Einen Teil des Weges gingen sie zusammen, dann umarmten Vater und Mutter die Mädchen. Nach vielen Gesten der Ermahnung und noch mehr in die Luft gehauchten Küssen bogen sie links ab und die drei Schwestern folgten den Bauern zum Marktplatz. Sie hielten sich an den Händen und gingen schweigend nebeneinanderher. Die Straßen wurden immer voller, je dichter sie dem Zentrum der Stadt kamen.

Auf diesem Weg konnte sich nicht einmal Charlotte ihre trüben Gedanken bewahren. Die Frauen trieben die Kühe vor sich her und schwatzten laut mit den Freundinnen, die viele Schritte vor ihnen gingen. Die Ziegen meckerten, die Pferde schnaubten. Ein Mann rannte hinter einem Hahn her, der einige Federn lassen musste und siebenmal krähte, bis er wieder in seinem Käfig verstaut wurde. Ein kleiner Junge wollte eilig die Straße überqueren und trat in einen Kuhfladen. Er fluchte wie ein betrunkener Zwerg.

Charlotte musste den Markt überqueren und durch das kleine Tor zum Fluss gehen. Wenn sie über die Limfjordbrücke den westlichen Teil der Stadt erreicht hatte, war es nicht mehr weit bis zur Zitadelle, die auf einem Hügel vor der großen Stadtmauer thronte.

Kurz vor der kleinen Mauer, die den Marktplatz und die ältesten Häuser von Aalborg umgab, waren die Straßen mit den Fuhrwerken vollkommen verstopft. Als sie sich der Schule näherten, blieb Leni stehen und drückte Charlotte lange und fest an sich. Dann drehte sie sich um und lief schnell davon. Doch Charlotte hatte ihre Tränen gesehen und schluckte mehrmals, bis sie nicht mehr das Gefühl hatte, sie müsste alle Knöpfe von ihrem Kleid reißen, um nicht zu ersticken. Merle nahm ihre Hand und zog sie weiter durch die Menschen, die zum Markt und ihren Arbeitsplätzen in die Stadtmitte strömten.

Die Hutmacherin, bei der ihre große Schwester in die Lehre ging, hatte ihr kleines Holzhaus direkt an die Mauer gebaut. So konnte sie die vorderen Fenster zum Verkauf nutzen. Zusammen traten sie durch das Tor auf den Marktplatz. Merle hob die Hände, um sich von Charlotte zu verabschieden. *Pass auf dich auf, meine Kleine.*

Charlotte nickte. »Wir sehen uns bald wieder.«

Sie sahen sich noch eine Weile in die Augen, aber es gab nichts mehr, was sie einander sagen konnten. Es war nicht sicher, wann sie sich wiedersehen würden, und sie blinzelten beide, um ihre Tränen zurückzuhalten. Aus dem Haus der Hutmacherin winkte jemand, und Merle strich schnell über das dunkle Haar ihrer Schwester, bevor sie hinter der bunten Tür verschwand.

Charlotte wischte sich mit dem Ärmel über das Gesicht und begann, sich einen Weg quer über den Marktplatz zu suchen. Hier drängten sich die Händler mit ihren Tischen und Körben. Es wurde geflucht und geschrien, und Charlotte lächelte, als sie zwischen den Frauen und Männern die silbernen Haarreifen der Priesterinnen erkannte. Sie hatte sich immer vorgestellt, sie würden alles, was sie tun, vornehm und leise erledigen. Aber hier drängelten sie sich zwischen die Bäuerinnen und Mägde und feilschten lautstark um Eier und Gemüse. Ihre kleine Schwester Leni wollte gerne eine Heilerin werden und verehrte die Frauen. Sie würde kaum glauben, dass sie sich wie alle anderen um den Einkauf auf dem Markt kümmern mussten.

Schließlich sah sie das Tor, das zur Limfjordbrücke führte. Auf der anderen Seite des Flusses lag die Zitadelle.

Das kleine Westtor war für Charlotte das schönste der ganzen Stadt. Es war aus dunkelroten Backsteinen gebaut und das kleine Türmchen ragte gut drei Meter über die alten Häuser und die kleine Stadtmauer hinaus. So konnte man schon von Weitem die große Uhr sehen. Im Turm schlugen zwei Glocken zu jeder halben Stunde. Ihr Klang war voll und warm, fast majestätisch und viel tiefer als die Glocken der Zitadelle.

Am schönsten aber war das Zifferblatt der Uhr. Zwischen den Zahlen tummelten sich Einhörner, Nixen und Drachen. Sie waren in bunten Farben gemalt. Charlotte konnte nicht aufhören, es anzuschauen. Immer wieder stolperte sie oder rempelte Leute an den Ständen an, als sie auf das Tor zuging.

Jette hatte ihr erzählt, in den Flüssen waren noch Nixen geschwommen, als der Turm gebaut wurde. In den Wäldern im Süden sollen sich Einhörner aufgehalten haben, als der Vater des Königs noch regierte. Drachen hatte man schon seit drei Jahrzehnten nicht mehr gesehen. Aber wenn die Alten nach ein paar Bechern Wein von ihrer Kindheit erzählten, gehörten dazu auch Drachen, die von den Bergen kamen und über die Felder flogen.

Die Welt musste ein wunderbarer, abenteuerlicher Ort gewesen sein, bevor diese Wesen alle verschwunden waren. Oder sie war schon immer so, wie sie war, aber die Erinnerungen vermischten sich mit den uralten Geschichten und Träumen. Charlotte hing diesem Gedanken nach, als sie im Torbogen vor sich einen jungen Mann entdeckte, der ihr bekannt vorkam. Er sah ihr direkt ins Gesicht.

Als sie Fynn erkannte, war sie noch dreißig Schritte von ihm entfernt. Der junge Wächter, der sie gestern so lange gemustert hatte, trug heute nicht die graue Kleidung und den blauen Gürtel, der ihn als Mitglied der Stadtwache auswies. Hätte sie sein Gesicht nicht gestern bei der Zeremonie gesehen, hätte sie ihn für einen jungen Bauern gehalten.

Er sah ernst und besorgt aus, und während Charlotte sich ihm näherte, runzelte er die Stirn. Sie war nur zwanzig Schritte von Fynn entfernt, als ihr jemand einen braunen Sack über den Kopf zog.

ooooo

Eisenhauer schlug die Tür hinter sich zu und trat zu seinem Sekretär. Hektisch riss er die Klappe auf und zog die Papiere aus der Schublade. Er musste die Namen mit der Liste vergleichen. Auch wenn er längst wusste, welche Mädchen fehlten. Es waren in der letzten Nacht nicht alle Kinder abgeholt worden. Als er vor dem Morgengrauen in die Zitadelle zurückgekehrt war, um sich die Magiebegabten in Ruhe anzusehen, hatte er eine Überraschung erlebt. Den ganzen Weg von der Universität bis nach Aalborg hatte er sich ausgemalt, wie es sein würde, ihr nach all den Jahren ins Gesicht zu sehen, ihr Leben zu ruinieren und ihre Träume zu zerstören. Eisenhauer breitete seine Papiere aus und legte die Liste daneben, die Bo ihm überreicht hatte.

Drei Mädchen fehlten noch. Eine war angeblich bei einer Freundin. Sie hieß Charlotte. Es war das Mädchen mit den taubstummen Eltern. Tilde war nach der Zeremonie in das Hospital eingeliefert worden. Nach der Aufregung, die sie angesichts ihrer Bestimmung ergriffen hatte, war sie zusammengebrochen.

Eisenhauer ballte die Hände zu Fäusten und zerknüllte das Bild des Mädchens. Das Hospital lag im östlichen Teil der Zitadelle auf dem Gelände der Priesterinnen und war der einzige Ort, der sich seiner Kontrolle entzog.

Bislang hatte er Prinz Børge noch nicht dazu gebracht, sich gegen die Heilerinnen aufzulehnen. Deshalb konnte er das Mädchen erst holen, wenn sie wieder nach Hause geschickt wurde.

Eisenhauer strich das Papier wieder glatt. Es war ein Ärgernis, aber kein unüberwindbares Problem. Schließlich hatte er genügend seiner Federn in der Nähe postiert und Tilde würde ihnen nicht entkommen.

Ein Bild legte er oben auf den Stapel. Freja war direkt nach der Zeremonie mit ihrer ganzen Familie geflohen. Obwohl die Wächter der Zitadelle zusammen mit der Stadtwache wegen des Rebellen alle Stadttore kontrolliert hatten, war es ihnen irgendwie gelungen, Aalborg zu verlassen. Noch eine Herausforderung, die er meistern konnte. Aber es war nicht mehr das gleiche freudige Kribbeln, das ihn am Morgen bei dem Anblick des Rebellen ereilt hatte. In den letzten Stunden hatte sich eine Handvoll Leute seinen Plänen widersetzt, und er konnte es nicht ertragen, wenn ihm jemand auf der Nase herumtanzte. Eisenhauer schlug mit der

Faust gegen die Wand. Weißer Putz rieselte wie feiner Schnee auf den Boden. Das blutige Hemd war verschwunden, und auch der Dreck würde aufgewischt sein, wenn er das nächste Mal sein Zimmer betrat. Man respektierte ihn in der Zitadelle und die Diener fürchteten seinen Zorn. Das sollte überall im Land so sein, und er würde dafür sorgen, dass man bei seinem Namen auch außerhalb der Mauern erzitterte.

Eisenhauer las die Berichte sorgfältig und in seinem Kopf formte sich ein Plan. Zwar war er sich noch immer nicht sicher, welches der Mädchen er suchte, aber er musste sie alle hier in der Zitadelle haben, um das herauszufinden. Sorgfältig sortierte er die Zeichnungen und Berichte, schob sie wieder in die Schublade und verschloss den Sekretär. Dann machte er sich auf den Weg, um das Problem der verschwundenen Mädchen zu lösen.

ooooo

Charlotte öffnete die Augen. Ihre Stirn schmerzte, doch sie konnte die Hand nicht heben, um nach einer Beule zu tasten. Sie saß auf einem Stuhl und ihre Hände waren auf dem Rücken zusammengebunden. Als sie sich vorbeugte, sah sie den dicken Strick, mit dem ihre Füße an den Stuhl gefesselt waren.

Im Dach waren viele kleine Löcher, durch die der Regen tropfte. Der Himmel war schwarz. Eine Fackel brannte zuckend in einer Halterung an der Wand und beleuchtete ihr riesiges Gefängnis.

Sie musste in einem verlassenen Lagerhaus oder einer der alten Fabriken sein. Der Raum sah aus, als würde er seit hundert Jahren schlafen. Sie erkannte Tische und Geräte. In einer Ecke stand ein Webstuhl. Durch die Spinnweben waren die Umrisse verschwommen, und alles sah aus, als hätte jemand es mit einem silbernen Tuch zugedeckt.

Eine Spinne krabbelte über ihren linken Schuh und verschwand dann hinter großen Staubflusen. Charlotte spürte die Kälte, die durch die Löcher in der Decke fiel, und hörte den Regen auf das Dach trommeln. Was war nur geschehen? Wer hatte ihr etwas über den Kopf gestülpt und sie in diese Fabrik geschleppt? Konnten es die Wächter des König gewesen sein? Doch die hätten sie doch in die Zitadelle gebracht und nicht an diesen verlassenen Ort. Was hatte dieser Fynn mit der Sache zu tun? Warum hatte er sie bei der Zeremonie angestarrt und warum war er auf dem Marktplatz gewesen? Hatte er die Entführung nur beobachtet oder arbeitete er mit denen zusammen, die Charlotte hier auf den Stuhl gebunden hatten? Sie ruckte mit dem Oberkörper nach vorn und warf sich gegen die Stricke. Der Stuhl kippte nach vorn und sie schlug mit der Stirn auf den steinernen Boden. Charlotte ignorierte den Schmerz und das feine Rinnsal Blut, das ihr an der Wange herunterlief, und streckte die Beine. Sie zog sie wieder an und schob so die Stricke von den Stuhlbeinen. Doch wie sehr sie sich auch bemühte, die Hände zu befreien, es wollte ihr nicht gelingen. Irgendwo waren ihre Fesseln um eine Strebe des Stuhls geschlungen und ließen sich nicht lösen. Hier lag sie auf dem schmutzigen Boden und wusste nicht, was als Nächstes geschehen würde. Tränen füllten ihre Augen und sie schluckte und blinzelte, doch sie konnte sie nicht zurückhalten.

Als alle Tränen geweint waren, lag Charlotte noch immer zitternd auf dem Boden und wartete darauf, den Klang einer Glocke zu hören. Doch sie hörte sie nicht. Entweder war sie zu weit von der Stadt mit ihren Türmen und Uhren entfernt oder an diesem Ort verging die Zeit nicht.

Die Müdigkeit drückte Charlotte das Kinn auf die Brust. Ihre Augenlider wurden immer schwerer.

Als eine Tür ins Schloss fiel, zuckte sie zusammen. Hatte sie von dem Geräusch geträumt? Charlotte blinzelte und versuchte, in den dunklen Ecken der Fabrik einen Ausgang zu entdecken.

Doch plötzlich trat wie aus dem Nichts eine Frau mit zwei Fackeln vor sie.

»Kleines, du bist wach«, sagte sie und ihre Stimme klang weich und freundlich. Charlotte wollte instinktiv die Arme heben, doch die Fesseln hielten sie am Stuhl fest.

»Du hast dich verletzt.« Die Stimme der Frau hatte sich nicht verändert, doch Charlotte spürte einen kalten Hauch in ihrem Nacken. Mit erstaunlich kräftigen Armen griff die zierliche Frau unter den Stuhl und stellte Charlotte wieder auf die Füße.

»Machen Sie mich los?«, fragte sie. Es war kaum ein Flüstern, und Charlotte ärgerte sich, weil ihre Stimme ihre Angst verriet.

Die Frau schüttelte den Kopf.

Wenn die Fesseln sie nicht gehalten hätten, wäre Charlotte vom Stuhl gefallen. Alle Kraft entwich ihrem Körper, und sie konnte kaum den Kopf heben, um die Frau anzusehen.

Sie hatte graue Haare, die schon lange keinen Kamm zu spüren bekommen hatten. In den verfilzten Knoten steckten Hühnerfedern und Stroh. Sie trug mehrere Röcke übereinander. Fünf verschiedene Farben schauten durch die Löcher der obersten Schicht.

Darunter steckten zwei nackte, ungewaschene Füße.

Charlotte fror bei diesem Anblick noch mehr als vorher und presste die Zähne aufeinander. So hatte sie sich als kleines Kind immer die Hexen auf ihren fliegenden Besen vorgestellt.

»Kleines, ist dir kalt?« Die Frau kniete sich vor Charlotte auf den Boden und legte eine Hand unter ihr Kinn.

»Brandur, hol eine Decke«, rief sie über ihre Schulter.

Die Augen der Frau waren dicht vor Charlottes Gesicht und sie spürte einen Stich im Herzen. Sie schloss die Augen und der Schmerz war vergangen. Die Frau wich zurück.

Eine zweite Gestalt kam mit einer löchrigen Decke über dem Arm auf sie zu. Charlotte blinzelte. Sie hatte noch nie einen Zwerg gesehen. Doch es gab keinen Zweifel, er stand vor ihr und legte der knienden Frau eine Hand auf die Schulter. Auch wenn er nur einen Meter groß war, hatte er die Statur eines kräftigen Mannes.

Der Zwerg klopfte auf den Stoff und irgendetwas krabbelte eilig davon. Als er aber die Decke über Charlottes Schultern ausbreitete, wärmte sie ihren Rücken wie ein königliches Federbett. Obwohl sie sich gegen den Gedanken sträubte, fühlte Charlotte Dankbarkeit in sich aufsteigen. Die wohlige Wärme breitete sich vom Rücken im ganzen Körper aus, und sie hätte gern gewusst, ob ein Zauber auf der Decke lag. Schließlich hatte der löchrige Stoffhaufen keinen guten Eindruck gemacht. Charlotte legte den Kopf in den Nacken und musterte die Gesichter der beiden.

Da hörte auch der Regen auf und es wurde still. In der Ferne schlug eine Uhr. Es war Mitternacht.

»Du brauchst keine Angst zu haben.« Der Zwerg schüttelte den Kopf und richtete sich auf. Er reichte Charlotte nicht einmal bis zu ihrem Kinn, obwohl sie auf einem Stuhl saß.

»Warum habt ihr mich gefesselt?«, wollte Charlotte wissen.

»Um dich etwas zu fragen«, sagte die Frau.

»Das ist aber nicht sehr höflich.« Charlotte versuchte, das strenge Gesicht zu machen, mit dem ihre Mutter sie bedachte, wenn sie sich eine Frechheit erlaubt hatte. Doch es wollte nicht gelingen und der Zwerg fing an zu lachen.

»Da hast du recht«, sagte er. Die Frau schwieg.

»Ich bin Brandur. Das ist Smilla. Wir möchten dir ein paar Fragen stellen.« Er deutete eine Verbeugung an.

Smilla stand auf und trat einen Schritt zurück. Mit dem Schnippen ihrer Finger entzündete sie noch weitere Fackeln.

»Was sollst du für den König tun?«, fragte Brandur.

»Ich … ich weiß es nicht.« Charlotte blinzelte. Das helle Licht brannte in ihren verweinten Augen.

»Was hast du für magische Fähigkeiten?«, fragte er weiter.

Charlotte sah auf den Fußboden vor sich und beobachtete die Staubflusen, die Smilla aufwirbelte, weil sie mit dem rechten Fuß ununterbrochen auf den Boden klopfte.

»Keine«, flüsterte sie.

Smilla trat auf sie zu und hockte sich abermals dicht vor ihr Gesicht. Charlotte wollte zurückweichen, doch die Fesseln hielten sie auf dem Stuhl. Sie sah die schmutzigen Flecken in Smillas Gesicht und die gelben Zähne, als sie den Mund öffnete. Die Frau reckte den Kopf noch weiter vor, bis sie mit der Stirn beinahe gegen ihre stieß. Ihr Atem roch wie ranzig gewordene Butter.

»Ich glaube dir nicht«, sagte Smilla und erhob sich wieder.

Brandur runzelte die Stirn, wodurch seine Augen zur Hälfte unter den Falten verschwanden.

Die Decke wärmte plötzlich nicht mehr.

»Du darfst uns nicht anlügen. Smilla sieht es«, sagte der Zwerg.

»Ich lüge nicht.« Charlotte konnte das Schluchzen nicht mehr unterdrücken. »Ich weiß nicht, was der König von mir will. In der Schule hatte ich keine magischen Fähigkeiten. Es war sicher ein Fehler.« Die Tränen liefen wieder über Charlottes Gesicht.

»Die Männer des Königs wollten dich in der Nacht holen«, sagte Brandur und schob Smilla zur Seite.

»Aber ich weiß nicht, warum sie gekommen sind.« Charlotte schluckte. Angst und Verzweiflung saßen wie ein Kloß in ihrem Hals, und sie versuchte, sich auf ihren Atem zu konzentrieren. Sie durfte nicht verzweifelt schluchzen und jammern. Aber die Tränen konnte sie nicht zurückhalten. Ihre Augen fühlten sich wund und geschwollen an, während die salzigen Tropfen unaufhaltsam über ihr Gesicht und ihren Hals liefen.

Brandur beugte sich plötzlich vor und löste die Fessel der linken Hand.

Charlotte wischte sich mit dem Ärmel über das Gesicht.

»Danke«, sagte sie leise.

Smilla schnaufte. »Du verbirgst etwas vor uns!«

Charlotte schüttelte den Kopf.

»Die Wächter wollten dich holen.« Brandur zog am spitzen Ende seines Bartes und grauer Staub rieselte auf den Boden.

Charlotte fielen Jettes Worte wieder ein. Die Nachbarin dachte, die Wächter würden im Auftrag des Königs Magiebegabte entführen.

»Du hast also davon gehört«, stellte Smilla fest.

Charlotte hielt die Luft an. Hatte sie Jettes Worte laut wiederholt?

»Nein, hast du nicht. Ich höre deine Gedanken durch die Luft fließen. Das ist meine magische Begabung. Davon werde ich zwar nicht satt, aber zuweilen ist es ganz nützlich.«

Smilla lachte, aber es klang verbittert.

Charlotte versuchte, an nichts mehr zu denken. Brandur deutete mit seiner runzeligen Hand auf Charlottes Fesseln.

»Es heißt, die Wanderer entführen magiebegabte Menschen, bevor der König sie einsperrt. Und wie du siehst, stimmt es auch.«

Charlotte hielt die Luft an. Die Decke rutschte von ihren Schultern.

»Der König sperrt die Magier in seine Türme, weil es laufend weniger werden. Wir können uns schon lange keine magischen Gegenstände mehr kaufen. Sie werden zu teuer, weil die Zwerge und Feen sich weigern, die Geräte der Menschen zu verzaubern. Sie ziehen sich weiter in die Berge und Wälder zurück. Wann hast du das letzte Mal eine Fee oder einen Drachen gesehen, Charlotte?«

»Noch nie.«

Brandur kannte ihren Namen. Aber Charlotte wunderte sich nur kurz darüber.

»Wir haben uns mit den anderen Wanderern und den fahrenden Völkern zusammengetan. Sie leiden schon lange unter den Zuständen im Land.«

Smilla nickte.

»Es gibt zu viel Ungerechtigkeit in diesem Land, seit der junge König regiert.« Brandur ballte seine Hände zu Fäusten.

Charlotte hielt den Atem an. Noch nie hatte sie erlebt, wie jemand schlecht über Prinz Børge redete. Maja hatte in der Schule fünf Stockschläge bekommen, nur weil sie gefragt hatte, ob der König denn nicht wisse, wie arm die Bauern waren. Ihre Kinder kamen ohne Schuhe und Schiefertafeln in die Stadt zum Unterricht.

Doch niemand erschien, um den Zwerg zu bestrafen. Charlotte atmete tief ein.

»Was wollt ihr tun?«, fragte sie und umklammerte mit den Händen den Stuhl. Sie war nicht sicher, ob sie die Antwort hören wollte.

»Magie ist für alle Menschen und darf vom König nicht in Türme eingeschlossen werden, während wir draußen verhungern.« Brandur verstummte, als Smilla den Arm hob.

»Mehr muss sie nicht wissen. Du hast schon zu viel gesagt, Brandur.«

Der Zwerg stemmte die Hände in die Seiten, wo ein breiter Ledergürtel sich über Hemd und Hose spannte.

»Nein, Smilla. Die jungen Leute müssen verstehen, wofür wir kämpfen. Alle Wesen sollen die Magie nutzen können. Nicht nur die Reichen.«

»Dafür haben wir keine Zeit. Während wir hier reden, haben die Wächter die anderen Jugendlichen im Turm versammelt.« Smillas Stimme wurde mit jedem Wort lauter.

»Nicht alle«, sagte Brandur. Er hielt dem Blick der Hexe stand, obwohl er den Kopf weit in den Nacken legen musste, um in ihr Gesicht zu sehen.

»Ich finde es auch nicht gerecht.« Charlotte hustete. Die Kälte kroch ihr den Rücken hinauf und kratzte in ihrem Hals.

»Wir haben keinen Kältestein mehr.«

Smilla lachte auf.

»Und ich dachte, uns ginge es schlecht! Mein Bruder ist im letzten Winter verhungert, nachdem der König sich seine Enkelkinder geholt hat. Sie sind für immer verloren.«

Charlotte schluckte. Sie wäre am liebsten im Boden versunken, mit ihrem Stuhl und ihren Fesseln.

Brandur legte ihr die Decke wieder über die Schulter, aber Smilla drehte sich um und verließ den Raum. Charlotte hörte die Schritte auf den Steinen klappern, bis in der Dunkelheit am Ende der Halle eine Tür ins Schloss fiel.

»Wirst du uns helfen, Charlotte?«, fragte der Zwerg.

»Wie? Ich habe keine magischen Fähigkeiten.«

»Smilla sagt, du lügst.« Brandurs Stimme verriet kein Gefühl. Er stellte es einfach fest.

»Nein!« Charlotte schüttelte den Kopf. »Ich kann wirklich nichts Besonderes!« Sie spürte, wie die Tränen wieder aufstiegen.

»Smilla irrt sich nie.«

Sein Gesicht sah nicht mehr freundlich aus. Die Falten machten es griesgrämig und die breiten Augenbrauen zogen sich wie Gewitterwolken zusammen.

Charlotte schloss die Augen. Die Tränen liefen ihr über das Gesicht und tropften auf den Saum ihres Kleides. Dabei hätte sie schwören können, dass sie bereits all ihre Tränen geweint hatte.

Der Regen beendete seine Pause und prasselte wieder auf das Dach weit über ihr.

7. KAPITEL

Fynn marschierte durch die Korridore des Schlosses und dachte an Charlotte. Er hatte die Entführer bis zu einer alten Fabrik verfolgt, aber nicht gesehen, ob sie das Mädchen hineingebracht hatten. Es war Zeit für den Wachwechsel gewesen und er war zurück in die Stadt gelaufen. Allerdings hatte er seinen Dienst schon wieder mit einem schlimmen Schlafmangel angetreten, und es war ein Wunder, dass er noch nicht sich selbst oder einen seiner Kameraden verletzt hatte.

»Fynn«, brüllte Tjelle und packte ihn an der Schulter.

Schon wieder hatte er den falschen Weg eingeschlagen und einen Teil der Zitadelle betreten, in dem sie nichts zu suchen hatten.

»Was ist nur los mit dir?«, wollte Tjelle wissen und drängte ihn zu den Treppen, damit sie ihre übliche Runde an der großen Stadtmauer fortsetzen konnten. »Warum torkelst du wie ein betrunkener Zwerg?«

Fynn zuckte zusammen. Er war heute Morgen einem echten Zwerg so nah gekommen wie noch nie zuvor. Doch er konnte die Spur nicht verfolgen, ohne seine Position hier bei der Stadtwache zu riskieren. Wahrscheinlich sogar sein Leben.

Tjelle boxte ihn in die Seite und Fynn taumelte die Stufen hinunter. Schnell griff er nach dem Geländer und fing sich ab.

»Entschuldige, Tjelle. Ich bin nur müde. Die letzten Nächte waren zu kurz.«

Sein Kamerad lachte laut und schlug ihm noch einmal auf die Schulter. Diesmal allerdings eher freundschaftlich.

»Du hast schon seit Tagen nicht mehr geschlafen. Wo treibst du dich nur herum?«

Fynn setzte seinen Weg fort, beobachtete Tjelle aber neben sich und versuchte, in seinem Gesicht zu lesen. Ahnte er etwas? Hatte ihn noch jemand anders unter Verdacht? War er in Gefahr?

Tjelle lachte noch einmal und schüttelte dann grinsend den Kopf. »Du kannst es mir ruhig sagen …«

Da sah Fynn den Ausweg, den ihm Tjelle gerade bot. Er wollte eine schlüpfrige Geschichte hören, um sich den Nachmittag zu vertreiben. Also erfand er eine.

»Du kennst sie nicht«, begann Fynn zu erzählen, und Tjelle sorgte dafür, dass sie die Stadt auf dem vorgegebenen Weg durchstreiften und ohne große Vorfälle ihren Dienst beenden konnten.

Die frische Luft und die fantasievollen Lügengeschichten hatten Fynns Lebensgeister wieder etwas geweckt. Aber als er mit den anderen Kameraden beim Essen saß, neigte sich die Dämmerung über die Türme der Zitadelle, und die Müdigkeit beschwerte seine Arme und Beine. Erschöpft saß er zwischen den anderen und zwang sich, den Suppenlöffel immer wieder zum Mund zu führen. Vor ihm lagen nur wenige kostbare Stunden, in denen er sich erholen oder den Namen auf der Wand in der geheimen Kammer suchen konnte. Wie sollte er sich entscheiden? Fynn tauchte den Löffel in die Suppe und lauschte den Gesprächen seiner Kameraden. Doch immer wieder erschien das Gesicht des Mädchens in seinen Gedanken. Fynn schüttelte den Kopf. Er hatte auch ohne sie schon genug Sorgen.

Aber vielleicht fühlte er sich auch für sie verantwortlich, weil er ihre Entführung beobachtet hatte und nicht verhindern konnte. Wahrscheinlich war Charlotte ohnehin nicht mehr in der Fabrik, und wenn er ihr helfen wollte, würde er seine Zeit in der Dunkelheit mit einer aussichtslosen Suche vergeuden. Das konnte er sich nicht leisten. Wer wusste, wie viele Nächte es noch geben würde, in denen er unbemerkt durch die Zitadelle schleichen konnte? Und wenn er zu müde war, um seinen Dienst ordentlich zu versehen, würde er bald in große Schwierigkeiten geraten.

Fynn ließ den Löffel wieder sinken. Die anderen erhoben sich von den Tischen und um ihn herum mischte sich das Klappern der Schüsseln und das Schlurfen der Stiefel zu einem anschwellenden Dröhnen in seinem müden Kopf. Sollte er lieber schlafen gehen oder in die geheime Kammer schleichen? Konnte er überhaupt die Kraft aufbringen, in den unterirdischen Gängen der Zitadelle herumzuschleichen?

Die Suche nach Charlotte war die dritte Möglichkeit, die Nacht zu verbringen. Aber es war die, die am wenigsten Aussicht auf Erfolg versprach und ihn seinen Zielen kein Stück näher brachte. Trotzdem konnte er nicht aufhören, an das Mädchen zu denken.

ooooo

»Es sind schon wieder Mädchen entführt worden.«

»Verdammt. Ist das sicher?«

»Ja, Herr Dekan.«

»Wie viele?«

»Drei.«

Der Dekan der Universität, Kasper Olsen, hatte Schweißtropfen auf der Stirn. Eisenhauer würde alles in Stücke hauen, wenn er davon erfuhr. Womöglich setzte er den Prinzen noch mehr unter Druck, und wer wusste, wohin das noch führen konnte?

»Ist die Kleine dabei?«

Der Diener schüttelte den Kopf. »Es war kein Mädchen mit dem Namen Henna auf der Liste der Vermissten.«

»Waren es die Zwerge?«

»Auf dem Marktplatz waren keine Zwerge, aber Frauen mit dem Banner der Hexen vom Vildmoor.«

Der Dekan schnappte geräuschvoll nach Luft. Er musste sich mit seinen Aufzeichnungen beeilen, denn es blieb ihm nicht mehr viel Zeit für seine friedlichen Methoden. Die Rebellen kamen aus ihren Verstecken und wagten sich bis nach Aalborg hinein. Das bedeutete nichts Gutes. Sie mussten Vertraute in der Stadt haben und hatten ihre Angst vor Hauptmann Eisenhauer und seinen Federn verloren.

»Bring mir etwas Braten und einen großen Krug dünnes Bier. Ich werde heute lange arbeiten.«

Der Diener verbeugte sich und verließ das Zimmer.

Der Dekan trat an sein Pult und legte Papier und Tinte bereit. Daneben platzierte er den Stein, den er heute beschreiben wollte. Mit der Hand strich er darüber und sah dabei zu, wie die glasähnliche Oberfläche um den Finger herum eine graue Farbe annahm. Er beugte sich über das Pergament, tauchte die Feder ein und begann zu schreiben. *»Orte der Magie in Himmerland und ihr Nutzen für die Gesellschaft. 1. Kapitel: Iskære. Die Kältesteine werden in der Größe von gewöhnlichen Ziegelsteinen aus dem Berg geschnitten. Dazu sind lange Messer mit Klingen aus spanischem Stahl nötig. Sie sind härter als unsere Messer in Himmerland. Wenn die kühlende Wirkung nachlässt, können die Steine mit dem Wasser beträufelt werden, das in dem Berg aus den offenen Wunden heraustritt, aus denen die Steine herausgeschnitten wurden.«* Kasper Olsen kratzte sich am Hinterkopf und betrachtete die Worte, die er gerade geschrieben hatte. Warum hatte er die Abbruchstellen im Berg Wunden genannt? Er kannte niemanden, der sie so bezeichnete. Fügten die Messer dem Berg wirklich Wunden zu?

Für einen Moment verspürte er den dringenden Wunsch, die Sätze durchzustreichen und aus seinem Gedächtnis zu löschen. Doch dann entschied er sich, damit bis morgen zu warten. Er würde noch weitere Untersuchungen vornehmen, um herauszufinden, ob sein Gefühl ihn in die Irre oder zur Wahrheit geführt hatte.

ooooo

Es fühlte sich an, als wären Stunden vergangen, seitdem sich die Tür hinter Brandur geschlossen hatte. Da sie durch die Löcher im Dach den dunklen Himmel sehen konnte, musste es immer noch Nacht sein. Charlotte hatte aufgegeben, an ihren Fesseln zu zerren, seit sie sich die Handgelenke wund gescheuert hatte. Ihre Arme waren taub und ein brennender Schmerz zog bis zu ihren Schultern hinauf. Sie fühlte eine dumpfe Traurigkeit und dachte an ihre Eltern und ihre Schwestern. Wussten sie schon, dass Charlotte im Turm der Magier nicht angekommen war? Hatten die Wächter sie erneut befragt? Charlotte seufzte leise. Jette hatte sie gewarnt. Aber warum hatte die Nachbarin geahnt, was passieren würde? Wusste sie noch mehr von den Wanderern und dem fahrenden Volk und all den anderen Menschen, die mit Brandur und Smilla zusammenarbeiteten? Charlotte legte den Kopf in den Nacken und starrte in den dunklen Himmel hinauf, der zwischen den Dachschindeln zu erahnen war. Es spielte keine Rolle mehr, was Jette ihr verschwiegen hatte. Nun saß sie in dieser Fabrik fest und konnte nichts tun, außer zu warten. Vielleicht würden die Rebellen sie gehen lassen, wenn sie endlich merkten, dass Charlotte keine magische Begabung hatte, die ihnen nützen konnte. Doch wie sollte sie ihnen das nur begreiflich machen?

Ein Schatten fiel von der Decke. Erschrocken riss Charlotte den Kopf zurück und stieß gegen die Stuhllehne. Der Schmerz bohrte sich dumpf durch ihren Kopf. Sie schloss die Augen, bis er nachließ. Als Charlotte sie wieder öffnete, stand ein Junge vor ihr.

»Ich hol dich hier raus«, sagte er, bevor der Schreckenslaut ihre Lippen verlassen konnte. Es war der Junge von der Stadtwache.

»Warum?«, fragte sie.

Er lachte leise. »Du bist auf einem Stuhl gefesselt.«

»Kannst du mich losmachen? Meine Hände sind schon ganz taub.«

Er kniete sich vor sie und sägte mit einem Messer an den Stricken. Als er alle durchtrennt hatte, erhob sich Charlotte langsam vom Stuhl.

Vorsichtig trat sie auf, bis das Gefühl mit einem Kribbeln in ihre Beine zurückkehrte. Dann schüttelte sie die Hände und ballte sie immer wieder zu Fäusten.

»Wie bist du hereingekommen?«, fragte sie.

Fynn zeigte nach oben. Charlotte sah das Seil, das von der Decke herabhing. Das musste der Schatten gewesen sein, vor dem sie sich so erschreckt hatte.

»Kannst du hinaufklettern? An den Türen stehen ein halbes Dutzend Männer Wache. Aber hinter der Fabrik ist niemand.«

Fynn hielt mit einer Hand das Seil fest, die andere legte er Charlotte auf die Schulter. Ihre Haut brannte unter dem Kleid, wo seine Finger lagen. Sein grauer Mantel war vollkommen durchnässt und das Wasser tropfte aus dem Saum auf Charlottes Füße. Plötzlich schien es ihr keine gute Idee mehr, ihm einfach zu folgen.

»Willst du mich auch einsperren?« Charlotte wich einen Schritt zurück.

Fynn ließ beide Arme sinken.

»Nein. Ich will dich hier rausholen.«

»Aber du arbeitest für den König.« Sie trat noch einen Schritt zurück.

»Das stimmt. Und wenn er wüsste, wo ich bin, würde er mich ins Verlies werfen.«

»Du heißt Fynn, oder? Ich habe dich beim Trivium gesehen. Du hast eine Uniform getragen, also gehörst du zu denen.«

»Du hast dir meinen Namen gemerkt?« Er grinste frech. »Beobachtest du mich etwa?«

Charlotte stand der Sinn nicht nach diesen Spielchen. Sie hörte in der Ferne eine Tür zuschlagen und wusste, dass ihr die Zeit davonlief. Trotzdem wollte sie nicht von einer Falle in die nächste tappen.

»Was hast du mit den anderen zu tun? Diesen Männern mit den Kapuzen?« Sie hatte schnell gesprochen und sah ihm direkt in die Augen. Schließlich war sie es gewohnt, die Antworten der Menschen in ihren Gesichtern zu lesen und nicht nur auf die Worte zu achten, die aus ihrem Mund kamen.

»Nichts«, antwortete er und hob eine Hand, als wollte er schwören, die Wahrheit zu sagen. »Ich gehöre zur Stadtwache. Ich kümmere mich um die Sicherheit der Stadt. Die meiste Zeit laufe ich an den Mauern entlang und bewache die Tore. Einmal habe ich einen Dieb verfolgt.«

»Und die anderen?«

»Das sind Wächter. Sie erledigen andere Aufgaben.«

»Welche?«

»Das weiß ich auch noch nicht so genau.« Er trat einen Schritt auf sie zu und sie wich nicht zurück.

»Die Männer werden sicher bald zurückkehren. Willst du dann noch hier sein?«

Sie schüttelte den Kopf.

»Dann komm mit mir. Ich hole dich hier raus und bringe dich zu einem Versteck. Ich erzähle dir, was ich weiß, und dann kannst du entscheiden, was du tun willst.« Er streckte die Hand nach ihr aus.

Charlotte zögerte. Ihr Herz schlug lauter als der Regen, der auf das Dach prasselte. Sie wollte nach Hause in ihr Bett oder an das Fenster, um auf den Morgen zu warten. Doch sie stand in ihrem Kleid mit nassen Füßen in einer dunklen Halle. Sie wusste nicht, zu wem er gehörte, aber seine unbeholfene Geste mit der Hand hatte sie überzeugt. Er sagte die Wahrheit und wollte ihr helfen. Sie würde seine Hilfe annehmen und dann würde sie ihn ausfragen und keine Ruhe geben, bis sie Antworten bekam. Schließlich wollte sie nicht noch einmal ahnungslos in eine Falle tappen. Entschlossen nahm sie Fynns Hand. »Ich heiße Charlotte. Und ich habe dich nicht beobachtet.« Rasch zog sie ihre Hand zurück und griff nach dem Seil, um die roten Wangen zu verbergen.

Sie kletterte hinauf aufs Dach und krabbelte auf Händen und Knien ein Stück zur Seite, um Fynn Platz zu machen. Aber die nassen Pfannen waren glatt. Als sie langsam auf die Dachkante zurutschte, ließ sie sich schnell auf den Bauch sinken. Der Regen fiel in feinen dünnen Tropfen aus dem Himmel und hüllte sie wie ein Vorhang in nasse Dunkelheit ein. Irgendwo hinter sich hörte sie Geräusche. Fynn hatte das Dach anscheinend ebenfalls erreicht, doch er rief ihr keine Anweisungen zu. Charlotte wusste nicht, auf welcher Seite der Fabrik die Männer standen und wo die Hinterseite war. Der Wind frischte auf und das Wasser kam nun von allen Seiten. Charlotte rutschte plötzlich weiter auf den Abgrund zu. Rasch streckte sie die Hände aus und versuchte, einen Balken zu umklammern, den sie durch ein paar zerbrochene Tonpfannen erspähte. Ihre Hand steckte in dem Loch fest und die scharfe Kante eines Tonstückes schnitt in ihr Handgelenk. Doch sie konnte sich dort halten und rutschte nicht weiter vom Dach herunter. Sie schloss die Augen. Hoffentlich hatte Fynn einen Plan.

ooooo

Die Stadt schlief im Dunkeln. Nur in der Universität von Ousía war ein Flügel des Gebäudes hell erleuchtet. Der Dekan Kasper Olsen stand an einem Pult und betrachtete die blaue Farbe der kleinen geschwungenen Buchstaben auf dem Pergament, das vor ihm lag. Mit dem Finger strich er über die glatte, fast samtige Oberfläche.

Unwillkürlich schob er die Brille mit den runden Gläsern über den kleinen Huckel auf seiner Nase. Kühlung für Getränke und Speisen gab es bei den Reichen des Landes auch noch, aber alle anderen Annehmlichkeiten waren im Laufe dieses heißen Sommers knapp geworden. Sicher gab es in ganz Himmerland keinen anderen Ort, an dem man noch magisches Licht, geschliffenes Glas und die feinen silbernen Gestelle für Brillen finden konnte. Mit Ausnahme der königlichen Zitadelle natürlich.

Die Jårlys auf den Kronleuchtern flackerten hektisch, als die Tür zu dem Studierzimmer geöffnet wurde. Ein Diener trat an das Pult des Dekans und stellte Tee, kalten Seehundbraten und Obst darauf ab. Dann näherte er sich Prinz Børge, der unter dem zweiten Leuchter saß und ihnen den Rücken zuwandte.

»Darf ich Euch etwas zu essen reichen, Majestät?«, fragte der Diener und deutete eine Verbeugung an.

Die Muskeln an Børges breitem Kreuz spannten sich unter dem weißen Hemd, und die Perlen und Schnüre, die in seine langen Haare geflochten waren, schwangen von einer zur anderen Seite, als der Prinz den Kopf schüttelte.

»Keine Zeit. Die Sonne geht bald auf«, sagte er, ohne sich umzudrehen. Er hob kurz die rechte Hand und beugte sich dann noch tiefer über den Tisch, an dem er saß. »Majestät …«, brummelte er. »König ist ein anderer …«

Ratlos wandte sich der Diener an den Dekan.

»Gehen Sie ruhig«, versicherte der ihm leise.

Als der Diener die Tür wieder fest verschlossen hatte, hörte auch das Licht auf zu flackern, und Kasper Olsen nahm ein frisches Blatt Pergament von einem Stapel neben dem Pult. Er tauchte die Feder in das Tintenfass und begann zu schreiben.

»2. Kapitel: Gewinnung von magischem Licht. Magisches Licht liefern die Leuchtkäfer und Feen, die im Moor und in Sümpfen gesammelt werden. Sie halten sich in Gruppen zu je einem Dutzend auf. Direkt nach Sonnenuntergang sollten sie mit einem Kescher gefangen werden. Dabei ist darauf zu achten, dass das Netz vor der Jagd in Ziegenmilch getaucht wird. Sonst verbrennen die Leuchtkäfer es und fliehen. In Himmerland sind mittlerweile kaum noch Leuchtkäfer zu finden. Es ist nicht bekannt, wie sie sich vermehren oder fortpflanzen.

Eine weitere magische Lichtquelle sind die Jårlys. Das sind rote Flammen, die aus Chimairasteinen züngeln. Die Steine werden in den Hœnirbergen gefunden, und diese Erdlichter brennen sehr geruchsarm und stabil, wenn sie in Glasschalen aufbewahrt werden.« Der Dekan zögerte. Sollte er von dem Flackern berichten? In der Zitadelle war ihm das bisher nicht aufgefallen. Olsen legte die Feder zur Seite. Es musste für das Flackern einen Grund geben, und der Luftzug konnte es nicht sein, weil die magischen Lichter in Glaskugeln brannten. Dann krachte es plötzlich.

»Verdammt!«, rief der Prinz und sprang vom Tisch auf. Sein rotblondes Haar war an Stirn und Schläfen angesengt und von der Holzplatte vor ihm stieg eine dünne Rauchsäule auf.

Der Dekan durchquerte den Raum mit wenigen Schritten. Dutzende kleine Nägel hielten die ausgestreckten Flügel einer Eule auf der Tischplatte fest. Links und rechts neben dem Stuhl des Prinzen lagen die Federn des Tieres. Traurig betrachtete der Dekan die kleinen weißen Berge.

»Majestät, wenn Ihr erlaubt …«, begann er. »Es gibt nicht mehr viele Blitzeulen in Himmerland. Vielleicht sollten wir bei unseren Untersuchungen etwas vorsichtiger sein.« Olsen trat einen Schritt zurück und senkte den Kopf, um seiner Kritik die Schärfe zu nehmen.

Prinz Børge ließ Pinzette und Messer auf die Tischplatte fallen, antwortete aber nicht. Stattdessen wandte er sich ab und schritt auf die Tür zu. »Ich muss zurück nach Aalborg. In wenigen Stunden geht die Sonne auf.«

»Natürlich, Majestät!« Der Dekan zog an einem Band, das an der Wand hing, und sofort öffnete ein Diener die Tür. Bevor der Prinz das Zimmer verließ, drehte er sich noch einmal zu dem Dekan um. »Morgen sehe ich mir den Drachen an.« Dann verschwand er.

Olsen seufzte und legte seinen Finger auf den Brustkorb der Eule. Der Kleine atmete noch. Behutsam zog er die Nägel aus dem Gefieder und beobachtete erstaunt, wie sich die Federn um die Einstichstellen herum orangerot färbten.

Der Dekan sah zu seinen Aufzeichnungen herüber, als der Eule ein kleines, fast mitleiderregendes Donnern entwich.

»Das kann warten, mein Kleiner. Du hast recht.« Er schob seine Brille auf der Nase zurecht und machte sich daran, die Wunden der Eule zu versorgen.

Morgen wollte der Prinz sich den Drachen ansehen. Was er da mit seinen sogenannten Untersuchungen anrichten würde, wollte der Dekan sich gar nicht vorstellen.

Es gefiel ihm ganz und gar nicht, was Børge mit dem Land und seinen Kreaturen anstellte. Aber hatte er eine Wahl? Konnte er den mächtigsten Mann des Landes aufhalten? Und was müsste er dafür riskieren?

8. KAPITEL

Elf Männer saßen am Tisch und schwiegen. Der zwölfte Stuhl war leer. Hauptmann Eisenhauer trommelte mit den Fingern auf die Tischplatte. Er hasste die dramatischen Auftritte von Prinz Børge. Sie saßen im Versammlungsraum des Ostturms. Durch große Fenster an der Seite konnte er auf das Gelände sehen, das ihm seit Jahren ein Dorn im Auge war. Es war den Priesterinnen und Heilerinnen vorbehalten, und niemand durfte es betreten, wenn er nicht in Begleitung einer der Frauen war. Eine solche Erlaubnis wurde aber nur selten gewährt und war in den meisten Fällen an einen Aufenthalt in ihrem Hospital gebunden – dem größten der sieben Gebäude, die sie bewohnten und bewirtschafteten.

Die Uhr schlug viermal. Dann war wieder alles still bis auf das klopfende Geräusch von Eisenhauers Fingerknöchel.

Endlich öffneten sich die Türen zum Thronsaal und der Prinz betrat den Raum. Mit federnden Schritten begab er sich zu seinem Platz, während sich die Türen wie durch Geisterhand wieder schlossen. Die Männer applaudierten, doch Eisenhauer legte seine Hände auf den Tisch.

»Die neuste Erfindung aus der Universität von Ousía. Die Türen werden mithilfe von Zahnrädern angetrieben, die nur mit einem einzigen Hebel betätigt werden müssen. Und das ist erst der

Anfang! Wir wollen diese Technik auch bei der Fortbewegung nutzen. Dann können wir ohne die Hilfe von Magie von einem Ort zum anderen reisen, wenn die Rebhjule mit Zahnrädern angetrieben werden.« Er rieb sich die Hände. »Einfach faszinierend!« Prinz Børge sah strahlend in die Runde.

Die Männer machten Geräusche der Anerkennung und Begeisterung, doch einige gähnten immer wieder hinter der vorgehaltenen Hand.

Eisenhauer hatte kaum drei Stunden geschlafen, doch er würde es sich nie erlauben, in der Gegenwart des Prinzen seine Müdigkeit zu zeigen. Auch wenn er offiziell noch nicht gekrönt worden war, gab es im Volk und auch hier in der Zitadelle keinen Zweifel daran, dass Prinz Børge der Herrscher über das Land war. Den jungen König nannten sie ihn. In seiner Gegenwart zeigte man keine Schwäche.

Eisenhauer zog ein Messer aus der Tasche und entfernte den Dreck unter seinen Fingernägeln. Nichts vertrieb seine Müdigkeit so schnell wie ein Tischnachbar, der sich beim Anblick des Messers ganz gerade hielt und fast in die Hosen schiss, wenn Eisenhauer sich zu ihm hinüberbeugte. Der Geruch von Angst weckte seine Sinne.

»Ihr habt uns gerufen, Majestät«, sagte Eisenhauer in die Rufe des Erstaunens hinein und es war sofort still.

Prinz Børge ließ sich auf seinen Thron fallen, der sich von den anderen Stühlen nur durch eine besonders hohe Rückenlehne und eine mit grünem Samt gepolsterte Sitzfläche unterschied.

»Ich möchte einen Bericht über die Zeremonie und die Lage in unserem Land.« Prinz Børge nickte dem Mann zu seiner Rechten zu und vermied es, Eisenhauers Blick zu erwidern.

»Majestät, meine Männer haben die nördlichen Wälder durchkämmt«, begann der Mann zu berichten. Es war Hauptmann Ludvigsen, der Hauptmann der Wiesel, eine Gruppe, die ebenso wie Eisenhauers Federn besondere Aufgaben erledigte. »Die Zwerge ziehen sich weiter in die Berge zurück. Es wird schwieriger, sie zu fangen. Aber in der Nähe der Zelte und Wagen von den Wanderern treiben sich nun keine mehr herum. Wir haben ein halbes Dutzend in der Nähe eines Lagers gefangen genommen und den Rest von ihnen in alle Himmelsrichtungen verstreut.« Er lächelte stolz.

»Gab es Opfer?«, fragte der Prinz.

»Nur zwei Zwerge und einen Mann von den Wanderern, der sie verstecken wollte. Auf unserer Seite nicht.« Der Hauptmann lehnte sich in seinem Stuhl zurück und zwirbelte die Enden seines Schnurrbartes.

Prinz Børge wandte sich dem nächsten Mann zu. Es war Hauptmann Brodersen, der die Soldaten befehligte. Er war doppelt so alt wie Ludvigsen und hatte seine langen grauen Haare zu einem Zopf geflochten. »Die Zeremonie ist ohne Vorfälle verlaufen, eure Majestät. Wir haben alle Kinder aus den Dörfern zusammengetrieben, die sich nicht freiwillig auf den Weg gemacht haben. An den Landesgrenzen gab es keine Unruhen. Der Apparat aus der Universität hat eine hervorragende Fotografie angefertigt. Wir haben sie überprüft und die Wächter informiert.« Er schaute zu Eisenhauer hinüber.

Doch Prinz Børge wandte sich noch immer nicht an den Hauptmann der Federn. Er folgte der Sitzordnung und nickte Hauptmann Mølgaard zu. Der räusperte sich mehrmals und fuhr sich durch seine dichten roten Locken, bevor er seinen Bericht vortrug.

»Es gab während der Zeremonie keine Unregelmäßigkeiten. Danach haben wir auf Eisenhauers Wunsch bei der Überprüfung der Mauern und Tore geholfen.« Er räusperte sich wieder und ließ sich dann gegen seine Stuhllehne zurückfallen. »Heute Morgen haben sich zwei junge Wächter krankgemeldet. Fynn Bergstrøm und Chrischan Høj. Sonst geht alles seinen gewohnten Gang«, fügte er hinzu.

Prinz Børge nickte. Doch Eisenhauer beugte sich weit nach vorn. Hauptmann Mølgaard wich zurück, obwohl er am anderen Ende des Tisches saß.

»Gibt es Verbindungen?«, fragte Eisenhauer.

Der Hauptmann umfasste seine Armlehnen. »Zu den Auserwählten?«

»Natürlich zu den Auserwählten. Nicht zu meiner Großmutter.« Eisenhauers Oberkörper verharrte über dem Tisch.

Zwei Männer kicherten über die Antwort des Hauptmannes. Doch bevor er den Kopf zu ihnen gewandt hatte, waren sie bereits verstummt.

»Nein«, sagte Mølgaard.

Eisenhauer starrte ihn an.

»Ich schlage vor, ein paar *meiner* Männer gehen der Sache nach, um das zu überprüfen, Majestät.« Er hielt den Blick auf den Hauptmann der Stadtwache gerichtet, der sich bemühte, die Fassung zu bewahren und Eisenhauers Blick zu erwidern. »Wir können uns keine Geduld mehr erlauben, da immer noch nicht alle Magiebegabten in der Zitadelle eingetroffen sind. Die Rebellen werden mutiger und wir sollten mögliche Verräter überprüfen.«

»So soll es sein«, sagte der Prinz. Dann nickte er dem nächsten Mann zu, der Bericht erstatten sollte, aber er zog seinen Mantel enger um die Schultern, während er den anderen lauschte.

Als Eisenhauer an der Reihe war, setzten sich alle etwas gerader auf und rückten an die vordere Kante ihrer Stühle.

»Die Zeremonie ist beobachtet worden.« Ein Raunen ging durch das Zimmer, von dem sich Eisenhauer jedoch nicht aufhalten ließ. »Wir haben den Rebellen geschnappt und verhört. Er hat keinen Hinweis auf seine Verbündeten gegeben, aber einen Wald erwähnt, der als Versteck und Treffpunkt gilt.«

»Welchen?«, wollte Ludvigsen wissen, aber Eisenhauer ignorierte die Frage.

»Nach dem Verhör habe ich die Überwachung des Waldes angeordnet und den Gefangenen zur Universität überstellen lassen. Er zeigte den Ansatz von magischen Fähigkeiten und der Dekan wird ihn weiter untersuchen.«

»Welche?«, fragte ein kleiner Mann mit einem Monokel, der direkt neben dem jungen König saß. Aber wie eine Schildkröte zog er den Kopf schnell wieder ein, als Eisenhauer ihn musterte.

Prinz Børge nickte ihm zu und umklammerte mit den Händen die Tischkante. »Der Rebell ist jetzt in der Universität? Gut, wir werden alles aus ihm herausbekommen, was wir wissen müssen. Du kümmerst dich mit den Federn um die Krankmeldungen.«

Hauptmann Eisenhauer räusperte sich und die anderen hielten gespannt den Atem an. Doch Børge achtete nicht darauf. Er atmete tief ein und wedelte dann mit seiner rechten Hand. »Der nächste Bericht!«, verlangte er.

Der Mann, der an Eisenhauers linker Seite saß, erzählte atemlos von den neuen Rekruten, die im Westturm eingetroffen waren und zu Soldaten ausgebildet werden sollten.

Eisenhauer lehnte sich auf seinem Stuhl zurück und kratzte mit dem Messer eine Kerbe in den Tisch.

ooooo

Charlotte wusste nicht, wie sie vom Dach heruntergekommen war. Sie hatte sich auf Fynns Stimme verlassen. Er hatte ihr gesagt, wo sie ihre Füße hinsetzen sollte und wo ihre Finger Halt finden konnten. Unten angekommen, waren sie direkt losgelaufen, durch enge Gassen, die Charlotte noch nie zuvor betreten hatte. Manchmal konnte sie mit ausgestreckten Armen die Mauern der Häuser auf beiden Seiten ertasten.

Fynn trieb sie zur Eile an. Er griff nach ihrer Hand und rannte über gepflasterte Straßen und Sandwege. Als Charlotte überzeugt war, sie würden niemals irgendwo ankommen, blieb er stehen und sie fiel auf die Knie. Ein spitzer Stein bohrte sich in ihr rechtes Bein. Charlotte biss die Zähne zusammen. Sie standen vor einer Reihe Häuser, die ihrem eigenen glichen. Der Gedanke versetzte ihr einen Stich. Fynn öffnete eine rote Tür.

»Komm herein. Ich mache Feuer an.«

Charlotte betrachtete den Eingang und dachte an ihr Zuhause irgendwo am anderen Ende der Stadt. Dort warteten sicher Wächter auf sie, um sie festzunehmen. Fynn hatte sie nicht in die Zitadelle geführt. Also würde sie sich aufwärmen und versuchen, von ihm ein paar Antworten zu bekommen. Was anderes konnte sie im Moment nicht tun. Wohin sollte sie sonst gehen? Seufzend betrat sie das Haus und stand mitten im Wohnzimmer. Ohne Wand oder Tür begann hinter einem großen Sofa die Küche. Fynn öffnete die Ofenklappen und schob Holzscheite hinein.

Als das Feuer knisterte, verschwand der Junge durch eine Tür, die der Wohnungstür gegenüberlag. Charlotte zögerte und blieb zitternd im Eingang stehen. Um sie herum verfärbte sich der hölzerne Boden dunkelbraun. Wasser tropfte aus dem Saum ihres Kleides und bildete eine Pfütze rund um ihre nackten Füße. Sie sah an sich herunter und fragte sich, was die Rebellen mit ihren Schuhen und ihrem kleinen Beutel getan hatten. In ihm hatte sie die wenigen Gegenständen aufbewahrt, die ihr mal etwas bedeutet hatten. Sie überlegte, ob sie den Beutel in der Fabrik noch irgendwo gesehen hatte oder ob die Möglichkeit bestand, dass er noch in der Stadt vor dem Tor zu der Limfjordbrücke auf der Straße lag. Wo auch immer er war, sie würde ihn nicht wiedersehen.

Da kam Fynn zurück. Er trug dicke Hosen und mehrere Oberteile übereinander. Seine Haare waren noch nass, und er fuhr sich mit den Fingern hindurch, bis sie zu allen Seiten von seinem Kopf abstanden. Charlotte konnte nicht anders als zu lächeln. Fynn sah so harmlos aus wie ein kleiner frecher Junge und nicht wie ein Mitglied der Stadtwache, dessen wahres Interesse sie nicht kannte. Aber dem würde sie hoffentlich bald auf die Spur kommen.

»Auf dem Bett liegen Hosen und Hemden. Zieh die nassen Kleider aus, sonst wirst du noch krank.« Er zeigte auf die Tür, durch die er eben gekommen war.

Charlotte wollte ihm nicht gehorchen, doch sie fror fürchterlich in ihren nassen Sachen. Also biss sie die Zähne zusammen, damit sie nicht schlotternd aufeinanderschlugen, und ging stumm in das Zimmer nebenan.

Dort streifte sie die nassen Kleider ab und schlüpfte in eine Hose. Das Hemd roch fremd und war viel zu groß. Doch als sie es überzog, spürte sie den warmen Stoff auf ihrer Haut und hörte auf zu zittern.

Charlotte ging zurück in das Wohnzimmer und trat neben Fynn an den Ofen. Schweigend hängte sie die nassen Sachen zum Trocknen auf. Dann gab es nichts mehr zu tun, und Charlotte spürte, wie die Röte in ihr Gesicht stieg. Sie schob die Hände in die Hosentaschen und ließ sich auf das Sofa fallen, das am dichtesten beim Ofen stand.

Was sollte sie tun? Konnte sie sich verstecken? Oder sollte sie direkt in die Zitadelle spazieren? Charlotte zog die Knie hoch und legte den Kopf darauf ab.

Fynn warf eine Wolldecke auf ihre Füße und setzte sich in den Sessel gegenüber. Charlotte betrachtete die Decke. Obwohl sie keine Löcher hatte, erinnerte sie sie an die letzten Stunden in der Fabrik. War sie nun eine Gefangene von Fynn? Würde er sie zurückhalten, wenn sie zur Tür hinausging?

Das Holz im Ofen knackte. Sie betrachtete den Jungen, der ihr gegenübersaß.

»Ich bin dir wirklich dankbar, dass du mir geholfen hast. Aber du musst mir sagen, was du über die anderen weißt und warum du mich gerettet hast.« Das letzte Wort schmeckte etwas bitter auf ihrer Zunge. Sie wollte ihn eigentlich nicht darauf hinweisen, wie furchtbar hilflos sie sich in der Fabrik gefühlt hatte.

»Ich habe gesehen, wie sie dich geschnappt haben, und bin dir gefolgt.«

»Warum warst du auf dem Marktplatz?«

Er fuhr sich durch die strubbeligen Haare und sah kurz zu den Dielen unter seinen Füßen hinunter, bevor er ihr antwortete.

»Ich habe dich beim Trivium gesehen und wollte wissen, ob du in den Turm kommst oder verschwindest.«

Die Antwort überraschte Charlotte. Sie setzte sich aufrecht hin und schob die Decke zur Seite. »Du dachtest, ich würde für die Rebellen arbeiten?«

»Wäre doch möglich …« Er sah ihr noch immer in die Augen und hob kurz die Schultern, als wisse er auch nicht, was er glauben sollte.

Charlotte beobachtete aufmerksam sein Gesicht und seine Hände und suchte nach dem, was er nicht sagen wollte. Wie konnte sie ihn dazu bringen, ihr zu vertrauen? Wusste er mehr darüber, was in diesem Land vor sich ging? »Es waren so viele Menschen auf dem Platz. Warum hat mir keiner geholfen?«, fragte sie ihn.

Fynn zögerte.

»Es sind in letzter Zeit viele Leute verschwunden. Manche vermuten, der König selbst verschleppt sie.«

Charlotte hielt den Atem an. Schon wieder hörte sie, wie jemand den König eines Verbrechens verdächtigte und nicht unmittelbar danach bestraft wurde.

»Darfst du so etwas sagen? Du arbeitest doch für ihn, oder?«

»Niemand darf so etwas sagen. Jedenfalls nicht, wenn Menschen dabei sind, die den König vergöttern.«

Charlotte überlegte. »Aber der Zwerg und die Hexe sahen doch nicht wie Soldaten des Königs aus.«

Fynn nickte. »Das stimmt. Vielleicht sind mittlerweile viele Menschen von dem König enttäuscht, der sie verhungern lässt und noch immer so tut, als hätte er alles unter Kontrolle. Vielleicht gefällt es den Menschen, wenn dein Zwerg und die anderen Rebellen die Magie wieder gerechter verteilen, damit alle etwas davon haben.«

Charlotte stemmte die Hände in die Hüften. »Das ist nicht mein Zwerg. Er hat mich entführt und auf einen Stuhl gefesselt. Sag nicht, er ist *mein* Zwerg.«

Fynn nickte, entschuldigte sich aber nicht.

»Was hast du ihm gesagt?«, fragte er.

»Wie meinst du das?« Charlotte zog die Decke wieder zu sich und wickelte sich darin ein. Die nassen Haare tropften in ihren Nacken und brachten die Kälte der letzten Stunden zurück, obwohl das Feuer gemütlich knisterte.

Fynn warf noch ein Stück Holz auf die Flammen und setzte sich dann zurück auf den Sessel, der ihr gegenüberstand. »Was wollten sie von dir?«

Sie schüttelte den Kopf. »Die beiden waren enttäuscht, weil ich keine magischen Fähigkeiten habe.«

»Hast du nicht?« Er zog die Augenbrauen weit nach oben.

»Nein.« Charlotte lehnte sich zurück und ließ sich in das Sofa sinken. Langsam kroch die Wärme des Ofens in sie hinein, und Charlotte spürte, wie sich ihre schmerzenden Glieder entspannten.

Fynn stand wieder auf. Er stellte einen Kessel mit Wasser auf den Herd und kam erst zurück, als er zwei Becher Tee in den Händen hielt. Eine Tasse stellte er vor Charlotte auf den Tisch. Es duftete nach Wald. Fingerdicke Rauchwolken schlängelten sich über dem Becher tanzend in die Luft.

»Ich bin also keine Rebellin. Warum hast du mich befreit und hierhergebracht? Musst du mich nicht dem König ausliefern?« Charlotte nippte an dem Tee, der heiß und süß durch ihren Hals floss. Aber sie wollte sich nicht von der Wärme und ihrer Müdigkeit übermannen lassen. Sie musste weitere Fragen stellen und vor allem das Gesicht und die Bewegungen des Jungen beobachten.

»Ja, das stimmt.« Er grinste wieder frech. »Aber ich würde dir nicht empfehlen, in die Zitadelle zu gehen. Du gehörst jetzt zu den Feinden von Himmerland, weil du gestern nicht in den Südturm gekommen bist.«

»Das ist doch nicht meine Schuld!«, rief Charlotte, und der Tee schwappte aus ihrer Tasse, als sie aufsprang.

»Ich weiß«, sagte Fynn leise. »Aber es wird dir niemand glauben.«

Es lag keine Häme in seinen Worten und sein Gesicht war voller Mitleid. Er schien sich wirklich um sie zu sorgen. Charlotte setzte sich wieder und zog die Decke bis zu ihrem Kinn hoch. Der Tee hatte rote Flecken auf der Wolle hinterlassen, und sie fragte sich, welche Früchte und Kräuter Fynn in das Wasser getan hatte.

»Was denkst du über diese Menschen?«, fragte Fynn in die Stille hinein.

Charlotte überlegte einen Moment und beobachtete den

Dampf über ihrer Tasse. »Ich verstehe sie«, stellte sie schließlich fest. »Ich möchte auch nicht, dass immer weniger Menschen Magie benutzen können und alles teurer und schwieriger wird. Aber man kann doch nicht herumlaufen und Kinder entführen und zu Tode erschrecken. Das geht doch nicht!«

»Du willst dich ihnen also nicht anschließen?«

Sie schüttelte den Kopf. »Auf keinen Fall.«

»Gut.« Er trank einen Schluck Tee. »Dann überlegen wir jetzt, was wir als Nächstes tun.«

»Wir? Was sollen wir denn tun? Ich möchte einfach nur nach Hause.«

»Das geht nicht, Charlotte. Der König wird dich holen lassen und dann wirst du deine Familie nie wiedersehen.«

»Ich weiß.« Sie seufzte. »Aber du musst doch zurück in die Zitadelle, oder?«

«Wenn jemand Verdacht schöpft, suchen sie mich auch. Dann sind wir beide auf der Flucht vor den Wächtern.« Er versuchte noch einmal sein freches Grinsen, doch es gelang ihm nicht. Seine Angst war spürbar und irgendwie beruhigte es Charlotte. Sie wussten beide nicht, was sie als Nächstes tun sollten. Aber Fynn hatte schon eine Weile in der Zitadelle gelebt und musste noch mehr wissen über die Dinge, die im Land vor sich gingen. »Was ist die Aufgabe der Wächter?«, wollte sie wissen.

»Ich bin mir nicht sicher. Es gibt die Stadtwache und die Wächter der Zitadelle, die sich um die Gebäude auf dem Hügel bis zur Stadtmauer kümmern. Aber es gibt auch noch Wächter, die drei anderen Gruppen angehören. Ich weiß aber nicht, welche Aufgaben die wirklich haben. Im Moment kämpfen sie gegen die Aufständischen und sorgen dafür, dass wir in der Stadt von den Rebellen nichts hören oder sehen.« Fynn trank einen Schluck Tee und musterte Charlotte einen Augenblick. »Ich denke, sie tun alles, was sich für einen König und seine Stadtwache nicht gehört«, murmelte er schließlich.

Charlotte zog die Decke bis unters Kinn. »Gut. Die Wächter wissen also, wer in den Südturm gerufen wurde. Aber woher wissen die Rebellen, wer eine magische Begabung hat?«

»Sie verfolgen die Wächter und sie haben ihre Spione in der Stadt. Ich denke, es war gestern sogar jemand in der goldenen Halle. Hast du die Taube gesehen?«

»Ja. Woher weißt du all diese Dinge über die Rebellen, Fynn?«

»Ich bin jetzt seit zwei Jahren bei der Stadtwache und ich habe mich in der Zitadelle umgeschaut. Dabei sind mir einige Dinge aufgefallen …«

Charlotte rutschte an die Sofakante. Vor zwei Jahren hatte sie noch nichts vermisst und wäre gar nicht auf die Idee gekommen, der König könnte sie und das ganze Land belügen. Er war schließlich der König. Sie schüttelte den Kopf.

»Glaubst du mir nicht?« Fynn klang empört.

»Doch, doch«, versicherte sie schnell. »Wenn ich nicht selbst auf diesem Stuhl in der Fabrik gesessen hätte, würde ich es wahrscheinlich nicht glauben. Aber gestern Abend waren Männer bei mir zu Hause. Sie trugen das Wappen von Himmerland. Also entführen nicht nur die Rebellen magiebegabte Kinder, sondern auch die Männer des Königs.« Sie bekam eine Gänsehaut und trank einen großen Schluck von dem Tee, um das Grummeln in ihrem Magen zu beruhigen. Wie konnte der König das nur zulassen? In der Stadt hatte sich den Entführern auch niemand in den Weg gestellt. »Warum hast du die Rebellen nicht aufgehalten, als sie mich geschnappt haben?«

»Charlotte, ich war allein. Auf dem Marktplatz waren mindestens fünf Rebellen und noch einige, die bei den Pferden und Kutschen gewartet haben. Ich konnte sie nicht aufhalten.«

»Sie hätten mir etwas antun können«, sagte Charlotte leise.

Er nickte ernst. »Das weiß ich. Deshalb bin ich ihnen gefolgt.«

Es klopfte leise. Erschrocken sprang Charlotte auf und schaute sich hektisch um.

Doch Fynn lächelte nur und zog ein Tuch von dem Sessel neben ihm. Eine Holzkiste kam zum Vorschein. Wieder klopfte es. Das Geräusch kam aus der Kiste. Fynn schob den Deckel zur Seite und schüttete eine Handvoll Steine auf den Tisch. Es waren neun Stück und sie waren so groß wie Kastanien.

Fynn beugte sich vor und beobachtete, wie die Steine ihre Plätze tauschten und sich auf die Seite drehten. Dann blieben sie liegen. Fynn seufzte.

Charlotte wagte kaum zu atmen. Solche Steine hatte sie noch nie gesehen, und sie wusste nicht, was das zu bedeuten hatte. Fynn verfolgte weit nach vorn gelehnt, wie sich die Muster veränderten, und runzelte die Stirn. War er wirklich ein Mitglied der Stadtwache? Oder hatte er eine magische Begabung? Was verschwieg er ihr?

Als die Steine sich nicht mehr bewegten, fegte er sie mit einer Handbewegung zurück in die Kiste und schob den Deckel darauf. Dann stand er auf.

»Was hat das alles zu bedeuten?«, fragte Charlotte aufgeregt.

»Der König sucht mich. Wir müssen hier weg.« Fynn riss die nassen Kleider vom Ofen und rollte sie zusammen.

»Woher weißt du das?« Charlotte rührte sich nicht.

»Von einem Freund. Der König schickt Wächter, um mich zu suchen. Er ist misstrauisch geworden, weil drei Mädchen von den Magiebegabten fehlen.« Fynn raffte die Decken zusammen und band sie mit einem Seil um das Kleiderbündel.

»Was? Aber wo sollen wir denn hin?«, fragte Charlotte und schlang die Arme um ihren Oberkörper.

Fynn hielt inne. »Ich weiß es nicht. Erst einmal weg.« Er holte einen Mantel aus dem Schlafzimmer und legte ihn Charlotte über die Schultern. Dann ging er zur Haustür.

Charlotte zögerte. Die Tassen auf dem Tisch waren noch zur Hälfte mit Tee gefüllt. Das Feuer knackte im Ofen.

»Vertrau mir, Charlotte. Wir müssen uns beeilen.«

Sie schloss die Knöpfe des Mantels. Die Schürfwunden an Armen und Beinen brannten, und die Abdrücke der Fesseln an ihren Handgelenken hatten eine violette Farbe angenommen, wo die Haut nicht aufgeschürft war. Charlotte atmete tief ein und überlegte, ob es irgendwo einen Ort gab, an dem sie sich sicher fühlen konnte.

»Gehen wir zum Hjulgård«, sagte sie schließlich und verließ hinter Fynn das kleine Haus.

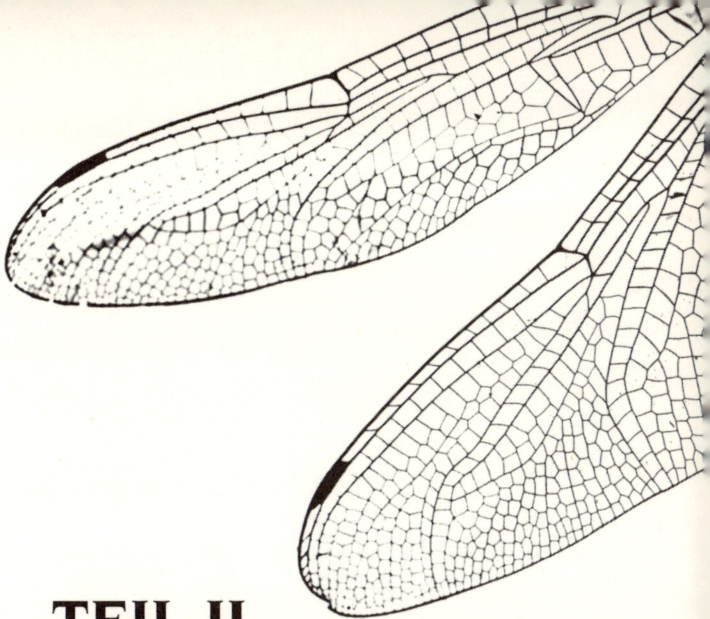

TEIL II

DIE UNIVERSITÄT VON OUSÍA

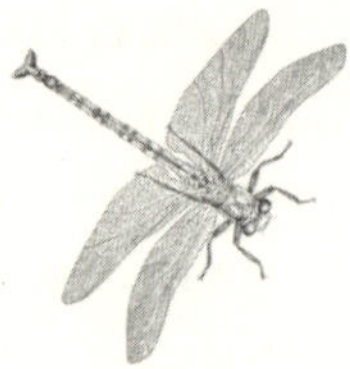

9. KAPITEL

Es war der schlimmste Weg, den Charlotte je gegangen war. Sie war erschöpft, doch die Angst vor den Wächtern trieb sie voran. Katzen und Ratten streunten zwischen den Häusern herum und jedes Rascheln oder Fiepen ließ Charlotte erstarren. Immer wieder wählte sie in der Aufregung einen falschen Weg, denn die Sonne war noch nicht aufgegangen, und sie konnte die Türme nicht erkennen, an denen sie sich stets orientiert hatte. Fynn fluchte hinter ihr, als sie ein zweites Mal an derselben Schmiede vorbeikamen.

Als sie endlich den Hjulgård erreichten, ging bereits die Sonne auf. Kugelrund und dunkelrot stand sie über der riesigen Halle aus Stahl und Glas. Charlotte legte den Kopf in den Nacken und starrte zu den reich verzierten Schildern hinauf. Die Farbe war mittlerweile etwas abgeblättert und die Kanten von der Witterung grün und aufgequollen.

»Wir holen Jette im Frühling immer hier ab. Sie wohnt im Winter an der Küste in Skov und fährt mit der Rebhjule dorthin.« Sie sah sich um. »Sonst müssen wir uns fast aneinanderbinden, damit wir uns in dem Gedränge nicht verlieren. Hoffentlich fahren die Rebhjule überhaupt noch …«

»Es ist früh am Morgen. Vielleicht kommen sie alle später«, vermutete Fynn.

»Nein.« Charlotte schüttelte den Kopf. »Als ich das letzte Mal in der Frühe hier war, haben meine Schwestern und ich hier drei Stunden Verstecken gespielt und einander nicht gefunden. Erst als Jette endlich ankam, sind wir aus unseren Schlupflöchern gekrabbelt.« Die Erinnerung brachte sie trotz all der Erschöpfung und Angst zum Lachen. »Es gibt hier wirklich viele Verstecke. Sitzecken, Schränke und hohe Pfeiler, auf die man klettern kann, um sich über den Köpfen der Menschen zu verbergen.«

Fynn drehte sich um. »Auf meinen Rundgängen durch die Stadt war ich nur selten für diesen Stadtteil eingeteilt und habe mir den Hjulgård nie richtig angesehen. Ich durfte die Stadt ohnehin nicht verlassen.« Er legte den Kopf in den Nacken und betrachtete die Stahlträger weit über ihnen. »Wie haben die damals nur solche Gebäude errichtet?«

Charlotte betrachtete Fynns ehrfurchtsvolles Gesicht und den offenen Mund von der Seite und versuchte, die Halle mit seinen Augen zu sehen. Ein Ungetüm aus Glas und Stahl. Es war wirklich ein Wunder, dass es nicht zusammenbrach, und sie konnte sich nicht vorstellen, wie so etwas heute noch gebaut werden konnte. Aber sie erinnerte sich an Jettes Geschichten, die sie auf dem Rückweg stets erzählt hatte.

»Riesen aus den Mulbjergen haben den Stahl gegossen und die Träger aufgerichtet. Das Glas stammt aus den Werkstätten der Zwerge. Es wurde unter der Erde hergestellt und niemand hat je den Eingang in ihr Reich gefunden. Die Riesen haben die Glasplatten jedes Mal an einem anderen Ort abgeholt.«

Fynn lachte. »Die Geschichte kenne ich gar nicht …«

»Aber wie soll denn dieses ungeheuer große Gebäude aus diesen ungeheuer schweren und riesengroßen Materialien sonst entstanden sein?«

Fynn hob nur ahnungslos die Schultern, aber betrachtete weiter das Glas über ihnen und die Steinmetzarbeiten an den Pfeilern. Hier waren die gleichen Figuren aus dem Stein herausgemeißelt, die Charlotte von ihrem Spiegel zu Hause und an den Turmuhren in der Stadt kannte: Drachen, gewaltige Vögel, eine Nixe und viele kleine Elfen. Auf einem anderen Pfeiler waren Blitzeulen und ein paar Zwerge gestaltet worden, die erstaunlich hübsche Gesichter hatten. Jede Falte und sogar das ein oder andere spöttische Grinsen konnte man erkennen.

Charlotte stemmte die Hände in die Hüften. »Du glaubst wohl nicht an Riesen und Zwerge. Aber ich muss dich enttäuschen. Ich habe einen Zwerg gesehen. Es gibt sie und auch die Magie aus den Kältesteinen und Flüstersteinen muss ja irgendwo herkommen.«

Fynn senkte den Kopf und drehte sich zu Charlotte. Er sah ihr fest in die Augen. »Ich habe bislang weder Zwerge noch Riesen gesehen. Aber ich weiß, dass es Magie gibt, und weil sie immer mehr verschwindet, wird viel Schaden angerichtet in diesem Land.«

Darauf wusste Charlotte nichts zu sagen. Irgendwie schien er noch immer etwas vor ihr zu verbergen. Aber bevor sie ihn danach fragen konnte, legte er eine Hand auf ihre Schulter und schob sie in die Halle hinein. Charlotte spürte den Druck seiner Finger und registrierte erstaunt, wie enttäuscht sie war, als er sie zurückzog. Immer wieder sah er über die Schulter zur Straße zurück.

»Anscheinend ist uns niemand gefolgt. Das ist gut.«

Als sie die Mitte der Halle erreicht hatten, entdeckten sie einen Mann mit einem langen grauen Bart, der an einem Tisch saß und einer Frau mit roten Zöpfen eine Fahrkarte verkaufte. Neben dem Tisch saß ein kleiner Mann auf dem steinernen Boden und polierte mit dem Ärmel ein Stück Rohr. In kurzen Abständen spuckte er auf das Metallstück und wischte mit dem Hemd darüber, bis es glänzte. Als er den Kopf hob und zu ihnen hinübersah, verzog er den Mund und entblößte eine Reihe fast schwarzer

Zähne. Dann senkte er den Kopf wieder und sein filzig graues Haar fiel ihm ins Gesicht. Er widmete seine volle Aufmerksamkeit wieder dem Rohr in seiner Hand. Schnell drehte Charlotte sich von ihm weg.

Vor den Gleisen stand eine Tonne, in der ein Feuer brannte. Das Holz musste nass sein, denn es qualmte fürchterlich. Schwarze Wolken hingen bedrohlich lange über der Tonne, bevor der Wind sie aus der Halle pustete. An dem Feuer standen einige Frauen und hielten sich ihre Mäntel vor Mund und Nase.

»Warten die auf die Abfahrt?«, fragte Fynn leise.

»Ich weiß es nicht.« Charlotte zuckte mit den Schultern. Sie hatte mit unzähligen Menschen gerechnet, zwischen denen sie unsichtbar werden konnten, stattdessen waren sie fast die einzigen hier. Der kleine Mann hatte sie bedächtig gemustert und könnte ihre Gesichter beschreiben, wenn er danach gefragt würde.

Irgendwie war seit der Zeremonie in der Zitadelle alles schiefgelaufen. Dabei sollte Charlottes Leben doch seit diesem Tag eigentlich genau geplant sein. Tag für Tag. Die Arme hingen ihr schwer an den Schultern. Am liebsten hätte sie ihnen nachgegeben und wäre auf den Boden gesunken.

»Die Abfahrt ist dort drüben.« Es kostete sie eine gehörige Portion Kraft, die Hand zu heben und auf die linke Seite der Halle zu zeigen.

Fynn nickte und sie machten sich auf den Weg. Charlotte hielt den Atem an, als sie an der Feuertonne vorbeikamen, denn die schwarze Luft stank fürchterlich und brannte in ihrer Brust.

Mehrere Leitern führten in das Loch hinein, aber sie blieben oben an der gemauerten Kante stehen. Die Rebhjule war nicht da. Die Seile und Ketten lagen schlaff auf dem Boden.

Charlotte setzte sich auf die Kante und ließ die Füße hinunterbaumeln. Von hier konnte sie durch die Fahrrinne im Boden bis zur nächsten Kurve blicken. Der Weg der Rebhjule führte dann am Fluss entlang in Richtung Osten. Das magische Fahrzeug war aber nicht zu sehen.

Fynn warf das Stoffbündel neben sie und drehte sich um.

»Wann ist denn die nächste Abfahrt?«

Charlotte hob müde die Schultern. Sie konnte sich nicht erinnern. »Früher sind die Rebhjule vier- oder fünfmal am Tag gefahren und wieder zurückgekehrt.«

Charlotte hob den Kopf, doch Fynn war verschwunden.

Ihre Augen brannten, obwohl das qualmende Feuer zwanzig Schritte entfernt war. Ihre Lider wurden schwer. Sie würde für einen kurzen Moment die Augen schließen.

»Charlotte?«

Sie öffnete die Augen. Fynn stand neben ihr.

»Wann warst du das letzte Mal hier, um Jette abzuholen?«

»Im Frühling.«

»Wohnt sie bei Freunden oder ihrer Familie, wenn sie in Skov ist?«

Charlotte überlegte. Ihre Augen brannten noch immer und ließen sich kaum offen halten. Sie schüttelte den Kopf. »Nein. Sie hat ein kleines Haus. In ihrem Flur hängt eine Zeichnung davon.«

»Ist sie jetzt dort?«

»Nein, nur im Winter.«

Eine Uhr schlug neunmal. Der Klang der Glocke schmerzte in Charlottes Ohren. Er war schrill und viel zu laut.

»Es gab Probleme mit dem Antrieb. Wenn ich es richtig verstanden habe, dann wurde die Rebhjule früher durch diese Rinne an Führungsseilen bis zum nächsten Hjulgård gezogen. Der Antrieb kam aber aus einem Rad, das vorn am Wagen befestigt worden ist.« Fynn sah sie erwartungsvoll an.

»Das stimmt.« Charlotte nickte. »Das Rad steht quer vor dem

Fahrzeug und ist aus Phoenixfedern geflochten. Deshalb hört es nicht auf, sich zu drehen, wenn man es einmal in Schwung gebracht hat. Die Führungsseile sind nach einem Unfall angebracht worden.«

»Was ist passiert?« Fynn setzte sich neben sie auf die Kante.

»Der Hjulkutscher hatte zu stark an dem Rad gedreht und bei der Fahrt ist die Rebhjule vom Boden abgehoben und aus der Fahrrinne geflogen. Der Wagen ist mit allen Menschen gegen einen Bauernhof an der Küste gekracht.«

Fynn steckte einen kleinen Geldbeutel in die Tasche und faltete dann die Kleidung wieder zusammen. »Bei einigen Wagen hängen die Federn nur noch schlaff herunter und glühen nicht mehr, wenn das Rad angeschoben wird. Deshalb sind sie außer Betrieb genommen. Die nächste Rebhjule, die Richtung Osten fährt, wird erst in ein paar Stunden wieder da sein und wohl am Abend wieder aufbrechen.«

»Woher weißt du das alles?«

»Ich habe gefragt.«

»Jemanden, den du nicht kennst?«

Fynn nickte. »Er arbeitet hier, und es gibt keinen Grund für ihn, in dieser Frage zu lügen.«

Charlotte schluckte. Sie musste mutiger werden, wenn sie irgendetwas beisteuern wollte zu ihrer gemeinsamen Flucht. Bislang war sie vollkommen nutzlos und dazu noch so müde, dass sie sich kaum aufrecht halten konnte.

»Ich habe kein Geld für die Karte.« Sie massierte mit den Fingern ihre Schläfen.

Fynn klopfte auf seine Manteltaschen. »Mach dir darum keine Sorgen.«

Charlotte seufzte. »Wir müssen also bis heute Abend hierbleiben?«

»Ja. Erinnerst du dich noch an ein gutes Versteck?«

Charlotte nickte und stemmte sich hoch. Dann führte sie ihn in einen Teil der Halle, in den kaum Tageslicht drang. Hier standen Wagen ohne Räder oder mit eingeschlagenen Fenstern, verbeulte Handwagen und aufgeschlitzte Ledersitze. Die Glasscheiben waren mit einer dicken Schicht Ruß überzogen, und wahrscheinlich hatte sich seit dem Bau der Halle niemand die Mühe gemacht, auch nur ein kleines Stück mit dem Ärmel frei zu reiben. Unter einem der verdreckten Fenster hing eine Uhr, deren Zeiger sich nicht bewegten. Die Ecke sah aus wie ein Friedhof, der all die Dinge beherbergte, die in den Wagen der Rebhjule oder im Hjulgård ihre Funktion verloren hatten, weil sie kaputt oder überflüssig waren.

Charlotte trat hinter eine Säule. Auf der Höhe ihrer Stirn begann dort eine eiserne Leiter. Sie griff nach der untersten Sprosse. Fynn band sich das Kleiderbündel um den Bauch und folgte ihr. Sie kletterten bis zu einer Verstrebung drei Meter über dem Boden. Charlotte schwang sich auf den Balken und balancierte bis zur nächsten Säule.

Jemand hatte vor Zeiten ein paar Bretter zwischen die Balken gezogen und so ein Versteck in der Höhe geschaffen, in dem sie bequem zu zweit Platz fanden. Sie legten sich nebeneinander auf das hölzerne Bett und starrten an die Decke. Charlotte streckte die Hand aus. »Sie ist so schwarz wie der Himmel in der Nacht.«

»Aber wo sind die Sterne?«, fragte Fynn.

Charlotte antwortete nicht. Sie war schon eingeschlafen.

Fynn nahm die Schachtel mit den Flüstersteinen zur Hand und öffnete den Deckel. Vor ihm lagen die kastaniengroßen Steine und rührten sich nicht. Fest dachte er an seinen Freund Tjelle. Wenn er ihm doch nur sagen konnte, wie leid es ihm tat! Aber die Steine bewegten sich nicht. Er hatte es noch nie geschafft, sie zu bewegen.

Im zweiten Jahr seiner Ausbildung hatten die Magier den Rekruten einige Grundfähigkeiten beigebracht. Tjelle konnte sie alle anwenden, aber Fynn hatte wie die meisten anderen Mitglieder der Stadtwache keinerlei magische Begabung gezeigt.

Tjelle, dachte Fynn. *Sie haben mich in dem Haus entdeckt. Es tut mir leid. Das hätte ich nie für möglich gehalten.*

Fynn wartete, doch die Steine bewegten sich nicht. Wie hatten die Wächter ihn überhaupt finden können? Das Haus gehörte Tjelles Onkel, der ein angesehener Kaufmann war und mit den Meistern der Zitadelle Handel trieb. Wahrscheinlich hatte Fynn mit seinem kurzen Aufenthalt in dem Haus die gesamte Familie in Gefahr gebracht. Er schüttelte den Kopf. Wieso hatte er seinen ganzen Plan aufs Spiel gesetzt, um ein Mädchen zu retten, das er überhaupt nicht kannte? Er konnte nicht einmal sicher sein, ob sie auf derselben Seite standen!

Fynn drehte den Kopf und betrachtete Charlotte. Ihr Kinn war auf die Brust gesackt, die Lippen blieben leicht geöffnet. Ihre wunderschönen Augen konnte er nicht sehen, da das Mädchen sie geschlossen hatte. Aber er sah die kleinen Schrammen an ihrem Hals und ihren Händen, die blauen Flecken an ihren Handgelenken und die dunklen Schatten unter ihren langen schwarzen Wimpern. Vermutlich hatte sie in den letzten Tagen auch nicht viel mehr geschlafen als er.

Gähnend sah er noch einmal in die Halle hinunter. In der Ferne entdeckte er die kleine graue Rauchsäule, die über der Feuertonne aufstieg. Zu seiner eigenen Überraschung fühlte er sich hier oben sicher. Dieser Ort hatte nichts mit ihm und seiner Vergangenheit zu tun. Hier würden sie ihn nicht suchen, und auch die Verbindung von Charlotte zum Hjulgård war nicht offensichtlich und konnte ihnen ein paar Stunden, vielleicht sogar Tage an Vorsprung verschaffen.

Endlich lehnte Fynn sich an den Balken in seinem Rücken und schloss die Augen. Er würde ein bisschen Schlaf benötigen, um einen klaren Kopf zu behalten. Schließlich war die Gefahr noch lange nicht gebannt.

Doch seine Gedanken hielten ihn wach. Immer wieder tauchten die geheimnisvollen Wandbilder aus dem Raum unter dem Südturm auf und er spürte Traurigkeit dabei. Wenn er in seinem Bett geblieben wäre, anstatt dem Mädchen hinterherzulaufen, hätte er nicht die Möglichkeit verspielt, dort weiter zu forschen. Monate und Jahre war er durch das Schloss geschlichen, um den einen Namen zu finden. Die Wand war seine Chance gewesen, das Rätsel zu lösen. Doch die hatte er verloren.

Fynn seufzte leise. Was, wenn er ihn niemals fand? Das würde er sich nicht verzeihen. Nein, er durfte nicht aufgeben, bis er ihn endlich aufgespürt hatte.

Auch Tjelles Gesicht tauchte immer wieder auf bei diesen Gedanken, die ihn nicht in Ruhe lassen wollten. Natürlich, das war das schlechte Gewissen, weil er dem Kameraden und wahrscheinlich seiner ganzen Familie Probleme verschafft hatte. Dabei hatte Tjelle angenommen, Fynn wäre in ein Mädchen aus der Stadt verliebt und wollte sich heimlich mit ihr treffen. Sonst hätte er ihm sicher nicht den Schlüssel angeboten und die Erlaubnis gegeben, das Haus des Onkels zu nutzen.

Fynn öffnete die Augen und sah Charlotte an. Durch seine Rettungsaktion hatte er ihrer beider Schicksale miteinander verknüpft. Er fühlte sich für sie verantwortlich, so wie er sich für seinen kleinen Bruder sein Leben lang verantwortlich fühlen würde.

Aber das war nicht die ganze Wahrheit. Als er in dem geheimen Zimmer im Südturm das erste Mal die Zeichnung in der Hand gehalten und in ihre großen dunklen Augen gesehen hatte, da hatte er etwas gefühlt, das er nicht beschreiben konnte. Es war weder

Neugier noch Mitleid, sondern irgendetwas anderes. Aber es war schließlich so stark gewesen, dass er sein Leben und all seine Pläne riskiert hatte.

Fynn schüttelte den Kopf. Das sah ihm gar nicht ähnlich. Kurz dachte er darüber nach, sich einfach davonzuschleichen – irgendeine Lüge würde ihm schon einfallen, damit er wieder bei der Stadtwache aufgenommen wurde. Doch er konnte es nicht. Charlotte schlief neben ihm, und er hatte ihr versprochen, an ihrer Seite zu bleiben.

Und da war noch ein zweites Gefühl, das er nicht recht deuten konnte. Es war mehr eine Ahnung: Über Charlotte, den jungen König oder die Rebellen würde er eine neue Spur finden, die ihn zu seinem Ziel bringen würde. Er war auf der Flucht mit einem Mädchen, das alle Seiten haben wollten, und wusste nicht mit Sicherheit, auf welche sie sich schlagen würde.

Fynn schmunzelte bei dem Gedanken. Er war noch nie besonders ängstlich gewesen, aber nun hatte er zwei verfeindeten Parteien etwas genommen, was beide mit aller Gewalt haben wollten. Die nächsten Stunden und Tage würden sicher nicht langweilig werden.

ooooo

Kasper Olsen saß auf einem Stuhl und starrte auf die verschmierten Fensterscheiben. Eine Kakerlake krabbelte über seinen Schreibtisch und verschwand hinter einem Haufen Papiere, die er an der Kante gestapelt hatte. Irgendwo in der Ferne knallte es und der Dekan fuhr zusammen. Er richtete sich auf und tauchte den Federkiel in das Tintenfass. Doch bevor Kasper Olsen zu schreiben begann, entdeckte er, was seine nervösen Finger in den letzten Stunden getan hatten, als er aus dem Fenster gestarrt hatte.

Das Papier war über und über mit Augen bedeckt. Sie waren nicht mit Tinte gezeichnet, denn er hatte die Feder nicht in das Fass getaucht, aber trotzdem über das Papier gekratzt, bis tiefe Spuren die Augen des Drachen zeigten. Immer wieder die Augen des sterbenden Drachen. Kasper Olsen betrachtete das Papier in seinen Händen wie das Werk eines Fremden, obwohl er tief im Inneren wusste, dass er selbst die Augen gezeichnet hatte.

Rasch schob er das Papier unter den Haufen an der Tischkante und nahm ein frisches Blatt.

Dann begann er zu schreiben. »*3. Kapitel.*« Doch die Gedanken blieben bei dem Drachen und bei der Donnereule und all den anderen Geschöpfen, die der junge König mit seinen ungeduldigen Forschungen ums Leben gebracht hatte. Wie konnte er ihn davon abhalten, in seine Universität zu kommen und seine Experimente zu ruinieren? Der Dekan seufzte und setzte dann wieder die Feder auf das Papier. Sanft und ohne zu kratzen, glitt sie über das weiße Blatt und hinterließ tiefblaue geschwungene Spuren. »*Die Flüstersteine*«. Was konnte er schon tun? Er war ein Wissenschaftler und änderte nicht den Lauf der Dinge! Er betrachtete ihn nur. Das war seine Aufgabe. Langsam tauchte der Dekan die Feder noch einmal in die Tinte und schrieb dann seine kleinen geschwungenen Buchstaben auf das Papier.

»Es gibt verschiedene Möglichkeiten, mit magischen Hilfsmitteln Nachrichten zu überbringen. Einige Seevögel und verschiedene Echsen sind anscheinend dazu in der Lage, aber am bekanntesten sind hierzulande die Flüstersteine. Sie wachsen an der Tuscheleiche und haben die Form von Kastanien. Wenn sie reif sind, fallen sie vom Baum und die stachelige Schale bricht auf. Darin findet man die Steine. Es gibt jeweils neun unterschiedliche Früchte, die zusammen einen vollständigen Satz Flüstersteine ergeben und zur Kommunikation benutzt werden können, wenn auch nur minimale magische Fähigkeiten vorhanden sind.

Das Lesen der Nachrichten ist auch für gänzlich unbegabte Menschen mit etwas Mühe zu erlernen. Es muss allerdings davor gewarnt werden, unreife Früchte vom Baum zu pflücken. Sie verfügen noch nicht über die richtige Härte, verformen sich beim Auspacken aus der Schale und sind damit für den Einsatz nicht mehr geeignet.«

Kasper Olsen ließ die Feder sinken und griff nach seinen Flüstersteinen. Es gab nur einen Mann, der ihm in dieser Situation helfen konnte. Wenn er sich beeilte, würde er das schlimmste Unglück vielleicht noch verhindern können. Prinz Børge durfte davon allerdings nichts erfahren.

Der Dekan sah sich um, obwohl er seit Stunden allein in seinem Studierzimmer gewesen war. Dann sendete er seine Nachricht.

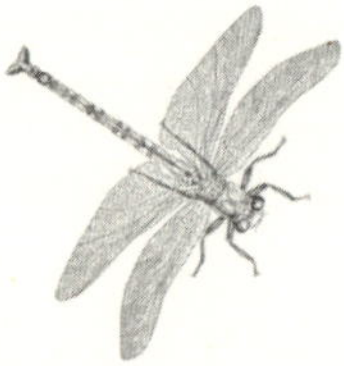

10. KAPITEL

Eisenhauer trat nach einer Katze. Ihr Gewimmer nervte ihn bereits seit einer Viertelstunde. Da sie klein und kraftlos war, flog sie drei Meter weit, bis sie gegen eine Hauswand klatschte. Geduckt humpelte sie davon.

Nachdem sie hinter einer Mauer verschwunden war, betrachtete der Hauptmann wieder die Häuser in der Straße. Mit einfachen Mitteln waren die Vorgärten ordentlich angelegt und gepflegt. Es war eine von den Gegenden, in denen die Menschen irgendwie zufrieden wirkten, egal wie wenig sie besaßen. Menschen, die nichts von Herzen begehrten, verabscheute Eisenhauer, denn sie waren nicht so leicht zu lenken. Sie wollten einfach nur ihre Ruhe und ein gutes Verhältnis zu den Nachbarn. Eisenhauer spuckte all seine Verachtung auf den Straßenrand und wandte sich seinen Männern zu.

Seine Federn waren ausgeschwärmt und nahmen sich jeden Hauseingang und jeden Hinterhof in der Gegend vor. Sie suchten nach Hinweisen und befragten jeden, den sie antrafen. Wenn Eisenhauer etwas suchte, dann fand er es auch. In wenigen Stunden würden die drei Mädchen bei den anderen in der Zitadelle sein. Und dann würde er Henna nach all den Jahren endlich wieder in die Augen sehen. Er lehnte sich gegen die Hauswand. Seine Männer waren gut ausgebildet. Sie würden die Informationen bringen, die er haben wollte.

ooooo

»Wo bist du aufgewachsen?« Charlotte saß aufrecht und lehnte mit dem Rücken an der Säule.

»In einem Dorf mit vier Seen, es liegt westlich der Stadt und heißt Mørholm.« Fynn lag auf den Brettern und musterte die Decke über ihnen.

»Bist du in die Schule gegangen?«

Fynn schüttelte den Kopf. »Ich wurde auf einem Hof unterrichtet mit den anderen Kindern des Dorfes. Die Schule für die Dorfkinder gibt es erst seit zwei Jahren.«

»Warum warst du auf dem Marktplatz?«

Fynn lächelte. »Du bist aber neugierig.«

»Du warst auf dem Marktplatz gestern Morgen«, beharrte Charlotte. Dabei fühlte es sich an, als wäre es mindestens eine Woche her.

»Sie wollten dich schon in der Nacht holen und hatten es nicht geschafft.«

»Woher weißt du das?«

»Ich habe gehört, wie sie einen Rebellen weggebracht haben. Er wurde während der Zeremonie aufgegriffen. Danach sind alle Wächter ausgezogen, um die magiebegabten Kinder in die Zitadelle zu bringen.«

Charlotte schlug die Hände vor den Mund und erinnerte sich an die Taube, die unter der Decke gekreist war, und die Reihen auf der Empore, die so spärlich besetzt waren. Dann dachte sie an die Tonscherbe. Sofort schob sie die Hand in die Tasche, doch darin war natürlich nichts zu finden. Sie hatte sie an dem Morgen mit ihren kleinen Schätzen in den Beutel gesteckt, den sie jetzt nicht mehr besaß.

»Es war ein Versehen«, sagte Charlotte leise.

»Was war ein Versehen?« Fynn richtete sich auf. Er setzte sich Charlotte gegenüber und breitete die feuchten Kleider zwischen ihnen aus.

»Meine Scherbe. Ich habe keine magische Begabung.« Ihre Wangen wurden heiß. Fynn hatte gesehen, wie hilflos sie den Fesseln und der Entführung ausgeliefert gewesen war. Trotzdem schämte sie sich, das Offensichtliche auszusprechen. Es war ihr peinlich, obwohl sie nichts für das Missverständnis konnte.

»Es ist besser für dich, wenn du das behauptest. Solange sie nicht das Gegenteil sehen …«

»Ich behaupte das nicht. Es ist die Wahrheit«, sagte Charlotte müde. Sie war trotz des kurzen Schlafes immer noch erschöpft und wollte sich nicht streiten.

»Natürlich.« Er lachte kurz auf, aber es war kein freundliches Lachen. Nur weil er sie aus der Fabrik gerettet hatte, brauchte er sich noch lange nicht lustig über sie zu machen.

»Es ist die Wahrheit«, zischte sie und beugte sich kurz über die Kante ihres Verstecks. Unten war niemand zu sehen, der sie hören könnte. Obwohl es heller Tag war, stieg noch immer die dünne schwarze Rauchsäule über der Feuertonne auf.

»Mir brauchst du nichts vorzumachen. Ich weiß, wer du bist.«

Sie starrte ihn an. Was meinte er damit?

»Ich bin Charlotte Johansson«, sagte sie gereizt. »Ich habe keine magischen Fähigkeiten. Trotzdem jagen mich Smilla und der Zwerg und auch noch die Wächter des Königs. Wenn wir ein Versteck gefunden haben, muss ich einen Weg finden, mit meinen Eltern zu sprechen, und das Missverständnis irgendwie aufklären.«

»Es war kein Missverständnis«, behauptete Fynn und beugte

sich über die Kleider zu ihr herüber. Er sah ihr in die Augen, als suche er dort nach einer Antwort. Da konnte er lange suchen, denn schließlich hatte sie die Wahrheit gesagt. Aber sein Gesicht war zu nah, und sie konnte seine Sommersprossen erkennen und die Staubflusen, die sich in seinen Haaren verfangen hatten. Hitze schoss ihr ins Gesicht, und sie ahnte, wie verdächtig rot ihre Wangen sich färben würden.

»Falls die Magie noch nicht ausgebrochen ist, bist du wirklich spät dran.«

Charlotte schüttelte den Kopf. »Ich habe keinerlei …«

Doch er unterbrach sie. »Ich habe das mit deiner Mutter gelesen.«

»Was denn? Meine Mutter hat keine magischen Fähigkeiten. Sie arbeitet bei einer Schneiderin«, sagte sie.

»Ich meine deine richtige Mutter. Lille.«

»Meine Mutter heißt Ina.«

»Ach so.« Fynn beugte sich über die nassen Kleider und hantierte an ihnen herum. Charlotte betrachtete ihn einen Augenblick, bis sie begriff, was er empfand. Er sah beleidigt aus, weil er dachte, sie würde ihm etwas verheimlichen.

»Meine Mutter heißt Ina«, wiederholte Charlotte, und ihre Stimme klang schärfer, als sie es beabsichtigt hatte.

Fynns Gesicht verlor die vorwurfsvolle Miene. Er wurde blass und sein Gesicht leuchtete vor den schwarzen Balken und Streben.

»Weißt du es wirklich nicht?« Er räusperte sich. »Es tut mir leid. Ich dachte, du willst es vor mir verbergen. Du warst schließlich schon fast fünf, als es geschah.«

»Was denn? Wovon redest du?« Es kümmerte sie nicht mehr, ob jemand sich in diesen abgelegenen Teil der Halle verirrte und sie belauschte. Sie konnte sich um andere Leute keine Gedanken machen. Das Blut rauschte in ihren Ohren und die Erinnerungen an die unzähligen düsteren Träume der letzten Jahre drängten in ihren Kopf. Sie wollte die Bilder der Männer und ihrer tätowierten Tiere nicht sehen. Aber wenn sie die Hände auf die Augen presste, wurden sie immer deutlicher. Sie sah sogar die feinen Haare zwischen der schwarzen Farbe. Schnell ließ sie die Hände sinken und ballte sie zu Fäusten.

»Sag mir endlich, was du weißt! Für wen hast du mich entführt? Mit wem arbeitest du zusammen?« Sie beugte sich zu ihm herüber und riss an seinen Ärmeln.

»Was machst du denn? Bist du verrückt geworden?« Er sah ehrlich erschrocken aus, aber sie wollte ihm nicht glauben. Die Knöpfe sprangen von dem Hemd und sie riss den Stoff bis zum Ellenbogen auf. Darunter war nur helle Haut, die von einigen Sommersprossen und einer Handvoll fingerlanger schmaler Narben unterbrochen wurde.

Er hatte sie gewähren lassen, doch nun griff er nach ihren Händen und sah ihr ins Gesicht.

»Ich gehöre nicht zu denen. Aber ich habe Aufzeichnungen von ihnen gefunden. Deshalb kenne ich die Geschichte von Lille. Als sie gefangen wurde, hatte sie eine Tochter bei sich.«

»Meine Mutter heißt Ina«, wiederholte Charlotte aufgebracht.

»Nein, deine Mutter ist eine Nixe und deshalb suchen sie nach dir.«

»Was?« Das musste ein Traum sein. Gleich würde sie in ihrem Zimmer aufwachen und das leise Atmen ihrer Schwestern hören.

»Der Name deiner Familie war nicht bei den Aufzeichnungen. Aber Eisenhauer lässt dich und sechs andere Mädchen beobachten, die Lilles Tochter sein könnten.« Er hob hilflos die Schultern. »Wie gesagt, es tut mir leid«, fügte er leise hinzu. Charlotte zog ihre Arme aus seiner Umklammerung.

»Das ergibt doch keinen Sinn.« Wütend schüttelte sie den Kopf.

»Wer hat dir das gesagt? Ist das eine List der Wächter, damit ich brav in den Südturm komme? Ich hätte auf Jette hören sollen. Die hat geahnt, welcher Ärger noch kommen würde.«

»Vielleicht war diese Jette eingeweiht und dachte sich, dass irgendwann jemand die Verbindung zu dir herstellt. Deshalb wollte sie dich beschützen.«

Obwohl sie kurz davor gewesen war, sich auf Fynn zu stürzen, damit er endlich den Mund hielt, fühlte sie tief unter ihrer Wut auch eine traurige Verzweiflung. Konnte er die Wahrheit sagen? Die dunklen Träume und Jettes Angst ergaben auf einmal einen Sinn!

»Warum bist du sicher, dass ich es bin? Es könnte doch auch eine von den anderen sein!«

Es knisterte leise, als Fynn ein Stück Papier aus der Manteltasche zog. Es war ein Bild vom Trivium. Alle trugen schwarze oder weiße Kleider auf diesem Bild und die Gesichter waren grau.

»Was sind das für seltsame Farben?«, fragte Charlotte. Sie fuhr mit den Fingern darüber. Es fühlte sich glatter an als jede Leinwand, die sie bislang berührt hatte.

»Es ist eine Fotografie. Das ist eine Erfindung des Königs und seiner Techniker. Sie haben irgendwo eine geheime Universität, in der sie forschen und Experimente machen. Sie ist in Ousía, aber das ist auf keiner Karte eingezeichnet.« Er öffnete die obersten Knöpfe seines Hemdes, und Charlotte konnte den Blick auf einen Stapel Papiere werfen, die er dort versteckt hatte. Er zog ein weiteres heraus und hielt das Blatt zwischen sie, damit Charlotte es betrachten konnte. Sofort erkannte Charlotte den Kasten wieder, der beim Trivium die Pinsel der Heilerin durcheinandergebracht hatte. Auch der Blitz war eingezeichnet. Die Schrift darunter war klein und eng, und da Charlottes Kopf schmerzte, versuchte sie gar nicht erst, die Beschreibung zu entziffern.

Fynn steckte den Bogen Papier wieder in sein Hemd und zog ein weiteres Bild aus dem Bündel heraus. Es war unscharf und in Brauntönen. Manche Stellen hatte jemand mit Farbe und Pinsel ausgebessert.

Charlotte hielt den Atem an. Wie war das möglich? Es gab keinen Zweifel! Das braune Bild zeigte sie selbst im Alter von etwa fünf Jahren.

»Wo hast du das her?«, platzte es aus ihr heraus und sie riss ihm das Bild aus der Hand.

»Es gibt im Keller unter dem Südturm ein Zimmer mit Büchern und Schriftrollen. Dort bin ich darüber gestolpert.«

»Hast du auch ein Bild von dieser Lille?«, wollte Charlotte wissen und starrte auf die Knöpfe an Fynns Hemd. Aber er ließ sich Zeit. In ihrer Aufregung hielt sie das Kinderbild viel zu fest in der Hand. Fynn wollte es wieder an sich nehmen, wobei es fast zerriss.

»Nein, ich habe es nicht mitgenommen. Niemand sollte bemerken, dass ich dort war. Ich habe mir einige Berichte abgeschrieben und etwas aus den Stapeln am Fußboden genommen.« Er ließ das Bild los. Charlotte schien es kaum zu bemerken.

»Hast du sie gesehen?« Ihre Augen brannten. »Bist du sicher, dass es nicht Ina ist? Wie kannst du sicher sein?«

Fynn schüttelte den Kopf. «Es gibt sieben Namen auf der Liste. Es kamen noch sechs andere Mädchen infrage, die Tochter von Lille zu sein, aber deine Augen …«

»Also kannst du nicht sicher sein! Vielleicht ist es eine von den anderen. Denn ich habe keine magische Begabung!« Sie ließ das Bild endlich los und zuckte mit den Händen zurück, als hätte sie sich daran verbrannt.

»Das stimmt«, sagte Fynn leise, aber sie hörte an seiner Stimme, dass er es nicht ehrlich meinte. Er hatte keinen Zweifel daran, dass sie das Mädchen auf dem Bild war.

Charlotte presste die Hände auf ihre schmerzenden Augen und der Druck ließ nach. Konnte sie ihm glauben? War ihre Familie gar nicht ihre richtige Familie? Sie sah den tätowierten Arm des Wächters vor sich und erinnerte sich an Jettes Gespräch mit ihrem Vater. Sie wollte Charlotte verstecken, damit sie nicht zum König gebracht wurde. Hatte sie gewusst, wer ihre richtige Mutter war?

Charlotte ließ die Hände wieder in den Schoß sinken.

Vielleicht hatte Fynn noch mehr Informationen über ihre echte Familie, oder der König hatte ihn geschickt, um sie durcheinanderzubringen oder zu fangen. Aber wieso versteckten sie sich dann hier zusammen? Wenn Fynn noch für den König arbeitete, dann hätte er sie von der Fabrik direkt zur Zitadelle bringen können. In den dunklen Gassen hätte sie es erst gemerkt, wenn es schon zu spät gewesen wäre.

Charlotte schlang die Arme um die Knie. Ihr war plötzlich wieder bitterkalt. Konnte sie Fynn vertrauen?

»Wer hat Lille entführen lassen? Der König?«, fragte sie.

Fynn nickte. »Wahrscheinlich. Damals regierte noch König Frederik. Falls er nicht dafür verantwortlich war, ist die Lage noch viel komplizierter, als ich dachte.«

»Wo war ich, als sie Lille geholt haben?«

Fynn klopfte auf sein Hemd, und die Unterlagen, die er darunter verborgen hatte, raschelten. »Soweit ich weiß, warst du bei ihr. Du konntest später entkommen und bist nie wieder gesehen worden. Die Wächter kannten deinen Vater nicht und wussten nicht, wo sie nach dir suchen sollten. Schau mal auf die Rückseite.« Er nahm das Bild und die Fotografie an sich, drehte sie um und legte sie vor Charlotte auf die Bretter. Sie beugte sich vor.

Auf der Rückseite des Gruppenfotos stand »Lilles Tochter? Dritte Reihe, Vierte von links oder vorn rechts oder hinterste

Reihe ganz links?« und auf dem Bild von dem Mädchen »Henna, 5 Jahre«.

Charlotte sah zu Fynn auf. »Henna?«

»Ich schätze, so hat deine Mutter dich genannt.«

Charlotte nickte, obwohl der Name keine Erinnerung heraufbeschwor. Er klang fremd und kalt. Es musste alles ein gewaltiger Irrtum sein. Wahrscheinlich war ein anderes Mädchen einmal Henna gewesen. Sie konnte nicht die Tochter einer anderen Frau sein. Ihre Familie hatte sie doch nicht ihr ganzes Leben belogen! Den Jungen, der ihr gegenübersaß, kannte sie erst seit einigen Stunden. Vielleicht hatte er einen Grund, sie mit all den Behauptungen durcheinanderzubringen. Charlotte atmete tief ein. Es gab nur einen Anhaltspunkt dafür, dass er recht haben könnte, und das waren ihre Träume. Denn niemandem außer Maja hatte sie davon erzählt. Sie musste sicher sein.

»Wer von den Wächtern hat eine Tätowierung am Arm?«, fragte sie.

»Warum willst du das wissen?«

Charlotte zögerte. Ihre Träume waren das Kostbarste und Geheimste, was sie hatte. Konnte sie ihm vertrauen und von ihren Träumen erzählen?

»Alles, was du mir gesagt hast … es scheint keinen Sinn zu ergeben. Es ist wie ein Bild, das noch nicht fertig gemalt ist.« Nein, sie würde es ihm nicht sagen. Charlotte konnte sich nicht dazu durchringen, ihm zu vertrauen. Schließlich verschwieg er ihr, warum er es gewagt hatte, die Papiere zu stehlen, und was er damit vorhatte.

Er betrachtete sie einen Moment und nickte dann. »Die Wächter haben alle Tätowierungen. Die bekommen sie, wenn sie einer Truppe zugeteilt werden.« Fynn krempelte sein Hemd bis zur Schulter hoch und zeigte ihr eine kleine Libelle, die dort in die

Haut gebrannt war. »Die Wächter der Zitadelle haben neben der Libelle des Königs noch einen Stern und die anderen Wächter haben Tiere auf ihren Unterarmen. Erinnerst du dich an eine Tätowierung, die du irgendwo gesehen hast?«

»Es war eine geflügelte Schlange.«

Fynn sog die Luft ein und ein zischender Laut entwich ihm dabei. »Das ist das Zeichen von Hauptmann Eisenhauer und seinen Federn.« Fynn klopfte noch einmal auf das Papier unter dem Hemd. »Eisenhauer hat deine Mutter eingesperrt.«

Charlotte senkte den Kopf und starrte auf die Furchen zwischen den Brettern. Sie hatte all die Jahre diese Träume gehabt, weil sie die Männer als kleines Kind wirklich gesehen hatte. Aber wenn Lille tatsächlich ihre Mutter war, dann gab es noch eine wichtige Frage!

»Wer ist mein Vater?«

ooooo

Ein Mann mit langem braunem Haar stieg von seiner Kutsche und schob den Hut in den Nacken. Vor der Kneipe *Zum humpelnden Zwerg* waren mehrere Pferde angebunden. Er schlang die Leine um den Baum, an dem auch eine Kutsche mit tiefschwarzem Verdeck festgemacht war. Der Fahrer, der am Kutschbock lehnte, trug dunkle Kleidung mit großen silbernen Knöpfen und grüßte, indem er mit dem Zeigefinger kurz die schwarze Kappe berührte, die er auf dem blonden Haar trug.

Der Mann erwiderte den Gruß, zog dann die breite Krempe seines Hutes wieder in die Stirn und betrat den düsteren Schankraum.

In der Stadt gab es nur noch saubere Gasthäuser mit geputzten Fensterscheiben und frisch gefegten Böden. Dafür hatten die Stadtwachen gesorgt. Aber hier draußen im Süden, wo eine Handvoll Häuser an jeder Biegung des Flusslaufes lagen, kümmerte sich niemand darum. Hier durfte der Tisch noch mit dem Hemdsärmel abgewischt werden, und keinen interessierte, wie alt die Lappen waren, mit denen die Wirte die Gläser polierten.

An dem Tisch am Fenster saßen zwei alte Männer mit langen schmutzigen Bärten, die ihre Köpfe tief über ihre Schüsseln gebeugt hatten. Ihr lautes Schlürfen war trotz des munteren Geplauders immer wieder zu hören. An den anderen Tischen hatten sich die ersten Bewohner des Dorfes zum Abendessen versammelt. Einige Bauern saßen am Tresen und aßen Huhn und Brot. Die Wirtin servierte scharfes Essen und die Männer verspotteten den jüngsten von ihnen. Er hatte wohl auf ein Pfefferkorn gebissen, denn sein Gesicht war rot angelaufen, er griff sich an den Hals und keuchte, bis die Wirtin ihm einen Krug verdünntes Bier reichte. Der Mann mit dem Hut durchquerte den Schankraum. Als er am Tresen ankam, nickte ihm die Wirtin zu und deutete auf die Tür, die in die Küche und ihre privaten Räume führte. Der Mann ging ohne ein Wort hindurch. Die Tochter der Wirtin sah von den Töpfen auf. Als sie den Gast erblickte, schob sie das Essen von der Flamme und verließ die Küche. Der Mann schob zwei Katzen zur Seite und setzte sich auf die Bank neben dem Ofen. Die pummeligen Tiere drückten ihre Köpfe gegen seinen Arm und streckten sich dann neben ihm auf der Bank aus, als der Mann unbeeindruckt auf die Tür zu den privaten Räumen starrte.

Nur Augenblicke später betrat ein schlanker Mann die Küche, der problemlos neben den Katzen Platz fand. Bevor er sich setzte, zog er jedoch den Mantel hoch, damit der Saum nicht über den schmutzigen Boden schleifte. Die rabenschwarzen Haare des Neuankömmlings waren an den Schläfen und der Stirn von feinen grauen Strähnen durchzogen. Um Augen und Mund spielte ein verschmitztes Lächeln, und der durchdringende Geruch nach Seife und Zitrone, den er verströmte, vertrieb die Katzen von der Bank. Empört krümmten sie ihre Rücken und sprangen dann erstaunlich flink davon.

»Guten Tag, Milan«, sagte der dünne Mann und schob seine Brille über den kleinen Huckel an seiner Nase.

»Herr Dekan.« Milan griff kurz nach seinem Hut, ließ ihn dann aber wieder auf den Kopf sinken.

Der Dekan zog einen Zettel aus der Tasche seines Mantels, wobei er darauf achtete, den Saum festzuhalten und vor dem Kontakt mit einer dicken Schicht aus klebrigem Staub zu bewahren.

Milan nahm den Zettel an sich und betrachtete die kleinen geschwungenen Buchstaben, die zu einer Liste von Dingen zusammengesetzt worden waren. Alle Gegenstände, Kräuter und Geräte konnten im Land nicht mehr erworben werden. Der Handel mit ihnen war verboten oder einfach nicht mehr möglich, da niemand noch etwas zu verkaufen hatte. Milan würde alles beschaffen können, denn er kannte genug Menschen, an die er sich wenden konnte. Sie lebten davon, unter Einsatz ihres Lebens die Berge und Seen zu durchqueren und in den Nachbarländern nach dem Ersehnten zu suchen. Sie kannten die dunkelsten Ecken der Wälder, in denen noch verschiedene Kräuter wuchsen, und manchmal stahlen sie, was sie so dringend brauchten. Der Dekan wusste, mit wem Milan seinen Handel betrieb. Deshalb saßen sie in einer schmutzigen Küche und nicht in den eleganten Büroräumen, die er in der Universität von Skørping für sich eingerichtet hatte.

Milan steckte den Zettel ein. »Es wird einige Tage dauern, Herr Dekan. Ich kenne ein paar Schmiede, die noch Messer verkaufen, wenn man den richtigen Preis zahlen kann. Stoffe gibt es in den Nachbarländern noch reichlich. Es ist möglich, sie zu beschaffen, obwohl die Kontrollen an den Grenzen immer weiter ausgeweitet werden. Es wird immer schwieriger. Kräuter sind kein Problem und die anderen Dinge bekomme ich auf dem Schwarzmarkt rund um die Stadt.«

Der andere nickte und reichte ihm einen Geldbeutel. Als Milan sich erhob, ergriff Kasper Olsen seinen Arm und hielt ihn zurück.

»Es gibt da noch etwas …« Der Dekan räusperte sich. »Ich muss jemanden … etwas loswerden.« Sein Gesicht war ganz blass geworden und er ließ kraftlos die Arme fallen.

»Ich komme nach Sonnenuntergang mit dem Wagen vorbei.« Milan schob den Hut mit der breiten Krempe tief in die Stirn und ging dann zurück in den Schankraum. Er nickte der Wirtin zu und verließ die Kneipe. Noch immer umwehte ihn der Geruch von Zitrone. Milan zog den Zettel aus seinem Mantel und strich ihn glatt. Die Liste war lang und die Beschaffung der Waren wurde immer gefährlicher. Bevor er sich wieder auf den Kutschbock schwang, sah Milan zum Fluss hinunter und betrachtete die kleinen Wellen, die auf die Steine am Ufer schwappten. Der Dekan sah Prinz Børge nun schon seit einigen Jahren bei seinen Experimenten zu, die immer schamloser und verzweifelter wurden. Milan fragte sich, welches arme Geschöpf die Untersuchungen in der letzten Nacht nicht überlebt hatte. Und ob der Dekan jemals den Mut und die Möglichkeiten finden würde, dieser Folter ein Ende zu machen.

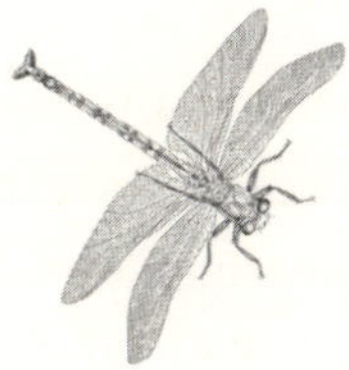

11. KAPITEL

Ein Pfiff ertönte.

»Los, wir müssen uns beeilen!« rief Fynn, raffte seine Sachen zusammen und kletterte die Streben hinunter.

Charlotte folgte ihm. Sie begegneten niemandem, während sie mit wehenden Mänteln die Halle durchquerten.

Die Räder der Rebhjule setzten sich bereits in Bewegung, als sie die Leiter zu den Wagen in der Fahrrinne hinunterstiegen.

»Schneller!«, rief Fynn und griff nach der Tür zum letzten Wagen. Die Tür schwang nach außen auf. Die Räder drehten sich schneller und der vorderste Wagen hatte die Halle bereits verlassen.

Charlotte schnaufte. Fynn rannte neben der offenen Tür und ergriff ihre Hand. »Spring auf«, rief er und schob sie auf das Trittbrett zu.

Charlotte knickte mit dem Fuß um, doch ihre Hände bekamen das Geländer an der Tür zu fassen. Die Knie schlugen einmal auf die Steine. Dann konnte sie sich auf das Brett hinaufziehen. Sie krabbelte in das Innere, um Platz für Fynn zu machen. Er war zurückgefallen und fluchte mehrmals, bis es ihm gelang, den Wagen wieder einzuholen. Er sprang hinein und schlug die Tür hinter sich zu. Keuchend fiel er auf den Boden.

Charlotte richtete sich auf. Durch das Fenster neben der Tür sah sie Häuser und Bäume vorbeiziehen. In der Kurve erkannte sie den vorderen Wagen mit den großen glühenden Phoenixfedern. Sie drehten sich so schnell im Kreis, dass sie wie ein Feuerrad aussahen. Sie wandte den Blick erst ab, als die Kurve vorbei und das Rad nicht mehr zu sehen war. Nachdem sie sich aufgerappelt hatte, hielt sie Fynn eine Hand hin, doch der schüttelte den Kopf und blieb am Boden liegen. Einen Augenblick betrachtete sie den Jungen stumm, der sich laut keuchend auf den Rücken drehte. Doch weil ihre Beine schmerzten, setzte sich auf die nächste von den mit rotem Samt bezogenen Bänken.

Dieser Wagen war zum Glück leer. Die Wände waren mit Holz verkleidet, die Scheiben hatten nur einen leichten milchigen Schimmer. Ehrfurchtsvoll betrachtete sie die riesigen Streben der Brücke, die sie über den Fjord und aus der Stadt hinaustrug. Die Landschaft, die sie dahinter erblickte, versetzte sie in Staunen. Gewaltige Bäume und weite Wiesen wirkten fremd und märchenhaft auf sie, aber das war auch kein Wunder. Schließlich war Charlotte nie außerhalb der Stadtmauern gewesen. Sie kannte die Welt dahinter nur aus Jettes lebendigen Erzählungen.

Fynn lehnte mit dem Rücken an der Tür. Charlotte beobachtete, wie sich seine Brust unregelmäßig hob und senkte, und hörte trotz des Rumpelns der Räder seinen rasselnden Atem. Zu gerne hätte sie gewusst, was in seinem Kopf vorging. In seinem Gesicht erkannte sie nur Erschöpfung. Aber da er die Augen geschlossen hatte, traute sie sich nicht, ihn anzusprechen. Stattdessen schaute sie wieder aus dem Fenster.

Eine Uhr schlug neunmal. Draußen war es dunkel geworden und Charlotte konnte die Landschaft nicht mehr erkennen. Mit einem leisen Summen entzündete sich die Öllampe, die zwischen der Tür und dem ersten Fenster an der Wand befestigt war. Endlich erhob sich Fynn und setzte sich neben Charlotte auf die Bank.

Wenn sie in das Fenster blickte, sah sie dort eine kleine Flamme, die das Abteil in oranges Licht tauchte. Zwischen den roten Lehnen der Bänke hockten zwei Gestalten mit weißen Gesichtern und zerzaustem Kopf.

Charlotte hob den linken Arm und strich mit den Fingern durch ihr Haar. Sie verhedderte sich und ließ die Hand wieder sinken. Ihr Spiegelbild tat es ihr nach.

Fynns kurze Haare standen wie Borsten in alle Richtungen von seinem Kopf ab. Mit einer Hand hielt er sich den Bauch, die andere war um eine Armlehne gekrallt. Weiß traten seine Knöchel hervor.

»Schlaf ein bisschen«, schlug Charlotte vor. »Ich bleibe wach.«

Nur halbherzig protestierte er gegen den Vorschlag, dann streckte er sich auf den Polstern gegenüber aus und schloss die Augen. Während Charlotte sein Gesicht betrachtete und sich über seine zuckenden Lider und Lippen wunderte, dachte sie an all das, was sie von ihm erfahren hatte. Sie hatte ihm nicht glauben wollen und hätte ihn auf den Brettern unter dem Dach der Halle gerne zum Schweigen gebracht. Aber Fynn hatte ihr Antworten gegeben, die Jette und ihr Vater ihr schuldig geblieben waren. Sie hatte diese Scherbe nicht zufällig bekommen und es war kein Irrtum gewesen. Sie war anders als ihre Familie und es war beim Trivium ans Licht gekommen. Charlotte starrte auf die Scheibe und die Spiegelbilder verschwammen vor ihren Augen. Sie wischte sich die Tränen nicht aus den Augen, denn sie war zu erschöpft und Fynn schlief tief und fest. Er würde sie nicht bemerken.

Ihre Eltern hatten sie belogen. Wahrscheinlich waren sie nicht einmal ihre Eltern. Charlotte stand auf und trat an die Tür. Was sollte sie nun tun? Sie musste Ina und Emil zur Rede stellen. Sie wollte die Wahrheit von ihnen selbst erfahren. Vorher konnte sie nicht in die Einsamkeit fliehen und sich verstecken.

Die Tür des Wagens war fest verschlossen. Charlotte griff nach dem Riegel, doch dann ließ sie den Arm wieder sinken. Die Landschaft raste draußen am Fenster vorbei. Es war viel zu gefährlich, den Wagen zu verlassen. Selbst bei dem nächsten Halt konnte sie nicht aussteigen. Denn sie würde alle in Gefahr bringen, falls ihre Neugier sie wieder zurück nach Hause trieb.

Charlotte fluchte laut und setzte sich dann wieder auf die Bank.

Der Zug fuhr eine lange Kurve und ein Ruck ging durch den Wagen. Charlotte griff nach der Sitzbank, lehnte sich zur Seite und drückte die Stirn an die Scheibe. Vielleicht war sie als Kind schon einmal in einem echten Wald gewesen und hatte zugehört, wie der Wind durch die Blätter rauschte und an den Ästen zerrte?

Charlotte versuchte, sich den Geruch und die Geräusche eines Waldes oder einer Wiese vorzustellen, aber es gelang ihr nicht. Womit sollte sie es vergleichen? Den niedrigen Hecken vor ihrem Haus?

Die Rebhjule blieb stehen. Draußen rasselten Ketten und Männer riefen einander Anweisungen zu. Ihre Stimmen waren tief und ungeduldig. Charlotte lehnte sich in den Schatten der Polster zurück und wartete mit klopfendem Herzen, bis das dumpfe Hämmern auf Metall zu Ende war. Erneut ging ein Ruck durch den Wagen und sie fuhren endlich weiter. Fynn stöhnte. Er war an den Rand der Sitzbank gerutscht, aber dabei nicht aufgewacht. Bei dem Anblick musste Charlotte schmunzeln. Er hatte in den letzten Nächten offensichtlich noch weniger geschlafen als sie oder er hatte wirklich einen außergewöhnlich tiefen Schlaf. Fast war sie ein bisschen neidisch auf ihn, denn in diesem Zustand von Erschöpfung hatte er sicher keine Träume von tätowierten Schlangen und fremden Männern. Ein erneuter Ruck ließ Fynns Arm von der Bank hinunterbaumeln.

Sie stand auf und beugte sich über ihn. Vielleicht konnte sie den

Arm vor seinen Körper klemmen und ihn damit vorm Herunterfallen bewahren. Sie sah sich im Abteil um und ihr Blick fiel auf das Bündel Kleidung. Sie würde ihn einfach mit einem Mantel an der Lehne festknoten.

Als sie sich über seine Brust beugte, war es ihr, als hätte er etwas gesagt.

Charlotte hielt den Atem an und konzentrierte sich auf die Geräusche des Zuges. Es war nichts Ungewöhnliches zu hören. Sie befestigte den letzten Knoten und dann hörte sie es wieder.

»Niilo«, flüsterte er. Charlotte hielt inne. Was war das für ein Wort gewesen?

»Niilo … Niilo.« Er wiederholte das Wort noch einige Male und blieb dann wieder still. Sein Gesicht entspannte sich, seine Lider und sein Mund hörten auf zu zucken. Im Traum war es wohl gut ausgegangen.

Charlotte trat zurück an die andere Bank und setzte sich ihm gegenüber. Sie beobachtete Fynns Gesicht und seine ruhigen gleichmäßigen Atemzüge. Das Wort klang in ihr nach und fühlte sich bitter an. Niilo. Wer oder was war Niilo?

ooooo

Entschlossen tauchte der Dekan die Feder in das Tintenfass und schrieb mit schwungvollen Bewegungen das nächste Kapitel. *»4. Kapitel. Das Trivium. Nachdem man festgestellt hatte, dass nicht nur bekannte Wesen wie Drachen, Elfen und Zwerge über magische Fähigkeiten verfügten, sondern auch einige Menschen, wurden sie zunächst recht willkürlich darin gefördert, ihre Fähigkeiten zu erweitern. Allerdings sind auch immer wieder Fälle bekannt geworden, in denen Menschen ihre Magie zum Schaden anderer im Verborgenen einsetzten. Deshalb erließ der alte König das ›Gesetz zum Schutz der Bevölkerung* *vor dem Missbrauch der Magie‹:* Magie darf nur an Gegenständen und nicht an Menschen angewendet werden. *Himmerland erlebte einen wirtschaftlichen Aufschwung und konnte bald die besten handwerklichen Waren in die umliegenden Länder verkaufen und seine Dörfer und Städte blühten auf.*

Nach der plötzlichen Erkrankung von König Frederik übernahm sein Sohn Prinz Børge die Regierung. Er gründete die geheime Universität von Ousía, um nach Möglichkeiten zu forschen, den Wohlstand und die magischen Fähigkeiten zu erweitern. Doch innerhalb kürzester Zeit halbierte sich der Anteil der Magiebegabten an der Bevölkerung, und durch die Verknappung der Waren entstand Unruhe und Neid, der zu Übergriffen führte. Auf der Suche nach einem Weg, die Errungenschaften der Magie gerecht in Himmerland zu verteilen, wurde das Trivium eingeführt, bei dem alle Kinder des Landes, die das vierzehnte Lebensjahr erreicht haben, während einer feierlichen Zeremonie in der Halle der Zitadelle ihre zukünftigen Berufe zugeteilt bekommen. Mithilfe von Scherben aus dem Schicksalskrug, den die Zwerge in ihren Werkstätten herstellen, werden alle Magiebegabten für das Gemeinwohl separiert. Sie werden entsprechend ausgebildet, während alle anderen Jugendlichen in den Bereichen arbeiten, in denen sie die beste Eignung zeigen. Dadurch wird jeder Bewohner Himmerlands zum größten Nutzen für alle eingesetzt.«

An dieser Stelle ließ der Dekan die Feder sinken. Bislang waren seine Äußerungen neutral gewesen. Doch wenn er nun fortfuhr, die Entwicklung zu beschreiben, würde er sein Leben riskieren. Denn seit der junge König die Regierung übernommen hatte, war die Lage im Land stetig schlechter geworden. Nach wenigen Jahren verfügte nur noch ein minimaler Anteil der Jugendlichen über eine magische Begabung und die alten Wesen hatten sich weit von den Menschen zurückgezogen. Drachen, Elfen und Zwerge waren in der freien Wildbahn kaum noch zu finden. Aber konnte er das in seinen Studien schriftlich festhalten? Schließlich verkündete der junge König seinem Volk immer noch das Märchen vom Überfluss. Eine kritische Betrachtung der Regierung und der Entwicklung von Himmerland konnte die Rebellen zu weiteren Übergriffen ermuntern.

Kasper Olsen legte die Feder zur Seite und betrachtete die Papiere, die er mit seinem Wissen gefüllt hatte. Er war allein der Wahrheit verpflichtet. Da kam ihm das Lied in den Sinn, das für die geheime Einweihung der Universität komponiert worden war und das Ziel dieses Hauses zum Thema hatte. *In den Augen und dem Verhalten aller Wesen lesen und zum Nutzen aller die richtigen Schlüsse daraus ziehen!* Entschlossen griff er nach dem Federkiel und tauchte die Spitze in die Tinte. Doch auf dem Weg zum Papier schwand sein Mut abermals, und als die blaue Farbe das Papier berührte, hatte sein feiges Zögern die Finger vollständig gelähmt. Der Dekan erhob sich und schüttelte seine Arme. Die Tinte spritzte über den Fußboden, doch es kümmerte ihn nicht. Er musste dieses Gefühl loswerden, in seiner Universität, dem Haus der Beobachtung, keine Entscheidungsgewalt mehr zu haben und sich der Politik statt allein der Forschung verpflichtet zu fühlen. Aber sosehr er auch die Arme schüttelte, sich drehte und mit den Füßen auftrat, änderte sich doch nichts. Das Gefühl blieb.

Am besten würde er noch einmal gründlich über den möglichen Wortlaut der nächsten Seite nachdenken und erst dann entscheiden, wie ehrlich und wahrhaftig er das Buch weiterführen wollte.

Als er Dekan dieser Universität geworden war, hatte er nicht geahnt, auf was er sich hier einlassen musste. Vielleicht wäre er sonst Lehrer an der Volksschule geblieben. Das hatte ihm uneingeschränkt Freude bereitet, und seine Eltern hatten ihm immer wieder versichert, dass es seine Bestimmung war, in die Fußstapfen seines Vaters und Großvaters zu treten. Damals war das Trivium noch ein feierlicher Akt in der goldenen Halle gewesen und hatte keine politische Bedeutung gehabt. Kinder werden zu jungen Erwachsenen, das war doch ein wunderbarer Grund zum Feiern. Kasper Olsen trat wieder an sein Pult und schob seine Papiere hin und her. Es gab nicht mehr viele Schicksalskrüge und die Zwerge zogen sich immer tiefer in die Erde zurück. Wenn sich nicht bald etwas änderte, würde Prinz Børge in wenigen Jahren einen anderen Weg finden müssen, die magischen Fähigkeiten der Kinder ans Licht zu bringen.

ooooo

Eisenhauer schritt in seinem Zimmer auf und ab und spürte, wie die Untätigkeit an seinen Nerven zerrte. Während die Hälfte seiner Federn schlief, hatte er die anderen angewiesen, die Wälder zu durchkämmen, bis sie nicht mehr aufrecht stehen konnten oder von den Sätteln ihrer Pferde kippten. In solchen Zeiten mussten die Schlafenszeiten reduziert werden. Außerdem brauchte er einen Vorwand, um die Wächter der anderen Hauptmänner unter seinen Befehl zu stellen. Er brauchte mehr Männer, damit er die verschwundenen Mädchen und die beiden Mitglieder der Stadtwache finden konnte, die ebenfalls nicht wieder aufgetaucht waren.

Es klopfte an der Tür, und nachdem Eisenhauer ihn hereingerufen hatte, trat Bo ein und nahm vor dem Hauptmann Haltung an.

»Wir haben endlich eine Heilerin gefunden, die uns Auskunft geben konnte. Es wird immer schwieriger, seit wir damals nach den Hebammen gefragt haben. Die Heilerinnen wissen, dass wir sie bedroht haben und seit dem …« Bo unterbrach sich erschrocken, als er Eisenhauers wutentbranntes Gesicht sah, und setzte seinen Bericht hastig fort. »Chrischan Høj und Fynn Bergstrøm hatten sich dort beide krankgemeldet und um Kräuter gebeten.

Der eine wollte etwas gegen Schlafstörungen und der andere litt unter Fieber.« Bo zog einen Zettel aus seiner Tasche und überprüfte die Namen, die er notiert hatte. »Chrischan Høj hat die Medikamente bekommen, hat sich dann aber gegen die Anordnung der Heilerinnen wieder vom Gelände entfernt.«

»Das ist gut, das ist gut.« Eisenhauer nickte versöhnt. »Verfassen Sie einen Bericht und legen Sie ihm dem Heiler von Prinz Børge vor. Das gibt ihm vielleicht die Möglichkeit, die Frauen unter Druck zu setzen. Schließlich kann nicht jeder Kranke einfach durch die Stadt marschieren und alle anderen anstecken. Das ist wirklich gut.« In dieser Sache würde es besser sein, den Heiler vorzuschicken. Der hatte auch ein Interesse daran, die Selbstbestimmung der Heilerinnen und Priesterinnen zu beschneiden. Sein eigener Name sollte in diesem Zusammenhang nicht fallen. Wenn Prinz Børge das Gefühl bekam, er würde nicht selbst die Geschicke des Landes lenken, brächte das nur unnötige Schwierigkeiten und einen offenen Konflikt, den Eisenhauer um jeden Preis verhindern wollte.

»Chrischan hat das Hospital zwar verlassen, ist dann aber nicht in den Schlafsaal der Stadtwache zurückgekehrt«, berichtete Bo. »Wir haben die Familienmitglieder, die in der Stadt wohnen, befragt und ihn vor einer Stunde im Haus seiner Großmutter gefunden. Sie hat in der Nähe der Stadtmauer eine Nähstube. Der Junge hat immer noch hohes Fieber und ich habe zwei Federn vor dem Haus gelassen. Sollen wir ihn in das Hospital zu den Heilerinnen bringen?«

Eisenhauer schüttelte den Kopf. »Erwähnen Sie es nicht im Bericht, aber weisen Sie den Heiler mündlich darauf hin. Ich brauche alle meine Männer. Die Stadtwache soll das Haus bewachen, bis jemand eine Entscheidung getroffen hat.« Der Hauptmann fuhr mit der rechten Hand über die blanken Knöpfe an seinem Hemd, die ihn als einen der zwölf Vertrauten auswiesen, die den königlichen Rat bildeten. »Was ist mit dem anderen?«

»Fynn Bergstrøm hat die Nacht im Hospital verbracht und dann am nächsten Morgen das Haus verlassen, um pünktlich seine Schicht bei der Stadtwache anzutreten. Aber …« Bo prüfte noch einmal die Informationen auf dem Zettel in seiner Hand und schloss dann ohne Aufforderung die Tür hinter sich. Eisenhauer runzelte die Stirn, doch bevor er den Wächter zurechtweisen konnte, begann der wieder zu sprechen. Deutlich leiser trug Bo seinen Verdacht vor. »Die Beschreibung passt nicht zu dem Rekruten mit dem Namen Fynn Bergstrøm.« Er starrte auf den Boden, als würden dort die Fäden zusammenlaufen und einen Sinn ergeben. »Der Junge hatte blondes gelocktes Haar und blaue Augen.« Bo räusperte sich. »Fynn wird eine Liebschaft mit einem Mädchen aus der Stadt nachgesagt und die anderen scheinen ihn zu decken. Der Junge im Hospital war jedenfalls nicht Fynn Bergstrøm.« Bo hob den Kopf und sah dem Hauptmann wieder in die Augen. »Soll ich der Sache nachgehen und die Rekruten wegen der Lügen bestrafen?«

Eisenhauer hörte die letzten Worte seines Wächters wie durch eine dicke Wolke. Dumpf und doch süßlich hingen sie im Raum und erinnerten ihn an ein wunderschönes Gesicht, das er einst geliebt hatte, als er in seinem zweiten Jahr der Ausbildung gewesen war. Einfach alles hätte er getan, um eine Nacht mit dieser Frau zu verbringen, und es verging kein Tag, an dem er nicht an sie dachte und sich nach ihr sehnte.

Irgendwo hinter den bittersüßen Erinnerungen räusperte sich Bo und erinnerte ihn an die Position, die er jetzt innehatte.

»Bestrafen Sie alle, die gelogen haben, mit gebührender Härte, und bringen Sie mir diesen liebeskranken Trottel, damit ich ihm eine Lektion erteilen kann.« Er klang kalt und bitter, und Eisenhauer sah, dass Bo ihn mit offenem Mund anstarrte. Doch der Augenblick war vergangen. Der Wächter setzte wieder eine professionelle Miene auf, verabschiedete sich, wie es sich gehörte, und stiefelte dann aus dem Zimmer, um die Befehle auszuführen.

Eisenhauer schüttelte den Kopf und verbannte die Vergangenheit aus seinem Kopf. Wie konnte es nur geschehen, dass sie ihn plötzlich und ungebeten überfallen hatte?

Mit wenigen Schritten trat er an den Sekretär und öffnete die Klappe. Drei Bilder nahm er aus der Schublade und betrachtete die Gesichter der jungen Mädchen.

Er veränderte die Reihenfolge, hielt sie in das Licht und kippte sie zu allen Seiten. Doch die Fotografien enthüllten ihm kein Geheimnis. Tilde, Freja, Charlotte. Immer wieder hatte er die Bilder zur Hand genommen und mit denen verglichen, die er unten im Südturm verborgen hielt. Charlotte mit den dunklen Augen, Tilde und Freja mit den langen blonden Haaren. Doch er durfte sich nicht auf diese Äußerlichkeiten verlassen. Die Hebammen hatten ihm immer wieder gesagt, dass das Wesen der Menschen schon in den ersten Augenblicken ihres Lebens in ihren Augen zu sehen war, aber Haarfarbe, Größe und Form von Augen und Nase sich stark verändern würden.

Er hielt das Foto von Tilde hoch. Sie war nach dem Trivium zusammengebrochen. Hatte sie als Kind schon ein zartes Wesen gehabt und konnte deshalb aussortiert werden? Schließlich suchte er einen Wirbelwind mit einem ungewöhnlich starken Willen und Überlebensdrang. Morgen früh sollte sie entlassen werden, und dann würde er erfahren, ob sie das Mädchen war, das er suchte. Zwei seiner Federn standen schon am Tor bereit.

Eisenhauer gestattete sich ein leises Seufzen und schob dann die Bilder zurück in den Schrank. Er hatte nicht geahnt, wie lange es dauern würde, bis er endlich eines der wichtigsten Ziele seines

Lebens erreicht hatte. Aber nun hatte er alles in die Wege geleitet und musste warten. Als er den Schlüssel gedreht hatte, um die Bilder und Aufzeichnungen in seinem Sekretär zu verschließen, hörte er den Klang von Stiefeln im Flur. Jemand näherte sich schnell und blieb dann mit quietschenden Schuhen vor seiner Tür stehen. Bevor der andere klopfen konnte, öffnete Eisenhauer die Tür.

»Wir haben sie gefunden«, japste Bo. »Wir wissen, wo das andere Mädchen ist.«

12. KAPITEL

Das monotone Rauschen der Zugräder auf den Gleisen und das rhythmische Schaukeln waren verhängnisvoller, als jedes Schlafmittel es je sein könnte.

Charlotte hatte sich fest vorgenommen, nicht einzuschlafen. Also stand sie immer wieder auf, starrte in die milchigen Fenster und ließ sich auf den unterschiedlichen Bänken nieder. Sie testete die Federung und suchte die Lehne mit den meisten Gebrauchsspuren. Schließlich zog sie ihren Mantel aus, um ihre Arme zu betrachten. Die Druckstellen von den Fesseln waren blau geworden und zogen sich wie geschmacklose Armbänder um ihre Handgelenke. Die Hände kribbelten, wenn Charlotte sie zu Fäusten schloss. Sie öffnete sie, drehte sie langsam herum und betrachtete die Handflächen. Sie waren aufgeschürft von dem Seil, an dem sie auf das Dach der Fabrik geklettert und immer wieder ein Stück heruntergerutscht war. Aber vielleicht kamen die Verletzungen auch von dem Sturz auf der Straße vor Fynns Haus.

Ihre Knie fühlten sich an, als wären sie in heißes Wasser getaucht. Der Stoff der Hose war aufgerissen, und Charlotte bemühte sich, mit ihm die Steine aus den Wunden zu reiben. Eine Kurve ließ Fynn auf der Bank zur anderen Seite kippen, aber wegen der Stricke, die sie aus den Klamotten gedreht hatte, fiel er nicht auf den Boden. Stattdessen machte er leise murmelnde Geräusche. Unwillkürlich beugte Charlotte sich zu ihm herüber, aber sie konnte kein Wort verstehen. Schließlich schlang Fynn die Arme um seine Brust und schlief wieder friedlich weiter.

Charlotte betrachtete sein Gesicht und fragte sich, was er vor ihr verbarg. In seiner Nähe war sie nicht in Gefahr. Das spürte sie. Aber trotzdem hatte er ein Geheimnis, und sie wusste nicht, ob sie ihm wirklich vertrauen konnte.

Als sie sich wieder auf der Bank zurücklehnte, entdeckte sie etwas Weißes an seiner Brust.

In der nächsten Kurve rutschte es noch weiter aus dem Hemd heraus, und Charlotte erkannte darin die Fotos, die er ihr in dem Versteck unter dem Dach des Hjulgård gezeigt hatte. Nur einen winzigen Moment hielt sie ihr schlechtes Gewissen zurück. Dann ließ sie sich auf die Knie fallen, wobei sie den stechenden Schmerz ignorierte. Vorsichtig griff sie nach den Blättern und zog sie langsam aus dem Hemd. Sie hatte nicht alle erwischt, denn der Rest der Papiere war tiefer in dem Hemd verborgen, und sie wollte nicht riskieren, Fynn aufzuwecken.

Lange betrachtete sie die Rückseiten der Bilder und die kleinen geschwungenen Buchstaben, die darauf notiert waren. Dann drehte sie die Fotografie vom Trivium um und dachte an den Mann mit dem Kasten, der die Heilerin mit den Pinseln aus dem Konzept gebracht hatte. Unwillkürlich musste sie lächeln, denn sie sah wieder die bunten Farbkleckse auf dem sandigen Boden und den blank geputzten Schuhen der anderen. Sie spürte die Aufregung des Tages, die sie wie ein Schwarm Bienen umrundete und mit dem stetig sich verändernden summenden Geräusch umgab.

Die Zeremonie war vor zwei Tagen gewesen. Die Erinnerung war noch bunt und lebhaft und trotzdem schien seitdem unendlich viel Zeit vergangen zu sein.

Charlotte betrachtete die fremden und die vertrauten Gesichter der anderen, während das Licht in der Öllampe flackerte. Mit den Fingern strich sie über die Freundinnen und Mitschüler. Gestern hatten sie in den Schreibstuben und Nähzimmern der Stadt ihre Lehren begonnen, während sie einen Tag lang in einer alten Fabrik an einen Stuhl gefesselt gewesen war.

Charlotte wollte nicht weinen. Sie war so erschöpft, dass sie Angst hatte, mit ihren Tränen davongespült zu werden. Sie stopfte das Gruppenbild wieder in Fynns Jacke und betrachtete das andere.

Auf der Rückseite stand der Name Henna, aber er weckte keinerlei Erinnerungen in ihr. Sie drehte es um und sah in das Gesicht eines kleinen Mädchens. Der Hintergrund passte nicht zu den Träumen von der Hütte. Dieses Bild war an einem anderen Ort gemalt worden. Charlotte strich mit dem Zeigefinger über das kleine runde Gesicht. Nun konnte sie die Tränen nicht mehr zurückhalten. Als eine Träne auf dem Bild landete, passierte etwas Seltsames: Die Farbe verschmierte. Jemand hatte einen Teil des Bildes übermalt. Charlotte spuckte auf ihren Ärmel und rieb damit über das Bild, bis zum Vorschein kam, was ursprünglich darauf gewesen war.

Hinter dem kleinen Mädchen, das Charlotte sein sollte, stand eine Frau. Sie trug das weiße Gewand und den Stirnreif der Heilerinnen. Charlotte sprang von ihrem Sitz. Heilerinnen und Priesterinnen verließen das Gelände im Osten der Zitadelle nur für Besorgungen, die sie zu machen hatten. Das war der Preis für die Aufnahme in die Gemeinschaft. Charlotte hielt den Atem an. War sie selbst für eine Zeit in diesem Teil der Zitadelle gewesen? War diese Frau etwa ihre Mutter? Das Licht flackerte noch einmal und erlosch dann endgültig.

ooooo

Eine Kutsche hielt vor der Universität und ein Mann in einem langen Mantel und mit einem großen Hut auf dem Kopf stieg von seinem Bock. Nachdem er das große Tor geöffnet hatte, schwang er sich wieder auf den Wagen und lenkte ihn über den großen Platz zum Haupteingang. Es gab noch eine schmale Tür an der Rückseite des Gebäudes, die direkt in die privaten Zimmer des Dekans führte. Aber Milan benutzte sie nur, wenn er ihm in der Nacht etwas brachte, das die anderen Mitarbeiter und Studierenden nicht sehen durften. Heute hatte er nichts zu verbergen.

Milan klopfte an die breite Flügeltür und lauschte dem Echo in der Eingangshalle. Ein junger Mann öffnete.

»Bist du der Händler?«

Milan nickte.

»Komm herein. Der Dekan erwartet dich.« Ohne ein weiteres Wort drehte er sich herum und ging in das Innere der Universität.

»Das Geschöpf ist nicht mehr in den Untersuchungsräumen.« Der junge Mann, der sich Milan nicht vorgestellt hatte, eilte auf eine unscheinbare Holztür zu, die der Eingangstür gegenüberlag. An der Stelle, wo normalerweise ein Türgriff war, hing ein faustgroßer Eisenring. Der junge Mann griff hinein und drehte ihn. Darunter kamen mehrere Schlüssellöcher zum Vorschein.

»Warte hier. Ich hole den Dekan.«

Milan runzelte die Stirn. Sie hatten ihn noch nie mitten in der Universität unbeaufsichtigt gelassen. Stellten sie ihm eine Falle? Würden die Wächter des Königs gleich um die Ecke kommen und ihn verhaften, weil sie seine wahre Identität herausgefunden hatten?

Obwohl es in den dicken Mauern der Universität empfindlich kalt war, brach ihm plötzlich der Schweiß aus. Milan nahm den Hut vom Kopf und wischte sich mit dem Ärmel über die Stirn. Dann hörte er Schritte in dem Gang hinter sich.

»Milan!« Die Stimme des Dekans hallte von den dunklen Wänden.

Milan atmete tief ein und wandte sich um. Er drehte den Hut in seinen Händen, um zu verbergen, wie sehr seine Finger zitterten.

»Es wird nicht einfach, weil er sehr groß ist, aber du hast das ja schon einmal geschafft.« Der Dekan ging an Milan vorbei, zog ein Schlüsselbund mit etwa vierzig Schlüsseln aus seiner Tasche und begann, nach den richtigen zu suchen. Als er auch das fünfte Schloss geöffnet hatte, stieß er die Tür auf und trat zur Seite.

Die Schreibstube war keine kleine Kammer, sondern ein geräumiger Raum mit zwei Kronleuchtern. Die Decke war nur wenig niedriger als die in der Eingangshalle.

Milan näherte sich der Schwelle und beugte sich vor. Was er dort sah, löschte alle Gedanken und alle Furcht aus seinem Kopf und seinem Herzen. Er fühlte nur noch überwältigendes Mitleid mit dieser Kreatur.

Der Körper lag auf dem Rücken und die schuppige Haut hatte all ihren Glanz verloren. Arme und Beine waren schlaff auf dem Boden ausgestreckt, die Krallen stumpf und eingerissen. Milan eilte zu dem Kopf des Geschöpfes und kniete sich auf den Boden daneben. Er konnte dem Impuls, die Stirn zu berühren, nicht widerstehen und streckte die Hände aus. Die Lider waren geschlossen, das Maul halb geöffnet. Milan konnte die Zunge sehen, die trocken und rissig im Gaumen lag. Er strich mit den Fingern über die Stirn und berührte die kleinen Hörner.

Der Dekan räusperte sich. »Wir haben die Hebevorrichtung noch verbessert und Rollen daruntergebaut. Wenn wir die Flügel einrollen, dann können wir ihn daraufheben und bis zu deinem Wagen fahren. Das schaffen wir mit den jungen Männern und Frauen, die hier zurzeit assistieren.« Er wartete nicht auf eine Antwort.

Milan hörte, wie sich Schritte entfernten. Er konnte sich nicht zu dem Mann umsehen, der für dieses Unglück verantwortlich war. Langsam rutschte Milan auf den Knien weiter an dem Körper entlang, berührte den schuppigen Bauch und die großen schwarzen Flügel, die neben dem Körper ausgebreitet lagen und fast durchscheinend und seidig wirkten. Milan konnte nicht sagen, wie viel Zeit vergangen war, bis der Dekan mit einem Trupp junger Leute wiederkam. Sie schoben eine Hebevorrichtung neben den leblosen Körper und machten sich daran zu schaffen. Milan wandelte wie im Schlaf neben ihnen her und stützte den Kopf, achtete darauf, dass die Flügel nicht einrissen, wenn jemand zu ungeschickt an ihnen zog.

Schließlich standen sie draußen in der warmen Sonne. Das Tier wurde auf seinem Wagen abgelegt und mit Seilen gesichert. Die jungen Leute gingen auf das große Tor zu. Da ergriff der Dekan Milans Ärmel. Nur mit großer Mühe konnte Milan sich zwingen, still stehen zu bleiben und nicht nach dem Arm zu schlagen, den Mann zu schütteln und zu würgen für das, was er zugelassen hatte.

»Milan«, zischte der Dekan leise. »Ich konnte es nicht verhindern, aber ich habe dich früh genug geholt. Vielleicht kannst du noch etwas für ihn tun.« Dann verschwand er mit den anderen im Gebäude.

Milan drehte sich um und betrachtete das Geschöpf, das auf seinem Wagen lag. Sein Herz war schwer und das Atmen machte ihm Mühe. Er wollte noch einmal die Stirn berühren und sich verabschieden, und dann würde er tun, was er tun musste. »Nein, meine Liebe, es ist zu spät. Ich kann dir nicht helfen«, flüsterte er heiser, während er den Kopf tätschelte.

Da öffnete der Drache langsam seine Augen und sah Milan an. Es war noch nicht zu spät. Es gab noch Hoffnung!

ooooo

Der Wagen wurde langsamer. Charlotte trat ans Fenster und öffnete es. Sofort schlug ihr kalter Wind entgegen, der nach Salz und verbranntem Holz roch. In der Ferne tauchten Lichter auf, der nächste Ort war in Sichtweite.

»Was soll das?« Fynn fluchte. »Warum hast du mich festgebunden?«

»Entschuldige.« Charlotte schloss das Fenster und tastete sich zu seiner Bank hinüber. Im Dunkeln löste sie die Knoten, während Fynn an den Mänteln zerrte, die ihn auf der Bank festhielten.

»Ich hatte Angst, du würdest in jeder Kurve von der Bank rollen, weil du so tief geschlafen hast«, beeilte sie sich zu erklären.

»Oh«, sagte er. Und in dem diffusen Licht, das durch die Scheiben schien, hatte sie den Eindruck, dass sich seine Wangen röteten.

Mit einem Ruck blieb der Wagen stehen und draußen erklangen wieder die Rufe der Männer. Charlotte drückte das Gesicht an die Scheibe und suchte nach einem Hinweis auf den Ort, an dem sie waren. »Skov« stand in verwitterten Buchstaben auf einem Schild.

»Wir sind da!«, rief sie.

Die beiden packten die Kleider zusammen und öffneten die Tür des Wagens. Die Männer hatten vorn die Führungsseile über gewaltige Zahnräder gespannt und riefen dem Kutscher ihre Anweisungen zu. Charlotte und Fynn waren im letzten Wagen und bis hierhin drang der Schein der Laternen nicht mehr. Sie standen dicht nebeneinander im Dunkeln, während vor ihnen eine Handvoll Leute ausstieg. Als sie alle auf der Leiter aus der Fahrrinne geklettert waren, wagten sich auch Charlotte und Fynn aus der Tür hinaus.

Oben standen fünf rostige Tonnen zwischen den Laternen. In

ihnen brannten Kohlefeuer, die den Platz heller erleuchteten als die kleinen Flammen hinter den Glasscheiben der Laternen. Einige Menschen hielten an, um sich an dem offenen Feuer zu wärmen. Jemand pfiff weit vor ihnen in der Dunkelheit. Die Rebhjule fuhr langsam wieder an und verschwand in der Dunkelheit.

Statt einer großen Halle gab es in Skov nur einen kleinen Unterstand direkt an der Fahrrinne. Hinter den Holzpfosten blieben Charlotte und Fynn stehen und warteten, bis nur noch zwei Gestalten an den hinteren Tonnen standen, die von einem Bein auf das andere traten und die Hände aneinanderrieben. Erst dann gingen die beiden schnell auf das Tor zu, das in den Ort führte.

Die Häuser von Skov waren mitten in einen dichten Wald gebaut worden. Es gab keine Straßen, sondern nur festgetretene Sandwege, die sich zwischen den dicken Stämmen von Bergkiefern und Erlen schlängelten. Sie waren gerade an den ersten Bäumen vorbeigegangen, als es leise unter Fynns Arm klopfte. Charlotte drehte sich zu ihm um. Es war ein rhythmisches Klopfen und die Abstände waren zu kurz für das Schlagen eines Uhrwerkes.

Fynn griff in die Tasche und holte die Flüstersteine heraus.

»Eine Nachricht von meinem Freund. Wir müssen wieder zurückgehen. Hier in der Dunkelheit kann ich unmöglich lesen, was er mir sagen will.« Er sah Charlotte in die Augen. »Und wir sollten es unbedingt erfahren.«

Sie nickte und gemeinsam liefen sie zurück. Die beiden Gestalten standen noch immer an dem Feuer. Deshalb liefen Charlotte und Fynn zu der Tonne, die am weitesten von den Fremden entfernt war, und hockten sich auf den Boden.

Ein Schrei ertönte und Charlotte schaute erschrocken auf. Trotz der Dunkelheit konnte sie den weißen Vogel deutlich erkennen, der über ihren Köpfen seine Kreise zog. Charlotte duckte sich, doch als sie wieder hochsah, war er verschwunden.

Die Steine ruckelten und zuckten, schlitterten über den Boden und blieben dann liegen, um einige Sekunden später wieder in Bewegung zu kommen. Charlotte musterte abwechselnd die Formationen und Fynns Gesicht. Er hockte tief über die Steine gebeugt und sagte kein Wort.

Plötzlich hörte sie ein Geräusch hinter dem Feuer und drehte sich um. Eine der Gestalten kam humpelnd auf sie zu.

Charlotte stieß Fynn in den Rücken und sprang auf die Füße. Der Junge fluchte leise und raffte die Steine zusammen. Rasch trat er neben Charlotte und stopfte die Schachtel in die Manteltasche. Charlotte hielt den Atem an. Wie weit war es bis zum Ausgang? Konnten sie in den Wald fliehen und sich vor der Gestalt verstecken? Charlotte griff nach Fynns Arm und wollte ihn mit sich ziehen. Auch gegen einen humpelnden Angreifer konnten sie sich wohl kaum verteidigen. Fynn schob Charlotte hinter seinen Rücken und im Schein des Kohlefeuers blitzte plötzlich ein Messer in seiner Hand auf.

Als die Gestalt nur noch wenige Schritte entfernt war, schob sie die Kapuze vom Kopf.

Charlotte schnappte nach Luft und schlug sich die Hand vor den Mund. Dann lief sie ihr entgegen und umarmte sie.

»Jette, was machst du denn hier?« Sie konnte sich kaum dazu durchringen, die alte Frau wieder freizugeben, so erleichtert war sie darüber, endlich ein vertrautes Gesicht zu sehen. Jette roch nach Zuhause und dem Leben in einer Familie, die sie sehr vermisste.

»Vorsicht, meine Liebe«, sagte Jette und schwankte. Charlotte atmete noch einmal den Duft tief ein und trat dann endlich einen Schritt zurück. Sie schob ihren Arm unter Jettes Ellenbogen und drehte sich mit ihr zu Fynn um. Das Messer war wieder verschwunden, und Charlotte fragte sich, wo er es wohl die ganze Zeit verborgen hielt.

»Das ist Fynn«, stellte sie den Jungen vor. Jette reichte ihm die Hand, und er zögerte nur einen Augenblick, bevor er sie ergriff.

»Auf dem Weg in die Zitadelle bin ich entführt worden, Jette! Fynn hat mich aus einer Fabrik befreit. Wir wollten uns in deinem Winterhaus verstecken. Ist zu Hause alles in Ordnung? Wie geht es den anderen?« Charlotte holte Luft und Jette unterbrach sie.

»Allen geht es gut. Ich bin froh, dass du es nach Skov geschafft hast. Ich habe mir großen Sorgen um dich gemacht.« Jette strich ihr sanft über die Wange und wandte sich dann an Fynn. »Was haben dir die Steine gesagt, mein Junge? Sind sie auf dem Weg hierher?« Jette zeigte auf Fynns Manteltasche.

Er schüttelte den Kopf. »Ich denke nicht, aber ich habe den Schluss der Nachricht nicht entziffern können, weil Sie uns unterbrochen haben.«

»Das tut mir leid. Ich hatte euch zwischen den anderen Reisenden nicht entdeckt und war so erleichtert, als ihr wieder durch das Tor gekommen seid. Ich wollte euch nicht wieder verlieren.«

»Hast du uns etwa erwartet?«, fragte Charlotte.

Jette nickte.

»Aber woher wusstest du …«

Sie zeigte mit dem Arm zu der Fahrrinne. »Du kennst die Rebhjule und weißt von meinem Haus. Ich hatte gehofft, du kommst hierher, falls du Schwierigkeiten bekommst.«

»Du hast es gewusst, oder? Du wolltest mich verstecken und …«

Doch Jette brachte sie mit einem Kopfschütteln zum Schweigen und wandte sich an Fynn. »Wir reden später. Aber bevor wir gehen, solltest du deinen Freund bitten, die Nachricht zu wiederholen. Wir müssen sicher sein.«

Fynns Gesicht färbte sich dunkelrot. »Ich … ähm … Das kann ich nicht.«

»Was?« Jette stemmte die Hände in die Seite. »Willst du mir

sagen, du kannst die Steine nicht bewegen? Dann hast du wohl keine magischen Fähigkeiten. Hoffentlich warnt uns dein Informant, wenn wir ernsthaft in Gefahr sind.« Jette seufzte. »Lasst uns gehen.«

Sie marschierte los, ohne sich noch einmal umzusehen.

Charlotte wollte ihr folgen, doch Fynn stellte sich ihr in den Weg. »Können wir ihr wirklich vertrauen?«, fragte er und sah ihr in die Augen.

»Ja!« Sie drückte seine Hand, die sich überraschend warm und weich anfühlte. »Sie wird uns verstecken, und vielleicht weiß sie etwas, das uns weiterhilft.«

Fynn nickte und hielt ihre Hand noch einige Schritte, bevor er sie wieder losließ und seinen Gang beschleunigte. Charlotte spürte, wie enttäuscht sie darüber war, denn es hatte sich schön angefühlt, so nah neben ihm zu sein.

Sie verließen den Bahnhof in westlicher Richtung, als plötzlich eine Möwe auf Jettes linker Schulter landete. Charlotte zuckte zurück und Fynn griff nach seinem Messer. Doch Jette begrüßte das gefiederte Tier leise und streichelte sanft über seine Federn.

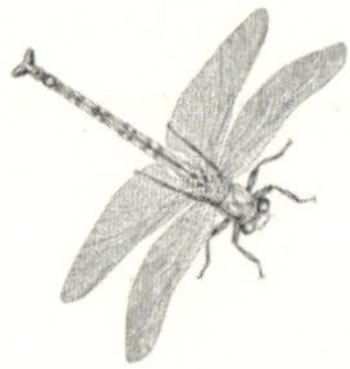

13. KAPITEL

Eisenhauer trieb das Pferd mit gefährlicher Eile über die vollkommen dunklen Felder. Immer wenn die Wolken ein paar Sterne oder einen Teil des Mondes freigaben, korrigierte er die Richtung und drückte seine Knie noch fester in die Seiten des Tieres. Irgendwo in der Ferne erklang ein leises Klopfen, und Eisenhauer beugte sich nach hinten, um das Pferd mit einem festen Schlag auf den Hintern seine Ungeduld spüren zu lassen.

Als die Stute kurz ins Straucheln kam, weil sie in der Dunkelheit einen kleinen Graben nicht erkannt hatte, fluchte Eisenhauer. Vor lauter Eile hatte er darauf verzichtet, einen Sattel und eine Gerte aus dem Stall zu holen, und sich einfach auf das erstbeste Pferd geworfen, um der Spur seiner Federn zu folgen.

Der schwarze Kopf des Tieres war weit nach oben gereckt, und Eisenhauer wusste nicht, wie er diese Haltung ohne einen kräftigen Zug an den Zügeln ändern sollte. Stattdessen musste er sich zur Seite lehnen und an der fliegenden Mähne vorbeisehen, wobei ihm immer wieder Äste ins Gesicht schlugen.

Wütend lehnte er sich zurück und schlug mit all seiner Kraft auf das Pferd ein. Wenn er nicht rechtzeitig dort sein würde, um das Mädchen selbst zu ergreifen, würde er dafür sorgen, dass das Pferd geschlachtet wurde.

Er duldete keinen Ungehorsam und machte dabei keinen Unterschied zwischen Mensch und Tier. Es kümmerte ihn auch nicht, dass er das Pferd aus dem Stall des Königs geholt hatte. Streng genommen hatte er es aus dessen persönlichem Besitz gestohlen. Zu den anderen Ställen war der Weg zu weit gewesen war und er hatte es eilig gehabt.

In der Ferne hörte er wieder die Schläge, die wie die eines eifrigen Spechts klangen. Aber natürlich klopften die Vögel nicht mitten in der Nacht auf einen Baum ein. Es waren seine Männer, die Federn, die ihm ankündigten, dass er sich der richtigen Stelle näherte.

Die Wolken ließen etwas Licht des Mondes hindurch und endlich entdeckte Eisenhauer die drei Gestalten. Sie waren zu Fuß unterwegs, wie ihm berichtet worden war. Zwei Frauen, die in dunkle Mäntel gewickelt waren, und ein Mann mit einem Hut auf dem Kopf. Von der Statur passte das zu den Informationen, die Bo ihm gebracht hatte. Eine der Frauen zog das Bein nach, deshalb waren sie quälend langsam unterwegs. Eisenhauer lächelte. Es war fast zu einfach. Mit einem leisen Schnalzen bremste der Hauptmann das Tier unter sich und fiel in eine langsame Gangart. Doch die Familie hörte das Knistern des Laubes hinter ihnen und sie stoben auseinander.

Eisenhauer hielt an und pfiff.

»Los!«, erklang es aus allen Richtungen. Seine Männer traten in einem perfekten Halbkreis aus dem Unterholz und entzündeten ihre Fackeln. Wie gejagte Tiere wichen die Leute vor den Wächtern zurück und blieben erst stehen, als sie mit den Rücken aneinanderstießen.

Langsam ritt Eisenhauer auf sie zu und sah zu ihnen herab.

»Du hast dich dem Befehl des Königs widersetzt«, sagte er kalt und spuckte auf das Mädchen hinunter. Seine Mutter legte den

Arm um sie und zog sie an sich. Dabei rutschte ihr die Kapuze vom Kopf und Eisenhauer blickte in ihr Gesicht. Sie war älter, als er sie sich vorgestellt hatte. Der Mann blieb mit dem Rücken zu ihnen stehen und hielt einen Stock vor sich, als würde er damit die Wächter auf Abstand halten können.

Doch das Mädchen hob den Kopf. Sie trat auf das große schwarze Pferd zu und hob die Hände. Sofort stieg das Pferd mit den vorderen Beinen in die Höhe. Eisenhauer hielt sich im letzten Moment in der struppigen Mähne fest, um nicht vom Rücken hinunterzurutschen. Er schnappte nach Luft und umklammerte den Hals des Tieres. Bevor das Pferd die Hufen wieder auf den Waldboden gesetzt hatte, fiel ein Netz über die fliehende Familie. Die Federn eilten herbei und zogen die Schlingen zusammen. Als Eisenhauer seinen Schrecken überwunden und sich vom Rücken des Pferdes geschwungen hatte, lagen die drei verschnürt auf dem Waldboden vor seinen Füßen. Seine Männer hatten sogar daran gedacht, sie zu knebeln.

Eisenhauer wartete, bis sein Herzschlag sich wieder beruhigt hatte. Dann trat er mit dem Fuß ganz dicht neben den Kopf des Mädchens und biss die Zähne zusammen, um nicht die Beherrschung zu verlieren.

»Das wirst du bereuen, Freja«, zischte er.

ooooo

Der Weg wurde schmaler und steiniger, und als das Haus hinter einer Gruppe Moorbirken zum Vorschein kam, hörten sie die Brandung des Meeres. Charlotte blieb stehen und lauschte dem Rollen der Wellen und dem Pfeifen des Windes. Sie hatte noch nie zuvor das Meer gesehen. Die Geräusche waren so verheißungsvoll und unbezwingbar wie nichts, was sie je gehört hatte. Als sie zu

Fynn hinübersah, wusste sie trotz des spärlichen Lichts der Sterne, dass er das Gleiche empfand. Wann würde es endlich hell werden, damit sie sehen konnte, was in der Lage war, derartig unterschiedliche und sich ständig verändernde Geräusche zu verursachen?

»Wo bleibt ihr?« Jette wedelte ungeduldig mit den Armen und ging weiter auf das Haus zu. Nachdem sie die Tür geöffnet hatte, entzündete sie sogleich mehrere Öllampen. Die alte Frau lief erstaunlich flink herum und zog die Vorhänge zu. »Kommt rein und schließt die Tür.«

Charlotte und Fynn folgten Jettes Stimme durch den Flur in die geräumige Wohnstube. Sie war durch einen Durchgang mit der Küche verbunden. Auf der einen Seite führten weiß gestrichene Türen in weitere Zimmer, und auf der Westseite, die zum Meer zeigte, gab es einen Ofen und vier breite Sessel, die davor standen. Jette rief aus der Küche zu ihnen herüber. »Ist euch kalt? Ich koche Tee.«

Charlotte öffnete eine der weißen Türen. Dahinter verbarg sich eine Kammer mit Betten, eine Leiter, die zum Boden hinaufführte, und eine Ecke mit Waschschüssel und Tüchern. Jette drängte sich an ihr vorbei und legte einen Hitzestein auf den Boden der Waschschüssel. Anschließend goss die alte Frau aus einem blauen Kännchen Öl in das Wasser, das bereits zu dampfen begann.

»Zieh dich aus, Kind. Wasch deine Wunden.« Jette zeigte auf die aufgeschürften Knie, die durch Charlottes zerrissene Hose nicht verborgen wurden.

»Wirf die Kleider auf den Boden. Wir waschen und flicken sie später. Ich bringe dir etwas zum Anziehen.«

Charlotte gehorchte und streifte alles ab, was sie in dem fremden Haus in der Stadt angezogen hatte. Das warme Wasser brannte auf der kalten Haut. Charlotte wusch sich die Haare und tauchte dann die Füße in die Schale. Hier waren die Abdrücke der Fesseln tiefer als an den Handgelenken. Behutsam strich sie mit nassen Händen über ihre Verletzungen und Wunden. Zum ersten Mal verspürte sie neben der Angst auch Wut.

Noch nie hatte sie jemandem etwas Böses getan. Noch nie in ihrem Leben hatte sie absichtlich jemandem geschadet. Sie wurde belogen, seitdem sie bei ihren Eltern lebte, die nicht ihre richtigen Eltern waren. Nun wurde sie entführt und gejagt. Sie ballte die Fäuste, denn sie wusste nicht, was sie mit all der Wut tun sollte, die plötzlich in ihr aufstieg. Ihre Finger kribbelten, und sie hörte plötzlich ein Rauschen in ihren Ohren, das noch nie zuvor da gewesen war. Mit Wucht trat sie gegen die Schale. Scheppernd fiel sie herunter und das Wasser floss über den Boden.

Sofort öffnete sich die Tür und Jette stürmte herein. Sie schwieg, während sie sich umsah, legte Kleidung auf einen Hocker neben Charlotte und warf Tücher auf den nassen Fußboden. Dann entfernte sie sich wortlos. Charlotte stand mit den Füßen auf dem feuchten Boden und spürte Zorn und Scham gleichermaßen in sich aufsteigen. Mit einem der Tücher rubbelte sie ihren Körper trocken, und weil sie den Anblick der blauen und grünen Stellen und der schorfigen Wunden nicht mehr ertragen konnte, griff sie schnell nach den Kleidern. Hose, Hemd und Jacke rochen nach Jette und fühlten sich warm und weich auf der Haut an.

Langsam zog sie sich an und wischte mit den Tüchern den Boden auf. Dabei fühlte sie sich so allein wie noch nie zuvor in ihrem Leben.

Durch das Trivium war alles durcheinandergeraten, und sie wusste nicht mehr, was sie fühlen und wem sie vertrauen konnte. Seit diesem Tag war alles kompliziert geworden.

Bevor Charlotte das Zimmer verließ, zog sie noch das Foto von Henna aus ihrer schmutzigen Kleidung. Eine Ecke war durch die Überschwemmung feucht geworden. Vorsichtig tupfte sie das Bild mit einem Tuch ab, versteckte es dann zwischen ihren Hemden, so wie sie es bei Fynn beobachtet hatte.

Als sie die Stube betrat, saßen die beiden anderen am Ofen, tranken Tee und aßen Brot und Schinken. Sogleich begann ihr Bauch zu knurren. Jette deutete auf einen der Sessel.

»Setz dich.« Sie stellte einen Becher Tee vor Charlotte und reichte ihr den Brotkorb und etwas Schinken.

Charlotte kaute ein Stück Brot. Dann schloss sie die Augen und fühlte, wie die Wärme des offenen Feuers trocken über ihr Gesicht strich.

Jette schickte Fynn in das Waschzimmer, nachdem er seine Mahlzeit beendet hatte.

»Wissen deine Eltern, wo du bist?«, fragte sie dann.

Charlotte schüttelte den Kopf. Die Augen hielt sie geschlossen. Sie wollte nicht über ihre Eltern sprechen oder über die Lügen, die sie ihr erzählt hatten. Im Moment wollte sie noch nicht einmal darüber nachdenken, dass Ina und Emil Johansson wahrscheinlich gar nicht ihre richtigen Eltern waren.

»Sie machen sich große Sorgen um dich.« Jettes Stimme war ruhig und leise. Keine Spur eines Vorwurfs und trotzdem sah Charlotte sofort die Gesichter der beiden vor sich. Sie spürte, wie das schlechte Gewissen ihr wie ein schwerer Stein in den Magen fiel. Natürlich machten sich die beiden Sorgen, weil Charlotte nicht in der Zitadelle angekommen war, um ihre Ausbildung zu beginnen. Vielleicht waren sogar noch einmal Wächter bei ihnen zu Hause aufgekreuzt. Was geschah, wenn keiner denen sagte, welche Schwierigkeiten Familie Johansson hatte, mit anderen Menschen zu sprechen? Wenn sie zu schnell redeten oder den Kopf abwendeten?

»Es ist zu gefährlich«, sagte Charlotte. Auch wenn sie ihren Eltern eine Nachricht schicken könnte, wusste sie nicht, ob ihnen das helfen würde. Womöglich brachte sie die ganze Familie in noch größere Gefahr. »Ich wollte das alles gar nicht«, murmelte sie. »Es war ein Missverständnis und nun sind all die schrecklichen Dinge geschehen.« Sie spürte, wie eine Träne unter ihren geschlossenen Lidern hervorquoll. Aber sie konnte nichts daran ändern.

»Wahrscheinlich ist es wirklich besser, wenn sie nicht wissen, wo du bist.«

Charlotte hörte, wie der Sessel neben ihr knarzte. Anscheinend hatte sich Jette erhoben. Dann schlurfte die alte Frau aus dem Zimmer. Wenig später kam sie zurück und legte Charlotte eine Wolldecke über die Schultern.

Nun war ihr von allen Seiten warm und ein süßlicher Geruch ging vom Feuer aus. Charlotte wollte ihre Augen nie wieder aufmachen. »Jette«, murmelte Charlotte schläfrig. »Weißt du, was Niilo ist?«

∞∞∞

»Hauptmann Eisenhauer«, rief einer der Wächter und hob die Hand. Er lehnte an einer blauen Tür und sprach mit einer alten Dame.

Eisenhauer nickte und ging auf die beiden zu. Als er den Vorgarten durchquert hatte, trat der Wächter zur Seite und überließ dem Hauptmann die Befragung.

Eisenhauer baute sich vor der Frau auf. Sie stand im Türrahmen und reichte dem Hauptmann kaum bis zur Brust, aber sie lächelte ihn freundlich an.

»Ich habe es dem jungen Mann schon gesagt. Charlotte habe ich in den letzten Tagen nicht gesehen. Fragen sie doch Jette, die weiß immer, was bei Johanssons gerade anliegt. Sie gehört fast zur Familie.«

Eisenhauer hörte keinen Neid in ihrer Stimme. Vermutlich hatte sie eine eigene Familie, zu der sie gehörte.

»Jette? Jette Clasen? Die ist nicht zu Hause.« Der Wächter beugte sich zu Eisenhauer rüber. »Sie ist ebenfalls seit zwei Tagen verschwunden«, fügte er leiser hinzu.

»Wo ist Jette?«, fragte Eisenhauer.

»Das weiß ich nicht«, sagte die Frau, doch er glaubte ihr nicht.

Ihre Wohnung lag hell erleuchtet hinter ihr. Er sah die kleinen Deckchen auf den Lehnen der Sessel, den Hund, der sich vor dem Kamin ausstreckte, und ein Glas Grog auf einem Tischchen. Der Geruch von Rum und Gewürzen wehte zu ihm herüber.

»Sie wissen es«, sagte Eisenhauer und stieß der Frau seine Faust in den Magen.

Sie klappte zusammen, und es dauerte einige Minuten, bis sie sich wieder aufgerichtet hatte. Ihr Lächeln war dem Schmerz gewichen. Endlich konnte er Angst in ihrem Gesicht sehen.

»Ich weiß es nicht«, brachte sie stöhnend hervor. »Vielleicht ist sie an die Küste gefahren. Sie hat dort ein Winterhaus.«

ooooo

Tjelle Pedersen schlug die Tür hinter sich zu. Die Nachrichten waren in der Nacht immer schlimmer geworden. Alle Wächter von Hauptmann Eisenhauer suchten nach den drei Mädchen. Tjelle hatte Fynn schon vor Stunden mit den Flüstersteinen gebeten zurückzukommen. Die Federn hatten Tilde nach ihrer Entlassung aus dem Hospital abgefangen und waren losgezogen, um Freja aufzustöbern. Doch Fynn war noch nicht wieder im Turm der Stadtwache eingetroffen und stand nun selbst auf der Liste der Verdächtigen.

Tjelle ahnte, wo sein Freund steckte. Oder zumindest bei wem.

Irgendeinen Grund hatte sein Freund anscheinend gefunden, eines von den Mädchen zu verbergen. Doch nun steckte er selbst in den größten Schwierigkeiten und Tjelle würde mit hineingezogen werden.

Denn Eisenhauer hatte auf den Hinweis eines Nachbarn hin das Haus seines Onkels durchsucht, und Tjelle wusste nicht, ob er seinen Verwandten je wiedersehen würde. Anschließend hatte Eisenhauer die beiden Mädchen in den Turm gesperrt und das Haus einer alten Frau aufgespürt, in dem sich das dritte versteckte. Die Ereignisse überschlugen sich, und seine Chancen standen besser, wenn er sich selbst auf den Weg machte und aus dem Land floh, in dem Hauptmann Eisenhauer ohne Gnade seine Ziele verfolgte. Den Beutel hatte er schon gepackt, doch bevor er selbst auf der Flucht war, musste er seinen Freund warnen.

Nachdem er einen Stuhl unter die Türklinke geschoben hatte, ließ er sich auf die Knie fallen. Er rollte sein Bettzeug zur Seite und tastete nach dem Loch in der Matratze. Darin lag die Kiste. Er kippte sie um und neun Steine kugelten wie Kastanien über den Holzboden.

Tjelle beugte sich über sie und flüsterte ihnen seine Botschaft zu.

Mit einem lauten Krachen brach die Tür entzwei. Männer mit Kapuzen stürmten in sein Zimmer. Als Tjelle den Kopf hob, war er umzingelt. Die Männer griffen unter seine Arme und richteten ihn auf. Sie nahmen ihm den Gürtel ab, der ihn als Mitglied der Stadtwache auswies. Er hatte zu lange gezögert.

ooooo

»Was ist das?«

Charlotte schreckte hoch. Gerade war sie noch in der dunklen Hütte gewesen und hatte den Mann mit der geflügelten Schlange gesehen, doch nun saß sie wieder auf dem Sessel in Jettes warmem Wohnzimmer. Sie schüttelte die Erinnerung an den Traum ab und sah sich um.

Fynn stand neben den Sesseln und hielt eine gerahmte Zeichnung in der Hand. Jette kam mit einer Kanne Tee aus der Küche, stellte sie auf den kleinen Tisch und setzte sich wieder in einen der Sessel.

Fynn rührte sich nicht. Die Wut spannte seinen Körper wie eine Sehne. Er sah aus, als würde er jeden Moment losspringen.

»Mit wem arbeiten Sie zusammen? Kommen die Rebellen oder die Wächter?« Fynn zeigte zur Tür. Er hatte seine dreckigen und zerrissenen Hosen wieder angezogen. Seine Haare waren feucht und tropften ihm in den Kragen.

Charlotte griff nach der Zeichnung. Darauf war das Gesicht einer wunderschönen jungen Frau mit langen schwarzen Haaren zu sehen.

»Wer ist das?«, fragte sie.

Jette nahm das Bild an sich und umklammerte den Rahmen mit beiden Händen.

»Woher haben Sie das Bild?« Fynn trat einen Schritt auf sie zu. Jette musste den Kopf in den Nacken legen, um ihm in die Augen zu schauen.

»Das ist meine Sache«, sagte sie.

»Was ist das für ein Bild?« Charlotte stand auf, trat neben Fynn und verschränkte die Arme vor ihrer Brust. Sie hatte die Nase voll von Geheimnissen, und Fynns Art, Antworten zu fordern, gefiel ihr immer besser.

Jette seufzte. »Mein Vater hat es mir gegeben. Sie ist meine Mutter.«

»Und du kennst diese Frau? Jettes Mutter?«, wandte sich Charlotte an Fynn. »Ich verstehe das nicht.«

»Das ist nicht *ihre* Mutter. Es ist *deine* Mutter. Lille.« Ratlos sah Charlotte von Fynn zu Jette und zurück. Sagte Fynn die Wahrheit? Aber warum sollte Jette sie belügen? Fynn drehte sich zu Charlotte um und legte die Hände auf ihre Schultern. »Wenn Jette ein Bild von ihr hat, weiß sie auch von ihrer Gefangenschaft. Sie arbeitet für den König oder die Rebellen. Wir müssen hier weg.«

Seine Stimme klang eindringlich und flehend. Doch Charlotte zögerte. Sie wollte nicht mehr davonlaufen. Was sie wollte, waren Antworten. Sie drehte sich zu der alten Frau um. Jette hielt noch immer das Bild umklammert.

»Du hast mich nicht belogen, oder? Jette, du hast mich doch nicht mein ganzes Leben lang belogen, oder?« Sie musste den Satz immer wieder sagen und konnte nicht aufhören, bis Jette den Kopf schüttelte.

»Heute nicht, Liebes. Heute nicht.« Sie öffnete die Hand und reichte Charlotte das Bild. »Lille ist deine Mutter und sie ist auch meine. Ich weiß, das ist schwer zu verstehen, aber Lille ist eine Nixe und altert viel langsamer als wir.« Jette schluckte geräuschvoll und schaute auf ihre Hände. »Nixen leben im Ozean, und immer wenn eine Sturmflut kommt und ihr Blut zum Kochen bringt, gehen sie an Land und nehmen sich einen Mann. So hat es auch Lille getan. Wir haben unterschiedliche Väter, aber die gleiche Mutter.«

Charlotte schüttelte den Kopf. »Ich … Meine Mutter ist eine … Nixe?« Bilder aus ihren Träumen kamen zurück. Die Hütte am Fluss. Die Hände, die nach ihr griffen. Sie tastete in ihrer Tasche nach der Scherbe vom Trivium, obwohl sie schon längst verloren gegangen war. »Haben sie mich deshalb ausgesucht? Sie denken, ich habe eine Gabe …«

»Hast du auch, Liebes!« Jette griff nach ihren Händen. Aber Charlotte wich zurück. Was hatten sie ihr noch alles verschwiegen? Wem konnte sie trauen?

»Warum habt ihr mich all die Jahre belogen?« Sie wollte wütend klingen, aber sie war erschöpft und traurig. »Wo ist meine Mutter? Lebt sie noch?«

»Das weiß ich nicht, Liebes.« Jette hob hilflos die Arme.

Fynn räusperte sich. Er hatte zwischen den beiden hin und her gesehen. Doch nun zog er ein handgroßes Blatt Papier aus seinem Hemd. »Sie lebt noch. Eisenhauer hat sie in die geheime Universität gebracht.« Er reichte Charlotte den Zettel und deutete auf das Siegel. »Ich habe dir ja davon erzählt und das ist der Beweis. Sie ist in Ousía.«

Charlotte gab das Papier an Jette weiter. »Weißt du, wo Ousía ist?«

»Nein, meine Kleine.« Jette schluckte die Tränen herunter, aber es gab keinen Zweifel daran, dass sie unter Charlottes Wut litt. Die kleine Frau sah älter und zerbrechlicher aus als je zuvor. Doch Charlotte wollte ihr nicht so schnell vergeben, was sie ihr all die Jahre angetan hatte.

»Warum war ich in der Zitadelle?«, zischte sie.

»Ich weiß es nicht. Sie hatten dich und deine Mutter gefangen und …« Jette stockte und griff sich an die Brust. Zitternd ließ sie sich auf den Sessel fallen und umklammerte die Lehnen. »Ich will dir alles sagen, Charlotte.«

»Ich heiße doch gar nicht Charlotte, oder?«, schrie sie und drehte sich um. Denn sie wollte kein Mitleid mit der Frau haben, die sie ihr ganzes Leben lang belogen hatte. Die Wut rauschte durch ihren Kopf und sie hörte ein dumpfes Brummen in ihren Ohren. Charlotte schloss die Augen und presste die Hände auf die Ohren, doch es wollte nicht verstummen. Als sie die Augen wieder öffnete, sah sie die Haustür vor sich. Ohne ein weiteres Wort stürmte sie hinaus und lief auf die Küste zu. Das wilde Toben der Wellen und der frische Wind beruhigten sie. Sie atmete tief ein und wieder aus. Dann sank sie auf die Knie. Die Felsen waren hart und ihre aufgeschürften Knie schmerzten in dieser Haltung. Doch ihre Beine waren zu schwach, um sie zu tragen. Wütend ballte sie die Hände zu Fäusten und schlug auf den steinernen Boden. Sie hatte diese Hilflosigkeit satt.

Er hatte sich ihr lautlos genähert oder der Wind hatte die Geräusche hinfortgeweht. Plötzlich legte sich eine Hand auf ihre Schulter. Sie drehte sich um und sah in Fynns grüne Augen. Er kniete neben ihr und schlang die Arme um sie.

Charlotte wollte ihn auch anschreien, doch er hielt sie fest und zog ihren Kopf an seine Schulter. Eine Hand hielt ihre Schulter fest an sich gedrückt, mit der anderen strich er ihr beruhigend über das Haar.

»Du kennst Jette schon lange?«, murmelte er schließlich an ihrem Ohr.

Sie nickte.

»Dann frag sie aus! Sie soll uns die ganze Geschichte erzählen, denn sie weiß, was mit deiner Mutter passiert ist. Vielleicht kennt sie auch Ousía. Wir müssen es versuchen.«

Charlotte schniefte. »Du hast recht. Ich will Antworten und ich will alles wissen, was sie mir sagen kann.«

»Vielleicht weiß sie auch, wer dein Vater ist.«

Charlotte stockte das Herz, als sie Fynns Worte hörte. Die Frage hatte ihr im Kopf herumgespukt, seit sie unter dem Dach im Hjulgård von ihrer Mutter gehört hatte. Lille.

Doch sie hatte Angst vor der Antwort. Wer sollte das schon sein, der sie einfach zu anderen Menschen gegeben hatte, anstatt sich selbst um sie zu kümmern und ihre Mutter zu befreien? Wollte sie wirklich wissen, wer ihr Vater war?

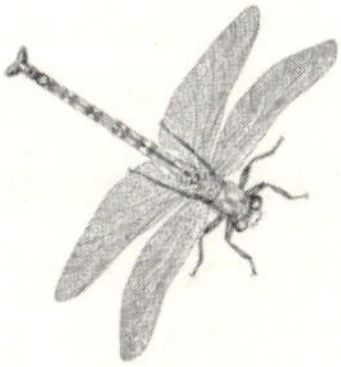

14. KAPITEL

Milan bahnte sich seinen Weg durch das Schilf. Am Ufer war es bereits ganz platt getreten. Gewöhnlich blieb er nie länger als ein paar Tage am gleichen Fleck. Andernfalls hinterließ er Spuren am Ufer. Spuren, die andere entdecken konnten.

Milan runzelte die Stirn. Er hatte keine Wahl. Er konnte nicht weiterfahren und sie hier zurücklassen. Langsam näherte er sich dem Drachen, damit sie auch in ihrem erschöpften Zustand genug Zeit hatte, ihn zu riechen und sich auf seine Ankunft einzustellen.

»Guten Morgen, meine Schöne«, sagte er leise und kniete sich neben ihre Vorderbeine.

Sie öffnete die Augen und er konnte fast ein leises kraftloses Lächeln in ihrem Gesicht erkennen. Aber vielleicht bildete er es sich auch ein, weil die Haut rund um ihr Maul stark beschädigt und eingerissen war. Darunter schimmerte die dunkelrote Lederhaut hindurch.

Milan schob die ovale Schüssel, die er mitgebracht hatte, neben ihren Kopf, damit sie genau beobachten konnte, was er tat. Er wusste, dass sie ihm vertraute und ihre Möglichkeiten hatte, seine wahre Gesinnung zu erspüren. Aber er wollte ihr trotzdem mit Respekt und Würde begegnen.

»Ich habe dir eine Salbe angerührt. Sie besteht aus Fett und einigen Kräutern aus dem Wald. Damit kann ich deine Wunden einstreichen, damit sie besser heilen.« Er kippte die Schale ein Stück, damit sie hineinsehen konnte. »Wenn es dir recht ist«, fügte er noch hinzu.

Sie hatte den Kopf eine Handbreit gehoben und ließ ihn nun wieder in das Schilf sinken. Erschöpft schloss sie die Augenlider und Milan deutete das als Zustimmung. Er beugte sich über ihren schuppigen Körper und trug die Paste auf.

Milan hatte sich endlich zu den hinteren Beinen vorgearbeitet und massierte die Salbe mit kleinen kreisenden Bewegungen auf die geschundenen Bereiche, die stumpfen Schuppen und die eingerissene Haut des Drachen.

Ein Rascheln erklang in der Ferne und Milan fuhr erschrocken zusammen. Vollkommen in seine Gedanken und seine Arbeit versunken, hatte er in den letzten Stunden immer seltener innegehalten, um den Himmel und den Waldrand zu beobachten und auf die Geräusche der Umgebung zu hören. Hatte sich ein ungebetener Besucher auf den Weg zum Fluss gemacht?

Langsam ließ er die Arme sinken und streckte den Kopf über den breiten stacheligen Schwanz des Drachen, damit er den Wald sehen konnte.

Es raschelte wieder – jemand näherte sich mit eiligen zielstrebigen Schritten. Entweder kümmerte er sich nicht um die Geräusche oder aber er beachtete die Regeln der Höflichkeit und kündigte seinen Besuch an.

Dann war die Person nur noch wenige Schritte entfernt, und Milan zog mit einer geschmeidigen Bewegung das breite Messer aus dem Gurt an seinem Rücken und hob es vor sich in die Luft.

Ein Mensch brach durch das dichte Schilf und blieb vor dem Drachenkörper stehen. Es war eine Frau mit dickem schwarzem Haar, durch das sich an den Schläfen und im Nacken weiße Strähnen zogen. Die Haut in ihrem Gesicht war von der Sonne gebräunt und von Falten um Mund und Augen durchzogen. Sie sah auf das breite lange Messer in Milans Hand und lachte. »Was hast du denn vor, alter Freund?«, wollte sie wissen.

Milan steckte die Klinge wieder in seine Hülle und musterte Edyta. Ihre Kleider waren grauer und abgerissener als sonst. Sie hatte wohl schon lange keinen Stoff mehr für die Flicken bekommen, denn eigentlich war sie immer stolz darauf, wenn sie beim Sammeln der Beeren einen Schlitz in ihre Rockschichten riss, den sie dann mit buntem Garn und wild bedruckten Stoffen stopfen konnte. Sie pflegte die Flicken so wie die Männer ihrer Sippe die Narben von der Jagd.

»Was führt dich zu mir, Edyta? Habt ihr euer Lager in der Nähe aufgeschlagen?«

»Nein«, sie schüttelte den Kopf und beugte sich dann zu den Hinterläufen herunter. Mit offenem Mund starrte sie auf die Krallen und fuhr mit dem Finger in der Luft die Form der Beine nach, als wagte sie nicht, sie zu berühren. »Ich habe gehört, du sollst wieder ein Opfer aus der Universität begraben, und wollte sehen, ob es für uns was zu holen gibt.«

Milan schüttelte den Kopf. »Heute nicht«, antwortete er knapp.

Aber Edyta trat einfach an ihm vorbei und ging an dem mächtigen Körper entlang. Dabei streckte sie immer wieder die Hand aus, ohne die Gestalt zu berühren, die dort wie ein schuppiger Berg im Schilf am Flussufer lag.

Sie stutzte, als sie zu der Schale kam, und roch daran. »Was hast du vor?«, fragte sie leise. »Ist er noch gar nicht …? Willst du etwas versuchen …?« Weiter kam sie nicht, denn der Drache stieß ein leises Schnaufen aus seinen Nasenlöchern, und Edyta fuhr zusammen, als hätte es direkt neben ihr eine gewaltige Explosion gegeben. Sie griff sich mit einem Aufschrei an die Brust und drehte den dicken Talisman, der um ihren Hals hing. Ein paar Vögel in den nahen Bäumen flatterten erschrocken in die Höhe und im Unterholz raschelte es. Dann wurde es wieder still, und Edyta wich einige Schritte zurück, wobei sie nicht aufhörte, den Anhänger aus Federn, Leder und Knochen zu drücken.

»Kannst du ihn retten?«

Ratlos hob Milan die Schultern.

»Falls nicht, würdest du dann …«

Umgehend wendete sich Milan von ihr ab und hob die Schale mit Salbe auf, um seine Arbeit fortzusetzen.

»Ja, ich weiß, es widert dich an«, sagte sie leise. »Aber du hast auch nicht die Verantwortung, sieben Kinder und dreizehn Enkelkinder satt zu bekommen in Zeiten wie diesen. Du kümmerst dich um niemanden und bist keinem verpflichtet.«

Milan antwortete nichts darauf. Was sollt er dazu auch sagen?

»Es sind schlechte Zeiten und ich muss mich um meine Familie kümmern«, fuhr sie fort. »Da ist kein Platz, um zimperlich zu sein. Ich kann es mir nicht leisten, eine Gelegenheit verstreichen zu lassen.«

»Hier ist nichts für dich zu holen«, sagte Milan und versuchte, seiner Stimme einen ruhigen und gelassenen Klang zu geben. Er kannte ihre Familie, und er wusste, wie schwer es die Wanderer hatten, alle satt zu bekommen, seit der junge König ihnen auch noch das Recht auf die Jagd in den Wäldern beschnitten hatte. »Hast du Kräuter oder Beeren, die du tauschen willst?«, fragte er versöhnlich.

»Es gab einen Vorfall beim Trivium und ein Rebell ist gefangen worden.« Abwehrend hob sie die Hand. »Ich kenne ihn, aber er gehört nicht zu unserer Familie.«

Milan drehte sich um und sah Edyta ins Gesicht. War es schon wieder Zeit für das Trivium geworden? In den letzten Jahren verlor er mehr und mehr das Gefühl für die Zeit. Wie lange war es her, seit er am Ufer dieses Flusses eine Begegnung gehabt hatte, die sein Leben für immer verändert hatte? Das Herz wurde ihm schwer bei der Erinnerung an die wundervolle Frau, für die er seine Familie verlassen hatte. Wie alt war seine Tochter mittlerweile? Konnte sie schon vierzehn Jahre alt sein?

»Du solltest dich hier nicht mehr zu lange aufhalten.« Sie deutete auf den Drachen und das Flussufer. »Sie wollen den Rebellen finden und Eisenhauers Männer durchsuchen die Wälder.«

Beim Klang dieses Namens zuckte Milan zusammen. Nach all den Jahren verschaffte ihm die Erinnerung an den Hauptmann immer noch eine Gänsehaut.

ooooo

»Setzt euch«, bat Jette und goss frischen Tee in die Becher. Sie waren zurück zum Haus gegangen, um Jette nach allem zu fragen, was sie wusste. Charlotte fror bei dem Gedanken an das, was sie noch erfahren würde, und hatte Fynns Hand umklammert, bis sie wieder im Wohnzimmer von Jettes Winterhaus standen.

»Warum suchen sie mich jetzt?«, wollte sie als Erstes wissen. »Ich wurde bei den Johanssons fast zehn Jahre lang versteckt und habe keine magische Begabung. Warum haben sie mich nicht in eine Schneiderlehre geschickt?« Enttäuscht registrierte sie, dass Fynn seine Hand zurückzog, aber sie hielt ihren Blick auf Jette gerichtet.

»Charlotte, du hast deine Magie noch nicht entdeckt, aber ich beobachte schon seit ein paar Monaten, wie sie sich formt.« Jette deutete auf die Sessel.

»Wie meinst du das? Ich spüre nichts, es ist alles wie immer.« Charlotte kehrte zu ihrem Sessel zurück, Fynn blieb stehen.

»Doch.« Jette lächelte. »Lille hat die Gabe, mit ihrer Stimme

Menschen zu beeinflussen.« Sie gab Charlotte den Teebecher in die Hand, weil deren Hände zitterten, und beugte sich dann in ihrem Sessel vor.

»Kleines, du bist nicht ohne Grund in einer Familie, die nicht hören kann. Es ist möglich, dass du diese Gabe auch hast.«

»Aber es hat noch nie jemand etwas gemacht, das ich ihm befohlen habe.« Charlotte schüttelte den Kopf. Sie wollte nicht glauben, was Jette behauptete. Sie hatte noch nie von einem Magier gehört, der Menschen manipulieren konnte.

»Es entsteht gerade erst in deiner Stimme. Du bist vierzehn. Es müsste jetzt jeden Tag mehr werden. Versuch es mal!«

»Was?«

»Versuch mal, mit deiner Stimme etwas zu befehlen. Ich möchte hören, ob es sich bei dir entfaltet hat.« Jette lehnte sich in ihrem Sessel zurück.

Charlotte hatte sich immer vorgestellt, Magie wäre wie ein Kribbeln, das bis zu den Fingerspitzen fließt und ihren ganzen Körper erfüllte. Als sie jedoch ihre Hände betrachtete, sah sie keine Funken, und sie spürte auch nichts.

»Ich habe keine Magie in mir und ihr müsst es jetzt auch endlich einsehen! Ich will nichts mehr davon hören! Erzähl mir lieber von meinem Vater und den anderen Dingen, die ihr alle verheimlicht habt.« Sie verschränkte die Arme vor ihrer Brust und sah die alte Freundin trotzig an.

Jette griff nach ihrem Ellenbogen, doch bevor sie antworten konnte, klopfte etwas an die Scheibe.

Sofort ließ Jette das Mädchen los und öffnete das Fenster. Eine Möwe flog hinein und setzte sich auf ihre Schulter. Sie pickte an ihrem Kragen und ihrem Hals. Dann schrie sie auf und flog durch das Fenster wieder davon.

»Fremde sind in der Stadt«, sagte Jette. Sie ging auf Charlotte zu und stieß gegen den Tisch. Die Tassen fielen um und der Tee floss über den Boden. Charlotte sah zu, wie der braune Fleck auf dem Teppich immer größer wurde.

»Lauf, Kind!« Jettes Stimme überschlug sich fast. »Wir müssen hier weg!«

Die drei rannten auf die Felsen zu. Charlotte hielt das Bild von Lille umklammert, sonst hatten sie nichts mitgenommen außer dem, was sie am Leib trugen.

Der Mond hatte sich wieder hinter den Wolken verborgen und alle Schatten schienen sich zu bewegen.

Charlotte blieb stehen. Sie konnte Fynn und Jette in der Dunkelheit nicht mehr sehen. Waren sie noch hinter ihr? Doch sie hörte Schritte und konnte nicht erkennen, aus welcher Richtung sie kamen. Obwohl es fast vollkommen dunkel war, schloss sie kurz die Augen und konzentrierte sich auf die Geräusche.

Da packte sie jemand an der Schulter und drehte sie gewaltsam herum. Charlotte erstarrte. Ein fremder Mann schaute ihr ins Gesicht. Der Wind wehte seine Kapuze herunter und sie las Zufriedenheit in seinen Zügen. Sonst nichts. Der Wächter packte Charlottes Arm, drehte ihn auf den Rücken und legte seinen Arm um ihren Hals. Vor ihr heulte der Wind über dem Meer und schob die Wolken so weit, dass der Mond zum Vorschein kam. Direkt vor sich sah sie unter dem Ärmel des Mannes den schwarzen Kopf eines Wiesels hervorschauen.

Irgendwo in der Dunkelheit schrie Jette auf. Wellen der Wut umspülten Charlotte und wurden immer mächtiger. Sie ballte die Hände zu Fäusten. So durfte es nicht enden. Auf einmal war ihr klar, was sie sich für die Zukunft wünschte. Sie konnte nicht eingesperrt werden, bevor sie einmal in die Augen ihrer Mutter gesehen hatte. Das Bild, das sie fest umklammert hielt, wurde immer schwerer in ihren Händen, und plötzlich kannte sie die Lösung für ihr Problem. Sie schloss die Augen und konzentrierte sich auf die brodelnde Wut, die sie in sich spürte, seit sie von all den Lügen erfahren hatte, und sie öffnete die Schleusen und ließ ihre Angst und ihren Ärger an die Oberfläche steigen.

»*Ich hasse euch! Lasst mich in Ruhe! Stürzt euch über die Felsen ins Meer und lasst mich in Frieden!*«, brüllte sie und meinte es auch.

Sofort löste der Mann die Umklammerung und trat neben Charlotte. Ohne sie noch einmal anzusehen, ging er auf die Steilküste zu und war im nächsten Augenblick verschwunden. Klirrend fiel das Bild zu Boden. Charlotte stürzte an die Klippen und warf sich auf den Boden. Drei Meter unter ihr sah sie den dunklen Körper des Mannes. Ein breiter Felsen hatte seinen Sprung aufgefangen. Charlotte entfuhr ein Schrei. Er bewegte sich nicht.

Da spürte sie, wie ihr jemand eine Hand auf den Rücken legte. Sie sah Fynn in den Augenwinkeln, aber sie konnte den Blick von dem Mann nicht abwenden. Warum bewegte er sich nicht?

»Charlotte!« Das war Jettes Stimme. »Hör auf zu schreien.«

Charlotte schloss den Mund und starrte stumm in die Tiefe.

»Wir müssen gehen«, sagte Fynn.

»Komm, Kleines, wir verstecken uns«, beschwor sie Jettes Stimme von der anderen Seite.

Doch Charlotte konnte nicht gehen, bis sie sah, wie der Mann aufstand. War das wirklich ihre Schuld? Sie hatte noch nie jemandem wehgetan. Niemals.

»Ich kann nicht«, schluchzte sie. »Wo sind die anderen?«

»Es waren nur zwei an der Küste. Die anderen sind zum Haus gelaufen.« Fynn strich ihr mit der Hand über den Rücken.

»Charlotte, wir müssen sofort hier weg«, bat Jette.

»Ich kann nicht«, flüsterte Charlotte. »Ich kann nicht.«

»Ich sehe nach ihm.« Fynn erhob sich.

Jette fluchte. »Dort hinten sind Stufen im Stein«, sagte sie dann und deutete in die Finsternis.

Fynn ging zu den Felsen im Osten, auf die Jette gezeigt hatte, und kletterte dann an den Stufen hinunter.

Der Wind pfiff immer lauter und verschluckte alle Geräusche. Er trieb die Wolken über den Himmel wie verängstigte Schafe.

Der Mond schaute einen Augenblick zwischen ihnen hervor, und Charlotte sah deutlich die Figur des Wächters auf dem Felsen liegen und ein paar Schritte weiter den zweiten Mann, der bei Jette gewesen war. Der Wächter war nah genug gewesen, um ihre Worte zu hören, und hatte sich auch die Felsen hinuntergestürzt. Charlotte spürte den Druck der Verzweiflung auf ihrer Brust und konnte kaum atmen.

Fynn war bei dem ersten Mann angekommen und drehte ihn auf den Rücken. »Er lebt!«, rief er nach oben gewandt.

Trotz des Windes drangen die Worte klar und deutlich an Charlottes Ohren.

Fynn ging zu dem anderen hinüber und kniete sich neben ihn. Auch ihn drehte er auf den Rücken. Charlotte sah das Blut über sein Gesicht laufen und schrie.

»Er atmet, Charlotte.«

Erleichtert schlug sie mit den Handflächen auf die Felsen, und für einen kurzen Moment hatte sie den unbändigen Wunsch, sich ebenfalls hinunterzustürzen und im Meer zu versinken. Dann würde sie das schreckliche Bild auslöschen, das sie sehen musste. Zwei schwer verletzte Männer lagen zu ihren Füßen und sie war dafür verantwortlich.

Fynn kletterte wieder zu ihnen hinauf. Zusammen mit Jette griff er Charlotte unter die Arme, um sie wieder hochzuziehen. Sie schwankte noch etwas, doch die beiden wichen nicht von ihrer Seite. In der Ferne hörten sie die Stimmen der Wächter. Jette legte die Hand an die Stirn und starrte in die Dunkelheit. Die Schritte und die Rufe der Männer schienen immer näher zu kommen.

»Wir müssen an der Küste entlanglaufen. Wenn wir mein Boot erreichen, können sie uns nicht folgen.«

Fynn legte Charlotte den Arm um die Schulter und zog sie mit sich. Zu dritt gingen sie auf dem steinigen Weg am Meer entlang.

Charlotte wusste nicht, wie lange sie unterwegs gewesen waren. Vielleicht ein paar Minuten oder eine Stunde. Irgendwann wurden die Felsen flacher und ein Weg führte über grob in den Stein gehauene Stufen an den Strand. Charlotte fiel in den Sand und blieb dort sitzen. Ihr ganzer Körper schmerzte, und es tat gut, die Hände auf den kühlen Sand zu legen. Währenddessen lief Jette in die Wellen. Sie stand bis zur Hüfte im Meer, als sie hinter einem Felsen ein kleines Segelboot losmachte und an Land zog.

»Komm, Charlotte!«, rief sie und knotete Tau an die Ecken des Segels.

Charlotte erhob sich. Mit den Füßen tauchte sie in das schwarze Wasser. Jette reichte ihr die Hand und sie kletterte zu der alten Frau auf das Boot. Fynn schob es, bis sie an dem Felsen vorbei waren, der als versteckter Liegeplatz gedient hatte. Dann schwang er sich über die Bootswand. Jette zog das Segel am Mast empor und legte die Taue hinter zwei Holzknäufe. »Hilfst du mir, Liebes?«, bat sie Charlotte, doch die reagierte nicht. Jette wandte sich an Fynn. »Zieh an dem Tau auf der linken Seite. Das ist Backbord. Dann kann der Wind in das Segel greifen und uns an der Küste entlang Richtung Norden pusten.«

Fynn zog das Tau stramm, bis Jette das Zeichen gab, und wickelte es dann um den Holzknauf. Auf der anderen Seite kümmerte sich die alte Frau darum, dass das Tau locker genug war. Dann setzte sie sich an das Ende des kleinen Segelschiffs und nahm die

Pinne zur Hand, das Holzbrett, das hinten ins Wasser tauchte und mit dem sie das Boot von den Felsen weg auf das offene Meer steuerte. Schwärze lag vor ihnen wie eine Wand aus Nichts. Charlotte zitterte. Doch kalt war ihr nicht. Sie beugte sich über die Reling und würgte all ihre Angst und Verzweiflung in das dunkle Wasser.

Eine Böe ergriff das Segel. Jette wies Fynn an, etwas mehr Tau zu geben. Sie segelten mit dem Wind und es wurde still auf dem Boot.

»Wohin fahren wir?«, fragte Fynn.

»In ein neues Versteck«, antwortete Jette.

»Wie findest du in dieser Dunkelheit den richtigen Kurs?«, wollte er wissen und beugte sich zu ihr hinüber.

»Ich spüre den Wind und höre die Möwen.«

»Die Möwen?« Fynn lachte kurz auf. »Die schlafen doch.«

»Ich höre ihr Seufzen im Schlaf. Auch wenn es für dich seltsam klingt, ist es so. Ich höre sie und weiß, wie weit wir vom Ufer entfernt sind. Vertrau mir! Du hast sowieso keine Wahl. Du bist auf meinem Boot.«

Fynn schwieg lange. Dann begann er wieder zu fragen.

»Wo bringst du uns hin?«

Jette wandte sich zu Charlotte um, die neben Fynn auf der Bank saß und ihren Kopf an die Bootswand gelehnt hatte.

»Charlotte?«

Sie antwortete nicht. Ihre Augen waren geöffnet, doch der Rest von ihr schien zu schlafen.

»Charlotte, wir fahren zu deinem Vater.«

Weit entfernt, vielleicht in einem anderen Land, hörte Charlotte Jettes Stimme. Aber sie verstand sie nicht. Sie sah das Blut, das über das Gesicht des Mannes lief, der sie kurz zuvor gepackt hatte.

Erst als die Sonne rot aus dem blauen Meer auftauchte und langsam den Himmel bestieg, konnte Charlotte wieder das Salz auf ihrer Zunge schmecken und den Hunger in ihrem Bauch fühlen. Da spürte sie auch endlich, dass Fynn einen Arm um sie gelegt hatte, und ihre Haut begann zu kribbeln, wo er sie berührte.

Charlotte bewegte sich nicht und atmete die Luft des Morgens tief ein. Jette saß an der Pinne und lenkte das Boot. Fynns Kopf war ihm auf die Brust gesunken und er schnarchte leise.

Jette nickte ihr zu.

»Wir fahren zu deinem Vater«, sagte Jette. »Ich habe ihm eine Möwe geschickt und er wird uns am Steg erwarten. Wir sind bald bei ihm.«

»Ich will ihn nicht sehen. Bring mich woanders hin!«, murmelte Charlotte. Sie versuchte, sich nicht zu bewegen, damit Fynn seinen Arm nicht von ihrer Schulter nahm. In ihren Gedanken sah sie immer wieder die beiden Körper auf den Felsen. Der Wind hatte ihre Hosen längst getrocknet, doch es umgab sie eine Kälte, wie sie sie nie zuvor gespürt hatte.

Obwohl Jettes Gesicht ihre Erschöpfung verriet, saß die alte Frau kerzengerade am Heck des Bootes und neigte den Kopf, als würde sie der Melodie des Windes lauschen.

»Er wird uns verstecken und du bekommst endlich alle Antworten. Er ist ein guter Mann.«

»Pah«, entfuhr es Charlotte und sie sprang auf. Aber das kleine Boot neigte sich gefährlich weit zur Seite und sie ließ sich schnell wieder auf die Bank fallen. Wo sollte sie auch hin? Sie konnte nicht weglaufen und sich mit ihrer Wut auseinandersetzen. Traurig stellte sie fest, dass sie sich nicht mehr in Fynns warme Umarmung kuscheln konnte. Sein Arm war hinuntergesunken.

»Erzähl mir von Lille«, forderte Charlotte die alte Frau auf und verschränkte die Arme vor der Brust.

»Mein ganzes Leben lang habe ich meine Mutter gesucht. Sie hat mich verlassen, als ich sieben Jahre alt war. Das ist ihre Natur und sie tut es seit langen Zeiten.« Jette wischte sich mit dem Arm über die nassen Augen, bevor sie fortfuhr.

»Es dauerte viele, viele Jahre, bis ich meine Mutter endlich fand. Damals war sie auch schon deine Mutter.« Jette sah Charlotte kurz in die Augen, bevor sie ihr Gesicht wieder dem Meer zuwandte. »Ihr habt in der gleichen Hütte am Fluss gelebt. Dich dort mit meiner Mutter zu sehen, war traurig und gleichzeitig der schönste Tag meines Lebens.«

»Das verstehe ich nicht.« Charlotte richtete sich auf.

»Sie hatte mich vor einem halben Jahrhundert verlassen, um wieder zurück ins Meer zu gehen. Und dann stand sie da vor der Hütte und spielte mit dir und lachte, als wäre sie nicht das, was sie ist.«

»Was ist sie denn?« Charlotte konnte sich die Stimme und das Lachen ihrer Mutter nicht vorstellen.

»Sie ist eine Nixe. Ein Geschöpf des Wassers. Sieben Jahre bei ihren Kindern zu bleiben ist ein Akt der Liebe, der sie all ihre Willenskraft kostet und ihr körperliche Schmerzen bereitet. Doch das ist für kein Kind in der Welt genug. Nicht genug Zeit und nicht genug Liebe.« Jette verstummte.

Charlotte starrte auf ihre Hände.

»Du hattest immerhin sieben Jahre. Ich hatte nur fünf«, sagte sie leise.

»Das stimmt«, rief Jette und schlug mit der flachen Hand gegen das Ruderblatt. Fynn schreckte auf und auch Charlotte zuckte zusammen.

Eine Möwe landete auf Jettes Arm.

»Willst du mich trösten, meine Schöne?«, fragte Jette und die Möwe gurrte wie eine Taube.

»Warum kannst du sie verstehen?«, fragte Fynn. Er gähnte und dann streckte er sich.

»Das ist meine Gabe.« Jette schaute sie nicht an. Sie streichelte der Möwe über den Kopf und rieb die Wange an dem weißen Körper. »Um sie nicht zu verlieren, bin ich die Hälfte des Jahres am Meer. Obwohl es mir immer schwerfiel, dich zu verlassen. Es war wunderschön für mich zu sehen, was für ein kluges Mädchen du geworden bist.«

Wenn Jette so traurig und verletzlich aussah, konnte sie ihr nicht böse sein. Und Charlotte musste auf irgendjemanden wütend sein, damit sie nicht an dem ganzen Ärger und ihren Schuldgefühlen erstickte. Sie wollte trampeln und weinen wie ein kleines Kind. Doch sie schluckte alles herunter und ballte die Hände zu Fäusten, um nicht auf die Bank oder das Boot einzuschlagen. Sie brauchte endlich Antworten!

»Warum haben sie Lille geholt, als ich fünf war? Warum hatte ich nur fünf Jahre mit ihr und was ist mit meinem Vater?«

»Damals begann die Jagd auf alle magiebegabten Wesen erst. Sie waren nicht darauf vorbereitet. Niemand hatte es geahnt. Lille war die Erste, die sie geholt haben, und danach wurde es immer schlimmer. Dein Vater wollte dich beschützen. Er hat dich gesucht und dann versteckt, als er dich endlich wiedergefunden hat. Aber das kann er dir gleich selbst erzählen.«

Die Möwe flog davon und Jette steuerte auf das Ufer zu.

Ein Steg ragte in das Meer, und darauf stand ein Mann in einem grünen Mantel, der bis auf den Boden reichte. Er trug einen Hut mit einer breiten Krempe, die kaum etwas von seinem Gesicht zeigte. Trotzdem wusste Charlotte sofort, wer dieser Mann war.

»Das ist dein Vater«, sagte Jette und Charlotte presste die Lippen fest zusammen. Was sollte sie zu einem Vater sagen, der für sie ein vollkommen Fremder war?

15. KAPITEL

Eisenhauer fluchte, während die anderen schwiegen. In diesem Raum hatte der Hauptmann noch nie seine Beherrschung verloren. Prinz Børge griff sich an den Hals und öffnete die oberen Knöpfe. Es schien mit jedem Wort aus dem Mund des Hauptmanns heißer in diesem Raum zu werden.

»Wieso haben Sie das Mädchen nicht gefasst? Ich hatte Ihnen doch gesagt, wo Sie suchen müssen«, brüllte Eisenhauer und schlug mit der Faust auf den Tisch, dass das Holz knackte.

Alle zuckten zusammen und wanden sich auf ihren Stühlen.

»Was haben die elenden Würmer berichtet?« Eisenhauer hatte sich weit zu Hauptmann Ludvigsen hinübergebeugt und ihm die Frage ins Gesicht gespuckt.

Dem anderen blieb die Antwort im Hals stecken. Er öffnete die Lippen, doch es kam kein Wort heraus.

Ludvigsen war ein kleiner Mann, aber seine Muskeln spannten sich unter dem Hemd und seine Männer hatten großen Respekt vor seiner Wendigkeit und seiner Kraft.

Eisenhauer lag fast auf dem Tisch und zwischen die Nasenspitzen der beiden Hauptmänner passte keine Faust mehr.

Eisenhauer schnaufte und der andere fuhr unwillkürlich ein Stück zurück.

Da stand Prinz Børge auf.

Heute waren nur elf Männer versammelt. Der Stuhl von Tjelles Vater war leer geblieben und die Männer waren gereizter als je zuvor. Er würde nicht zulassen, dass sie sich gegenseitig zerfleischten. Er brauchte sie alle. Selbst diesen furchtbar hartherzigen Eisenhauer, denn ohne ihn wäre das Land längst im Bürgerkrieg versunken.

»Setz dich hin, Eisenhauer«, sagte er ruhig und beobachtete erstaunt und stolz zugleich, wie die beiden Männer sich auf ihre Stühle fallen ließen.

Eisenhauer sah ihn an, als wollte er ihm sein Messer entgegenschleudern. Doch nach einem Augenblick hatte er sich wieder unter Kontrolle. Das war seine Gabe, und Børge wusste, wie sehr die anderen ihn bewunderten und um diese Beherrschung beneideten. So plötzlich, wie seine Wut gekommen war, hatte Eisenhauer sie wieder verbannt. Er lehnte sich in seinem Stuhl zurück und zog einen Dolch aus seinem Gürtel, der kaum so lang wie sein Daumen war.

»Ich habe gesehen, wie es im Land aussieht. Wir sind nicht mehr weit von einem Aufstand entfernt.«

Bis auf Eisenhauer machten alle Hauptmänner und der Heiler beschwichtigende Geräusche, doch Børge brachte sie mit einer energischen Handbewegung zum Schweigen. Es war Zeit, der Wahrheit ins Auge zu sehen.

»Wir müssen unsere Anstrengungen verdoppeln. Zieht in alle Ecken unseres Landes und bringt jeden zur Universität, der nur ein Fünkchen Magie beherrscht!« Børge wandte sich an Brodersen und die anderen beiden Hauptmänner der Soldaten. »Bringt mir den besten Schmied, den ihr finden könnt, und einen Tischlermeister. Gibt es irgendwo noch Uhrmacher im Land? Die wären mir auch hilfreich bei meinen Experimenten.«

Die Männer sprangen auf, und ihre Schritte klangen schwer und entschlossen, als sie den Gang entlangeilten.

»Ihr beginnt mit der Ausbildung der neuen Kinder.« Børge zeigte auf die Hauptmänner, die an seiner linken Seite saßen. Zwei gehörten der Stadtwache an und einer war von den Wächtern der Zitadelle. Auch sie erhoben sich, um die Aufgabe zu erfüllen.

Dann beugte er sich herunter zu dem glatzköpfigen Heiler, der an seiner rechten Seite saß. »Geh zur obersten Priesterin und versuch alles, um sie zu überzeugen, meine Krönung vorzunehmen. Wenn sie sich weiterhin weigert, müssen wir härtere Maßnahmen ergreifen. Das Volk braucht einen König!«

Der Heiler verneigte sich tief und verließ dann ebenfalls den Raum.

Børge wandte sich an die drei Hauptmänner, die noch zurückgeblieben waren: Eisenhauer, der scheinbar unbeteiligt mit seinem Messer Truthahnstücke zwischen seinen Zähnen herauspulte. Ludvigsen, der Eisenhauer scharf beobachtete und dabei alle seine Muskeln anspannte, als wäre er jederzeit zum Sprung bereit. Und der älteste Hauptmann, der zu den Wächtern der Zitadelle gehörte. Ihn sprach Børge zuerst an.

»Jogvan, du übermittelst eine Nachricht an den Dekan. Ich reite morgen zur Universität und bleibe ein paar Tage, um die Experimente voranzutreiben. Bereite alles für meine Abreise vor und wache am Krankenbett meines Vaters, bis ich wieder zurück bin. Du kannst mir mit den Flüstersteinen Nachrichten schicken, wenn es in der Zitadelle einen Zwischenfall gibt.« Børge räusperte sich und wartete, bis der alte Mann aus dem Raum geschlurft war.

Dann beugte er sich auf seinem Stuhl nach vorne und sah Ludvigsen an. »Es ist noch ein Mädchen da draußen und das ist deine Schuld.« Prinz Børge sah in den Augenwinkeln, wie Eisenhauer sein Messer sinken ließ und die beiden beobachtete.

»Ich gebe dir noch eine Gelegenheit, den Fehler wieder zu beheben. Wenn du das Mädchen bis morgen zum Sonnenuntergang in die Zitadelle gebracht hast, gebe ich dir für deine Wiesel noch dreißig Wächter dazu. Wenn nicht, dann gehst du den gleichen Weg, den alle Verräter gehen.« Er deutete mit dem Daumen nach unten und meinte die Verliese, den dunkelsten und trostlosesten Ort im ganzen Land.

Børge lehnte sich zurück und bedeutete Hauptmann Ludvigsen mit einer harschen Armbewegung, den Raum zu verlassen. Der stürzte hinaus.

Eisenhauer lächelte, aber es lag fast ein wenig Anerkennung darin und nicht mehr ausschließlich Spott und Hohn.

»Die Taube hat den Rebellen die Hinweise gebracht, die sie für ihre Überfälle gebraucht haben. Du schickst deine Spione aus und entwirfst einen Plan! Wenn Ludvigsen und seine Wiesel das Mädchen nicht finden, dann werden wir das ganze Land durchkämmen und die Rebellen aus ihren Rattenlöchern jagen. Und du wirst diese Mission anführen!«

ooooo

Charlotte ergriff die ausgestreckte Hand und sprang auf die Holzbretter. Er ließ Charlottes Hand erst los, als Jette seinen Namen rief. »Milan!«

Tausend Fragen wollte sie ihrem Vater stellen, fluchen, schimpfen, und in einer Ecke ihres Herzens spürte sie die Sehnsucht, ihm in die Arme zu fallen, aber sie konnte nichts davon tun. Sie fühlte sich schwach und zerschlagen, als wäre sie selbst die Felsen hinuntergestürzt. So ließ sie sich bereitwillig von Jette zur Seite schieben.

»Ich bin froh, dich zu sehen, Milan.« Jette lächelte. »Wir können Hilfe gebrauchen.«

»Ihr seht müde aus. Ich mache Frühstück für euch. Dann geht es euch besser«, sagte Milan und deutete auf das Landesinnere. Auch Fynn begrüßte den Fremden stumm, und gemeinsam folgten sie ihm auf einem Weg, den nur er zu erkennen schien.

Seit Sonnenaufgang hatte Charlotte keine Klippen am Ufer mehr gesehen und so führte Milan sie über den breiten Sandstrand und quer durch weite Wiesen mit weiß blühendem Wollgras. Statt der riesigen Felsen war in diesem Teil des Landes flaches Gelände, das nur durch die mit grünen Halmen bewachsenen Sandberge unterbrochen wurde.

Hinter einem kleinen Wäldchen stießen sie auf einen Fluss. Dort lag das Boot eines Händlers.

Es war vierzig Fuß lang und an Bug und Heck an Bäumen am Ufer vertäut. Eine hölzerne Planke lag zwischen dem Schilf und erlaubte es ihnen, mit trockenen Füßen das Boot zu betreten.

Die Kajüte nahm drei Viertel des Decks ein. Charlotte blieb noch an der Tür stehen, als die anderen die drei Stufen schon hinuntergestiegen waren. Von hier konnte sie auf den Fluss sehen. Er führte eine Meile ins Land hinein und verschwand dann hinter dem Wald. An dem Knick war ein großer Teil des Schilfs am Ufer platt gedrückt. In der anderen Richtung sah sie die Baumgruppe, an der sie vorbeigekommen waren, und in der Ferne das offene Meer. Es breitete sich vor ihr aus wie ein unendlicher Fächer. Das Boot strahlte eine Freiheit aus, die sie in dem kleinen Haus in Aalborg nie erlebt hatte. Alles war dort vorbestimmt gewesen, und trotz eines seltsamen Geschmacks auf der Zunge fragte sie sich, wie ihre Kindheit an Bord dieses Bootes verlaufen wäre. Keine Schwestern, keine Maja, keine liebevollen Eltern. Nur ein Vater und die Geschichten über eine ferne Mutter. Konnte man diese beiden Leben vergleichen? Der Geschmack in ihrem Mund wurde immer bitterer. Natürlich wollte sie ihre behütete Kindheit und ihre Familie nicht hergeben. Trotzdem berührten die Seeluft und der Blick über das Boot etwas tief in ihr. Hoffentlich hatte Milan keine gute Erklärung, damit sie endlich jemanden hatte, auf den sie ihre Wut richten konnte. Schließlich durfte sie nicht noch einmal so ungebremst aus ihr herausbrechen. Charlotte erschauderte bei dem Gedanken an die beiden Männer an den Klippen.

Dann neigte sie den Kopf und kletterte in die Kajüte. Eine Handbreit unter der Decke ließen rundherum tellergroße Fenster das Sonnenlicht des Morgens hinein. Der Tisch, die Bänke und die Schränke waren aus dunklem Holz gebaut. Charlotte streckte die Hand aus und fuhr mit den Fingern über die Lehne einer Bank. Es fühlte sich so glatt an wie ein Spiegel, war durch die Sonne aber warm und hatte nicht die eisige Kälte des Glases. Hier wohnte also ihr Vater.

Jette und Fynn saßen am Tisch und nippten bereits an Teetassen, Milan stand an der Feuerstelle und rührte Eier in einer Pfanne. Der ganze Raum duftete nach Speck und Honig. Wann hatte sie sich das letzte Mal richtig satt gegessen? War es das Frühstück mit ihrer Familie gewesen? Danach hatte sie erst in Jettes Haus wieder ein Stück Brot gegessen. Wie viel Zeit war seit der Mahlzeit bei den Johanssons vergangen? Bei dem Gedanken an ihre Familie wurden ihre Knie weich. Charlotte setzte sich. Sollte sie mit all ihren Fragen einfach herausplatzen?

Milan schob den größten Teil der Rühreier und einen Berg Speck auf ihren Teller, bevor er den anderen etwas zu essen reichte.

»Iss erst einmal etwas, und dann möchtest du sicher wissen, wo ich all die Jahre geblieben bin.« Milan lächelte ihr traurig zu und reichte ihr einen Becher.

Der Tee war gesüßt und mit Sahne verfeinert, das Brot schmeckte nach fremdländischen Gewürzen. Es gab kalte Butter, die sie kaum mit dem Messer verstreichen konnte.

Charlotte stopfte sich mit dem köstlichen Frühstück voll, bis ihr Bauch schmerzte. Dann lehnte sie sich zurück und trank zwei Becher Milch mit Honig, die Milan am Feuer erwärmt hatte.

Als sie endlich fertig waren, gingen Fynn und Jette an Deck. Charlotte trat neben ihren Vater, der das Geschirr in warmem Wasser spülte.

»Ich bin so froh, dass dir nichts geschehen ist«, begann Milan. Charlotte wusste nicht, was sie dazu sagen sollte. Sie war entführt und verfolgt worden und hatte zwei Männer schwer verletzt. Ihr war eine ganze Menge geschehen! Stumm nahm sie die nassen Teller entgegen und trocknete sie mit einem Tuch ab.

»Wer ist der Junge, den du mitgebracht hast?«

»Das ist Fynn«, erklärte Charlotte, als wäre es ein normales Gespräch zwischen Vater und Tochter. Aber das war es nicht. »Er ist bei der Stadtwache und hat mich aus dem Lager der Rebellen befreit«, fügte sie hinzu. Es klang vorwurfsvoll, obwohl es nicht Milans Schuld war, dass sie entführt worden war. Aber schließlich hatte er sie auch nicht davor beschützt.

Milan ging nicht auf Charlottes stumme Anklage ein. »Warum hat er dir geholfen?«, fragte er nur.

Sie hob ratlos die Schultern. »Ich weiß es nicht. Er hat mir auch von Lille erzählt.« Sie wollte die Nixe nicht »Mutter« nennen. Das fühlte sich zu seltsam an.

Milan drehte sich zu ihr um und sah sie ernst an.

»Charlotte, ich hätte nichts lieber getan, als dich aufwachsen zu sehen. Aber ich konnte dich nur beschützen, indem ich dich verstecke. Das verstehst du doch, oder?«

Wieder hob sie ratlos die Schultern. Wollte sie das verstehen? Hatte es wirklich keine andere Möglichkeit gegeben?

»Bei meinem Bruder und seiner Familie konntest du sicher aufwachsen. Die Wächter kannten meinen Namen nicht.«

Es besänftigte sie ein bisschen, dass sie wirklich bei ihrer Familie gewesen war und er sie nicht zu fremden Menschen gegeben hatte. Aber er hatte sie verlassen!

Sie drehte sich um, weil sie Milans traurigen Blick nicht mehr ertrug. »Warum haben wir uns nicht zusammen versteckt? Hier ist doch genug Platz! Dann hätten sie mir nicht all die Lügen erzählen müssen ...« Sie hörte, wie verbittert ihre Stimme klang.

»Ich wollte ein besseres Leben für dich. Keine Flucht und keine Angst. Die Möglichkeit, ein normales Mädchen zu sein«, sagte Milan leise. »Vielleicht war das die falsche Entscheidung. Es tut mir leid. Es tut mir wirklich leid.«

Ein dicker Kloß steckte in ihrem Hals. Darauf hatte sie keine Antwort und keine weiteren Vorwürfe. Sie stellte den Teller zur Seite, den sie die ganze Zeit in den Händen gehalten hatte. Dann nickte sie. »Ich möchte die ganze Geschichte hören.«

»Wollen wir zu den anderen gehen oder traust du diesem Jungen nicht?«

Innerlich lachte Charlotte auf. Wem konnte sie denn überhaupt noch trauen?

»Fynn hat in der Zitadelle Informationen gestohlen, aber ich vertraue ihm. Er hat mich gerettet.« Sie stockte. »Ich bin mir nicht sicher, ob er mir wirklich alles gesagt hat. Aber er würde mir bestimmt nicht schaden. Er steht auf unserer Seite.«

»Es gibt in diesem Land viele Seiten, Charlotte. Wenn du weißt, auf welcher du stehen möchtest, dann bin ich auf jeden Fall dabei.« Er drückte ihre Hand, dann kletterten sie an Deck. Dort hockten sie sich zu den anderen auf die Holzkisten, die in der Nähe des Bugs standen.

Fynn beobachtete den Waldrand in der Ferne und sah sich immer wieder zum Meer um.

»Die Wächter haben die Gegend vor ein paar Tagen durchkämmt, aber seitdem habe ich niemanden mehr gesehen«, sagte Milan.

Sie saßen in der Sonne und schauten den Vögeln zu, die über dem Wasser kreisten und nach den Mücken schnappten. Es fühlte sich zu friedlich an, und Charlotte fürchtete, jeden Moment in der dunklen Hütte oder der Fabrik aufzuwachen. Wieso schien die Sonne, als wären in den letzten Tagen nicht die furchtbarsten Dinge geschehen? Warum tobten nicht Sturm und Gewitter?

»Wo können wir uns verstecken, Milan?«, fragte Jette nach einer Weile. »Charlotte wird gesucht, Fynn wahrscheinlich auch.« Sie zeigte auf den Jungen. »Er hat ihr bei der Flucht geholfen.«

»Haben die Wächter Charlotte geholt?«, fragte Milan.

Jette nickte. »Sie haben es versucht. Aber sie ist ihnen entkommen, weil sie sich bei mir versteckt hatte. Doch ich konnte Emil nicht überzeugen, sie wegzubringen. Auf dem Weg zur Zitadelle haben die Rebellen sie dann geschnappt.«

»Das tut mir leid. Ich habe zu lange gewartet.« Milan seufzte.

»Worauf gewartet?«, fragte Fynn. »Was ist der Plan gewesen?«

Jette räusperte sich. »Wir wollten erst beobachten, ob sich eine Gabe bei ihr zeigt, bevor wie sie verstecken. Vielleicht hätte sie ein normales Leben führen können. Doch als die Wächter kamen, hätten wir sie sofort in Sicherheit bringen müssen. Das war ein großer Fehler.«

Charlotte fühlte sich wie das fünfjährige Mädchen auf dem Bild. Sie wartete, was die Erwachsenen entschieden, wie in der Nacht bei Jette, als die Wächter an ihre Tür geklopft hatten.

»Ist es sicher im nördlichen Gebirge, oder dringen die Soldaten weiter in die Berge vor, um magische Wesen zu suchen?« Jette stand auf und legte die Hand an die Stirn, als ob sie von hier aus nachsehen wollte, obwohl das Gebirge mehrere Tagesmärsche entfernt sein musste.

Charlotte dachte an die Männer, die sie verletzt hatte, und das Bild ihrer Mutter, das jetzt irgendwo auf den Felsen von Skov lag. Sie konnte sich nicht verstecken. Jetzt nicht mehr.

»Ich will meine Mutter suchen«, sagte sie.

Die drei anderen starrten sie an.

»Ich fliehe nicht in die Berge.« Ihre Stimme klang nicht ängstlich und verdrängte den letzten Zweifel, der sich noch in ihr regte. Sie hatte ihre Entscheidung getroffen. Sie würde nicht mehr weglaufen. Von nun an suchte sich Charlotte selber einen Weg.

Niemand widersprach. Es dauerte einige Minuten, bis Jette und Milan nickten. Fynn lächelte, aber Charlotte traute sich nicht, ihn nach dem Grund zu fragen.

»Weißt du, warum du dich nicht an deine Mutter erinnerst?«, fragte Jette und ihre Stimme klang seltsam schrill.

Charlotte schüttelte den Kopf.

»Sie haben mit dir Experimente gemacht. Sie haben Drähte in dich hineingesteckt.« Auf Jettes Schulter landete eine Möwe, doch die alte Frau hielt ihren Blick auf das Mädchen gerichtet. »Hast du keine Angst, dorthin zurückzukehren?«

»Nein.« Charlotte schüttelte den Kopf. »Aber die Heilerinnen haben auch irgendwas mit mir gemacht.«

Jette konnte ihr Erstaunen nicht verbergen und die Möwe schlug nervös mit den Flügeln.

»Woher weißt du das?«, fragte Fynn. »Erinnerst du dich daran?«

Charlotte griff in ihr Hemd und zeigte ihnen das Bild, das sie Fynn auf der Zugfahrt gestohlen hatte. Jette stand auf und nahm es in ihre zitternden Hände. Sie rieb mit den Fingern über das Gesicht der Heilerin, die Charlotte am Bildrand frei gekratzt hatte.

Dann ließ sie sich wieder auf die Kiste fallen und die Möwe auf ihrer Schulter schwankte bei der plötzlichen Bewegung.

»Das wusste ich nicht, Kind.« Sie atmete tief ein. »Ich hatte vor eurer Hütte im Baum gesessen und nicht den Mut aufgebracht hineinzugehen. An einem Abend kamen die Wächter. Alles ging furchtbar schnell. Lille wehrte sich und schrie, doch die Männer hatten ihre Ohren mit Wachs verschlossen.« Sie brach ab.

Milan trat neben sie und legte ihr die Hand auf den Rücken.

»Ich saß auf dem Baum und konnte mich nicht rühren. Als Milan nach Hause kam, riss mich sein Geschrei aus der Starre. Ich erzählte, was ich gesehen hatte, und wir folgten den Spuren, die die Männer im Gras hinterlassen hatten. Sie führten uns in das kleine Dorf Skørping. Dort liefen wir durch die Straßen auf der Suche nach ihrer Wachstube. Nach ein paar Tagen fanden wir dich in einem Waldstück.« Jette hatte Tränen in den Augen, als sie fortfuhr. »Du warst ihnen entkommen, konntest uns aber nicht sagen wie. Du hast deinen Vater nicht erkannt und wusstest nicht einmal deinen eigenen Namen.« Sie wischte sich mit dem Ärmel ihres Hemdes über die Augen. »Wir wissen nicht, was sie dir angetan haben. Hast du keine Angst vor ihnen?«

»Doch.« Charlotte nickte. »All die Jahre konnte ich nicht einschlafen und habe mich gefragt, woher die Träume von der Hütte kommen. Es ist genug. Ich möchte keine Angst mehr haben. Ich möchte meine Mutter suchen.«

Milan nickte. »Das verstehe ich.«

»Aber es wird nicht einfach sein, Lille zu finden. Sie wird streng bewacht, und ich weiß nicht, ob sie überhaupt noch am Leben ist«, wandte Jette ein. »Wir wissen noch nicht einmal, wo wir anfangen sollen zu suchen.«

»Doch«, sagte Milan leise. »Denn ich habe sie schon gefunden. Sie ist in der Universität von Ousía.«

ooooo

Das Messingrohr des Rebellen hatte Eisenhauer mit einem Boten in die Universität nach Skørping geschickt. Schon nach dem ersten Blick hatte er die Wahrheit erkannt. Es gab keinen Zweifel daran, dass es als Fernrohr benutzt worden war. Jemand hatte von dort oben auf der Empore die Symbole auf den Scherben der Kinder ausspioniert. Das musste Eisenhauer längst klar sein. Doch er hatte den Dekan mit der Vollmacht der Zitadelle beauftragt, das Messingrohr zu untersuchen und einen Bericht zu verfassen, den der Hauptmann bei der nächsten Sitzung des Rates vortragen würde.

Trotzdem wollte Kasper Olsen die Aufgabe gewissenhaft erfüllen. Er öffnete also die Schnallen, und zwei Linsen trudelten über sein Pult, als er das Stück Leder auseinandergerollt hatte. Die beiden Glasstücke waren um ein Vielfaches dicker als seine Brillengläser. Der Dekan legte seine Brille daneben und verglich die Gläser miteinander. Ein Forscher aus dem Technikflügel hatte sie angefertigt, nachdem er im Keller der Universität hinter den Bierfässern eine Kiste verschimmelter Bücher gefunden hatte. Danach hatte er versucht, einen fotografischen Apparat zu bauen, der mit seinen Einzelteilen ebenfalls in diesen Büchern beschrieben worden war. Der Dekan kratzte sich am Kopf. Er war sich nicht sicher, ob der funktioniert hatte. Der Prinz hatte ihn direkt nach der Fertigstellung in die Zitadelle bringen lassen. Kasper Olsen seufzte und beugte sich wieder über die Linsen. Er entdeckte auf ihnen ein kleines Zeichen, das ihm bekannt vorkam.

Früher hatte es überall im Land noch Handwerker gegeben, und für die Universität waren große Fernrohre gebaut worden, mit denen die Priesterinnen den Himmel und seine Gestirne betrachtet hatten. Als dann vor einigen Jahren alles knapp geworden war, hatte Kasper Olsen die großen Gläser zerschlagen lassen. Mit dem Erlös aus dem Verkauf der kleinen Linsen hatte er sie alle für drei Jahre satt bekommen. Und da er selbst dazu neigte, seine Brille bei Experimenten zu beschädigen, konnte er die Welt dank einiger zurückbehaltener Brillengläser noch lange deutlich sehen. Der Dekan hob die Linse direkt vor seine Augen und betrachtete das kleine Zeichen. Anscheinend stammten die Linsen sogar aus diesem Haus und waren über Umwege in die Hände der Rebellen gelangt.

Der Dekan streckte den Arm nach oben und hielt die Linse zu dem Kronleuchter hinauf. Magisches Licht brach sich in den geschliffenen Gläsern. Falls er Eisenhauer die genaue Funktion des Fernrohrs erläutern sollte, musste er den jungen Forscher nach dem verschimmelten Buch fragen, denn er konnte sich beim besten Willen nicht mehr daran erinnern, wie man die verschieden geschliffenen Linsen nannte.

Kopfschüttelnd baute Kasper Olsen das Fernrohr wieder zusammen. Dem Hauptmann würde eine laienhafte Beschreibung sicher besser gefallen. Er war schon in der Schule nicht der Schlauste gewesen und obendrein ein bisschen langsam.

Der Dekan nahm ein frisches Blatt Papier vom Stapel, tauchte die Feder in die Tinte und verfasste seinen Bericht.

Als er ihn getrocknet hatte, erwog er kurz, auch eine Notiz in das Buch zu schreiben, an dem er selbst gerade arbeitete. Aber die magischen und die technischen Forschungen würde er doch besser auseinanderhalten. Mit Schwung goss er das Wachs auf den Bericht und drückte das Siegel der Universität hinein. Es bestand aus vier alten Runenzeichen, und darunter stand ein Wort, dessen Ursprung und Bedeutung selbst er bis heute nicht entschlüsselt hatte: Ousía.

16. KAPITEL

Der Heiler strich sich mit den Fingern über die verschwitzte Glatze. Er war schon der Heiler des Königs gewesen, als der Prinz noch ein Kind gewesen war. Aber im Moment konnte er nichts für den alten Mann tun. Ein seltsamer Schlaf hatte ihn vor einigen Jahren überfallen, aus dem er einfach nicht wieder aufwachen wollte.

Nachdem er alle Kräuter und Tinkturen versucht hatte, war der Heiler dazu übergegangen, auch alle ihm bekannte Magie an dem Schlafenden auszuprobieren. Natürlich war das von diesem König selbst verboten worden und kein geringerer als Hauptmann Eisenhauer hatte ihn bei seinen Bemühungen überrascht. Die Wahl, die er danach hatte, war ihm nicht schwergefallen. Lieber berichtete er dem Hauptmann, was auch immer der wissen wollte, anstatt in den Verliesen unter der Zitadelle zu verfaulen.

Denn der Prinz verfügte weder über die Güte noch den Weitblick seines Vaters und die Königin hatten sie nur wenige Monate nach dessen Geburt begraben.

Es gab niemanden, der auf den Prinzen Einfluss nehmen könnte. Es gab also keine Loyalität, für die sich der Kampf gegen den Hauptmann lohnte. Und wenn er ehrlich war, dann wusste der Heiler selbst nicht, wie sich die Lage im Land verbessern ließe. Deshalb tat er, was von ihm verlangt wurde.

Er hob die Hand und klopfte an Eisenhauers Tür. Dann trat er ein. Der Hauptmann saß mit dem Rücken zur Tür an seinem Sekretär, dem reich verzierten Schreibtisch, der über unzählige Schubladen und Fächer verfügte. Dort ordnete Eisenhauer einige Papiere. Der Heiler räusperte sich ungeduldig.

Der Hauptmann wartete noch einen Augenblick, bevor er sich umdrehte. »Heiler, was hast du zu berichten?« Eisenhauer stand auf und kam auf den Mann an der Tür zu.

»Die Priesterinnen wollen der Krönung nicht zustimmen.«

»Das ist nichts Neues. Hast du etwas für den König erreicht?«

»Die Frauen wollen die alten Zeiten zurück.«

Eisenhauer runzelte die Stirn.

»Nein«, berichtigte sich der Heiler. »Ich habe mich falsch ausgedrückt. Sie wollen den alten König zurück.«

Eisenhauer schnaufte verächtlich.

»Wenn das nicht geschieht«, fuhr der Heiler fort, »dann soll die Universität geschlossen und alle Gefangenen freigelassen werden.«

Dieses Mal lachte Eisenhauer laut und böse, bis der Heiler weitersprach. »Sie wollen einen neuen Rat der Zwölf, damit der Prinz Hilfe beim Regieren bekommt.«

»Wollen sie selbst Einfluss nehmen?«

Der Heiler schüttelte den Kopf. »Die Frauen bleiben in ihrem Teil der Zitadelle. Sie haben kein Interesse an der Politik. Aber ihnen liegt dieses Land am Herzen und ein Bürgerkrieg steht unmittelbar bevor.«

Er duckte sich unwillkürlich ein Stück, als würde er befürchten, für die schlechten Nachrichten mit einem Schlag bestraft zu werden.

Der Hauptmann schwieg einen Moment.

»Das ist nicht in meinem Interesse.« Er drehte sich um und nahm ein Papier von dem Stapel auf seinem Sekretär.

Der Heiler wagte nicht, den Raum zu verlassen, obwohl er das Gefühl hatte, der Hauptmann interessierte sich nicht mehr für ihn.

Dann legte Eisenhauer das Papier zurück und drehte sich wieder um.

»Hast du dem Prinzen schon davon berichtet?«

»Natürlich nicht, Hauptmann!«

Eisenhauer nickte. »Dann sage ich dir jetzt, was du als Botschaft von den Priesterinnen bekommen hast und an den Prinzen weitergibst.«

ooooo

In der Kajüte saßen sie um den Tisch herum. Milan hatte einen Bogen Papier in ihre Mitte gelegt und zeichnete mit einem Stück schwarzer Kreide den Flusslauf ein. Er markierte Baumgruppen und Hügel.

Charlotte staunte. So genau hätte sie nicht einmal die Straße zeichnen können, in der sie gelebt hatte.

Fynn strich mit dem Finger über eine unbeschriebene Ecke.

»Wo hast du so feines Papier aufgetrieben?«

»Ousía.«

Fynn zog die Augenbrauen zusammen und beugte sich über die Karte. Er zeigte auf die Ansammlung von Häusern am Rand des Blattes.

»Das ist Ousía?«

»Nein, das ist das Dorf Skørping. Aber das ist Ousía.« Milan deutete auf ein großes Gebäude, das er an den Rand des Dorfes gezeichnet hatte.

»In der Zitadelle geht das Gerücht um, die geheime Universität sei in Ousía. Aber ich habe keinen Hinweis gefunden, wo das sein könnte.«

Charlotte hielt den Atem an.

»Dort habt ihr mich gefunden, oder?«, fragte sie und stieß die Luft wieder aus, als Jette nickte.

»Es muss alles an einem Ort sein. Die technischen Experimente und die gefangenen magischen Wesen.« Mit jedem Wort war Fynn lauter und schneller geworden. Die Aufregung färbte seine Wangen rot.

»Es ist ein altes Schloss mit zwei Flügeln«, sagte Milan. Er zeigte wieder auf das Gebäude und malte einen Zaun um das Gelände herum. »Wir nennen es Ousía, weil die Buchstaben auf dem Tor stehen. In beiden Flügeln der Universität werden Experimente gemacht. In einem mit der Magie und im anderen mit technischen Geräten.«

»Woher weißt du das?«, fragte Fynn.

»Ich habe das Gebäude und das Dorf all die Jahre beobachtet und dort als Händler Geschäfte gemacht. Seit zwei Jahren mache ich den Einkauf für beide Flügel und erledige … besondere Aufgaben für den Dekan der Universität.«

»Hast du Lille gesehen?«, fragte Fynn.

»Nein, meist halte ich mich nur im Eingangsbereich auf.«

»Du kannst uns also nicht hineinbringen …«

Milan schüttelte den Kopf. »Ich kann es nicht. Aber Charlotte kann es.«

Jette trank einen Schluck Wasser, dann nickte sie. »Charlotte kann den Hüter täuschen.«

»In dem Haus sind Wächter?«, fragte Fynn mit weit aufgerissenen Augen.

Charlotte stellte sich die geflügelte Schlange aus ihren Träumen vor und spürte, wie ihr ein kaltes Rieseln wie die Gischt der Wellen über den Rücken lief.

»Die Wächter sind in der Stadt und in der Zitadelle«, beruhigte sie Milan. »In der Universität arbeiten ein Dutzend Hüter, die dem Dekan unterstellt sind, der das Haus leitet. Dort gibt es wenige Zwischenfälle. Nur in den ersten Jahren ist es unter den Hütern zu Todesfällen gekommen. Aber das hat nichts mit den Wächtern der Zitadelle oder der Stadtwache zu tun.« Milan schaute Jette an und blinzelte.

»Sag ihnen die ganze Wahrheit! Die Zeit für Geheimnisse ist vorbei.« Jette lehnte sich in der Bank zurück und nippte an ihrem Wasserbecher.

»Lille wollte sich befreien. Sie hat den Männern den Verstand verwirrt. Sie sind ertrunken, oder sie haben sich gegenseitig im Kampf darum erschlagen, wer sie befreien darf. Die Hüter tragen seitdem Wachs in den Ohren, wenn sie in ihrer Nähe sind.«

Wieder spürte Charlotte das kalte Rieseln auf ihrem Rücken. Ihre Mutter hatte Männer getötet. Sie selbst hätte beinahe zwei Wächter ermordet. Die Fähigkeit dazu hatte sie von ihrer Mutter geerbt. Sie wünschte, sie wäre noch im Haus der Johanssons. Dort hatte sie nur unter der Schlaflosigkeit gelitten, aber wäre nie in die Versuchung gekommen, jemandem etwas anzutun.

Sie konnte sich ihre Familie nicht aussuchen und sie durfte sich ihre Bestimmung nicht aussuchen. Was konnte sie selbst entscheiden?

»Das muss dir nicht passieren, Liebes. Du musst nur üben, deinen Willen und deine Kräfte zu beherrschen.« Jette lehnte sich zu ihr herüber und legte die Hände auf Charlottes Knie.

Die verschränkte die Finger ineinander und zog sie wieder auseinander. Jette hatte zweifellos recht. Was sie in den nächsten Stunden und Tagen erleben würden, stand in den Sternen. Doch sie durfte nicht wieder die Kontrolle verlieren! Charlotte sah das Blut vor sich, das über das Gesicht des Wächters lief, und schüttelte sich, um die furchtbaren Erinnerungen zu vertreiben.

»Kannst du mir dabei helfen, Jette?«, fragte sie.

»Du musst es wirklich wollen, sonst hast du keine Macht.« Jette wandte sich an Fynn. »Dürfen wir an dir üben?«

Er zögerte kurz, nickte dann aber.

Seitdem sie das Haus von Tjelles Familie verlassen hatten, war Fynn seinem Ziel keinen Schritt mehr näher gekommen. Statt in den geheimen Kammern und Gängen unter der Zitadelle war Fynn auf der Flucht und sah keine Möglichkeit mehr, in die Stadtwache zurückzukehren. Doch während er auf der schaukelnden Schifffahrt nur darüber nachgedacht hatte, wie er ohne schlechtes Gewissen der Gesellschaft der verrückten Alten und der verängstigten Charlotte entfliehen konnte, boten sich ihm nun völlig neue Möglichkeiten.

Milan wusste, wo Ousía war, und konnte ihn zur Universität führen. Es gab also keinen Grund mehr, nach Aalborg zu gehen, um Hinweise auf diesen geheimnisvollen Ort zu finden.

Fynn betrachtete Charlotte, die auf der Flucht gewesen war und endlich eine mutige Entscheidung getroffen hatte. Bei ihrem Anblick durchflutete ihn ein Gefühl, das er nicht recht einordnen konnte.

»Was soll ich tun?«, fragte sie gerade ihre alte Schwester.

»Tu ihm nicht weh«, flüsterte Jette ihr leise ins Ohr und Charlotte schoss sofort das Blut in die Wangen. Verlegen wandte sie sich ab und trank einen Schluck Wasser, an dem sie sich sofort verschluckte.

Plötzlich wusste Fynn, was er empfand! Er war stolz auf dieses fremde Mädchen. In den letzten Tagen hatte er ihr immer wieder aus der Klemme helfen müssen und zum ersten Mal sah er Entschlossenheit in ihren Augen. Auch wenn sie ihm jetzt prustend und mit hochrotem Kopf gegenübersaß, wusste er, dass sie bald ihre Kräfte beherrschen konnte, und dann würde sie ihm vielleicht noch das Leben retten oder das, was ihm am wichtigsten war auf dieser Welt.

Milan und Jette blieben in der Kajüte zurück, während Charlotte und Fynn an Deck üben wollten. Wenn sie eine Stunde geschlafen hatte, wollte die alte Frau ihnen helfen.

»Sag mir doch einfach, dass ich mich auf die Kiste setzen soll«, schlug Fynn vor.

Charlotte nickte, aber sie senkte den Kopf. Er sah in ihrem Gesicht, wie sie mit sich kämpfte, und auch er konnte die Bilder der letzten Nacht nicht vertreiben.

Fynn trat neben sie und legte eine Hand auf ihre Schulter. Sie zuckte zusammen, aber er ließ seine Finger, wo sie waren.

»Es wird nicht wieder passieren«, sagte er leise, »wenn du lernst, deine Kraft zu kontrollieren.«

Sie zitterte ein wenig, aber dann schob sie die Schultern zurück.

»Setz dich auf die Kiste!«, befahl sie ihm.

Obwohl ihr Ton bestimmt war, blieb Fynn stehen.

»Setz dich!«

Ihr Ton wurde unhöflicher, aber er sah keine Notwendigkeit, sich hinzusetzen.

Sie versuchte es Dutzende Male erfolglos. Fynn hätte ihr gerne geholfen, aber er wusste nicht wie. Charlotte trank immer wieder aus ihrem Wasserbecher, wenn sie fürchtete, heiser zu werden, und Fynn versuchte, sich alles ins Gedächtnis zu rufen, was Jette ihnen über die Begabung gesagt hatte. Vielleicht sollten sie warten, bis die alte Frau sich etwas ausgeruht hatte und an Deck kam, um ihnen bei der Übung zu helfen. Doch dann hatte er eine Idee.

»Willst du es wirklich?«, fragte er unvermittelt.

»Was meinst du?«

»Ich denke, du musst wirklich wollen, dass ich mich hinsetze.«

Sie schwieg, und es hatte wohl auch keinen Sinn, es weiter allein zu versuchen.

»Ich werde Jette wecken. Sie kann sich später ausruhen.«

»Nein. Setz dich hin!«

Fynn spürte, wie ein Kribbeln auf dem Scheitel begann und den Rücken hinunterrieselte. In den Kniekehlen kribbelte es besonders stark.

»Ja!«, rief er und lächelte stolz. »Fast hätte ich mich hingesetzt. Sag es noch einmal!«

Es dauerte nur wenige Minuten, bis Charlotte Fynn dazu brachte, sich überall dort hinzusetzen, wo sie wollte. Sie übten weiter, bis die Sonne unterging. Dann ließ sich Charlotte neben Fynn auf die Bank fallen.

»Wie fühlt es sich an?«, fragte sie.

Fynn grinste. »Es gibt einfach nichts, was mich davon abhalten könnte, mich hinzusetzen, wenn du es mir sagst. Es scheint das einzig Richtige zu sein.«

Über dem Wald flog eine Schar Vögel in die Luft, und Charlotte wandte den Kopf, um ihrer Bahn am Himmel zu folgen. Dabei stieß sie mit der Schulter gegen Fynns und ihm gefiel die Berührung. Manchmal kam ihm das seltsame Mädchen ganz vertraut vor. Dabei hatte er sie erst vor ein paar Tagen kennengelernt.

»Wann war das Trivium? Vor zwei Tagen oder drei?«

»Es kommt mir so vor, als würde die Zeit stehen bleiben oder viel zu schnell vergehen …« Sie stockte.

Fynn hatte den Arm um ihre Schulter gelegt. Wieder war sie zusammengezuckt und ihr ganzer Körper wirkte angespannt. Fynn wollte seine Hand schon zurücknehmen, doch dann folgte er seinem Gefühl und strich mit den Fingern über ihren Rücken, kreiste sanft mit dem Daumen zwischen ihren Schulterblättern, bis sie sich endlich entspannte.

Sie schloss die Augen, senkte den Kopf und kuschelte sich in seine Umarmung.

ooooo

Eisenhauer blieb auf der letzten Treppenstufe stehen. Schon unzählige Male war er bis hierher gekommen und hatte den Schritt nicht gewagt. Hinter der nächsten Ecke flimmerte das bläuliche Licht im Kellergewölbe. Er hörte das Wasser plätschern, das durch eine Rinne vom Fluss in das Becken geführt wurde.

Er atmete tief ein und lauschte. Von den Hütern war keiner mehr hier unten. Das Wachs in seinen Ohren ließ alle Geräusche dumpf erklingen. Doch es schützte ihn vor der Macht der Nixe, denn es ließ die gefährlichen Töne nicht in seine Ohren, die den Männern den Verstand raubten.

Eisenhauer beugte sich nach vorn und sah, wie die Nixe mit einem Schwung ihres langen Schwanzes das Becken durchquerte. Im Licht der Kerzen leuchteten ihre Schuppen grün und blau. Er beobachtete, wie ihre Brüste sich im Wasser auf und ab bewegten und ihre langen Haare wie ein Schleier über ihrem Rücken schwebten. Dann hielt er es nicht mehr aus. Heute wollte er ihr nach all den Jahren endlich wieder in die Augen sehen und den Schwung ihrer Lippen bei einem Lächeln beobachten.

Eisenhauer setzte den Fuß auf die nächste Stufe und trat aus dem Dunkel in den Kellerraum.

Die Nixe schwamm zur Scheibe und betrachtete ihn.

»Komm näher!«, rief sie ihm zu.

Obwohl er Wachs in den Ohren hatte, spürte Eisenhauer, wie seine Knie nachgaben. Er wollte unbedingt näher kommen, sehnte sich danach, ihren Wunsch zu erfüllen.

Seine Füße fanden den Weg zum Becken allein. Eisenhauer

legte die Hände gegen die Scheibe und beobachtete mit offenem Mund jede Bewegung der Nixe. Sie lockte ihn mit den Fingern, sie lächelte mit ihrem roten Mund und zwinkerte mit den grünen Augen.

»Hol mich hier raus«, bat sie.

Er schüttelte den Kopf.

»Ich muss zurück ins Meer!«

Eisenhauer spürte ihre Sehnsucht und ihren Schmerz wie einen Messerstich im Herzen. Traurig schüttelte er wieder den Kopf.

Sie schwamm dicht an die Scheibe und sah das Wachs in seinen Ohren.

»Was willst du?«, fauchte sie. Die roten Lippen entblößten das Maul eines Raubfisches. Spitze gelbe Zähne waren in dem schönen Mund verborgen gewesen.

Eisenhauer ließ sich nicht so leicht erschrecken. Er lächelte.

»Ich möchte dich anschauen.«

Die Nixe kam noch dichter an die Scheibe und lachte. Es war ein hämisches und spöttisches Lachen, das Eisenhauer schon einmal gehört hatte, als er sechzehn Jahre alt war.

»Du bist der dicke Junge mit der Angel.« Sie legte den Kopf schräg und musterte ihn übertrieben gründlich. »Hilma Eisenhauer, du bist alt geworden.«

»Du nicht«, hauchte er. »Du bist so schön wie damals.«

Lille nickte. »Und ich habe dir schon vor dreißig Jahren gesagt, ich liebe keine Schwächlinge.«

»Ich bin mächtig geworden.« Eisenhauer streckte die Brust heraus und deutete auf seine Gürtel und die Nadel, die ihn als Hauptmann auswies.

»So etwas interessiert mich nicht. Ich sehe in dein Innerstes und dort bist du noch immer ein hässliches Kind.« Angewidert wandte sie sich von ihm ab.

Eisenhauer drehte sich um und ging zur Treppe. Im Schutz der Dunkelheit setzte er sich auf die unterste Stufe.

Zehn Jahre Gefangenschaft hatten ihren Willen nicht gebrochen. Aber er konnte warten.

ooooo

Der Dekan stand an seinem Pult, doch er brachte kein einziges Wort auf das Papier. Mit offenem Mund betrachtete er den Prinzen, der sich weit über den Tisch beugte. Sein weißes Hemd hatte große Schweißflecke zwischen den Schulterblättern und klebte an seinem breiten Rücken. Einige Strähnen hatten sich aus seinem Zopf gelöst. Er wirkte noch verbissener als je zuvor. Kasper Olsen ließ die Feder fallen und näherte sich Prinz Børge.

Heute Morgen, als der junge König in der Universität angekommen war, war er nicht in den Flügel gegangen, in dem die magischen Wesen untergebracht waren, sondern hatte stattdessen den östlichen Teil des Hauses betreten, wo er seit einigen Jahren technische Untersuchungen vornahm. Gemeinsam mit seinen Gehilfen sammelte er dort verschiedene Materialien und stellte Spiegel her, die über keinen magischen Nutzen verfügten. Es war alles recht sonderbar, und der Dekan bemühte sich, diesen Flügel der Universität möglichst nicht zu betreten. Doch nun hatte Prinz Børge eines seiner Experimente mit in das Studierzimmer des Dekans gebracht. In sein privates Studierzimmer!

»Majestät«, Kasper Olsen räusperte sich. »Kann ich Euch nicht einen bequemeren Arbeitsplatz herrichten? Gibt es im Ostflügel etwas, das Euch bei der Arbeit stört? Dann können wir das sicher beheben …« Langsam näherte er sich dem durchgeschwitzten Rücken und bemühte sich, seiner Stimme einen beruhigenden Ton zu geben.

Abrupt drehte sich Prinz Børge zu ihm um, und der Dekan erhaschte einen Blick auf das Experiment, das er auf dem Tisch aufgebaut hatte. In einer Glaskugel steckte ein weißer Draht.

»Majestät, was tut Ihr da?«, entfuhr es dem Dekan. Sofort trat er einen Schritt zurück und verbeugte sich tief, um seiner forschen Frage die Schärfe zu nehmen.

Doch Prinz Børge ging nicht darauf ein, sondern wandte sich wieder der Kugel zu. Er versuchte, zwei Drähte durch einen Korken zu stopfen, der in einer kleinen Öffnung im Glas steckte. »Ich habe die Blitzeulen und die Donnervögel studiert und bin bei meinen Forschungen nicht weitergekommen«, murmelte er. »Sie wollen mir ihr Geheimnis nicht offenbaren.«

Der Dekan nickte und dachte an den kleinen Haufen schneeweißer Federn, die er nach all den Forschungen aus seinem Studierzimmer kehren musste.

»Aber ich brauche Blitz und Donner, um dem Volk unsere Stärke und unsere Zukunft zu zeigen.«

Wieder nickte der Dekan eifrig. Was sollte er auch dazu anmerken? Wenigstens würde der junge König heute keine Kreatur auf dem Gewissen haben.

Der Dekan trat wieder hinter sein Pult und beobachtete den Prinzen, der noch immer mit den Drähten herumhantierte.

Zumindest hatte er ihm geantwortet. Das war ein Fortschritt. Kasper Olsen tauchte die Feder in die Tinte, um seine Arbeit fortzusetzen. Eines Tages würde er vielleicht ein Gespräch mit dem jungen König führen, das über ein paar Worte mehr verfügte.

Seine Feder glitt schwungvoll über das Papier, als plötzlich ein greller weißer Blitz erschien. Olsen zwinkerte lange, bevor er sein Studierzimmer wieder deutlich wahrnehmen konnte. Prinz Børge lag auf dem Fußboden und zwei Diener knieten neben ihm. Sein Gesicht war blutüberströmt, und die beiden Männer versuchten, das Gesicht zu säubern, ohne die feinen Glassplitter tiefer in die Haut zu reiben.

»Majestät«, schnaufte der Dekan und eilte dem Herrscher zur Hilfe.

Als der Prinz die Augen öffnete, schien er an dem Dekan und seinen Dienern vorbeizusehen. Mit der Hand fegte er die Splitter von seinem Hemd und erhob sich schwankend. Die beiden Diener griffen nach seinen Ellenbogen und entfernten sich stumm, als er sicher stand.

Kasper Olsen musterte sein Studierzimmer. Drähte und Glassplitter fanden sich überall. Auch die magischen Lichter waren bei der Explosion zerstört worden. Ein Teil des hölzernen Fußbodens hatte gebrannt, doch ein weiterer Diener stand in der Ecke und löschte die letzte Glut mit einem Kessel Wasser. Es stank fürchterlich nach Blut und Eisen.

Der Dekan schob seine Brille über den kleinen Höcker auf seiner Nase. Erstaunlicherweise hatten die Gläser die Blitzexplosion unbeschadet überstanden. Er fing an, die bereits beschriebenen Blätter aufzusammeln und zu sortieren.

Jetzt endlich würden diese Experimente ein Ende haben. Nach diesem Unfall würde der Prinz sicher aufgeben. Zufrieden legte sich der Dekan ein weißes Blatt Papier zurecht, um diese Entwicklung festzuhalten.

Da krachte es hinter ihm und er fuhr zusammen. Als er sich umdrehte, sah er nur den Prinzen. Die Diener hatten den Raum verlassen. Der junge König trat gegen den zweiten Stuhl, der im hohen Bogen gegen die Wand flog und in Trümmern neben dem ersten zu Boden fiel.

»Majestät …«, begann der Dekan zaghaft. »Diese Experimente sind schwierig, und Ihr habt Euer Bestes getan, um dem Volk zu helfen. Ich verstehe, wenn Ihr nun …«

»Nein!«, brüllte Prinz Børge und schlug mit den Fäusten auf den Tisch ein. »Es muss eine Lösung geben! Wir finden einen Weg, das Elend aufzuhalten!«

Der Dekan straffte den Rücken und stellte dann die einzige Frage, die noch blieb. »Ihr wollt mit den Experimenten fortfahren, Majestät?«

»Natürlich!«, schrie der Prinz. »Ich muss mich um mein Volk kümmern. Ich bin der König!«

Noch nicht, dachte der Dekan und betrachtete sein ramponiertes Studierzimmer. Noch nicht.

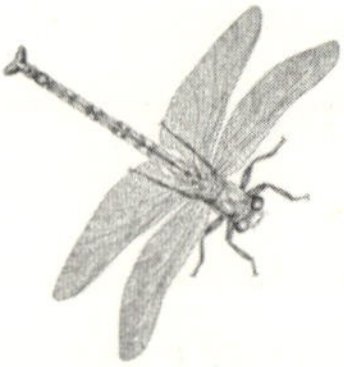

17. KAPITEL

»Ich möchte meine Mutter sehen.« Charlotte wunderte sich, wie ruhig und bestimmt ihre Stimme klang. So klar hatte sie noch nie gewusst, was sie als Nächstes tun wollte.

Sie saßen in der Kajüte um den Tisch herum und Milan rollte seine Zeichnung aus. Mit dem Finger fuhr er über die Striche und erläuterte seinen Plan.

»Es gibt einen Eingang, der durch das Haupttor führt. Dort müsst ihr den Hüter überzeugen, euch reinzulassen.« Er sah Charlotte in die Augen. »Sag ihm, ihr wollt die Universität besichtigen. An dem Tor tragen die Hüter keine Wachsstöpsel, da sie Gefahr nur innen befürchten.«

Charlotte schluckte. Es erschreckte sie, von jemandem als Gefahr bezeichnet zu werden. Sie wollte nur ihre Mutter sehen und niemandem wehtun.

»Von der Eingangshalle führen zwei Gänge in die beiden Flügel des Schlosses. Der magische Flügel liegt im südlichen Teil, das ist vom Eingang aus der rechte Gang.« Er zeichnete eine Windrose an den Rand der Landkarte und markierte die beiden Flügel des Schlosses.

»Woher weißt du das alles?«, fragte Fynn. »Ich dachte, du warst nur in der Eingangshalle …«

Milan sah von der Zeichnung auf. »Ich war hier und dort und habe mich umgehört.«

Aus Fynns Gesicht waren noch nicht alle Zweifel vertrieben. Er stand auf. »Von wem hast du die Informationen?«

Milan schwieg, doch er wich dem Blick nicht aus. Jette deutete auf die Bank neben sich.

»Setz dich, Fynn. Du kannst ihm trauen. Ich kenne ihn schon viele Jahre. Milan lügt nicht. Es wird so sein, wie er sagt.«

Fynn schüttelte langsam den Kopf. »Du kannst nicht ständig verlangen, dass ich dir vertraue, Jette.«

»Was willst du wissen? Ich habe euch alles erzählt, was ich weiß.« In ihre Stimme mischte sich Ärger und sie stellte ihren Becher mit Schwung auf den Tisch. Es krachte und der heiße Tee schwappte auf den Tisch. Eine Ecke der Zeichnung sog sich mit der goldbraunen Flüssigkeit voll.

»Ich beliefere die Universität mit verschiedenen Dingen und erfahre dabei einiges.« Milan räusperte sich. »Manchmal bringt ein Hüter mir eine schwache Elfe und ich gebe ihm eine Flasche Rum für die Nacht.«

Dann schwieg Milan. Fynn setzte sich wieder und starrte auf die Zeichnung.

Charlotte fühlte sich hin- und hergerissen. Sie wollte wie Fynn einfach aufstehen und alle Fragen stellen, die ihr seit Tagen durch den Kopf schwirrten. Aber sie hätte gar nicht gewusst, wo sie anfangen sollte. Auf der anderen Seite hatte sie das starke Bedürfnis zu vermitteln. Fynn wollte sie versichern, dass alles gut werden würde, und Milan, dass niemand ihm misstraute. Obwohl sie tief in ihrem Inneren wusste, dass beides Lügen wären. Denn sie war sich nicht sicher, ob sie Milan trauen wollte. Er schien sie nicht zu belügen, aber das allein bedeutete nichts. Schließlich hatte sie ihr ganzes Leben lang bewiesen, wie schlecht sie Lügen durchschaute.

Charlotte betrachtete Fynns Gesicht. Er war immer vorsichtig und das gefiel ihr. Ob er ihr gegenüber noch skeptisch war, wusste sie nicht. So wie er sie in die Arme geschlossen hatte … Sie erschauderte bei der Erinnerung daran, wie zufrieden und behütet sie sich gefühlt hatte. Um sich davon abzulenken, sah sie zu Milan und überlegte, welche Fragen sie noch stellen konnte, um sicher zu sein. Milan spürte ihren Blick und hob den Kopf. Als sie sich direkt in die Augen schauten, war es plötzlich ganz leicht zu erkennen, was er dachte. Seine Augen waren voller Liebe und Wertschätzung. Er mochte sie und Charlotte freute sich darüber. Nach den Tagen der Angst und der Flucht war es schön, dass Milan sie hier bei sich haben wollte und ihr ermöglichte, ihre Mutter zu sehen. Immerhin würde er sich dabei auch selbst in Gefahr bringen.

Milan senkte den Kopf und fügte mit schnellen Strichen weitere Details auf der Karte ein. Der Moment war verflogen.

»Was tust du mit der Elfe?« Fynns Stimme klang nicht mehr feindselig. »Ich bin nur neugierig«, fügte er hinzu, als Jette die Stirn runzelte.

»Ich gebe ihr Honig und Tau und dann fliegt sie davon.«

»Erzählen sie dir etwas über das Schloss und die Experimente?«

»Manchmal.«

Fynn nickte und beugte sich dann über die Zeichnung in ihrer Mitte.

»Wenn ihr den rechten Gang nehmt, kommt ihr in die Halle des Magieflügels.« Milan klopfte mit dem Zeigefinger auf das Papier. »Dort gibt es mehrere Türen. Zwischen zwei Säulen führt eine Treppe hinab. Den Keller mit den Wasserbecken erreicht ihr über diese Treppe.«

»Ihr solltet euch die Ohren mit Wachs verstopfen.« Jette griff in ihre Taschen und legte kleine Klumpen auf den Tisch. »Wahrscheinlich hat sie keine Macht über dich, Charlotte, aber riskiert lieber nichts. Sie wird versuchen, euch zu manipulieren, damit ihr sie befreit. Sie hat schon Menschen getötet, das dürft ihr nicht vergessen.«

Charlotte wagte nicht, zu widersprechen. Insgeheim aber wünschte sie sich nichts sehnlicher als das. Sie wollte ihre Mutter befreien, mit ihr sprechen und die Wahrheit aus ihrem Mund hören. Sie würde ihre eigene Tochter nicht verletzen. Jeder Mensch liebte seine Kinder. Wie könnte sie ihr etwas tun?

»Ich habe bei einem Bauern in der Nähe zwei Pferde und einen Wagen, um Waren zu verteilen. Damit können wir am Abend fahren.«

Charlotte nahm ihr Hemd zwischen Daumen und Zeigefinger. Es war an den Ärmeln eingerissen. Salzwasser, Staub und Sand hatten ihre Spuren hinterlassen. »Denkst du nicht, wir fallen auf, wenn wir wie Diebe durch die Nacht fahren und auch noch so gekleidet sind?«

»Ihr solltet auf jeden Fall etwas anderes anziehen«, sagte Milan. »Es sind nicht die armen Leute, die ihre Kinder an die Universität schicken. Es kostet fünf Goldtaler, einen Monat dort zu leben. Aus der Zitadelle werden Magier und Techniker zur Ausbildung und Forschung dorthin geschickt. Aber der Dekan lässt sich die Anwesenheit von Ministerkindern teuer bezahlen.«

Milan rollte die Zeichnung auf. »In der Kiste mit den silbernen Verschlägen sind Kleider. Sucht euch etwas aus, das euch passt. Wenn es dunkel ist, brechen wir auf.«

Fynn und Charlotte kletterten aus der Kajüte. Sie öffneten die Truhe, auf der sie am Nachmittag gesessen hatten. Die seidenen Stoffe glitten leicht wie Schnee durch Charlottes Finger. Sie drückte ihr Gesicht in ein Kleid aus Samt. Es roch nach Gewürzen und Kaffee.

Fynn und Jette nahmen Kleidungsstücke aus den Truhen und gingen in die Kojen, um sich umzuziehen.

Die vielen Schichten ihres bauschigen gelben Rockes knisterten, als Jette wenig später das Deck betrat. Die grauen Locken, die sonst ihr Gesicht rahmten, waren nun mit einem Band im Nacken zusammengefasst. Fynn trug schmal geschnittene braune Hosen und ein dunkelgrünes Hemd. Charlotte wusste nicht, wie es möglich war, aber seine Augen schienen noch abenteuerlustiger zu funkeln.

Sie selbst hatte sich nicht entscheiden können. Noch immer kniete sie vor den Kisten und hielt fünf Kleider in den Armen, eines schöner als das andere. Sie hatte nie mehr als zwei schlichte Kleider zur gleichen Zeit besessen. Mit Maja hatte sie sich früher oft in ihre Laken gehüllt und gespielt, sie seien Priesterinnen, deren lange weiße Gewänder bei jedem Schritt hin und her schwangen. Fynn summte eine Melodie und fuhr sich mit den Händen durch die Haare. Milan trommelte fast lautlos mit den Fingern gegen den Handlauf an der Reling.

Charlotte spürte Jettes Blick in ihrem Rücken. Mit geschlossenen Augen suchte sie eines der Kleider aus und ließ die anderen in die Kiste sinken. Dann ging sie unter Deck.

Als sie die Treppe wieder hinaufkam, stieß Fynn geräuschvoll die Luft aus, und Charlotte lächelte. Sie hatte sich noch nie in ihrem Leben so schön gefühlt und wäre gerne an dem Zauberspiegel vorbeigegangen, der zu Hause im Flur hing.

Vielleicht würde er sagen, wie sehr das rote Kleid ihrer Figur schmeichelte. Sie sah darin schlank und erwachsen aus. Der Ausschnitt betonte die kleinen Rundungen ihrer Brüste und Charlotte schämte sich nicht. Das Kleid spannte sich nicht vorwurfsvoll wie die Kleider, die sie von ihrer großen Schwester geerbt hatte.

Oft hatte der Spiegel sie aufgefordert, ihre Haare zu richten.

Heute gab es dafür keinen Grund. Sie hatte sie gekämmt und dann zu einem Zopf geflochten. Ein paar Strähnen hatten sich gelöst und kitzelten bei jedem Schritt ihre Wangen.

Milan hielt ihr ein Paar Schuhe hin. Charlotte setzte sich auf die Kiste und hob die Röcke bis zum Knie. Dann zog sie ihre löchrigen Stiefel aus und schlüpfte mit den Füßen in die neuen Schuhe. Das weiche Leder schmiegte sich um ihren Fuß, als wäre es nur für sie gemacht worden.

»Du siehst hübsch aus, Charlotte.« Jette zwinkerte ihr zu.

Milan schob die Planke über das Schilf zum Ufer herüber. Zusammen verließen sie das Schiff und machten sich auf den Weg zu dem Hof, auf dem Pferd und Wagen auf sie warteten.

ooooo

»Sind die Männer aufgewacht?«, fragte der Prinz. Er hatte seinen Mantel abgelegt und sah müde aus.

Der Heiler, der neben ihm saß, nickte.

»Aber sie können sich leider nicht erinnern, wie es zu den Verletzungen kam.« Er leerte ein kleines Fläschchen in das Weinglas, während er sprach. Mit einem gläsernen Stab rührte er es um und schob es dann zu Prinz Børge herüber.

Der nahm das Glas und leerte es in einem Zug. Sofort färbten sich seine blassen Wangen rot und die Schatten unter seinen Augen verschwanden.

An der linken Seite des Heilers saß Hauptmann Kjeldsen, der für die Soldaten an den Landesgrenzen verantwortlich war und von jeder seiner Reisen mit einer anderen Krankheit zurückkam. Er stieß mit seinem halb geleerten Glas gegen die Hand des kahlköpfigen Mannes. Doch der schüttelte den dicken Kopf.

»Nur noch für den König. Die Vorräte werden knapp.«

Er hatte diesen Satz nicht sehr laut gesagt, doch alle Männer beugten sich erschrocken vor und starrten ihn an.

»Habe ich richtig gehört?«, fragte Prinz Børge.

Der Heiler senkte den Kopf.

»Wir brauchen mehr Nachwuchs oder magische Geschöpfe aus den Wäldern. Die Nachfrage nach magischen Gegenständen ist überwältigend. Wir wissen nicht, wo wir anfangen sollen. Es müssen noch Hunderte von Steinen verzaubert und unzählige Tränke gebraut werden.« Er seufzte.

»Ist die Grundversorgung gesichert?«

»Für die Zitadelle noch einen Monat, aber in der Stadt und in den Dörfern des Landes müssen die Menschen schon lange mit Entbehrungen leben.« Der Heiler sah kurz zum Prinzen auf. »Vor allem die fahrenden Völker und die Wanderer«, fügte er hinzu.

»Dieses Pack«, rief einer der Soldaten. »Die sollen sehen, wo sie bleiben.« Er schlug mit der flachen Hand auf den Tisch und die anderen stimmten in die Schmähungen ein. Nur Eisenhauer und der Heiler blieben still.

Der Prinz räusperte sich. »Wird das Volk genug Geduld haben?«

Eisenhauer sah zum ersten Mal ernste Sorge im Gesicht des Prinzen. Trotz des Trankes war er wieder etwas blasser geworden und seine Augenbrauen hatte er eng zusammengezogen. Sie berührten einander beinahe.

Eisenhauer kniff die Lippen zusammen, um ein Lächeln zu verhindern. Endlich begriff der Herrscher den Ernst der Lage und offensichtlich hatte er mit seinen technischen Spielereien der Not nichts entgegenzusetzen.

»Was wollt Ihr tun, Majestät, um einen Aufstand zu verhindern?«, fragte Eisenhauer und deutete untertänig eine Verbeugung an.

Alle Farbe wich aus dem Gesicht des Prinzen. Er hielt mit beiden Händen die Armlehnen seines Stuhles umklammert. Die Möglichkeit eines Aufstandes bohrte sich ängstlich in ihn hinein. Mit diesen Folgen der Entbehrung hatte er nicht im Entferntesten gerechnet und sein Gesicht spiegelte all seine Gefühle.

»Wie ist die Lage im Land? Ist ein Aufruhr wahrscheinlich?«, wandte sich der Prinz an die Männer an seinem Tisch.

Die Männer der Stadtwache schüttelten die Köpfe. »In der Stadt ist alles ruhig. Die Menschen glauben an Euch und hoffen auf Eure Hilfe«, sagte einer von ihnen und die anderen nickten eifrig.

Knudsen war anderer Meinung. Er war der Hauptmann der dritten geheimen Wächtertruppe und hatte einen Löwen mit Walrosszähnen auf den Arm tätowiert.

»Das fahrende Volk hat Verbündete in der Stadt. Immer mehr Menschen verlieren ihre Abscheu vor den Landstreichern und Wanderern und dulden deren Spione. Denn sie wollen angeblich die Magie wieder allen zugänglich machen und entführen deshalb die Kinder.«

»Die Rebellen haben die Mädchen?« Wütend erhob der Prinz seine Faust. »Ihr habt es mir verschwiegen? Dafür sollte man euch einsperren! Das ist Verrat an der Krone!«

Seine Stimme dröhnte durch den Versammlungsraum, und zum ersten Mal strahlte er etwas von der natürlichen Autorität aus, die seinem Vater und seinem Großvater geholfen hatte, Himmerland durch zwei Kriege zu führen. Die Männer am Tisch hielten erwartungsvoll den Atem an und selbst Eisenhauer verkniff sich ein spöttisches Grinsen.

Ludvigsen war der Hauptmann, der Knudsen mit einem Stoß seines Ellenbogens zum Schweigen gebracht hatte, und er war der Erste, der nach der Schelte des Prinzen das Wort ergriff.

»Nur zwei der Mädchen, Majestät. Eines floh mit deren Hilfe, aber sie ist bereits wieder in der Zitadelle bei den anderen. Der Name des anderen Mädchens ist Charlotte, und wir sind nicht sicher, ob sie von den Rebellen entführt wurde. Zumindest ist sie jetzt auch vor ihnen auf der Flucht.«

»Charlotte ist nicht einfach nur deinen Wieseln entwischt? Sie war auch in der Gewalt der Rebellen?« Der Prinz richtete sich auf seinem Stuhl kerzengerade auf und zog den Umhang wieder über seine Schultern.

»Wir sind nicht ganz sicher …«, gab Ludvigsen zu. »Wir haben die Spur beim Haus der Alten verloren. Die zwei Wächter sind wieder bei Bewusstsein, aber sie haben gesagt, sie sind aus unerklärlichen Gründen von den Felsen gestürzt.«

»Ihr hattet die Aufgabe, Charlotte in die Zitadelle zu bringen. Ihr habt bei dieser Aufgabe versagt!«

Der Heiler mit dem runden Kopf nickte ihm so eifrig zu, als würde dieses eine Mädchen mit der magischen Begabung all seine Probleme lösen. Doch die anderen Männer richteten ihren Blick auf Eisenhauer, der sich in seinem Stuhl zurückgelehnt hatte und mit seinem Messer Kerben in den Tisch ritzte. Børge zögerte. Er rutschte auf seinem Stuhl nach vorn und stützte die Hände auf dem Tisch ab.

Eisenhauer kostete die Stille aus. Auf der letzten Sitzung des Rates hatte Børges Entschlossenheit alle geblendet, aber nun musste er eine Entscheidung treffen, und er war wieder der kleine Junge, der er immer gewesen war. Die Gabe, Menschen zu führen und Pläne zu schmieden, hatte er nicht von seinen Vorvätern geerbt. Oder er hatte sie nicht aufgeweckt, weil er lieber in der Universität mit seinen Experimenten spielte, anstatt sich mit ernsthafter Politik zu beschäftigen. Sonst wäre ihm schon vor Monaten aufgefallen, wie nah das Land am Abgrund stand.

Nun kam Eisenhauers Zeit.

»Brodersens Soldaten sichern die Landesgrenzen. Die anderen beiden Truppen von Kjeldsen und Pedersen werden den Wächtern unterstellt und durchkämmen unter Knudsens Führung die Wälder. Ihr bildet einen Kreis um die Stadtmauer und entfernt euch dann langsam, Kilometer für Kilometer. Alle magischen Wesen werden eingefangen, das fahrende Volk und die Wanderer werden durchsucht und kontrolliert. Vergesst nicht die Händler mit den Hausbooten, die vor allem auf den kleinen Flüssen im Süden unterwegs sind.«

Eisenhauer drehte sich zu den nächsten Männern und fuhr mit seinen Anweisungen fort, als hätte er seine Worte schon vor langer Zeit einstudiert. Prinz Børge starrte ihn mit offenem Mund an und beobachtete die Hauptmänner, die bereits Aufgaben bekommen hatten. Sie traten an eine große Wandkarte, die Himmerland mit allen Dörfern, Flüssen und Seen zeigte, und besprachen mit wenigen Worten ihr Vorgehen. Es gab keinen Streit und keine Uneinigkeit. Die Startpunkte an der Stadtmauer von Aalborg wurden verteilt und die Himmelsrichtungen festgelegt, in die sie mit ihren Truppen vorstoßen würden.

»Unter einem Vorwand sollte der Minister die meisten der Heilerinnen in den Südturm bringen. Wir brauchen ihre Hilfe, damit die Kinder schnellstmöglich von Nutzen sind, aber die oberste Priesterin würde nie erlauben, dass sie uns bei der Ausbildung unterstützen. Lüg ihr etwas von Überfällen der Rebellen und Hunderten Verwundeten vor«, sagte Eisenhauer an den Mann gewandt, der den Ministerhut vor sich auf den Tisch gelegt hatte.

»Die Stadtwache durchkämmt Aalborg.« Eisenhauer sah den beiden Hauptmännern Mølgaard und Lund in die Augen. »Ihr müsst die Verbündeten der Rebellen auftreiben und verhindern, dass sie Informationen weitergeben.« Die beiden nickten und traten ebenfalls an die Wandkarte, um die Bereiche aufzuteilen und eine Marschrichtung zu verabreden. Eisenhauer atmete tief ein, bevor er weitersprach. Die königtreusten Männer hatten sich seinem Befehl gefügt. Das war ein großer Erfolg, und überrascht bemerkte er, wie ihm ein Stein vom Herzen fiel.

»Ich werde mit meinen Federn aufbrechen, um die Universität zu schützen.« Er hielt kurz inne und musterte Ludvigsen. Für einen Augenblick erwog er, den Befehl zu erteilen, ihn ins Verlies zu stecken, so wie der Prinz es angedroht hatte. Aber auch wenn es ihm Freude bereiten würde, sein Gesicht dabei zu beobachten, wenn er abgeführt werden würde, brauchte er dessen Männer. Die Wiesel waren ebenso hervorragend ausgebildet wie seine Federn, und er brauchte eine große Truppe hinter sich, damit der Dekan keine Probleme bereitete. »Ludvigsen und seine Männer begleiten uns. Denn die Universität wird das nächste Ziel der Rebellen sein. Dort sind die magischen Wesen eingesperrt, die uns nicht treu ergeben sind.«

Eisenhauer zeigte auf den Heiler. »Du bleibst hier in der Zitadelle.«

Dann steckte er sein Messer ein und stand auf. Die Hauptmänner nickten ihm zu und verließen mit eiligen Schritten den Raum.

»Wenn es Euch recht ist, Majestät« sagte Eisenhauer und konnte sein Lächeln nicht mehr unterdrücken.

Er hatte gewonnen. Sein Wort regierte nun das Land, seine Anweisungen wurden befolgt. Er war von einem Mitglied des Rates zum mächtigsten Mann des Landes aufgestiegen, weil der Prinz ein Feigling war und gezögert hatte, das Land durch die Krise zu führen. Es war nur eine Frage der Zeit, bis er Charlotte gefunden hatte, und dann würde er alle Mädchen versammeln und herausfinden, wer Lilles Tochter war.

Seine größten Wünsche waren zum Greifen nah. Nichts und niemand konnte ihn noch aufhalten!

∞∞

Charlotte lehnte sich aus dem Fenster der Kutsche. Die kühle Nachtluft blies ihr ins Gesicht. Felder lagen links und rechts des Weges im fahlen Licht der Sterne.

Als die Kutsche sich den Häusern näherte, erkannte Charlotte Lichter auf den Straßen. An langen Stangen waren sie aufgehängt und beleuchteten ein Stück des Weges. Sie strahlten hell und ohne Flackern, wie es nur magische Lichter konnten. So einen Lichterreichtum gab es noch nicht einmal in der Zitadelle.

Sie folgten der Straße durch die Ansammlung von Häusern, Bäumen und Lichterstangen. Die Straße endete an einem großen Tor. Es war aus Eisen geschmiedet und mit glänzenden Spitzen versehen, in denen sich der Schein der Lichter brach.

Charlotte, Jette und Fynn hatten auf der Fahrt kein Wort gesprochen. Als die Kutsche hielt, sprangen sie aus ihrem Innenraum.

Eine Uhr schlug hinter dem Tor zehnmal.

Milan zog auf dem Kutschbock den Hut tiefer ins Gesicht und klappte den Mantelkragen hoch, als auf der anderen Seite des Tores ein Hüter auftauchte.

»Was wollt ihr?«, rief der Mann und drückte sein Gesicht an das Gitter.

Jette trat an das Tor und versperrte dem Hüter den Blick auf Milan.

»Guter Mann, wir wollen Sie nicht stören«, sagte Jette und schob einen glänzenden Taler durch die Gitterstäbe.

Charlotte hielt den Atem an. War es ein echter Goldtaler gewesen, den die alte Frau dem Hüter gegeben hatte? »Meine Nichte und mein Neffe werden im nächsten Jahr zur Zeremonie gehen, um ihre Bestimmung zu erfahren. Meine Schwester macht sich Sorgen, sie seien ohne Feuer und Bestreben und werden deshalb zu niederen Diensten ausgewählt.« Jette zeigte auf die jungen Leute hinter ihr. »Das wollen wir vermeiden«, sagte sie und zwinkerte ihm zu.

Freundlich lächelte sie und wirkte, als hätte sie mit dem alten Kleid auch zwanzig Jahre ihres Lebens abgelegt.

Der Hüter legte den Kopf auf die Seite und musterte Charlotte und Fynn.

»Er sieht älter aus.« Er deutete auf den Jungen.

»Hochgeschossen für sein Alter. Sein Vater ist auch groß und dürr wie ein Besen.« Jette zuckte gleichgültig mit den Schultern. »Können Sie die beiden für etwas Höheres begeistern und in ihnen Neugierde und Wissensdurst wecken?«

Der Hüter drehte das Goldstück in seiner rechten Hand und schüttelte dann langsam den Kopf.

»Wir machen keine privaten Führungen. Der Dekan hat es verboten. Sie müssen sich an ihn persönlich wenden.« Er drehte das Goldstück noch einmal im Kreis und ließ es dann in einem Beutel verschwinden, der an seinem Gürtel hing. »Es sei denn, Sie schieben noch ein Goldstück herüber.« Er lächelte und entblößte dabei faulige Zähne.

Jette wich vom Gitter zurück.

»Dann wirst du ihn bitten müssen, Liebes.«

Charlotte räusperte sich.

»Lassen Sie uns bitte herein.« Der Hüter hob die Augenbrauen und drückte sein Gesicht an die Gitterstäbe.

»Wo ist mein Taler?«, fragte er. Als sich niemand bewegte, drehte er sich um und ging auf das Gebäude zu.

Charlotte bekam Angst. Im nächsten Augenblick würde er schon zehn Schritte von ihnen entfernt sein und einen Moment später würden es bereits zwanzig sein. Vielleicht würde ihre Stimme nicht weiter reichen als ihr ausgestreckter Arm, und wenn sie ihn nicht überzeugte, würde sie ihre einzige Möglichkeit verlieren, ihre Mutter zu sehen.

»Nein, bleib hier«, rief sie und meinte es auch.

Der Mann drehte sich um und sah sie an.

»Öffne uns das Tor!« Charlotte beobachtete mit offenem Mund, wie der Mann widerspruchslos einen handgroßen Schlüssel vom Gürtel löste und damit das Tor aufschloss.

Während Charlotte und Fynn sofort den Hof betraten, blieb Jette zwischen den Torflügeln stehen.

Die alte Frau rührte sich nicht. Charlotte eilte zu ihr zurück und ergriff ihre Hand.

»Ich schaffe es nicht. Ich habe sie so lange gesucht. Nun bin ich alt. Ich will ihr nicht mehr gegenübertreten. Geh du mit Fynn allein hinein. Ich warte bei deinem Vater.«

Charlotte zuckte zusammen. Dieses Wort klang noch immer so fremd im Zusammenhang mit dem Mann, den sie gerade erst kennengelernt hatte. Aber sie hatte keine Zeit, mit Jette zu diskutieren. Denn sie wollte endlich die Frau sehen, die ihre Mutter war.

»Komm mit uns«, drängte sie.

Fynn winkte ungeduldig.

»Viel Glück«, rief Jette und ging zurück zu Milans Kutsche.

ooooo

Der Prinz und der Heiler waren die Einzigen, die sitzen geblieben waren, nachdem Hauptmann Eisenhauer seinen Plan mitgeteilt und die Männer des Rates mit Aufgaben bedacht hatte.

»Die Zeit ist gekommen«, sagte Prinz Børge.

Der Heiler nickte.

»Ich habe dich lange zurückgehalten.«

»Ja, mein König. Das habt Ihr.«

»Die Magie ist nur zum Heilen da. Sie sollte nicht gegen Menschen verwendet werden.«

»Er ist zum Feind geworden, mein König.«

»Auch gegen meine Feinde habe ich keine Magie eingesetzt.«

»Noch nicht.«

»Das stimmt.« Der Prinz seufzte. »Noch nicht.«

»Wir müssen ihn aufhalten, Majestät.«

Børge nickte langsam. »Hoffentlich ist es noch nicht zu spät.«

»Soll ich die Flüstersteine holen?« Der Heiler erhob sich von seinem Stuhl.

»Ja, wir müssen den Dekan informieren, sonst nimmt das Unheil seinen Lauf und wir können nichts mehr tun. Kasper Olsen muss all seine Hüter wecken, damit Eisenhauer uns nicht die Universität aus den Händen nimmt.« Der Prinz nickte und der Heiler verließ den Raum.

Der junge König, der offiziell noch keiner war, blieb allein zurück an einem Tisch mit elf leeren Stühlen.

18. KAPITEL

»*Schließ das Tor auf und führe uns in die Universität*«, befahl sie dem Hüter und er gehorchte. Doch bevor Charlotte Fynn in das Gebäude hineinfolgte, betrachtete sie die großen Buchstaben, die über dem Eingang in den Stein gemeißelt waren. Die Universität war fast so prachtvoll wie die Hauptgebäude der Zitadelle und man sah ihr ihre Vergangenheit als Schloss an. Große hohe Fenster reichten an der Fassade fast bis zum Dach hinauf und über den roten Dachziegeln schienen noch Türme hinaufzuragen, die vor dem schwarzen Himmel grün schimmerten. Zu beiden Seiten des Eingangs sah sie die Flügel des Schlosses, in deren Fenstern vor allem in den oberen Stockwerken hier und dort ein paar Kerzen flackerten.

Über den Türen, die doppelt so hoch waren wie sie selbst, erkannte sie zwischen einigen alten Runen das Wort Ousía. Milan und Fynn hatten das Wort mehrmals erwähnt, aber keiner wusste, ob es ein Name war oder etwas anderes bedeutete. Charlotte schob den Gedanken beiseite und trat in die Eingangshalle. Sie musste bis unter das Dach reichen, denn sie war fast so hoch wie die Halle in der Zitadelle. Charlotte drehte sich im Kreis und betrachtete die Decke. Die Streben, die in der Mitte zusammenliefen, gaben dem Raum die Form eines Kellergewölbes. Sie kam sich vor, als wäre sie auf die Größe einer Ameise geschrumpft.

Fynn lief an den Wänden entlang und spähte durch die Torbogen, hinter denen die Gänge zu den verschiedenen Teilen der Universität lagen.

»Wo gehen wir weiter?«, rief er.

Charlotte wandte sich an den Hüter, der an ihre Seite trat und sie erwartungsvoll betrachtete.

»*Wir wollen in den Magieflügel. Sag uns, wo wir langgehen müssen!*«

»Hinter der kleinen Holztür mit dem Eisenring ist die Schreibstube des Dekans. Die andere führt in den hinteren Bereich der Universität, wo die Küche und die privaten Räume des Dekans sind. Die Treppe führt in die oberen Zimmer. Dort sind die Unterkünfte der jungen Leute, die hier lernen und forschen. Die zwei Gänge führen in die Flügel, in denen die Forscher arbeiten.«

Der Hüter hatte noch nicht das letzte Wort gesprochen, als Fynn schon auf einen Durchgang zu ihrer Linken stürmte.

Aus fast schwarzen Steinen war ein Rundbogen gemauert, dahinter lag die Dunkelheit.

Nach kurzem Zögern folgte Charlotte ihm, obwohl sie meinte, dass der Magieflügel auf Milans Karte auf der anderen Seite des Gebäudes gelegen hatte. Hatte Milan von Süden gesprochen? Aber woher sollte sie in der Dunkelheit wissen, wo Süden war?

Der Hüter zündete die Fackeln an, die in den Halterungen an den Wänden steckten.

Als sich der Gang wieder zu einer Halle weitete, hatten sie Fynn eingeholt. Er stand vor einer Kiste, in die eiserne Taue und Schläuche hineinführten.

Der Hüter lief an den Mauern entlang und kümmerte sich um die Lichter. Nun standen sie in einem erleuchteten Raum, der nur wenig kleiner war als die Eingangshalle.

»Was ist das alles?«, fragte Charlotte.

Der Hüter schüttelte den Kopf. »Ich kenne mich nicht aus mit diesen Dingen. Es hat etwas mit dem Wetter zu tun. Sie wollen es untersuchen und verstehen.« Er grinste. »Das werden sie niemals. Die sind alle verrückt. Aus dieser Kiste soll ein Blitz kommen.« Der Hüter zeigte auf den Kasten in der Mitte und kicherte.

»Wo sind die magischen Geschöpfe?«, fragte Fynn vom anderen Ende der Halle.

»Im anderen Flügel. Hier wird Technik erforscht. Der andere Gang führt zu den Räumen, in denen Magie untersucht wird.«

Charlotte schaute sich noch einmal um und suchte sich dann einen Weg zwischen den verschiedenen Tischen mit all den Gerätschaften und Drahtskulpturen hindurch.

Fynn war schon wieder in dem Gang verschwunden, durch den sie gekommen waren.

»Fynn, warte!« Charlotte hörte seine Schritte vor ihr. Warum rannte er ohne sie los?

Sie durchquerte die Eingangshalle mit dem Hüter und betrat den Gang auf der gegenüberliegenden Seite. Nach vierzig Schritten betraten sie wieder eine Halle.

»Hier untersuchen sie Magie. Die Leute sind genauso verrückt wie die anderen.« Der Hüter klopfte gegen die Wand und machte sich dann auf den Weg, um die Fackeln zu entzünden.

Charlotte betrachtete die Stelle, wo der Hüter gerade noch gestanden hatte. In die Mauer war ein Loch eingelassen. Charlotte fuhr mit den Fingern an den Steinen entlang. Sie stieß gegen eine Erhöhung. Die nächste Fackel flammte auf, und sie erkannte, gegen was der Mann geklopft hatte.

Das Loch in der Mauer war in Wirklichkeit ein Fenster, das mit einem Gitter gesichert war. Darunter hing ein Messingschild, auf dem stand: Donamjorden – Zwerg aus dem Vestbjerg. Charlotte drückte ihre Stirn an das Gitter. In der Ecke erkannte sie einen

Haufen Stroh, auf dem eine dunkle Gestalt lag, die ihr den Rücken zukehrte.

Sie tastete sich an der Mauer weiter entlang und traf auf das nächste Fenster. Charlotte schluckte. Güsojorden – Zwerg aus den Mulbjergen.

Sie nahm die Fackel des Hüters und ging langsam weiter. Mit jedem Schritt wurde ihr das Herz schwerer. Mehrere Dutzend Zwerge waren hier gefangen wie Tiere.

Dann kam eine große Nische, in die Bretter eingelassen waren. Hier standen Hunderte von beschrifteten Gläsern, die kaum größer waren als Charlottes Kopf. Auf dem glatten Boden jedes Glases schlief eine Elfe.

Charlotte spürte, wie ihr Tränen in die Augen stiegen. Die kleinen Wesen waren von einer zarten Schönheit und Anmut, die sie tief berührte. Die schmalen Arme und Beine waren kaum länger als Charlottes kleine Finger. An ihren Rücken hingen zwei fast durchsichtige Flügel.

Eine Elfe erschauderte im Schlaf, und feine glitzernde Staubkörnchen fielen von den Flügeln, als sie sich für einen Augenblick bewegten.

»Wie können sie die kleinen Wesen einsperren?«, schluchzte Charlotte.

»Sie wollen wissen, was die Flügel zum Leuchten bringt.« Der Hüter zuckte mit den Schultern. »Sind doch nur Elfen.«

Charlotte wischte sich mit dem Ärmel ihres Kleides über das Gesicht und musterte den Mann. Sie hätte ihm gerne befohlen, in ein Glas zu steigen. Doch er sah sie vollkommen arglos an und die Erinnerung an die blutigen Gesichter der Wächter hielt sie davon ab. Nie wieder wollte sie sich so elend und schuldig fühlen wie auf den Klippen in Skov.

Charlotte atmete tief ein und wieder aus. Dann hob sie die Fackel und ging weiter an der Mauer entlang, ohne den Hüter weiter zu beachten.

Sie stieß nach einigen Schritten auf eine Treppe, die hinunter in den Keller führte. Fynn lief auf der anderen Seite der Halle an der Wand entlang. Sie rief ihn.

»Ich bin gleich bei dir.« Fynn spähte durch die Gitter in die Kerker hinein und las die Schilder im Licht der Fackeln.

Charlotte hatte keine Geduld mehr. Sie stand vor den Stufen, die zu ihrer Mutter führten, und wollte nicht mehr warten.

Doch als sie den Fuß auf die erste Stufe setzte, griff der Hüter nach ihrem Arm und hielt sie zurück.

»Dort dürfen Sie nicht hinunter, Fräulein.« Er schüttelte seinen ungewaschenen Kopf mit einer fast lächerlichen Ernsthaftigkeit.

»Warum nicht?«, fragte sie.

»Das ist gefährlich«, erwiderte der Mann.

»Nicht für mich«, sagte Charlotte und stieg die Treppe hinab.

ooooo

Die Steine sprangen in ihrer Schachtel schon eine Viertelstunde gegen den Deckel, bevor sie endlich mit ihrem monotonen Geklopfe das Schnarchen des Dekans übertönten.

Der schmatzte und rekelte sich, als der Schlaf sich allmählich verflüchtigte und nur das Klopfen geblieben war.

Der alte Mann fuhr sich durch die grauen Locken, rieb sich die Krümel aus den Augen und langte zum Nachttisch, auf dem seine Brille bereitlag. Er klemmte den dünnen Draht hinter die Ohren und rückte die kleinen runden Gläser zurecht, bis die Welt wieder scharfe Konturen besaß.

Dann schlug er die schwere Decke zurück und schwang die Beine aus dem Bett. Er schlüpfte in seine Hausschuhe und ging zum Sekretär hinüber, auf dem die Schachtel mit den Flüstersteinen lag.

Die Uhr in seinem Wohnzimmer schlug einmal zur halben Stunde, als er die Nachricht gehört hatte. Er seufzte und ging zu dem Stuhl, auf dem seine Hosen lagen. Mit einem bedauernden Blick auf sein warmes Federbett verließ der Dekan sein Zimmer, um die Hüter aus den Betten zu holen.

ooooo

Der Kellerraum war von magischen Lichtern erhellt. Doch es war nicht das warme gelbe Licht, das sie aus der Zitadelle kannte. Ihre Hände sahen ungewöhnlich blass aus und ihre beigen Schuhe schimmerten in einem matten Grünton.

Charlotte streckte die Hand aus und stieß gegen eine Glaswand. Als sie die Nase dagegenpresste, sah sie einen Raum, der etwa zehn Schritte tief in den Stein gehauen war.

Nach einigen Augenblicken gewöhnten sich ihre Augen an das schummrige blaue Licht. Charlotte sah Steine und Sand am Boden und Muscheln, durch deren Schalen das Licht drang.

Die Oberfläche bewegte sich und Luftblasen stiegen nach oben. Der Raum hinter der Scheibe war mit Wasser gefüllt.

Lautlos trat Fynn neben sie. »Hast du sie gefunden?«

»Ich sehe niemanden, aber es ist Wasser hinter der Scheibe.«

Fynn nahm ihr die Fackel aus der Hand und beleuchtete mit ihrem Licht die Wände hinter ihnen. »Hier ist ein Messingschild. ›Lille – Nixe aus dem Kattegat.‹«

Charlotte spürte, wie ihre Beine zittrig wurden. Sie konzentrierte sich darauf, gerade zu stehen und regelmäßig ein- und auszuatmen.

Fynn senkte die Fackel und las vor, was unter dem Messingschild in den Stein gekratzt war: »In Gedenken an Yall, Lian, Jonte. Immer Wachs in den Ohren tragen!«

Er drehte sich zu Charlotte um. »Milan hat uns von ungeklärten Vorfällen erzählt.« Er griff in die Taschen seines Mantels und streckte seine geöffnete Hand Charlotte entgegen. Darauf lagen vier gelbe Klumpen, die etwas kleiner als ein Pfennig waren. Schnell steckten sich die beiden das Wachs in die Ohren. »Meinst du, Lille hat sie …« Er brachte den Satz nicht zu Ende.

»Ja, das hat sie«, antwortete ihm eine weibliche Stimme. Aber es war nicht Charlotte.

Lille kam mit einer Bewegung ihres Schwanzes hinter einem großen Stein hervorgeschwommen. Kurz vor der Scheibe hielt sie inne und musterte die Besucher. Die langen braunen Haare der Nixe reichten ihr bis zur Hüfte. Sie wogten im Wasser auf und ab und umspielten ihr Gesicht.

Wenn sie wirklich ihre Mutter war, hätte Charlotte gerne mehr Ähnlichkeit mit ihr gehabt, denn die Nixe war wunderschön. Charlotte hatte in der Stadt schon viele hübsche Frauen gesehen, doch keine von ihnen trug ihren Körper und ihr Gesicht so stolz zur Schau wie Lille. Sie musste schon fast zehn Jahre in Gefangenschaft sein, aber sie lächelte verführerisch und selbstbewusst, als wäre sie in der Freiheit der unendlichen Meere. Die Schuppen auf ihrer Flosse glänzten im Licht der Muscheln und schimmerten in allen Farben des Regenbogens. Der Schwanz endete direkt unter ihrem Bauchnabel. Darüber begann der Oberkörper einer jungen Frau mit großen, runden Brüsten.

Lille schämte sich nicht für ihre Nacktheit und versuchte nicht, mit den Armen zu verbergen, was Fynn mit offenem Mund anstarrte. Charlotte stieß ihn mit dem Ellenbogen an. Immerhin war Lille auch Jettes Mutter und musste deshalb uralt sein.

Zwischen den Lippen blitzten die Zähne einen Augenblick

hervor und Charlotte trat einen Schritt zurück. Inmitten des Gesichtes einer bildschönen Frau versteckten sich die spitzen Zähne eines Raubfisches. Schon waren sie wieder hinter den vollen Lippen verborgen.

Fynn kümmerte es nicht. Unbeirrt starrte er die Nixe an und verfolgte mit den Augen jede ihrer Bewegungen.

Für Charlotte war der Zauber verflogen. Wie sollte sie sich dieses Wesen als ihre Mutter vorstellen?

Die Nixe öffnete den Mund und begann zu singen. Durch das Wachs hörte Charlotte die Melodie. Sie spürte aber in sich nicht das Verlangen, irgendetwas zu tun.

Charlotte zog das Wachs aus ihren Ohren und trat an die Scheibe. Die Nixe verstummte.

»Du kannst mich hören?«, fragte sie.

Charlotte wusste nicht, wie die Sprache durch das Wasser und die Scheibe zu ihr kam, aber sie nickte. In den letzten Tagen hatte sie schon viel verwirrendere Dinge gesehen und gehört.

»Hol den Hüter!«

Charlotte reagierte nicht.

»Zieh dem Jungen die Stöpsel aus den Ohren!«

Charlotte schüttelte den Kopf.

»Hol dir einen Stock und schlag die Scheibe ein. Ich muss hier raus!«

Charlotte spürte, wie sie großes Mitleid überwältigte. Seit zehn Jahren war die Nixe hier gefangen und konnte nicht durch Flüsse und Meere ziehen, wie es ihrer Natur entsprach.

Lille legte den Kopf schief und berührte fast die Scheibe mit ihrer Nase. Als der Körper der Nixe so dicht hinter der Scheibe im Wasser sanft hin- und herwogte, erkannte Charlotte die matten und stumpfen Stellen an dem Fischschwanz und die dunklen Schatten unter den Augen.

»Henna?«, fragte Lille.

Charlotte wich zurück.

»Henna! Was tust du hier?«

»Ich wollte dich sehen«, flüsterte Charlotte.

Die Nixe lächelte. »Das ist schön. Wo bist du geblieben in all den Jahren?«

»Ich wusste nichts von dir.« Charlotte schluckte. Sie spürte, wie ihr Tränen hinter den Augen brannten, aber sie blinzelte entschlossen, um sie zurückzudrängen. »Ich bin bei Verwandten aufgewachsen.«

»Du bist dem hier entkommen«, sagte Lille und breitete die Arme aus. Für einen Augenblick sah es so aus, als hätte in den Augen der Nixe auch eine Träne geglitzert. Aber unter Wasser konnte man doch nicht weinen, oder?

»Wie?«, fragte Charlotte.

»Als sie dich zu den Experimenten gebracht haben, bekam ich einen Hüter dazu, meine Scheibe einzuschlagen und deinen Begleiter zu erstechen. Du konntest fliehen, aber sie hatten dir Drähte in den Kopf gesteckt, um etwas zu messen. Ich wusste nicht, ob es dir gut ging. Du bist ohne ein Wort an mir vorbeigelaufen.«

Die Nixe sah nicht beleidigt oder gekränkt aus, doch Charlotte wollte ihr Wissen zu dieser Geschichte beitragen. »Sie haben mir gesagt, ich konnte mich an nichts erinnern. Nicht einmal an meinen Namen. Da werde ich wohl auch meine eigene Mutter nicht mehr erkannt haben.« Charlotte erschrak selber, als sie die Worte aus ihrem Mund gehört hatte. Ihre Mutter – wie fremd sich das plötzlich anfühlte nach all den Jahren, in denen es selbstverständlich gewesen war.

Lille reagierte nicht erstaunt. Sie nickte nur.

»Das habe ich mir gedacht. Wie viel Zeit ist für dich seitdem vergangen?«, fragte sie.

»Fast zehn Jahre. Nun verfolgt mich der König, weil er denkt, ich hätte magische Fähigkeiten.«

»Hast du welche?«

»Nein«, antwortete Charlotte. Sie spürte, wie ihre Wangen rot wurden. Sie hatte nicht viel Erfahrung mit dem Lügen.

Die Nixe lächelte und entblößte ihre spitzen Zähne.

ooooo

Eisenhauer ritt über eine Brücke. Wie ein schwarzer Brautschleier folgten ihm die Wächter mit ihren dunklen Kapuzen. Neben ihm saß Ludvigsen auf dem Sattel seines Schimmels, doch es gab keinen Zweifel daran, wer der Herr dieses Feldzuges war.

Eisenhauer schaute über seine Schulter nach hinten. Von dem Anblick der Männer berauscht, beschleunigte er den Schritt seines Pferdes.

Hauptmann Ludvigsen fluchte und ritt ebenfalls schneller. Aber als er bemerkte, wie der Abstand zu den marschierenden Wächtern immer größer wurde, ließ er sich wieder zurückfallen.

Eisenhauer kümmerte es nicht. Er wollte an dem nächsten Hügel innehalten. Von dort aus würde er das grüne Dach der Universität von Skørping sehen, die von den gebildeten Ministern in der Zitadelle Ousía genannt wurde, als würde dieser geheime Name etwas über die Bestimmung und Bedeutung des Gebäudes verraten. Doch ihn interessierte nicht, was die Minister dachten oder mit welchen fremdländisch klingenden Namen sie ihre Gebäude benannten. Auf dem Hügel würde er sich umschauen zu den tapferen Männern, die ihm auf seinem Weg folgten. Nach dieser Nacht würde es für niemanden einen Zweifel daran geben, wer der mächtigste Mann in diesem Land war.

Dann marschierten sie durch Skørping. Es war dunkel und auf den Straßen liefen keine Kinder neugierig neben ihnen her. Die Frauen und Männer der Stadt hielten Fenster und Türen verschlossen. Das trübte Eisenhauers Freude. Er hätte lieber mit seiner Truppe Aufsehen erregt, die Menschen sollten flüstern und die Angst sich in ihren Gesichtern spiegeln.

Tag für Tag ritt er mit vier Dutzend Männern durch das Land, die mit ihren schwarzen Mänteln, den Kapuzen, die sie tief in das Gesicht zogen, und den Tätowierungen von Raubtieren nichts Gutes verhießen. Heute hatte er dreimal so viele Männer hinter sich. Er hätte zu gern gesehen, wie sich die Angst vor dieser großen Gruppe unheimlich aussehender Männer in den Gesichtern der Bevölkerung abgebildet hätte. Doch es war schon seit Stunden dunkel, als sie in Skørping ankamen, und niemanden trieb die Neugier aus dem Haus, als ihre Schritte durch das Dorf hallten.

Eisenhauer stieg vom Pferd. Nur ein Riegel versperrte ihm den Weg in die Universität und mehr als einhundertfünfzig der geheimen Wächter standen hinter ihm. Sie gehorchten auf sein Wort. Eisenhauer stand aufrecht vor dem Tor. Bei jedem Atemzug spannten sich die Knöpfe seines Hemdes über der Brust. Er legte die Hand auf den Riegel.

»Was tust du?«, fragte Ludvigsen und sprang vom Rücken seines Pferdes neben ihn auf den gepflasterten Weg vor der Universität.

Eisenhauer antwortete nicht.

»Ich dachte, wir sehen nach dem Rechten und suchen uns jetzt ein Quartier für die Nacht«, beharrte Ludvigsen. Er ließ die Zügel einfach fallen und trat neben Eisenhauer an das Tor.

»Wir suchen uns ein Quartier, wenn wir nachgesehen haben, ob alles in Ordnung ist. Das können wir nicht von hier draußen.«

»Doch.« Der andere legte seine Hand auf Eisenhauers ausgestreckten Arm.

In Eisenhauer zersprang etwas. Es entleerte sich in seinen Magen. Bitter floss es durch seinen Bauch wie flüssige Wut. Mit der freien Hand umschloss er den Dolch in seiner Tasche. Er konnte sich nur mühsam beherrschen, ihn nicht herauszuziehen. Er wollte dem Hauptmann mit dem Dolch den Arm abschlagen wie mit einem Säbel. Wie konnte er es wagen, ihn anzufassen? Nur eine Laterne beleuchtete die beiden Männer. Weit über ihren Köpfen hing sie am Gitter neben dem Tor.

Ludvigsen zog seine Hand zurück, als er in Eisenhauers Augen sah. Er machte einen Schritt rückwärts und trat auf die Zügel seines Pferdes, das hinter ihm am Wegesrand graste.

»Wir gehen hinein«, zischte Eisenhauer.

Ludvigsen schüttelte den Kopf. »Das dürfen wir nicht und du weißt das. Die Universität wird nicht angegriffen. Das sehen wir von hier. Deshalb ziehen wir uns zurück.« Der Hauptmann griff nach dem ledernen Zaumzeug und schwang sich auf sein Pferd. »Wähle zwei Wachen aus, die hierbleiben und uns benachrichtigen, wenn sich jemand nähert.«

Eisenhauer blieb am Tor stehen und rührte sich nicht.

»Vielleicht ist sie schon drin«, sagte er.

»Wer?«

»Henna.«

»Wer ist Henna?«, fragte Ludvigsen. Er drehte sich um. Die Männer standen noch in Reihen auf der Straße. Still blickten sie geradeaus.

Eisenhauer schlug mit seiner Gerte gegen den Zaun. Das Geräusch war zu leise. Er schlug noch einmal dagegen. Und noch einmal. Nach dem achten Schlag brach das Holz. Die zerschlagene Gerte besänftigte seine Nerven nicht.

»Wer ist Henna?«, fragte Ludvigsen noch einmal.

Eisenhauer drehte sich zu ihm um.

»Charlotte Johansson.«

»Das Mädchen? Wie sollte sie hineingekommen sein? Die Tür ist verschlossen und das Gebäude wird bewacht.«

»Ihre Mutter ist eine Nixe«, erinnerte ihn Eisenhauer.

»Vielleicht ist sie das. Vielleicht ist auch eine andere die Tochter der Nixe. Selbst wenn du richtigliegst … Was will sie denn in der Universität? Hat sie sich mit den Rebellen verbündet?« Ludvigsen schüttelte den Kopf und blickte zu den Wächtern zurück.

»Sie will zu ihrer Mutter«, sagte Eisenhauer, doch er sah den anderen Hauptmann nicht an. Sein Blick blieb starr auf das Gebäude gerichtet, als erwartete er, bald durch die Mauern in das Innere zu sehen.

»Die Kattegatnixe? Lebt sie noch? Es ist schon so lange her …« Ludvigsen kratzte sich am Kopf.

Eisenhauer nickte langsam.

»Sie wird in der Universität gefangen gehalten?«

Statt zu antworten, drückte Eisenhauer das Gesicht an das Gitter. »Irgendwas geht dort vor. Wo ist nur der Hüter?«

Er zog einen Schlüssel aus dem Beutel an seinem Gürtel und steckte ihn in das Schloss am Riegel. Langsam drehte er ihn wie den Zeiger einer Uhr.

Ludvigsen beobachtete ihn mit großen Augen. »Eisenhauer?«

»Wir müssen reingehen. Hörst du die Geräusche nicht?«

»Wer weiß, was die Forscher anstellen. Das geht uns nichts an.«

Die Art, wie er sich mit den Händen ruhig durch sein graues Haar strich, brachte Eisenhauers Blut zum Kochen. Die giftige Suppe drang von seinem Magen in jede Faser seines Körpers. Überall kribbelte die Wut in seinen Blutbahnen.

»Es geht uns etwas an!«, brüllte er.

Die Männer hinter ihnen zuckten zusammen. Das gab Eisenhauer Aufwind. Wenigstens die Wächter reagierten auf ihn. Doch der Hauptmann der Wiesel saß auf seinem Pferd und zuckte nur mit den Schultern. Wann hatte er die Angst vor ihm verloren? Eisenhauer tastete nach seinem Dolch. Seine Finger umschlossen den Griff, und er wünschte, er könnte ihn hinausholen und ihn Ludvigsen auf die Kehle drücken. Dann würde er vor Angst wimmern und Eisenhauers Führung anerkennen.

Eisenhauer fluchte und ließ den Dolch zurück in die Tiefen seiner Taschen sinken. Das konnte er sich nicht erlauben. Der Hauptmann war einer der zwölf Mitglieder des königlichen Rates und außerdem hatte er einen ganzen Trupp Wächter als Zeugen seines Verbrechens.

Die Männer hinter ihm starrten geradeaus und harrten der Dinge, die da kamen.

»Der König hat uns geschickt«, sagte Eisenhauer. Seine Stimme klang kühl und beherrscht.

»Du weißt, dass es nicht so ist«, zischte Ludvigsen.

In dieser Nacht hatte Eisenhauer die Geschicke des Landes gelenkt und er würde sich jetzt nicht zurückziehen. Mit beiden Händen umschloss er das Gitter des Tores. Seine Wut drang durch alle Poren nach draußen. Die Männer wichen zurück, noch bevor Eisenhauer den Mund geöffnet hatte.

»Wir stürmen die Universität. Sie wird angegriffen.«

Die Männer sahen zwischen den Hauptmännern hin und her.

»Los!«, brüllte Eisenhauer und warf sich gegen das Tor. Der Flügel schwang auf und er stürmte auf den Haupteingang zu.

»Das kannst du nicht machen«, rief Ludvigsen hinter ihm her. »Wir haben nicht den Befehl des Königs, die Universität zu betreten.« Doch er stand allein am Tor. Seine Männer waren dem Befehl Eisenhauers gefolgt, um die Universität vor vermeintlichen Angreifern zu beschützen. Sie verschwanden vor ihm in der Dunkelheit des Geländes. Irgendwann erkannte er die dunklen Kapuzen im Licht der Eingangshalle wieder, aber hier auf der Straße war es still geworden. Hinter ihm erklang das Geräusch von Hufen. Er drehte sich um. Eine schwarze Kutsche fuhr am Waldrand entlang und entfernte sich schnell.

Hauptmann Ludvigsen stieg von seinem Pferd herunter und nahm eine Schachtel aus den Taschen am Sattel. Er schüttete eine Handvoll Steine auf den sandigen Boden und arrangierte sie, um eine Botschaft zu schicken. Eisenhauer war außer Kontrolle geraten, und wenn er ihn nicht aufhalten konnte, dann mussten sich andere darum kümmern, bevor der Hauptmann der Federn noch unwiderruflichen Schaden anrichtete.

19. KAPITEL

Ein Hüter kam die Treppe hinunter. Fynn drehte sich um und schlug dem Mann ins Gesicht. Es war ein kleiner Mann mit einem dicken Bauch, der umfiel und ein Stück weiterrollte. Sein Gürtel riss entzwei, und verschiedene Beutel, sein Stock und ein Messer lösten sich von den Schnallen. Münzen kullerten in alle Richtungen davon, Charlotte bückte sich nach dem Stock.

Der Mann robbte über den Steinboden, bis er seinen Beutel erreichte, und zog ein Holzstück daraus hervor. Er legte es auf seine Zunge und blies hinein. Ein schriller Ton erklang und Fynn und Charlotte hielten sich die Ohren zu. In der Ferne hörten sie das Getrampel von näher kommenden Schritten.

»*Du wirst uns nichts tun!*«, rief Charlotte. Doch der Mann lächelte nur. Da fiel ihr Blick auf die gelben Flecken an seinen Ohren. Er hatte den Gehörgang mit Wachs verschlossen, um vor Lilles Gesang geschützt zu sein. Fynn hatte die Pfropfen auch entdeckt und warf sich auf den Mann, der noch immer am Boden lag.

Charlottes Hände umschlossen den Stock, der an seinem Gürtel gehangen hatte. Sie hieb mit aller Kraft gegen die Scheibe, die sie von ihrer Mutter trennte.

Die Nixe hatte das Geschehen reglos beobachtet, doch jetzt wurde sie lebhaft. Als der erste Sprung das Glas wie Spinnweben durchzog, warf sie sich gegen die Scheibe und schlug dann mit einem Stein auf die Stelle ein. Es half nichts, doch es ermutigte Charlotte und gab ihr die Kraft, immer stärker auf die gläserne Wand einzuschlagen.

Mit einem Knirschen brach die Wand und das Wasser flutete mit den Scherben und Splittern den Keller. Charlotte wurde von den Füßen gerissen. Sie sah Fynn neben sich auftauchen, dann wurde ihr Kopf unter Wasser gezogen.

Charlotte strampelte mit den Füßen und kämpfte sich durch die Wasseroberfläche. Der Kellerraum hatte sich beinahe vollständig mit Wasser gefüllt. Über ihr war noch ein halber Meter bis zum Deckengewölbe.

Die Fackeln erloschen, und aus den Muscheln tief unten am Boden drang nur wenig Licht, das den Raum in einen grünlichen Schimmer tauchte.

Charlotte streckte die Hände aus und versuchte, mit Armen und Beinen zu strampeln, um sich der Treppe zu nähern. Noch nie zuvor war sie außerhalb eines Waschkübels in Wasser geschwommen. Die anderen konnte sie nirgends entdecken.

Der Zugang, durch den sie den Kellerraum betreten hatten, leuchtete hell, da die Fackeln in der Halle dahinter noch entzündet waren. Die Treppe war steil und die letzten Stufen ragten aus dem Wasser. Der Rest der Universität würde trocken bleiben.

Vor ihr zeichnete sich ein Kopf vor dem hellen Ausgang ab.

Charlotte schickte ein Stoßgebet zum Himmel. Hoffentlich war es Fynn, der vor ihr auf die Treppe zusteuerte. Bei dem Gedanken, es könnte ihm etwas durch ihre Schuld geschehen sein, wurde ihr ganz schlecht. Sie hatte schließlich die Scheibe zerschlagen und die Flut verursacht! Doch wo war dann der Hüter? Charlottes Magen krampfte sich zusammen. Der Schmerz zog sich durch ihren Unterleib und sie presste die Hände auf den Magen.

Wieder hatte sie gehandelt, ohne nachzudenken, und dadurch das Leben eines Menschen gefährdet. Sie schwor sich, sich irgendwo zu verstecken und nie wieder aufzutauchen, wenn heute jemand ertrank. Charlotte strampelte mit den Füßen, doch ohne ihre Hände konnte sie sich nicht über Wasser halten. Sie sank mit ihren schweren Gedanken und hob die Hände erst wieder an die Oberfläche, als ihre Nase schon unter die Wasseroberfläche tauchte. Sie wollte nicht ertrinken. Schnell ruderte sie mit den Armen. Als sie den Ausgang fast erreicht hatte, umschloss etwas ihren Fuß und zog sie nach unten.

Charlotte schluckte Wasser und trat mit den Füßen um sich. Sie legte den Kopf auf die Brust und versuchte zu erkennen, wer ihr Bein umklammerte.

Unter sich sah sie das Gesicht des Hüters, der ihren Knöchel umschloss. Ihre Lungen wurden zusammengepresst von dem Druck des Wassers. Sie wollte nach Luft schnappen, aber sie konnte es nicht. Sie öffnete den Mund und Wasser drang hinein.

Da sah sie die große Schwanzflosse ihrer Mutter, die glitzernd durch das Wasser peitschte. Lille fasste mit ihren weißen Armen nach dem Hals des Mannes und drückte zu. Sein Griff lockerte sich.

Charlotte trat mit dem freien Fuß nach seinem Kopf und versuchte, das andere Bein aus der Umklammerung herauszuziehen. Seine Hand rutschte immer weiter nach unten, streifte ihr den Schuh ab und verschwand dann tief unter ihr.

Mit einem kräftigen Schlag ihrer Arme schwamm Charlotte an die Oberfläche, während ihr neuer Schuh langsam auf den Boden hinabsank.

Als sie endlich durch die Oberfläche stieß, atmete sie keuchend ein. Ihr war schwindelig, und die Luft brannte, als sie ihre Lungen füllte. Mit kleinen Bewegungen ihrer Arme hielt sie sich über

Wasser, bis das Atmen nicht mehr schmerzte. Dann schwamm sie zu dem hellen Loch. Das lange Kleid hing wie ein Sack voll Steine an ihr.

Fynn saß auf der obersten Stufe und streckte die Hand nach ihr aus. Ihm war nichts geschehen!

Charlotte zog sich auf die Steine und setzte sich auf. Im Wasser war sonst niemand zu sehen.

»Was ist mit dem Wächter?«, fragte sie und ihre Stimme klang schwach und brüchig.

Fynn schüttelte den Kopf.

Charlotte sprang auf ihre Füße und schrie vor Verzweiflung auf. Das durfte nicht geschehen!

Da tauchte die Nixe an der Stufe auf.

»Wo ist der Hüter?«, brüllte Charlotte sie an.

»Er wollte dich töten und ich habe ihn daran gehindert.« Die Nixe zuckte mit den Schultern und musterte Charlotte mit gerunzelter Stirn.

»Nein, das geht nicht. Alles ist falsch!«, schrie Charlotte. »Ich wollte niemandem wehtun, ich wollte nur meine Mutter sehen und niemanden verletzen.« Verzweifelt schlug sie die Hände vor das Gesicht und schluchzte. »Das sollte nicht geschehen.«

Fynn ergriff ihre Schulter. »Lass uns gehen!«, bat er. Doch Charlotte reagierte nicht. Sie wollte gar nichts mehr tun.

Lille tauchte unter.

Charlotte hörte das Geräusch des Wassers und hob den Kopf. Sie starrte in den überfluteten Keller und die Tränen versiegten.

Einen Augenblick später tauchte Lille wieder auf. Sie trat auf die Stufen, zog den Hüter hinter sich her und legte ihn auf die Steine, nur einen Schritt von Fynn und Charlotte entfernt. Wortlos starrten sie in das blasse Gesicht des Mannes.

Lille legte seine Arme neben den Körper und streckte seine Beine aus. Dann schlug sie mit der Faust auf die Brust des Mannes. Sofort begann er, sich zu krümmen und prustend Unmengen Wasser zu spucken.

Während sich der Mann auf dem Boden wandt und hustete, sahen Fynn und Charlotte die Nixe an.

Sie stand aufrecht neben der Treppe und war vollkommen unbekleidet. Mit Schwung warf sie das nasse Haar über ihre Schulter. Es war ohne Zweifel Lille. Doch sie hatte zwei lange Beine anstelle ihres Fischschwanzes.

Charlotte musterte Fynns Gesicht. Er starrte die nackte Frau an, bis sie ihm den Ellenbogen in die Seite stieß.

Fynn zog sein nasses Hemd aus und reichte es der Nixe. Lille musterte die beiden, griff aber nicht danach.

»Zieh es doch an«, bat Charlotte sie.

Lille zog wieder die Augenbrauen zusammen. Dann nahm sie das Hemd. Sie knöpfte es nicht zu und es reichte ihr kaum bis zum Bauchnabel.

Die Nixe schien keinen Nutzen darin zu erkennen, und Charlotte brachte es nicht über sich, sie zu bitten, es zu schließen. Bislang war alles falsch gelaufen. Sie wollte ihre Mutter beeindrucken und befreien. Stattdessen hatte sie sie angeschrien und dazu gebracht, Dinge zu tun, die sie nicht verstand. Es machte für Lille keinen Sinn, Kleider zu tragen und ihre Nacktheit zu verbergen, und es machte anscheinend auch keinen Sinn, Männer am Leben zu erhalten, die ihres bedrohten.

Charlotte schwieg. Sie wusste nicht, was es zu sagen gab. Sie wollte sich entschuldigen, aber sie konnte nicht sagen, wofür. Da drehte sich Lille um und ging davon. Sie kümmerte sich nicht um den hustenden Hüter und hatte für Fynn und Charlotte kein Wort des Abschieds oder der Erklärung. Sie bedankte sich nicht einmal für ihre Freiheit.

Langsam ging sie zwischen den Tischen durch die Halle, ohne nach rechts oder links zu schauen. Ihre nassen Füße hinterließen feuchte Abdrücke auf dem steinernen Boden. Sie bewegte sich anmutig auf den menschlichen Beinen, als wäre es ihr seit ewigen Zeiten vertraut, und ihre Hüften schwangen bei jedem Schritt hin und her.

Charlotte spürte eine Bewegung hinter sich. Der Hüter stand auf und klopfte sich die Glassplitter von seinen Beinen.

»*Du wirst uns nichts tun!*«, rief Charlotte schnell.

Der Mann nickte gehorsam. Die Wachsstöpsel mussten ihm unter Wasser herausgefallen sein.

»Charlotte, wir müssen hier raus«, sagte Fynn und nahm das Wachs aus seinen Ohren.

»Steck es wieder rein!« Ihre Stimme überschlug sich fast. »Sonst tut sie dir vielleicht etwas an.« Sie zeigte auf Lille, die schon am Ende der Halle angekommen war.

Fynn gehorchte. Dann legte er ihr die Hände auf die Schultern.

»Irgendwo sind noch mehr Hüter, wir müssen hier raus.« Er sprach viel zu laut, weil das Wachs seine Ohren verstopfte, aber Charlotte nickte.

Fynn ergriff ihre Hand und sie liefen durch die Halle der Magie. Als sie an dem Regal mit den Elfen vorbeikamen, blieb Charlotte stehen.

»Wir müssen sie befreien. Die Gitter zu den Zellen der Zwerge bekommen wir nicht auf, aber die Gläser können wir kaputt werfen.«

Fynn hatte sie nicht verstanden, und Charlotte deutete auf die Gläser und tat so, als würde sie eines auf den Boden werfen. Er schüttelte entsetzt den Kopf.

»Willst du sie umbringen?«, fragte er viel zu laut.

Charlotte griff nach einem Glas im Regal und schaute durch die

Scheibe. Eine Elfe lag auf dem Boden. Ihre Flügel hingen schlaff auf ihrem Rücken und legten sich um das kleine Geschöpf wie eine Decke. Charlotte entdeckte einen Riss, der sich fast über die Hälfte des papierdünnen linken Flügels zog.

Sie klemmte das Glas unter den Arm und versuchte, den Deckel abzuschrauben. Doch es war kein Gewinde, das ihn auf dem Glas hielt. Charlotte hob das Gefäß vor die Augen, um zu erkennen, wie der Deckel befestigt war.

Sie sah Bewegungen in der Ferne und ließ das Glas sinken. Hüter waren durch den Gang in die Halle getreten. Schnell wollte sie sich hinter den Tischen verstecken, doch die Männer steuerten direkt auf sie zu. Sie hatten sie längst entdeckt.

Es gab noch einen anderen Ausgang, durch den sie entkommen konnten, wenn sie schnell genug waren. Charlotte drehte sich um. Auch in der anderen Tür standen ein halbes Dutzend Hüter. Charlotte griff nach Fynns Arm. Sie waren umzingelt. Die Hüter kamen von beiden Seiten auf sie zu.

Charlotte kniff die Augen zusammen. Sie konnte keine Stopfen in den Ohren der Hüter sehen. Konnte sie es wagen, ihnen einen Befehl zu erteilen? Unentschlossen sah sie zu Fynn hinüber. Der rührte sich nicht.

»Soll ich?«, flüsterte sie fast lautlos.

Er sah nicht einmal zu ihr herüber.

»Soll ich es versuchen?«, fragte sie etwas lauter.

Doch Fynn hörte sie nicht. Die Hüter kamen langsam näher.

Charlotte atmete tief ein. Dann traf sie eine Entscheidung.

»Bleibt stehen!«, rief sie, so laut sie konnte.

Die Männer gehorchten ihr. Charlotte holte noch einmal Luft.

»Geht uns aus dem Weg!«, ermahnte sie die Männer vor ihr.

Sie traten zur Seite und bildeten eine Gasse. Fynn und Charlotte eilten hindurch. Als Fynn eine Hand auf ihren Rücken legte, um sie Richtung Eingang zu schieben, blieb Charlotte jedoch stehen und drehte sich noch einmal zu den Männern um.

»Öffnet alle Gitter, Kerker und Gefäße. Lasst alle frei, die eingesperrt sind!«

Sofort liefen die Männer los, um ihren Wunsch zu erfüllen. Sie nahmen eiserne Schlüssel von ihren Gürteln und zerstreuten sich in der Halle. Charlotte stellte das Glas mit der Elfe auf einen Tisch und zog den verbliebenen Schuh aus. Sie legte ihn auf eine Kiste und lief dann mit nackten Füßen durch die Halle.

Als sie die Tür erreichten, blickte Charlotte über die Schulter zurück. Schlaftrunken schlichen Zwerge aus ihren Kerkern. Die Decke wimmelte von kleinen Wesen, die mit jedem Schlag ihrer Flügel heller glitzerten und leuchteten. Auch Tiere kamen aus den Kerkern gelaufen, als die Hüter ihre Türen aufschlossen. Reptilien krochen über den Boden, und wo sie gingen, färbte sich der graue Steinboden in allen Farben des Regenbogens. Ein weißes Pferd trabte in die Halle und blieb vor den Zwergen stehen, die sich an einer Seite der Halle versammelten. Es stand in der Nähe einer Fackel und für einen Augenblick blitzte ein silbernes Horn auf der Stirn auf. Im nächsten Moment war es verschwunden und vielleicht war es nie wirklich da gewesen.

Die krachenden Türflügel, die Rufe der Befreiten und die vielen Schritte auf dem steinernen Fußboden schwollen zu einem lauten Tosen an, das die ganze Halle erfüllte.

Charlotte lächelte und griff nach Fynns Hand. Er starrte wie gelähmt zu den offenen Türen und konnte sich nicht von denen abwenden, die ihre Kerker verließen und noch nicht wussten, in welche Richtung sie sich wenden sollten.

»Fynn!« Charlotte zog ihn durch die Tür und in den Gang hinein. Fynn riss sich los und lief ein paar Schritte zurück. »Er muss hier irgendwo sein!«, rief er immer wieder.

Charlotte stellte sich ihm in den Weg und hielt ihn am Arm fest. Als er ihr endlich ins Gesicht sah, redete sie schnell und eindringlich auf ihn ein.

»Fynn, es ist zu gefährlich. Wir müssen sofort aus der Universität raus. Hier ist gleich alles voll mit Hütern, und ich weiß nicht, ob ich uns hier heile rausbringen kann.« Er zögerte kurz, doch dann nickte er. Charlotte nahm seine Hand, und er folgte ihr, sah dabei aber immer wieder hinter sich.

Als sie um die nächste Ecke gebogen waren, ebbten die Geräusche ab. Hier im Gang waren keine Gefängnisse mehr.

Einige Fackeln, die der Hüter auf dem Weg angezündet hatte, waren erloschen. Als Charlotte und Fynn durch den Gang liefen, huschten ihre Schatten unheilvoll über die gewölbten Wände. Dann hörten sie den Lärm von Stiefeln und Schreien auch vor sich und blieben erschrocken stehen.

∞∞∞

Prinz Børge saß auf dem Thron des Königs. Die anderen Stühle am Tisch waren verlassen. Sein Kopf sackte auf die Brust, wenn ihn die Müdigkeit übermannte, und die wildesten Träume verwirrten seinen Geist, sobald er die Lider schloss. Aber wenn er wach war, malte die Angst nicht weniger erschreckende Bilder vor sein inneres Auge.

In dieser Nacht konnte alles passieren.

Die Tür öffnete sich. Mit einer Verbeugung trat jemand ein. Der Prinz rieb sich den Schlaf aus den Augen und richtete sich auf. Als der Mann den Raum durchquerte, spiegelte sich das Licht der Kerzen auf seiner Glatze, und der Prinz erkannte in dem kleinen dicken Mann seinen Heiler.

»Die Wächter sind in die Universität eingedrungen, Majestät.«

»Hat der Dekan genug Männer, um sie zu vertreiben?«

»Ich hoffe es. Ludvigsen steht am Tor, aber seine Wiesel haben sich Eisenhauer angeschlossen und sind in das Gebäude gestürmt.«

»Dann hat er die Gesetze des Landes verletzt. Wächter und Soldaten dürfen die Universität nicht betreten. Das ist schon seit der Gründung festgelegt. Endlich kriegen wir ihn dran.«

»Was ist mit Eurem Befehl?«

»Ich habe den Befehl nicht gegeben. Und selbst wenn … Nur der amtierende König könnte die Gesetze ändern und das Betreten der Universität erlauben.«

»Aber Ihr seid der König, und wenn Ihr Eisenhauer in die Universität schickt, dann habt Ihr das Gesetz aufgehoben, auch wenn die Schreiber es noch nicht in das Buch eingetragen haben.«

»Solange mein Vater lebt, bin ich nicht der König! Auch wenn mich das Volk seinen König nennt. Solange die Priesterinnen sich weigern, mich zum König zu salben, bleibe ich nur die Vertretung meines Vaters.«

»Aber er wird nicht mehr aufwachen, Majestät.«

»Das sagst du, aber wir können nicht sicher sein.«

»Das sagen auch die Heilerinnen, die ihn untersucht haben.«

»Ich muss warten, bis er gestorben ist. Aber bis dahin muss ich Eisenhauer loswerden.«

»Wollt Ihr ihn einsperren, Majestät?«

»Wenn er gegen die Gesetze verstößt. Aber vorher muss ich sein Ansehen und seine Macht angreifen, sonst ist er schneller wieder auf freiem Fuß, als ich ihn einsperren kann. Er hat viele Freunde hier in der Zitadelle. Manchmal denke ich, die Wände haben Ohren und Eisenhauer kann ihnen ihre Geheimnisse entlocken.«

»Er hat keine Freunde, Majestät.« Der Heiler senkte den Kopf. »Aber er weiß vieles und das verleiht ihm Macht. Ihr tut sicher gut daran, sie zu beschädigen, bevor Ihr ihn einsperrt. Da stimme ich Euch zu.«

Prinz Børge nickte und klopfte mit den Fingern auf den Tisch. »Wir holen uns das Mädchen. Eisenhauer ist besessen von ihr. Wenn wir sie haben, können wir ihn kontrollieren und uns etwas Zeit verschaffen.«

Der Heiler kratzte sich hinter den Ohren. »Das ist ein kluger Zug, Majestät. Ich kümmere mich darum.« Bevor er aus dem Zimmer schlurfte, verneigte er sich vor dem Prinzen. »Hoffentlich hat der Dekan genügend Hüter, um Eisenhauer aus der Universität zu jagen«, murmelte er und machte sich dann auf den Weg, um alles vorzubereiten.

ooooo

Charlotte war stehen geblieben und Fynn zog das Wachs aus seinen Ohren.

»Was ist los?«

»Hörst du das nicht?«, fragte Charlotte. »Der Lärm ist auf einmal vor uns. Aber er müsste aus dem Gang hinter uns kommen. Vor uns ist doch niemand.«

»Lille«, sagte Fynn.

»Es ist nur ein Hüter vorn. Ich konnte ihn manipulieren. Mit dem dürfte sie keine Schwierigkeiten haben.« Charlotte ging langsam weiter. Sie schlichen so leise wie möglich zur nächsten Biegung und streckten die Köpfe um die Ecke.

In der Eingangshalle stand die Nixe. Sie schwang etwas über dem Kopf, das Charlotte in der Halle der Technik gesehen hatte. Es war ein Knäuel Drähte, an denen eine Kiste hing. Sie schleuderte es einem Mann entgegen, der sich ihr näherte.

Charlotte zog den Kopf zurück. Die Männer, gegen die sich

Lille verteidigte, waren keine Hüter. Sie trugen Kapuzen und blaue Gürtel mit dem Wappen des Königs und strömten durch die weit geöffneten Türen in die Eingangshalle der Universität.

»Das sind Wächter«, flüsterte sie.

Fynn wich zurück. »Warum sind Wächter hier? Wen suchen die?«

»Mich?« Charlotte wollte keine Antwort auf ihre Frage hören. Vor ihr kämpfte eine Nixe, die vermutlich ihre Mutter war, bereits gegen mehr als zwanzig Männer, die mit Stöcken und gebogenen Schwertern auf sie losgingen. Sie würde dieser Übermacht sicher nur noch wenige Augenblicke standhalten und immer mehr Männer drängten herein. Hinter ihr im Gang ertönten wieder Schritte. Von dort näherten sich die Hüter.

Sie waren eingekreist.

Lille stieß einen furchtbaren Schrei aus. Charlotte drehte sich erschrocken zu Fynn um. Er hatte kein Wachs in den Ohren!

»Keine Sorge, ich spüre nichts.« Fynn beugte sich nach vorn und sah an der Mauer vorbei.

Die ersten Hüter tauchten hinter ihnen auf. Charlotte schloss die Augen. Nun war alles vorbei. Ihre Flucht war zu Ende.

Sie drückte sich an die Wand und wartete. Die Schritte wurden lauter und ertönten neben ihr auf den Steinen. Dann entfernten sie sich wieder. Sie schlug die Augen auf. Dicht neben ihr stand Fynn. Er hatte die Fäuste vor das Gesicht gehoben, doch auch an ihm waren sie vorbeigeeilt. Die beiden beugten sich vor und sahen, wie die Hüter der Universität in die Eingangshalle stürmten und sich den Wächtern des Königs entgegenstellten.

Charlotte beugte sich noch weiter nach vorn, aber sie konnte Lille nirgends mehr entdecken.

Wieder hörte sie Geräusche aus dem Inneren der Universität. Es war ein gewaltiges Summen und einen Augenblick später stürzten sich die Elfen wie ein Schwarm aufgescheuchter Bienen zwischen die Kämpfenden. Sie fegten eine Schneise bis zur Tür und trennten die Männer in zwei Felder.

»Jetzt!«, rief Fynn.

Charlotte nickte und sie liefen los. Als sie den halben Weg zur Tür schon geschafft hatten, umschloss eine Hand Charlottes Bein, und sie stürzte. Ein Wächter lag auf dem Boden und hielt sie fest. Sie drehte sich um und sah direkt in sein geschwollenes Gesicht. Das Hemd hing in Fetzen an ihm herunter, und er hatte Brandstellen auf dem Oberkörper, wo ihn die Elfen gestreift hatten. Die Tätowierung auf seinem Arm zeigte einen Marder. Charlotte trat mit aller Kraft auf das Tierbild, bis der Mann sie losließ. Fynn zog sie auf die Beine. Schnell liefen sie weiter und gelangten zur Tür, als sich die Männer hinter ihnen wieder aufeinanderstürzten.

Kalte Nachtluft füllte ihre Lungen.

Am Tor war ein Mann mit einem Pferd, der im Licht der Laterne vor dem Tor hin- und herging. Der Eingang der Universität war nur zur Hälfte erleuchtet. Eine Fackel brannte an der linken Wand. Das Feuer an der rechten Seite war erloschen.

Fynn und Charlotte drückten sich gegen die Mauer, die im Schatten lag, und schlichen an ihr entlang. Sie behielten den Mann am Tor im Auge, doch er bemerkte sie nicht. Als sie die nächste Ecke erreicht hatten, sahen sie Tor und Eingangstür nicht mehr.

Durch die dicken Mauern drangen die Geräusche einer Schlacht, und Charlotte bekam eine Gänsehaut bei dem Gedanken an die Wesen und Tiere, die sich zwischen den bewaffneten Männern befanden.

Die Universität war von einem hohen Zaun umgeben. Auch hinter dem Gebäude ragte er hoch vor ihnen in den Nachthimmel. Als sie ihn erreichten, umschloss Fynn die Gitterstäbe mit beiden Händen und versuchte, mit den Füßen Halt zu finden.

Charlotte beobachtete, wie er immer wieder abrutschte, und fragte sich, wie sie ohne Schuhe hinaufklettern sollte.

Fynn gab seine Versuche auf und sie liefen am Zaun entlang.

Als sie am Fluss angekommen waren, endete der Zaun. Ein Hüter saß an die Gitterstäbe gelehnt auf dem Boden und schnarchte vor sich hin.

Der Mond lugte hinter den Wolken hervor und spiegelte sich auf dem Wasser. Die beiden schlichen zum Ufer. Auf dem hellen Sand lag etwas Dunkles. Charlotte bückte sich. Es war Fynns Hemd. Sie drückte ihr Gesicht in den Stoff. Obwohl die Nixe ein Jahrzehnt in Flusswasser in einem Keller verbracht hatte, roch das Hemd nach Salz und Meer wie die Luft an den Klippen bei Jettes Haus.

Das kalte Wasser schnitt in die Haut wie hundert Messer. Fynn hatte ihre Kleider mit seinem Gürtel zusammengeschnürt und das Bündel an das andere Ufer geworfen. Sie schwammen in ihren Unterhemden durch den Fluss. Charlotte strampelte und paddelte unbeholfen mit Armen und Beinen.

Als sie am anderen Ufer angekommen waren, schob sich eine Wolke vor den Mond, und sie war froh darüber. In dem fahlen Licht der Sterne konnte Fynn nicht sehen, wie ungeschickt sie anschließend ihren nassen Körper in das Kleid zwängte.

»Bist du so weit?«, fragte er nur einen Schritt von ihr entfernt.

»Ja«, flüsterte Charlotte. »Laufen wir in den Wald, um uns zu verstecken?«

»Bis zum Weg kann es nicht mehr weit sein«, vermutete Fynn. »Wenn wir uns dort in die Büsche schlagen, verpassen wir Jette und Milan nicht, wenn sie auf der Straße aus dem Dorf kommen.«

Charlotte versuchte, sich an Milans Zeichnung zu erinnern. Die Straße führte an dem Wald vorbei. Wenn Jette und Milan von den Wächtern unentdeckt geblieben waren, würden sie auf diesem Weg Skørping verlassen. Am Waldrand war der beste Weg, um auf Rettung zu warten.

Charlotte sehnte sich nach einem Feuer, das ihre Kleider trocknete und ihre Zuversicht wärmte. Doch Licht würde auch die auf sie aufmerksam machen, vor denen sie sich verbergen wollten.

Sie schüttelte den Kopf und ihre nassen Haare klatschten auf ihren Rücken. Dann ergriff sie Fynns Hand und lief mit ihm auf den Wald zu.

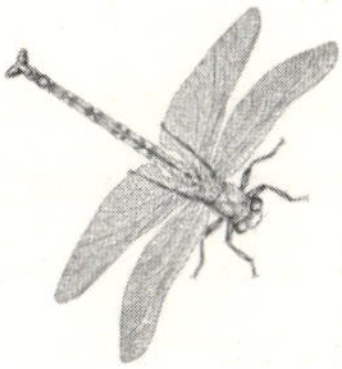

20. KAPITEL

Eisenhauer saß auf dem Rücken eines Hüters, als jemand seinen Namen rief. Er schlug mit der Faust auf die Schulter unter ihm. Dann griff er in die Haare des Mannes und hob seinen Kopf an. Wieder hörte er seinen Namen. Eisenhauer ließ den Kopf auf die Steine fallen und stand auf.

Ein paar Schritte hinter ihm stand der Dekan der Universität in der Eingangshalle.

»Ruf deine Federn zurück, Hilma.« Der Dekan zeigte auf die Wächter.

Eisenhauer reagierte nicht. Mit gezogenem Messer stand er vor dem Mann mit dem wirren grauen Haar. Wie hatte er vor diesem Greis jemals Respekt haben können?

Jeden Tag in der Schule hatte er die Beschimpfungen des Lehrers ertragen und sich wertlos gefühlt. Als sie Jahre später in der Universität aufeinandergetroffen waren, hatten sie vorgegeben, sich nur dunkel aneinander zu erinnern. Doch Eisenhauer hatte keine Verletzung vergessen und für jeden schlimmen Tag eine Kerbe in seinen Bettpfosten geritzt. Es war ein Wunder, dass sein Bett nicht unter ihm zusammengebrochen war, bevor die Schulzeit zu Ende ging.

Hier in der Universität hatte ihn der alte Mann mit Respekt behandelt. Eisenhauer kam, um im Namen der Zitadelle die Kerker zu überprüfen, und der Dekan duldete es. Stunde um Stunde saß Eisenhauer dann auf der Treppe, um Lille zu beobachten. Wenn Kasper Olsen es bemerkt hatte, ließ er es ihn nie wissen, und Eisenhauer verlor kein Wort darüber, wenn der ehemalige Lehrer die reichen Frauen ausnahm, weil sie ihre Kinder hier unterbringen wollten.

Es interessierte ihn nicht, mit welchem Eifer oder welchem Mangel an Leidenschaft der Dekan an Magie und Technik forschte.

Jeder hatte im Leben seinen Platz gefunden und war zufrieden, dort wo er war. Doch nun standen sie beide in der Eingangshalle der Universität und konnten sich nicht mehr aus dem Weg gehen.

»Deine Zeit ist um, Eisenhauer. Ich will dich in meiner Universität nicht mehr sehen. Ruf die Wiesel und die Federn und geh!« Sein Ton war ruhig. Nichts verriet Ärger oder Ungeduld.

Eisenhauer reagierte nicht. Er konnte nicht zulassen, dass ihm der alte Mann den Zutritt zur Universität verweigerte. Er musste wiederkommen, um Lille zu sehen. In seinem Kopf purzelten die Gedanken durcheinander. Wie konnte er aus dieser Situation als Gewinner herausgehen? Was konnte er tun, um den Dekan umzustimmen und wieder seinen Respekt zu erlangen?

Die Gewalt und Brutalität, mit der seine Wächter gegen die unerprobten Hüter vorgingen, erschreckte den alten Mann nicht. Er stand regungslos inmitten von kämpfenden und schreienden Männern und beobachtete Eisenhauer, als wäre er selbst unverletzbar.

Wieso hatte Kasper Olsen keine Angst und wie könnte er ihn die Furcht lehren? Eisenhauer zermarterte sich das Hirn und die Zeit lief ihm davon. Er umschloss den Dolch und trat einen Schritt auf den Dekan zu. Mit einer stählernen Klinge am Hals überdachte jeder seinen Standpunkt.

Der Dekan hob seine Arme nicht, um den Angriff abzuwehren. »Sie ist fort«, sagte er, bevor die Klinge seinen Hals berührte. Sein Gesicht zeigte keine Angst, sondern Bedauern.

Eisenhauer wusste sofort, von wem der Dekan sprach.

»Wer?«, fragte er trotzdem und ließ den Arm sinken.

»Lille. Sie ist fort.«

Hätte der Dekan es gehässig gesagt oder hämisch, hätte Eisenhauer ihn sofort getötet.

»Ihre Scheibe wurde zerschlagen. Ich weiß nicht, wie das geschehen konnte. Sie ist durch die Tür gegangen. Es ist noch nicht lange her.«

Eisenhauer ertrug sein Mitleid nicht. Mit dem Dolch wollte er sich auf den Dekan stürzen. Doch einen winzigen Augenblick bevor er es tat, drehte er sich um und lief schreiend zur Tür. Zum ersten Mal in seinem Leben brachte ihn Schmerz zum Schreien. Er würde sie nie wiedersehen. Sie war zurückgekehrt in die Freiheit, in die Unendlichkeit der Meere.

Auf dem Weg zur Tür stolperte Eisenhauer über einen verletzten Soldaten. Auf dem Boden neben ihm lag ein Schwert. Der Hauptmann griff danach und sprang auf die Füße. Brüllend wie ein verwundetes Tier schwang er das Schwert über dem Kopf. Es kümmerte ihn nicht, wen er traf.

Alle, die ihn hörten, warfen sich auf den Boden. Ob Freund oder Feind, ob Hüter oder Wächter, Eisenhauer erkannte niemanden mehr. Durch einen Schleier aus Tränen sah er die Zwerge, die sich ihm zu Füßen warfen und seine Beine umklammerten, und die Elfen, die wie glühende Bienen seinen Kopf umkreisten und ihn ganz schwindelig machten. Er schlug um sich, hieb gegen Mauern und trennte Taue durch, die sich um seinen Leib schlangen. Es schepperte, wann immer er den Arm hob. Doch sein Schwert blieb sauber. Nur der weiße Staub der Wände rieselte an ihm herunter, wenn er Säulen oder Mauern getroffen hatte. Kein Tropfen Blut beschmutzte die Klinge. Wie durch ein Wunder traf er nichts, das lebte.

Immer schwerer fiel es ihm, einen Fuß vor den anderen zu setzen. Zu viele Wurzelgnome standen auf seinen Schuhen und hielten sich an den Schnallen seiner Stiefel fest. Zwerge lagen vor ihm und umklammerten seine Waden. Er hob die Hände über den Kopf, doch an seinen Ärmeln hingen kleine grüne Gestalten, und bald brachte er die Kraft nicht mehr auf, die Arme zu heben. Er öffnete die Hand und ließ das Schwert zu Boden fallen. Scheppernd schlug es auf die Steine und Funken stoben auf. Eisenhauer ließ die Arme sinken.

Dann wurde es still in der Eingangshalle.

Ihre Füße schmerzten bei jedem Schritt. Charlotte trat auf Wurzeln und zerbrochene Äste. Tannennadeln und Dornen stachen in ihre nackten Füße. Die Tränen liefen ihr über das Gesicht. Doch sie zwang sich, es zu ignorieren, und lief schneller.

Unter einer Eiche blieben sie endlich stehen. Von hier konnten sie den Weg einsehen, wenn sie sich auf die Zehenspitzen stellten, und die Büsche würden sie verbergen, wenn sie sich auf den Boden hockten.

Charlotte stemmte die Hände in die Hüften, um den stechenden Schmerz in ihrer Seite zu lindern. Fynn stand neben ihr. Sein Atem ging unregelmäßig, er keuchte und hustete.

Mit dem Rücken lehnte er sich an den Baum und ließ sich auf die Knie sinken.

Die Nacht war still. Falls es in der Universität noch Kämpfe gab, hörten sie sie nicht.

Charlotte setzte sich neben Fynn an den Fuß des Baumstammes und schlang die Arme um ihre nassen Beine. Sie war müde, doch ihre klappernden Zähne und die Sorge um Fynn hielten sie wach.

Irgendwann schlug eine Uhr in der Ferne zweimal, aber vielleicht hatte sie es sich auch nur eingebildet.

Fynns Atem ging endlich ruhiger. Er legte den Arm um ihre Schulter und zog sie näher zu sich. Sofort wurde ihr ein bisschen wärmer, obwohl ihre Kleider noch feucht waren.

Charlotte dachte an das Hemd, das auf dem Sand gelegen hatte, und die Tränen liefen warm über ihre Wangen. Ihre Mutter war fort, und sie hatte keine Gelegenheit gehabt, etwas von ihr zu erfahren. Lille war ohne ein Wort des Abschieds in den Fluss gestiegen und wieder aus ihrem Leben verschwunden.

Erschöpft lehnte Charlotte den Kopf an Fynns Schulter. Immer wieder war sie hin- und hergerissen zwischen Trauer und Wut und wusste nicht, was besser zu ertragen war. Sie wollte nicht mehr darüber nachdenken. Nicht heute.

»Nach wem hast du gesucht?«, fragte sie, um auf andere Gedanken zu kommen.

Charlotte spürte, wie Fynn den Rücken aufrichtete. Er bewegte sich kaum, doch sein Körper war plötzlich wieder angespannt, als würde er jeden Moment aufspringen und davonlaufen.

»Was meinst du?«, fragte er leise.

»Du hast doch nach irgendjemandem gesucht, der dort eingesperrt ist, oder?«

»Ja, das stimmt.«

»Sagst du mir, wen du gesucht hast?« Charlotte hielt den Atem an. Sie befürchtete, er würde sich von ihr zurückziehen, und sie brauchte seine Umarmung in dieser kalten Nacht. Fynn zögerte kurz, dann stand er auf und drehte den Kopf zur Seite, als würde er in die Ferne lauschen. War das seine Weise, sich vor der Antwort zu drücken? Doch dann hörte Charlotte auch etwas.

Der Wind wehte die Geräusche von der Straße zu ihnen herüber. Es war ein Streit, der bald verstummte. Dann erklang das Getrampel unzähliger Stiefel auf dem fest getretenen Weg. Charlotte erhob sich lautlos von ihrem Platz am Stamm der Eiche.

Gebeugt spähten sie beide über die Büsche.

Zwei Männer auf Pferden ritten vorbei. Sie trugen Fackeln und blickten stur geradeaus. Ihnen folgten etwa hundert Männer. Manche humpelten, viele hielten Tücher zwischen sich, auf denen Männer lagen. Der Wind trug das Stöhnen der Verletzten zu ihnen herüber.

Charlotte bekam eine Gänsehaut, die nichts mit ihren nassen Kleidern zu tun hatte. Die schwarzen Mäntel und Kapuzen sahen bedrohlich aus. Daran änderten auch die Verletzungen der Männer nichts. Ihre Anzahl und der schwere, nicht mehr ganz gleichförmige Schritt strahlten eine beängstigende Kraft aus.

Als sie verschwunden waren, lehnte sich Charlotte erleichtert wieder gegen den Baum.

Fynn setzte sich wenig später neben sie.

»Denkst du, sie werden nach deiner Mutter suchen?«, fragte er.

»Vielleicht. Aber es ist mir egal. Ich werde sie nicht mehr suchen.« Charlotte schüttelte so heftig den Kopf, dass die nassen Haare gegen Fynns Hals klatschten. »Sie ist im Wasser. Das ist ihr Element. Ich werde sie nicht mein ganzes Leben lang suchen, wie Jette es getan hat.« Charlotte sah die alte Frau wieder vor sich, wie sie am Tor stand und die Universität nicht betreten konnte. Natürlich sehnte sie sich danach, ihre Mutter zu sehen, aber sie wollte nicht ihr ganzes Leben jemandem nachlaufen, der nicht gefunden werde wollte.

»Aber ich bin traurig«, gestand sie.

Als Charlotte die Worte aus ihrem Mund hörte, merkte sie, wie wahr sie waren. Die Tränen liefen ihr über das Gesicht. Sie weinte um die Zeit, die sie nicht mit ihrer Mutter verbracht hatte und all die Fragen, die ihr geblieben waren. Sie wusste nicht, ob ihre Mutter sie mit einem liebevollen Namen geneckt, sie am Abend zugedeckt und ihren Schlaf bewacht hatte, wenn sie krank war. Hatte ihre Mutter ihr Geschichten erzählt und Lieder vorgesungen? Die Wächter hatten sie geholt und Charlotte durch die Experimente auch die ersten Jahre mit ihr geraubt. Und so weinte Charlotte auch um die Erinnerungen, die sie ihr genommen hatten.

Fynn hielt sie in seinem Arm und Charlotte spürte seine Nähe wärmer und tröstender als je zuvor. Als sie sich wieder beruhigt hatte, richtete sie sich etwas auf. »Du hast doch nach jemandem gesucht, oder?«, fragte sie leise.

Er nickte. »Ich suche schon lange nach ihm und war ihm zum ersten Mal ganz nah. Seit sechs Jahren.«

Dann blieb er wieder still. Doch er löste die Umarmung nicht und deshalb wagte Charlotte noch eine Frage. »Wird er in der Universität gefangen gehalten?«

»Ich habe in den Kellern der Zitadelle eine geheime Kammer entdeckt. Dort habe ich auch das Bild von dir gefunden.« Er sah kurz zu ihr herüber, doch sie konnte im Dunkeln den Ausdruck auf seinem Gesicht nicht deuten. Ein Hustenanfall schüttelte ihn, und er atmete keuchend, als er vorüber war. Charlotte rückte wieder ganz nah an ihn heran und endlich sprach er weiter.

»Jemand aus dem Rat sammelt dort Informationen über die Magiebegabten und es gibt viele Hinweise auf Ousía. Aber ohne Milan hätte ich die Universität nie gefunden. Es gibt den Ort auf keiner Karte. Jetzt weiß ich endlich, dass es die Universität bei dem Dorf Skørping ist.« Fynn drehte den Kopf, als würde er auf die Geräusche in dem Gebäude hinter ihnen hören.

»Erzählst du mir die ganze Geschichte? Wen suchst du?«, fragte Charlotte nach einer Weile.

Doch bevor Fynn antworten konnte, drang erneut das Geklapper von Hufen in den stillen Wald.

Die beiden sprangen auf und spähten über die Büsche.

Es war Milans Kutsche. Langsam näherte sie sich ihrem Versteck. Auf dem Bock saß ihr Vater und spähte in die Dunkelheit.

Ein Gefühl von Freude breitete sich in ihr aus und Charlotte schluckte alle Traurigkeit herunter. Es gab jemanden, der auf ihrer Seite stand und der sie unterstützen und vor Eisenhauer und seinen Wächtern beschützen würde. Zusammen würden sie einen Weg finden, den Wächtern und den Rebellen zu entkommen. Aber sie fragte sich, ob es nicht Zeit war, ihre Gabe für das Gute zu nutzen und nicht immer nur, um sich selbst den Hals zu retten.

Im Licht der Sterne betrachtete sie Fynns Gesicht. Sein Geheimnis hatte er lange vor ihr verborgen, und sie wusste nie, was er gerade dachte oder vorhatte. Trotzdem kribbelte ihre Haut noch immer dort, wo er sie berührt und in seinem Arm gehalten hatte. Wohin würde sein Weg ihn morgen führen? Sie streckte die Hand aus, um ihn zu berühren, aber er schob sich durch die Büsche und winkte Milan.

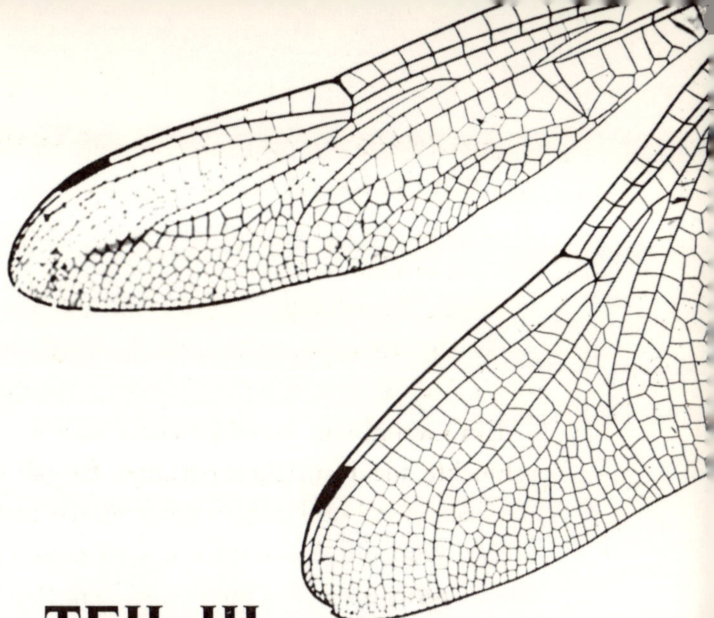

TEIL III

DAS VERSTECK DER WANDERER

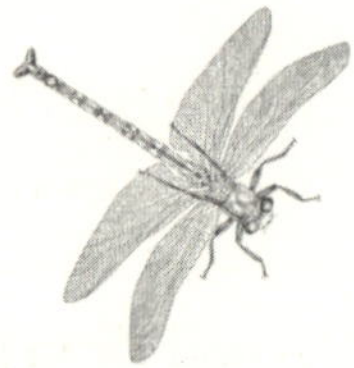

21. KAPITEL

Alles sah fremd aus und hörte sich unbekannt an, als Fynn aufwachte. Wasser schwappte an die Wände. Er lag unter weichen Decken und Fellen in einer Koje.

Er beugte sich über die Bettkante und erblickte Charlotte auf der unteren Matratze. Die blauen Flecken an ihren Armgelenken hatten eine hellgrüne Farbe angenommen, die frischen Schrammen von den Glassplittern bildeten schon Krusten.

Seine eigenen Verletzungen zählte er nicht. In der Zitadelle hatten sie täglich Übungen mit Messern und Schwert durchzuführen und unzählige Narben überzogen seine Arme und Beine in einem wirren Muster. Alles verheilte irgendwann. Nur das Atmen fiel ihm stets schwer, wenn er in der Nacht draußen gerannt war. Daran änderte sich nichts.

Fynn tastete nach seiner Brust und das Papier unter seinem Hemd knisterte. Es hatte ihn auf seinem langen Weg begleitet und nun war er seinem Ziel wieder ein Stück näher gekommen. Denn all die Hinweise auf Ousía, die er gestohlen hatte, waren mit Milans Hilfe zu einem wirklichen Ort geworden, der Universität in dem Dorf Skørping. Nun wusste er selbst, wie er dort hingelangen konnte und wie es im Inneren des Gebäudes aussah. Deshalb musste Fynn seinem Schatz noch ein weiteres Stück hinzufügen.

Lautlos kroch er aus dem Bett und betrachtete Charlottes Gesicht für einen Moment, bevor er die Tür öffnete. Sie sah friedlich aus, aber er ahnte, welche dunklen Träume sie heimsuchten, sobald sie die Augen schloss.

Über sich hörte Fynn Schritte und die Stimmen von Jette und Milan klangen dumpf durch die Holzdecke. Kisten wurden knarzend über die Dielen geschoben und es klapperten Goldmünzen in einem Säckchen. Die beiden waren beschäftigt und Fynn hatte die Kajüte eine Weile für sich allein.

Lautlos öffnete er die Schränke und fand die Karte, die Milan von dem Gelände der Universität und all ihren Räumen gezeichnet hatte. Bei seinem letzten Besuch war er überstürzt in die falsche Richtung gelaufen. Das würde ihm nicht noch einmal passieren. Er zog ein Papier aus seinem Hemd und strich es auf dem Tisch glatt. Dann begann er, auf die Rückseite Strich für Strich die Einzelheiten von Milans Karte zu übertragen.

Denn er würde nicht noch einmal fliehen, wenn er vorher nicht gefunden hatte, was er suchte. Während er zeichnete, versuchte er, sich die Ereignisse der letzten Nacht in Erinnerung zu rufen. Einige Käfige hatten die Hüter geöffnet, bevor die Wächter des Königs die Universität gestürmt hatten. Doch im Wald war es still gewesen, als sie auf Milans Kutsche gewartet hatten. War wirklich niemandem von den Gefangenen die Flucht gelungen oder hatten sie in ihrem Versteck nur nichts davon gehört?

Über ihm an Deck kicherte Jette wie ein junges Mädchen. Es gefiel ihm, die alte nachdenkliche Frau so ausgelassen zu erleben. Auch der Händler, der alles für seine verlorene Tochter tun wollte und ihn selbst so freundlich aufgenommen hatte, war ihm sehr sympathisch geworden.

Die anderen würden Pläne für die Flucht aus dem Land machen, denn für Charlotte war es zu gefährlich geworden. Sie hatte wirklich alle gegen sich aufgebracht. Dann würden sich ihre Wege wieder trennen. Der Gedanke gefiel Fynn nicht. Aber er konnte sich ihnen nicht anschließen, sondern musste seine eigenen Wege gehen.

Nebenan hörte er das Bett von Charlotte knarzen und er rollte hastig die Karte zusammen. Wie gerne würde er ihr all seine Sorgen erzählen und sie in seine Pläne einweihen. Doch er konnte es nicht riskieren, ihr zu vertrauen. Er durfte niemandem vertrauen, wenn er sein Ziel erreichen wollte. Seinen Freund Tjelle und seine Familie hatte er in große Schwierigkeiten gebracht und das schlechte Gewissen bereitete ihm noch immer Bauchschmerzen.

Gerade als er die Karte wieder im Schrank verstaut hatte, kam Charlotte in die Kajüte. Sie lächelte müde und stellte dann eine Wasserkanne auf den Herd. Es knisterte an seiner Brust, als Fynn sich vorbeugte, um Kamillenblüten und Melisse in die Kanne zu schütten. Er würde noch etwas Geduld haben müssen, um die Karte vollständig zu kopieren.

Während sie am Tisch saßen und ihren Tee tranken, kam Milan zu ihnen herunter. Er strich Charlotte kurz über die Wange und röstete ihnen dann etwas Brot zum Frühstück.

»Ich habe dich gehört«, sagte er zu Fynn und setzte sich zu ihnen an den Tisch.

Fynn bemühte sich, langsam einzuatmen und seine Brust nicht zu bewegen, hörte aber trotzdem das Rascheln unter seinem Hemd.

»Ich …« Es gab keine Worte, um das gebrochene Vertrauen zu erklären. Natürlich hätte er Milan um die Erlaubnis bitten können, die Karte zu kopieren. Sicher hätte er sie ihm gegeben. Fynn spürte, wie sich seine Wangen rot färbten, und er senkte den Kopf.

»Hast du diese rasselnden Geräusche zu bestimmten Zeiten oder an besonderen Orten?« Milan erhob sich und röstete am Herd noch ein Stück Brot für seine Tochter, die mit großem Appetit frühstückte und sich immer wieder Tee aus der Kanne einschenkte.

Fynn hob den Kopf und beobachtete ihn. Dann endlich begriff er, wovon Milan gesprochen hatte. »Ich weiß nicht, wann es angefangen hat. Das Atmen fällt mir schwer, wenn ich abends gelaufen bin. Manchmal auch einfach so.«

»Es gibt eine Pflanze, die Waldengelwurz heißt, aber im Volksmund wird sie nur Drachenspucke genannt. Sie ist in der Nähe von Flüssen fast drei Meter hoch und aus ihren Blüten kann man ein Öl gewinnen. Es hilft gegen diesen rasselnden Atem, aber wenn man zu viel in den Tee gibt, dann ist es giftig.«

»Woher weißt du das?«

»Ich betreibe meinen Handel nicht nur für die Universität, sondern auch für die Apotheken in den Städten.«

»Kannst du mir etwas von dieser Drachenspucke besorgen?«

Milan schüttelte den Kopf. »Leider nicht. Das Jagdrecht ist aufgehoben und es dürfen keine Kräuter mehr im Wald gesucht werden.« Er sah über die Schulter, als wollte er nachsehen, ob ihn auf seinem eigenen Boot jemand belauschte. »Es ist immer schwieriger zu bekommen, weil die Heiler der Zitadelle vorsorglich die Pflanzen ernten und in die Stadt bringen.«

»In der Stadt gibt es das Kraut?«

»Sie haben sicher keinen großen Vorrat mehr, denn als der Prinz vor einigen Jahren das Jagdrecht zurückgefordert hat, wurde sehr viel geplündert. Das fahrende Volk kannte die Orte und manche Gruppen haben sich in den letzten Jahren nur wegen ihrer wertvollen Vorräte über Wasser halten können.«

Fynn trank einen Schluck Tee und stellte sich vor, wie es sein würde, einen Abend einzuschlafen ohne die Angst, die ihm die Brust zuschnürte, und ohne seinen keuchenden Husten, der alle anderen immer wieder aus ihren Träumen riss.

»Ich werde sehen, ob ich irgendwo noch Drachenspucke auftreiben kann«, versprach Milan und ging dann wieder hinauf an Deck.

ooooo

Smilla saß hoch oben in den Ästen der Bergkiefer und schaukelte mit den Beinen. Neben ihr hing ein Körbchen mit einer Taube in den Ästen und unter ihr lag das Boot des Händlers. Endlich hatte sie die Spur des Mädchens wiedergefunden. Sie war nicht nah genug dran, um mehr als ein leises Murmeln zu hören, wenn sich der Händler und die alte Frau an Deck unterhielten, aber sie brauchte ihre Ohren nicht, um die Pläne zu erfahren.

Sie hatten hier in der Nähe der Baumgruppe einige Tage vor Anker gelegen und das platt gedrückte Schilf verriet es ihr. Er räumte auf dem Deck des Schiffes auf, öffnete Kisten und trug sie in die Ladeluke. Offensichtlich bereitete er die Abfahrt vor.

Die Hexe schloss die Augen, um sich auf die Luft um sich herum zu konzentrieren. Sie fühlte den Wind auf der Haut und hörte das leise Rascheln tief unten am Stamm der Bergkiefer. Als sie schon enttäuscht aufgeben wollte, weil sie anscheinend doch zu weit entfernt sein musste, spürte sie seine Angst. Sie war ungeheuer groß und überwältigte sie fast. Smilla legte einen Arm um den Baumstamm. Ihre Hände wurden feucht, und mit dem einsetzenden Schwindelgefühl kam das Bedürfnis, sich sofort wieder zurückzuziehen. Doch das durfte sie nicht. Sie hatte eine Verantwortung gegenüber ihrer Familie. Tief ließ sie die milde Luft dieses Septembermorgens in sich hineinströmen und konzentrierte sich auf die Gedanken des verängstigten Händlers.

Da war ein Mädchen, das ihm fremd war und das er so sehr liebte, dass es ihm wehtat. Da war eine Frau in der Ferne, die er liebte und trotzdem ihre Nähe nicht suchte. Wasser überlagerte all seine Gedanken. Flüsse, sein Boot, das weite Meer.

Smilla öffnete die Augen und schaukelte wieder mit den Beinen. Morgen würde der Händler versuchen, ins Ausland zu fliehen. Sie hatte also genug Zeit, ihre Verbündeten zu informieren, auch wenn sie bis zum Abend hier oben festsitzen würde. Sie schrieb ihre Anweisungen auf ein handgroßes Stück Papier und rollte es zusammen. Leise gurrend beruhigte sie den Vogel und holte ihn aus dem Körbchen. Dann befestigte sie die Nachricht an dem Bein der Taube und warf sie in die Luft.

ooooo

Charlotte hätte Fynn gern noch einmal gefragt, was er in der Universität gesucht hatte. Aber sie waren in den letzten Stunden nur selten allein gewesen, und immer, wenn sie endlich den Mut dazu aufbringen konnte, hatten sie plötzlich irgendetwas zu tragen, zu verschnüren oder auszupacken. Seit der Fahrt nach Skørping hatte sie auch mit Milan und Jette kaum mehr als ein paar Worte gesprochen. Milan wickelte seine Geschäfte ab und bereitete alles für die Flucht aus Himmerland vor.

Charlotte hatte seinen Entschluss zur Kenntnis genommen. Schließlich war es ein schönes Gefühl, dass er sich nach all den Jahren um sie kümmerte und für sie sorgte. Doch immer wenn sie daran dachte wegzugehen, spürte sie ein heftiges Ziehen im Bauch. Sie selbst hatte sich durch den Einbruch in die Universität in noch größere Gefahr gebracht, als sie ohnehin schon war, und jeden Tag, den die anderen mit ihr verbrachten, setzten sie auch ihre eigene Freiheit oder sogar ihr Leben aufs Spiel.

In der letzten Nacht hatte sie die dunkle Hütte und die Tierbilder auf ausgestreckten Armen deutlicher gesehen als je zuvor in ihren Träumen und sogar den Geruch des Flusses und des Holzfeuers am Herd gerochen.

Während sie für Milan Kisten über das Deck schob, dachte sie auch an ihre Schwestern, die eigentlich gar nicht ihre Schwestern waren. Sie waren, genau wie sie, in großer Gefahr. Vielleicht wurden sie gerade von den Wächtern des Königs angeschrien und aus den Häusern gezerrt, weil sie nicht antworten konnten.

Charlotte setzte sich auf einen Ballen Tuch, den sie unter Deck verstauen sollte, und überlegte, wie sie ihnen helfen konnte. Aber selbst wenn sie es wagte, ihre Gabe zu benutzen, wusste sie nicht, auf wessen Seite sie sich schlagen sollte. Es schien einfach keine Guten zu geben, die nur mit den ehrlichsten Mitteln für die richtige Sache kämpften. Sie konnte dem jungen König nicht helfen, der seine geheimen Wächter ausschickte, um magiebegabte Mädchen zu fangen. Und sie würde sich auch nicht Smilla und ihren Rebellen anschließen. Die wollten zwar die Magie für alle zugänglich machen, aber schließlich hatten sie Charlotte auf einen Stuhl gefesselt und in einer Fabrik eingesperrt. Woher sollte sie wissen, zu welchen Taten sie noch fähig waren? Es gab nichts, was sie für ihre Familie und dieses Land tun konnte, und sie war traurig darüber.

Als die Sonne unterging, standen sie an Deck. In der Nacht zuvor war eine hauchdünne Sichel am sternenklaren Himmel erschienen. Nun war Neumond.

Am Tag darauf gab es in jedem Monat eine Feier in der Zitadelle, und das Volk versammelte sich zu der Stunde, in der der Schatten des Mondes auf der Sonne zu sehen war.

»In der Zeit, als die Menschen noch nicht auf der Erde waren, liebte die Sonne den Mond. Das Meer wurde eifersüchtig und gehorchte der Sonne nicht mehr, die über die Erde und die Sterne regierte. Das Meer kam, sobald es den Mond sah, und zog sich in die Unendlichkeit zurück, wenn die Sonne den Himmel betrat«, begann Milan zu erzählen. Charlotte hörte die vertraute Geschichte zum ersten Mal aus dem Mund ihres Vaters. Vielleicht hatte er ihr als Kind die alten Märchen erzählt, aber da sie sich nicht daran erinnerte, zählte es nicht. Sie lehnte sich an die Reling und vertraute sich seiner Stimme an, während am Himmel ein Stern nach dem anderen sein Licht entzündete.

»Dem eitlen Mond gefiel es wohl, von Meer und Sonne geliebt zu werden. Doch die Sonne wurde krank vor Kummer. Ihr Licht verblasste und ihre Hitze nahm ab. Tag für Tag wurde es kälter auf der Erde. Frost und Schnee bedeckten das ganze Land. Da klagte die Erde der Sonne ihr Leid. Die Sonne schaute auf die weiße Erde und erschrak. Ihr Unglück hatte Pflanzen und Tiere erfrieren lassen. Sie schickte den Mond in die Dunkelheit und blieb am Tag allein am Himmel. Langsam bekam sie ihre Hitze zurück und die Erde taute und brachte neues Leben hervor. Der Mond verzehrte sich aber nach der Sonne und wurde immer dünner, bis er kaum noch zu sehen war. Da gestattete die Sonne dem Mond, die Nacht zu verlassen. Er stieg am Tag den Himmel hinauf, um die Sonne zu küssen. Das half beiden gegen die Einsamkeit am unendlichen Himmelszelt. Nach dem Kuss schickte die Sonne den Mond in die Dunkelheit zurück, damit der Kummer sie nicht überwältigte und der ewige Frost die Erde noch einmal bedecken konnte. Einmal im Monat erlaubt die Sonne dem Mond, sie zu küssen. Und so ist es bis auf den heutigen Tag.«

Jette seufzte. »Morgen ist es so weit. Alle sind in der Halle der Zitadelle versammelt.« Die anderen nickten. Nur Charlotte sah zu den Sternen hinauf und wusste endlich, was sie tun wollte.

»Ich kann noch nicht gehen«, sagte sie entschlossen.

Die drei sahen sie erstaunt an und Jette streckte die Hand nach ihr aus.

»Kleines, es ist die beste Gelegenheit, die wir bekommen. Wenn alle in der Zitadelle sind, durchqueren wir den Fjord nach Norden und verstecken uns auf den Flüssen dort.« Sie strich Charlotte über das Haar und nickte ihr aufmunternd zu.

Nur Fynn sah sie neugierig an und schob das Kinn etwas vor.

»Ich will vorher noch etwas für die Menschen tun.«

Milan schüttelte den Kopf. »Du kannst nichts tun. Du bist zwischen die Fronten geraten und Rebellen und Wächter suchen nach dir. Du kannst nur dich selbst in Sicherheit bringen.« Er zögerte und ballte die Hände zu Fäusten. »Ich werde nicht zulassen, dass sie dich noch einmal einsperren.«

Charlotte schluckte. Seine Sorge rührte sie und brachte ihren Entschluss beinahe zum Wanken. Doch dann atmete sie tief ein.

»Den Krieg kann ich nicht verhindern, und ich will auch nicht kämpfen, weil ich gar nicht wüsste, auf wessen Seite ich stehen sollte. Aber ich habe eine Gabe.«

Jette zog die Augenbrauen hoch und griff sich mit einer Hand an die Brust.

Charlotte schluckte. »Ich werde zumindest die Wahrheit ans Licht bringen, damit alle wissen, wie es um das Land steht. Ich kann die Lügen nicht mehr ertragen.« Sie war mit jedem Wort etwas leiser geworden, aber sie wollte nicht, dass die anderen ihre Entschlossenheit in Zweifel zogen. Deshalb fuhr sie etwas lauter mit ihren Gedanken fort. »Ich gehe in die Halle der Zitadelle und hole mir Antworten, die das ganze Volk hört. Danach können alle entscheiden, wem sie sich anschließen und wem sie vertrauen, und wir bringen uns in Sicherheit.«

Die beiden Erwachsenen schwiegen. Doch Fynn nickte ihr zu und es lag Anerkennung in seinem Blick. »Ich werde dir helfen, unerkannt in die Stadt zu kommen, und ich bringe dich auch wieder heraus. Ich habe schon eine Idee.«

Charlotte hörte zu, wie er von den Gassen im Snavsviertel berichtete, in denen niemand gern nach dem Rechten sah, und den Flussläufen, die bis zum Himmel stanken. Ein Plan nahm Gestalt an und ein Glücksgefühl durchströmte sie. Morgen würde sie in die Stadt gehen und die richtigen Fragen stellen. Die Zeit des Versteckens hatte ein Ende.

ooooo

Eisenhauer schob den Wandteppich zur Seite und trat in die versteckte Kammer. Eine Fackel hing an der Wand bereit. Er entzündete sie und folgte der Treppe immer tiefer unter die Erde. Unten stieß er auf eine Holztür mit rostigen Beschlägen. Er fuhr mit den Fingern über das Holz wie beim ersten Mal, als er den versteckten Keller unter dem Ostturm des Palastes gefunden hatte. Eisenhauer hatte ein Jahr gebraucht, bis er einen Schlüssel gefunden hatte, der die Tür öffnen konnte. In der Nähe von Terndrup lebte ein Gnom, der silberne Schlüssel schmiedete und dann verzauberte, damit sie jede Tür öffneten. Eisenhauer hatte ihm viel Gold für seine Dienste angeboten und schließlich seine Töchter entführt, um das zu bekommen, was er wollte.

Nun zog er den verzauberten Schlüssel aus seiner Manteltasche.

Es knirschte leise, als würde der Schlüssel im Inneren der Tür Sand zermahlen. Dann öffnete sich der Riegel.

Eisenhauer trat ein und verschloss die Tür hinter sich. Auch wenn seit Jahren niemand hier heruntergekommen war, wollte er kein Risiko eingehen.

Als er sich umdrehte, liefen sie schon auf ihn zu und umschmeichelten seine Beine wie Katzen. Sie öffneten ihre Mäuler und rieben ihre stacheligen Schwänze an seinen Stiefeln. Eisenhauer beugte sich zu ihnen hinunter und strich ihnen über die Köpfe.

Einer schnappte nach seinen Händen, ein anderer nieste und kleine Rauchwolken stoben aus seinen Nasenlöchern. Eisenhauer lächelte.

Dann entzündete er weitere Fackeln, die in den Spalten zwischen dem Mauerwerk steckten. Flackerndes Licht fiel auf zwei Drachen, die im vorderen Teil des Gewölbes lagen.

Die Höhle führte viele Schritte in die Erde hinein und die kleinen Drachen trollten sich in die Dunkelheit. Ihr Schnaufen und Fauchen hallte unter der gewölbten Decke.

Eisenhauer ging auf den ersten Drachen zu. Sie hieß Isira und Eisenhauer war nicht viel größer als eines ihrer Beine. Ihr mächtiger Rumpf überragte ihn um eine Mannslänge.

Der Hauptmann hatte das Drachenweibchen von seinen Wächtern durch das Gebirge jagen lassen. Als sie es mit einem Speer verwundet hatten, kam er selbst, um es zu retten. Der Drache war ihm dankbar in das angebliche Versteck gefolgt.

Damals hatte sich Eisenhauer zum ersten Mal über das Gesetz des Königs hinweggesetzt und einen Plan entworfen, um einige magische Wesen in seine Gewalt zu bringen. Er hatte den Heiler gezwungen, ein Schlafmittel herzustellen und es in das Essen zu rühren. Die ganze Zitadelle schlief, als Eisenhauer mit dem Drachen in den Keller spazierte. Nur hier, ein paar Stockwerke unter dem Schlafzimmer des Königs, war er sicher vor den anderen Hauptmännern, dem Heiler und dem Minister.

Eisenhauer hatte noch fünf weitere Drachen und andere Tiere aufgestöbert und von seinen Wächtern jagen lassen. Hatten sie einen verwundet, spielte er den Retter und blendete die Geschöpfe mit seiner Fürsorge.

»Wir vermissen den Himmel«, sagte Isira, als Eisenhauer sich näherte.

»Über der Erde verfolgen sie euch ohne Gnade.«

»Wird es kein Ende nehmen?«

»Der König will es nicht beenden.« Eisenhauer kam noch einen Schritt näher. »Aber wir können etwas tun«, schlug er vor und hoffte, dass sein tollkühner Plan aufgehen würde und das Land direkt in den offenen Aufstand trieb. Noch besser wäre es, wenn er den Nachbarländern die Schuld geben konnte, denn in Kriegszeiten galten andere Gesetze. Es musste jedenfalls erschütternd sein, damit er sich von dem Vorwurf des Misserfolges bei der Universität befreien konnte.

Isira streckte den Kopf nach vorn. Ihre Augen waren nur einen halben Meter von seinem Gesicht entfernt.

Eisenhauer liebte diese Momente. Isiras violette Schuppen glänzten im Schein der Fackeln und sahen kostbarer aus als die Mäntel und Umhänge des Königs. Die schwarzen Augen blickten ihn so wach und aufmerksam an, wie er es bei einem Menschen noch nie erlebt hatte. Mit nur einem Schlag ihres stacheligen Schwanzes hätte sie ihn gegen die Wand schleudern können. Mit dem feurigen Atem könnte sie ihn in Flammen setzen und ihm mit den scharfen Krallen den Leib aufschlitzen. Doch sie tat es nicht. Tag für Tag stand er neben ihr und sie ließ ihn wieder gehen.

»Warum bist du traurig?«, fragte Isira.

Eisenhauer verstand nicht, was sie meinte. Wenn er hier unten bei ihnen war, musste er sich beherrschen, nicht laut zu lachen, weil es ihm seit Jahren gelang, die angeblich weisesten Tiere der Welt anzulügen und in Gefangenschaft zu halten.

»Wen hast du verloren?«, fragte sie weiter.

Da sah Eisenhauer Lilles schönes Gesicht vor sich. Die langen Haare, die Kraft, die ihre Augen zum Leuchten brachten und den Mund, den er in seinem Leben nur einmal schmecken wollte.

»Niemanden.« Er musste unvorsichtig geworden sein. Es war höchste Zeit, die Drachen zu benutzen und dann loszuwerden.

»Wollt ihr in die Freiheit zurück?« Eisenhauer wich einen Schritt zurück, um Isira in die Augen zu sehen.

»Das weißt du. Ist es möglich?« Zwei andere Drachen erhoben sich und kamen näher. Einer hatte gelbe Schuppen und giftige Stacheln an seinem Schwanz. Die Jagd nach ihm hatte zwei seiner Federn das Leben gekostet. Die Stacheln enthielten ein Sekret, das beide innerhalb von wenigen Augenblicken getötet hatte. Der andere war ein brauner Drache, der schon uralt sein musste. Er bewegte sich langsam, seine Schuppen waren stumpf und fleckig und in seinen Augen fehlte jeder Glanz. Eisenhauer hatte sie nie nach ihren Namen gefragt.

»Greift den Prinzen an! Ich habe lange nach einer Lösung gesucht, aber keine gefunden. Wir müssen uns ihm offen entgegenstellen.«

»Wann?«, fragte der Drache mit den gelben Schuppen.

»Heute ist der Tag des Mondes. Wir sind in der Halle zur Mittagsstunde. Wenn wir nach der Zeremonie draußen feiern, könnt ihr über den Platz fliegen.«

»Wir sollen den König töten?«, fragte Isira.

»Verbrenne ihn, dann habt ihr eure Freiheit wieder.«

»Das Volk wird uns für diese Tat hassen und der neue König noch härter verfolgen«, vermutete der alte Drache.

Eisenhauer schüttelte den Kopf. »Dazu wird es nicht kommen. Der Prinz hat keine Kinder. Die Frage der Nachfolge ist ungeregelt und ich werde euer Fürsprecher sein.«

Die Drachen schwiegen.

Eisenhauer wartete geduldig. Immer wenn er sich mit Isira besprach, kamen andere Drachen dazu, stellten Fragen und schwiegen dann lange. Am Ende stimmten sie ihm immer zu. So war es auch heute.

22. KAPITEL

Charlotte betrat die Halle, nachdem die Zeremonie bereits begonnen hatte. Sie drückte sich an der hinteren Mauer entlang, obwohl sie zu gerne nach ihrer Familie Ausschau gehalten hätte. Hoffentlich war ihnen nichts geschehen! Vielleicht waren sie nur wenige Schritte von ihr entfernt, doch sie durfte nicht nach ihnen suchen. Auch wenn die Sorge um Emil, Ina, Leni und Merle sie fast verrückt machte, musste sie sich darauf konzentrieren, lange genug unentdeckt zu bleiben. Schließlich wurde nach ihr gesucht, und die Wächter kannten ihr Gesicht von der Fotografie, die bei ihrem Trivium gemacht worden war.

In Gedanken sagte sie den Text auf, den sie sich mit Fynn, Jette und ihrem Vater in der letzten Nacht überlegt hatte.

Währenddessen drückte sie sich hinter den Menschen immer weiter an der Wand entlang.

Es war warm in der Halle, die Luft stand. Mehrere tausend Menschen aus dem ganzen Land hatten sich an dem Spätsommertag hier versammelt. Dicht gedrängt standen sie nebeneinander und beobachteten die Zeremonie der Priesterinnen. Die Sonne schien auf die große Fensterscheibe und durchflutete die Halle mit ihrem Licht.

Die Priesterinnen tanzten vor dem Fenster, und die Heilerinnen schwenkten Lichter und glühende Kohlen, die einen süßlichen Geruch verbreiteten.

Alles war, wie es immer an diesem Festtag war.

Schritt für Schritt schob sich Charlotte an der Wand entlang, bis sie die hinterste Ecke erreichte.

Alle Gesichter waren nach vorn gerichtet. Der Tanz der Priesterinnen hatten etwas Inniges und Anziehendes, von dem man sich nicht abwenden konnte. Auch Charlotte ertappte sich dabei, wie sie immer wieder nach vorn starrte und die Bewegungen der Priesterinnen beobachtete.

Als sie die seitliche Mauer erreichte, zog sie den Hut, den sie von ihrem Vater ausgeliehen hatte, tiefer in das Gesicht. Sie würde sich jetzt langsam vorantasten, bis sie den jungen König auf der Empore erkennen konnte. Charlotte keuchte leise, als sie das ernste Gesicht des Mannes betrachtete, der für die Menschen von Himmerland verantwortlich war. Zu ihrem Glück begannen die Priesterinnen zu singen und niemand hörte sie. Auch das Rascheln der Gewänder und Mäntel wurde durch eine Melodie übertönt, die Charlottes Herz rührte. Neben ihr begannen einige Frauen, geräuschvoll zu schniefen und nach ihren Taschentüchern zu suchen.

Von all den Festen in der Zitadelle war der Tag des Mondes das schönste. Die Sonne bestimmte seinen Zeitpunkt und in jedem Monat fiel es auf einen anderen Tag.

Manchmal erschien der Mond nicht, obwohl er in der Nacht nicht am Himmel zu sehen war. Trotzdem nahm er in den Nächten danach wieder zu und nur die Sonne wusste warum.

Das Lied, das die Priesterinnen der Sonne geweiht hatten, war nicht weniger und nicht mehr als ein Liebeslied. Das Lied der Sonne, die den Mond liebte und seine Nähe doch nur einen Augenblick im Monat suchte. Dieser Tag war der Tag der Liebe. Der Tag, an dem alles möglich war.

Als das Lied endete, stand Charlotte im vorderen Drittel der Halle. Der Minister, der beim Trivium die Scherben mit ihrer Zukunft verteilt hatte, saß in der ersten Reihe auf der Empore und bohrte in der Nase. Gelangweilt wanderte sein Blick von den Priesterinnen über das Volk. Wie immer waren die ersten Reihen dicht besetzt, damit das Volk keinen Zweifel an der Macht und dem Reichtum der Zitadelle bekam, und bei dem Gedanken an die Wächter vor ihrem Haus und die Entführung durch die Rebellen ballte Charlotte wütend die Fäuste. Es war überhaupt nichts mehr in Ordnung in diesem Land! Sie musste etwas tun, um das zu ändern. Doch die zahllosen Uniformen der Wächter mit ihren großen Kapuzen bescherten ihr trotz der Hitze eine Gänsehaut.

Charlotte öffnete den Mund, aber dann zögerte sie. Hatte sie sich die Sache gut überlegt? Sie war noch nicht einmal ganz erwachsen und dort oben saßen mehrere Dutzend Männer mit Waffen. Vielleicht würde ihre Stimme gar nicht so weit reichen, und anstatt zu helfen, brachte sie sich und die anderen in noch größere Gefahr! Konnte sie sich unauffällig wieder zurückziehen? Charlotte betrachtete die Menschen um sich herum und dachte an Fynn und seine verzweifelte Suche. Auch wenn sie es zuerst nicht recht glauben wollte, hatte sie eine magische Begabung, und die musste sie nutzen, um die Welt ein Stückchen besser zu machen. Charlotte atmete tief ein, um die Furcht zu vertreiben, und suchte den Minister, der über ihre Zukunft bestimmt hatte. Er erstarrte. Es gab keinen Zweifel, er hatte sie erkannt.

Nun gab es kein Zurück mehr.

»Ihr dürft mich nicht anlügen«, rief Charlotte und hielt den Blick auf die Männer gerichtet, die oben auf der Empore saßen.

Alle wandten ihre Köpfe um. Jedes Gesicht suchte nach dem Mädchen, das gerufen und dadurch die Zeremonie gestört hatte. Die Priesterinnen verstummten.

Charlotte zog den Hut tiefer ins Gesicht.

Auf der Empore beugten sich die Menschen in der ersten Reihe über die Brüstung und zeigten mit den Fingern auf sie. Charlotte spürte, wie sich ihre Wangen röteten, und plötzlich war es stickig und heiß unter dem Hut. Der dringende, fast nicht zu ertragende Wunsch, die Stadt sofort zu verlassen, breitete sich in ihr aus. Sie wollte sich wieder verstecken. Es war ihr gut gegangen auf dem Boot. Was scherte es sie, wie es weiterging in diesem Land, wenn sie sich bei ihrem Vater verstecken könnte?

Doch da nahm sie den Hut vom Kopf und hielt ihn mit beiden Händen vor den Bauch. Nun hatten sie ihr Gesicht gesehen, und es machte Charlotte Mut, den nächsten Schritt zu gehen und sich nicht feige zu verkriechen. Auf der Empore sprangen mehrere Männer von ihren Stühlen auf.

»*Bleibt, wo ihr seid!*«, rief Charlotte, so laut sie konnte.

Die Männer hielten inne. Niemand stürmte herunter, um sie festzunehmen.

Noch einmal atmete sie tief ein. Sie stellte sich vor, die Luft strömte bis in die Füße und vertrieb die Angst und alle Zweifel. Charlotte wurde tatsächlich ruhiger und lächelte. Die Frau direkt vor ihr starrte sie an, als wäre sie verrückt. Verängstigt und doch voller Mitleid runzelte sie die Stirn. Dann streckte sie die Hand nach ihr aus. Charlotte wich zurück und stieß gegen die Wand. Ihr Kopf schmerzte und sie ließ erschrocken den Hut fallen.

Sie war kein kleines Mädchen mehr und wollte das Mitleid der Frau genauso wenig wie ihre Furcht. Sie hob den Hut vom Boden auf und trat auf die Frau zu.

»*Fass mich nicht an. Hör zu, was der König zu sagen hat.*«

Die Frau nickte und drehte sich zur Empore um.

Charlotte hätte vor Erleichterung gern gejubelt. Sie hatte ihre Kräfte benutzt und niemand war verletzt worden.

Nun konnte es weitergehen. Sie hatte heute noch mehr zu tun.

»Majestät«, rief sie nach oben und legte den Kopf in den Nacken. Sie suchte den violetten Umhang zwischen den braunen Mänteln, dem Ministerhut und den schwarzen Kapuzen.

Als sie ihn entdeckte, fuhr sie fort und hielt den Blickkontakt zu ihm.

»Steht auf, Majestät, und zeigt Euch Eurem Volk!«

Prinz Børge erhob sich von seinem Stuhl. Die Wächter der Zitadelle starrten den Prinzen an und warteten auf seine Anweisung.

Unruhe machte sich breit. Manche reagierten empört über das freche Mädchen, das dem Prinzen Befehle erteilte. Einige drohten ihr mit der Faust. »So kannst du mit unserem Herrscher nicht reden. Hast du keine Manieren?«

Andere Stimmen murmelten zustimmend. »Es wird höchste Zeit, so mit ihm zu reden! Ich habe auch noch ein paar Fragen an ihn. Womit soll ich mein Wasser wärmen? Es gibt keine Hitzesteine mehr.«

»Wir haben schon seit Tagen nichts anderes mehr als Brot gegessen.«

»Du hast Sorgen! Ich habe keine Milch mehr für die Kinder und abends sitzen wir im Dunkeln.«

»Der König wird für uns sorgen.«

»Träum weiter, bis du verhungert bist!«

Die Stimmen rund um Charlotte wurden immer lauter. Die Menschen beschimpften einander, und es entbrannte ein Streit zwischen den Königstreuen und den Kritikern, der in einem gewaltigen Geschrei ausuferte.

Nur die Priesterinnen und Heilerinnen schwiegen. Charlotte hatte ihr Ritual unterbrochen, aber die Frauen machten den Eindruck, als hätten sie das erwartet. Ruhig beobachteten sie die Auseinandersetzungen.

Auf der Empore war ein Durcheinander ausgebrochen. Um den Prinzen herum gestikulierten die Männer und riefen durcheinander. Sie waren alle satt und gut gekleidet. Ihr Streit war ein anderer als der, den die Menschen unten austrugen. Sie wollten die Störung beseitigen und zum Alltag zurückkehren, dazu liefen sie zwischen Eisenhauer und dem Prinzen hin und her und verlangten Anweisungen von ihnen. Der Heiler wagte es irgendwann, Prinz Børge an der Schulter zu berühren, doch der reagierte nicht.

Das Geschrei hatte eine Lautstärke erreicht, bei dem sich Charlotte am liebsten die Hände auf die Ohren gepresst hätte. Wie sollte sie sich jemals Gehör verschaffen?

Sie musste Fragen stellen, damit das Volk Antworten bekam.

Charlotte spürte, wie ihr Tränen der Hilflosigkeit in den Augen brannten. Doch sie schluckte sie hinunter und schlängelte sich durch die streitenden Menschenmassen. Es dauerte lange, bis sie in den vordersten Bereich der Halle vorgedrungen war, doch die Tränen blieben ungeweint. Sie hatte einen Entschluss gefasst.

Der Tisch, den die Priesterinnen tanzend umkreist hatten, war aus grobem grauem Stein gehauen. Daneben standen die Frauen in ihren strahlend weißen Gewändern.

Charlotte blickte unwillkürlich an sich herunter. Die schönen Schuhe hatte sie im Schloss verloren. Ihr Vater hatte ihr neue Stiefel gegeben, die etwas zu breit für ihre Füße waren. Der Mantel würde ihr auch noch passen, wenn sie fünfzig Pfund zunehmen würde, und wirkte an ihr wie ein Kartoffelsack. Sie hatte schließlich nicht hübsch aussehen, sondern unerkannt den Tempel betreten wollen. Aber als sie neben den Frauen stand, hatte sie das Gefühl, am falschen Ort zu sein.

Charlotte schüttelte den Kopf über diese unsinnigen Gedanken. Natürlich spielte es keine Rolle, wie sie aussah oder gekleidet war. Es war nur wichtig, dass sie ihre Begabung nutzte, um den Menschen zu helfen. Mit den Händen stemmte sie sich auf den Tisch und zog sich hinauf. Noch nie hatte jemand mit Füßen auf diesem Tisch gestanden. Charlotte überlegte kurz, ob sie die Schuhe ausziehen sollte, aber die Stiefel waren fest verschnürt, und sie schob den Gedanke beiseite, als sie in die Gesichter der Menschen sah. Bauern, Großmütter und Soldaten, Prinz Børge, die Kinder und alle anderen starrten sie an.

Langsam wurde es still in der Halle und Charlotte hörte ihr Herz schlagen. Es war nicht klein und wild wie in den Momenten, in denen sie in Fynns Armen lag. Es war groß und schlug dunkel und gemächlich wie die Uhr im Turm, dessen Zifferblatt einen Drachen, ein Einhorn und eine Nixe zeigte. Jene Wesen, die sie aus dem Land vertrieben und gejagt hatten.

»*Wie soll es weitergehen in diesem Land?*«, fragte sie den Prinzen mit fester Stimme.

Nur das Rascheln der Kleider und Mäntel erklang, als die Menschen die Köpfe reckten und sich zu der Empore umdrehten.

Prinz Børge sah nur Charlotte an, als wäre nicht die ganze Stadt in dieser riesigen Halle versammelt.

»Ich möchte die Technik für uns alle nutzbar machen, aber ich komme nicht schnell genug voran«, sagte er.

Es kam Charlotte vor, als hätten die Menschen um sie herum gleichzeitig die Luft angehalten. Hatte jemals einer von ihnen die Stimme des jungen Königs gehört, außer den zwölf Mitgliedern des Rates? Vermutlich nicht. Alle starrten ihn an, den mächtigen Mann, der gerade ehrlich zu seinem Volk war und in einem Ton sprach, als stände er plaudernd am Gartenzaun.

»Ich weiß nicht, warum immer weniger Magiebegabte geboren werden. Als mein Vater zu sterben begann, fing der Ärger an. Ich weiß nicht warum.« Der Prinz zuckte mit den Schultern.

Der Minister zog an seinem Ärmel, die Wächter klopften auf

seine Schulter, doch er starrte unbeirrt Charlotte an und kümmerte sich nicht um sie.

»*Was habt Ihr getan?*«, fragte Charlotte.

»Ich habe die magischen Wesen gesucht. Ich wollte sie erforschen und endlich verstehen, wie sie funktionieren und woher ihre Magie kommt.«

»*Ihr habt ihnen wehgetan und ihnen die Freiheit genommen*«, stellte Charlotte fest.

»Manchmal«, sagte der König. Charlotte sah in seinem Gesicht das Bedauern. Dann mischte sich der Trotz eines Kindes darunter. »Ich musste mich um mein Volk kümmern. Ich wollte für die Menschen sorgen.«

»*Du solltest dich schämen.*« Charlotte hatte nicht nachgedacht. Sie hatte das Erste gesagt, was ihr in den Kopf gekommen war. Im nächsten Moment überlegte sie, ob sie es mit der mächtigen Stimme gesagt hatte, die Befehle erteilte und Menschen manipulierte. Sie war sich nicht sicher.

Der Prinz nickte. »Ich wollte das nicht, aber ich konnte nicht aufhören. Ich musste wissen, wie sie funktionieren. Mit der Forschung an der Technik wollte ich den Menschen andere Hilfsmittel für den Alltag geben. Doch das ging noch langsamer voran.«

»*Die Menschen erwarten Eure Fürsorge, aber sie ertragen es nicht, dass Ihr die Kinder entführt.*«

Die Wächter und Soldaten sprangen auf und liefen zur Brüstung.

»Das waren wir nicht!«, riefen sie durcheinander.

»Die Rebellen haben die Kinder entführt und die Magiebegabten aus ihren Häusern geholt.«

Ein Raunen ging durch die Halle. Der alte Streit war unterbrochen gewesen. Nun flammte er wieder auf.

Charlotte räusperte sich, sie redete und schrie, doch jedes Wort wurde von dem aufwallenden Zorn der Menschen verschluckt. Der Prinz hatte Antworten gegeben und schwierige Fragen hinterlassen. Welches Opfer wollte das Volk bringen für ein angenehmes Leben mit Hitzesteinen und magischen Lichtern?

Charlotte kletterte von dem Tisch. Ihre machtvolle Stimme nützte ihr nichts, wenn niemand sie hören konnte. Sie erinnerte sich an die Geräusche, die Lille im Schloss gemacht hatte. Das Schreien und Singen hätte vielleicht alle übertönt, aber sie wagte es nicht. Denn sie wusste nicht, wie sie die Töne erzeugen konnte und was sie bewirkten. Angesichts dessen, was sie schon angerichtet hatte, musste sie vorsichtig sein.

Als sie auf dem Boden stand, kam eine Priesterin auf sie zu.

»Wirst du das Land erneuern?«, fragte sie.

Charlotte schüttelte den Kopf. »Nein, ich will nur die Zeit zurück, die sie mir gestohlen haben.«

Die Frauen schauten einander ratlos an.

»Eigentlich möchte ich nur alle warnen. Die Wahrheit ist nicht schön, aber sie hilft vielleicht.« Charlotte zuckte mit den Schultern. »Ihr seid aber auch nicht unschuldig.« Sie zog das Foto von der fünfjährigen Henna aus der Tasche und reichte es der Frau. Die hielt das Bild direkt vor ihre Augen. Einen Augenblick später ließ sie es fallen und schlug die Hände vor das Gesicht.

Eine andere hob das Bild auf, sah es aufmerksam an und wandte sich dann an Charlotte.

»Das ist eine von uns, die hinter dir steht. Vor neun Jahren ist sie im Wald verschwunden, als sie Mistelzweige geschnitten hat. Wir haben tagelang nach ihr gesucht, weil wir dachten, sie hätte sich verlaufen oder verletzt.«

»Vielleicht wird sie auch in der Universität festgehalten. Ihr solltet den König fragen.«

»Das werden wir.« Die Priesterinnen nickten.

Charlotte drehte sich um und suchte mit den Augen einen Weg, um die Halle zu verlassen.

Eine Heilerin trat vor und streckte die Arme aus. Mit einer großen Bewegung zeichnete sie einen Kreis in die Luft und murmelte unverständliche Worte. Dann war es still. Die Münder der Menschen klappten noch eine Weile auf und zu, doch kein Geräusch verließ ihre Lippen.

Charlotte schluckte.

»Was hast du getan?«, fragte sie. Ihre Stimme hallte laut in der Stille.

Die Heilerin sah zur Empore hinauf. Dann wandte sie sich an Charlotte. »Frag ihn nach Danielle. Dir wird er antworten, und es ist still genug, die Unterredung fortzusetzen.« Sie lächelte und neigte den Kopf.

Als Charlotte das letzte Mal in der Zitadelle gewesen war, hatte sie auch in der Nähe dieser Frauen gestanden. Sie hatte sich bei der Zeremonie so machtlos gefühlt wie nie zuvor. Nun stand sie wieder hier vorn und eine der wichtigsten Frauen des Landes bat sie um ihre Hilfe. Charlotte errötete.

»Kann er mir antworten?«, fragte sie.

Die Heilerin lächelte. »Wenn du ihn dazu aufforderst, wird mein Zauber ihn nicht hindern. Deine Magie ist mächtiger als meine.«

Charlotte starrte sie mit offenem Mund an, denn das konnte sie nicht glauben. Die wunderschönen Priesterinnen in ihren schneeweißen Gewändern und den silbernen Haarreifen näherten sich ihr. Selbstbewusst traten sie einem Mädchen gegenüber, das sich jeder Schramme und jedes blauen Fleckes bewusst war, den es sich in den letzten zwei Wochen zugezogen hatte.

Charlotte fühlte sich wie ein kleines Kind neben diesen mächtigen Frauen.

»Frag ihn nach Danielle«, bat die Priesterin.

Charlotte sah hinauf zu dem Mann mit dem violetten Umhang.

»Habt Ihr eine Heilerin entführt, Majestät?«

Der Prinz nickte. »Ein Trupp der geheimen Wächter war auf der Jagd nach Zwergen und ist dabei über sie gestolpert. Sie haben sie mitgenommen, und ich habe es nicht über mich gebracht, sie zurück in die Zitadelle zu bringen. Ich hatte Angst vor dem, was die Priesterinnen dann von mir denken würden, und habe sie in der Universität versteckt.«

»Weiß das Volk von den geheimen Wächtern und ihren Aufgaben?«, fragte Charlotte, die die ratlosen Blicke der Menschen wahrnahm. Sie stießen einander an und versuchten, mit Händen und Mund Silben und Buchstaben zu formen.

Charlotte erinnerte das Gestikulieren schmerzlich an Familie Johansson. Irgendwo mussten sie mitten unter diesen Menschen sein, aber sie konnte sie nicht entdecken. Es waren einfach zu viele versammelt, um das Fest zu feiern.

»Die Soldaten sind dafür da, das Volk zu beschützen«, erklärte Børge. »Sie kontrollieren die Grenzen am Wasser und an Land. Die Stadtwache sichert Aalborg, verfolgt Diebe und sorgt für Ordnung in der Stadt. Die Wächter der Zitadelle beschützen mich und die Priesterinnen und alle, die hier leben und arbeiten. Für all das andere sind die geheimen Wächter da, die Wiesel, die Federn und die Zähne. Sie fragen nach Dingen, die eigentlich keiner wissen möchte, und kümmern sich um das, was funktionieren muss, damit das Land weiteratmet.«

Die Unruhe auf der Empore wurde unübersehbar. Verzweifelt versuchten die Männer, ihren Herrscher vom Sprechen abzuhalten. Sie fuchtelten mit den Armen und zerrten an seinen Kleidern. Doch der Prinz blieb unbeirrt an dem Geländer der Empore stehen und sah Charlotte an.

Hinter ihm hatte sich ein Mann erhoben. Er hatte keine Kapuze auf. Charlotte konnte von hier unten seinen Arm nicht sehen, doch ein eisiger Schauer lief ihr über den Rücken. Sie wusste, es war der Mann, der ihr die Mutter genommen hatte und sie als Kind in die Universität gesperrt hatte. Es war Eisenhauer. Der Hauptmann mit der geflügelten Schlange. Sein Mund war zum Schrei geöffnet, und Charlotte wünschte, sie könnte seine Stimme hören.

»Nein«, schrie Eisenhauer und griff nach Børges Schulter.

Charlotte erschrak. Wie ein Donnerhall dröhnte der Aufschrei des Hauptmannes durch die Halle.

Auch die anderen Menschen fanden nun ihre Stimmen wieder und schrien den Prinzen an.

»Seit Jahren habe ich keine Elfen mehr gesehen. Ist das Eure Schuld?«

»Habt Ihr die Zwerge aus dem Billerwald geholt? Sie sind alle verschwunden.«

»Wo ist mein Sohn?«

Sie reckten die Fäuste.

Charlotte schaute sich hilflos um. Die Priesterinnen versuchten noch mehrmals, wieder Ruhe herzustellen, doch es gelang ihnen nicht. Die Wut und Empörung brandete wie eine Welle durch die Halle und wurde immer höher und tosender.

Die Priesterinnen und Heilerinnen sammelten sich neben den großen Fenstern im Osten und öffneten eine Tür, die hinter einer Säule verborgen lag. Das Sonnenlicht fiel durch sie in die Halle und warf einen Lichtflecken auf den Steinboden.

Ein Teil der Menge drängte zum großen Ausgang im Westen, andere halfen einander auf die Schultern und versuchten, an den Säulen zur Empore hinaufzuklettern. Kinder weinten und Chaos brach aus. Der Lichtfleck vor ihren Füßen wurde kleiner, und

Charlotte lief zu der Tür und huschte hinter den Frauen hinaus ins Tageslicht, kurz bevor sie hinter ihr wieder zufiel.

Die Priesterinnen rannten um die Halle herum und öffneten die großen Flügel der Hauptportale und die Türen an den Seiten im Norden und Süden. Die Menschen schwärmten hinaus und liefen auf dem Gelände scheinbar ziellos hin und her, um einander zu beschimpfen, nach Angehörigen zu rufen oder auf den König zu fluchen.

Charlotte wurde geschoben und gedrückt, bekam immer wieder einen Arm oder einen Ellenbogen ins Gesicht und hatte Angst, inmitten der Massen zerquetscht zu werden. Sie stellte sich auf ihre Zehenspitzen, um zwischen den Köpfen und Schultern die Tore zu erblicken, durch die sie den Platz verlassen konnte.

Da legte ihr jemand die Hand auf die Schulter.

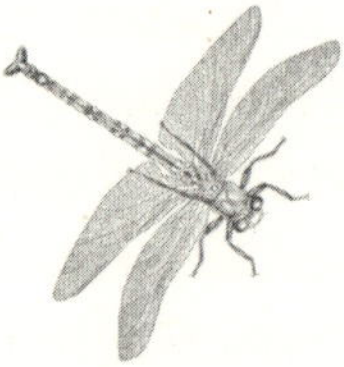

23. KAPITEL

»Sind sie unterwegs?«

»Ja.«

»Werden sie das Mädchen fangen?«

»Das hoffe ich.« Brandur fuhr sich mit den Fingern durch den struppigen Bart und sah zu, wie der feine weiße Staub seiner ausgetrockneten Haut auf den Boden rieselte. Zwerge waren nicht dazu geeignet, Tag für Tag dem Sonnenlicht ausgesetzt zu sein. Die Haut schuppte sich, und er konnte dem Drang, sie sich herunterzukratzen, kaum widerstehen.

»Und wenn die anderen sie vor uns finden?«

Sein Sohn sah ihn aus großen braunen Augen an, und Brandur lächelte, weil es ihn glücklich machte, dieses wunderschöne Kind anzusehen. Denn mit seinen Händen hatte er den kleinen Jado in der Welt empfangen und auch nach sechs Wintern kam es ihm immer noch wie ein Wunder vor. Alle Schmerzen der Welt waren es wert, über den Schlaf des Jungen zu wachen und ihn in den Armen seiner Mutter liegen zu sehen. Brandur konnte nicht aufhören zu lächeln.

»Papa, wenn die anderen das Mädchen nun vor uns finden?«

»Das werden sie nicht«, sagte Brandur streng. Das durfte nicht passieren. Er hatte alle losgeschickt, die sich gefahrlos in der Stadt aufhalten konnten. Der Zwerg stand auf und sah sich um. In dem Hof vor dem alten Landhaus saßen nur noch die Männer und Frauen, die aufgrund ihres Äußeren sofort als Mitglied der Rebellen verdächtigt worden wären. Smilla mit ihren bunten Röcken und dem langen schwarzen, ungezähmten Haar war der Inbegriff einer Mutter des fahrenden Volkes. Sie verkleidete sich nicht, und wenn sie es tun würde, wären ihr aufrechter Gang und ihre stolz nach hinten geschobenen Schultern ein Beweis für ihr Leben in Freiheit. Sie fiel den Menschen ins Auge und konnte nicht mit in die Stadt gehen. Dann die Männer aus dem Storgebirge, die alle anderen um zwei Köpfe überragten, und die Zwerge, die Waldgnomen und Wiesenschrate und all die, für die es keine Namen gibt.

Kurz vor der Mauer spielten ein paar Kinder. Einer hatte spitze Ohren, ein anderer winzige Elfenflügel auf dem Rücken und ein Mädchen hatte so golden schimmerndes Haar, dass es selbst in der Abenddämmerung noch so hell leuchtete wie eine Laterne.

Brandur wusste nicht, welche Liebschaft zu ihren fremdartigen Erscheinungen geführt hatte, aber bei den Wanderern fragte auch niemand danach. Hier sammelten sie sich nun seit einem Jahrzehnt, weil sie in keine Lebensform mehr hineinpassten, und das fahrende Volk, das seit jeher lieber in den Wäldern unterwegs war, als innerhalb einer Mauer zu verharren, hatte sich ihnen in ihrer Not angeschlossen. Ihnen fiel es am schwersten, die alten verfallenen Gutshäuser und verlassenen Fabriken als Verstecke anzunehmen. Sie trauten den Steinen nicht und schlugen ihre Lager auf dem Hof auf.

Smilla fütterte die Tauben in den Körben, die sie an ihrem kleinen Wagen befestigt hatte, und hängte dann einige Decken zum Trocknen in den Wind.

Jados Husten riss Brandur aus seinen Gedanken.

Der Junge krümmte sich und keuchte. Rasch beugte sich der

Zwerg zu ihm hinunter, tauchte ein Tuch in einen Wassereimer und legte dem Jungen den feuchten Stoff auf Mund und Nase. Es dauerte viele Atemzüge, bis Jado wieder ruhig einatmete. Rasselnd hob sich seine Brust noch, bis die anderen Kinder ihres Spiels überdrüssig wurden und begannen, in die Bäume und auf die brüchige Mauereinfassung zu klettern.

Smilla setzte sich neben ihn und reichte ihm einen Krug gewürzten Wein. Sie zeigte auf die hohen Mauern hinter ihnen, die von dieser Seite von Efeuranken umgeben waren.

»Warum haben sie diese Bauten geschaffen?«

Brandur zuckte mit den Schultern. Die Antwort interessierte ihn nicht.

»Weil sie sich darin beschützt und behütet fühlen«, fuhr Smilla fort und deutete dann mit beiden Händen in den Himmel. »Dabei gibt es doch nichts Schöneres als das hier. Und uns kann nichts auf den Kopf fallen.« Sie lachte leise und zog die Felle enger um Jados Körper.

»Sein Husten wird immer schlimmer«, murmelte Brandur und nahm noch einen großen Schluck aus dem Krug.

»Wir erwischen das Mädchen und dann kann sie uns das Jagdrecht verschaffen.« Sie klopfte ihm aufmunternd auf die Schulter.

»Es sind noch mehr Tauben gekommen. Eisenhauer hat gegen den Befehl des Königs die geheime Universität betreten. Der führt etwas im Schilde. Wenn wir nicht schnell genug sind, hat er Himmerland und seinen König bald in den Händen und wird uns zusammentreiben und einsperren.«

Smilla schüttelte den Kopf. »Trink keinen Wein mehr, alter Schwarzseher!«

Brandur lachte leise. Die Kinder hatten sich wieder abgeseilt und kletterten durch eine zerbrochene Scheibe in das Haus, das aus dunkelroten Steinen gemauert war und dessen graue Türmchen in den blauen Himmel ragten. Die bunten Farben brannten in seinen Augen und das Licht des Tages war beißend hell. Brandur sehnte sich nach seinem Zuhause in den Bergen zurück, den kühlen Stollen und Gewölben, dem dämmrigen Licht, in dem er jede Fledermaus entdecken konnte. Jado seufzte im Schlaf und der Zwerg setzte den Krug auf der Erde ab. Für seinen Sohn musste er die Welt erst noch ein bisschen besser machen, bevor er sich wieder in seine behaglichen Gefilde zurückziehen konnte.

»Wir bekommen das Mädchen«, sagte er. »Und wenn jemand anders schneller ist, dann holen wir sie wieder zurück.«

ooooo

Große Schatten huschten über den Boden. Eisenhauer sah zum Himmel hinauf. Weit über ihnen kreisten die Drachen.

Der Tumult in der Halle hatte sich auf den Platz davor ergossen, ohne an Kraft zu verlieren. Überall riefen Menschen nach ihren Angehörigen oder beschimpften die Nachbarn. Frauen erhoben die Fäuste, Männer fluchten und Kinder suchten weinend nach ihren Eltern.

Da entdeckte Eisenhauer den Prinzen. Zwischen einem Dutzend Wächtern wurde er aus einer Seitentür geführt. Der Minister eilte ihnen hinterher und war mit seinem spitzen Hut meilenweit zu erkennen. Eisenhauer legte den Kopf in den Nacken. Die Drachen sanken zu langsam. Ihre Schatten hatten sich kaum vergrößert und Prinz Børge war im Schutz seiner Männer schon fast an den Mauern der Zitadelle angekommen und würde bald den Torbogen erreichen. Auf den engen Plätzen zwischen den anderen Gebäuden der Zitadelle könnten ihn die Drachen niemals finden.

Eisenhauer überlegte fieberhaft, wie er die Aufmerksamkeit der

Drachen auf den Prinzen lenken konnte. Niemand durfte erkennen, wie er zu ihnen stand.

Doch die Drachen ließen ihren Feueratem nicht auf den Herrscher hinabprasseln. Hatten die Jahre in den dunklen Kellergewölben unter der Zitadelle ihren Augen geschadet?

Eisenhauer trat von einem Fuß auf den anderen, hob die Arme und ließ sie wieder sinken. Doch dann riss er die Hände in die Luft, deutete auf den Prinzen und schrie, so laut er konnte: »Hier ist er! Hier ist der König!«

ooooo

Charlotte drehte sich um. Hinter ihr standen Merle und Lina, und sie war froh, sie zu sehen.

»Geht es euch gut?«, fragte sie mit den Händen und umarmte ihre beiden Schwestern.

Jemand brüllte hinter ihr etwas über den König. Als Charlotte sich umdrehte, entdeckte sie Eisenhauer nur wenige Schritte von ihr entfernt. Gerade zeigte er auf eine Gruppe Wächter, die ihre Kapuzen tief in die Stirn gezogen hatten. Ein Schatten zog über sie hinweg. Charlotte legte den Kopf zurück und betrachtete den Himmel.

Weit über ihr kreisten große Wesen mit weiten Flügeln, während der Mond sich vor die Sonnenscheibe schob.

Charlotte nahm Merle und Lina an die Hand und zog sie zu dem Tor, das am weitesten von Eisenhauer entfernt war.

Die meisten Leute drängten nach Süden, doch das Tor zur Stadt war den Menschenmassen nicht gewachsen. Wutgebrüll erhob sich, als von hinten immer mehr Menschen gegen die Mauern drückten. Ein kleiner Mann mit einem runden Kopf stieß Charlotte an, stolperte und fiel zu Boden. Er drehte sich um und sah ihr ins Gesicht. Sie murmelte eine Entschuldigung und reichte ihm die Hand, doch er ergriff sie nicht. Seine Wangen glühten und Schweiß stand ihm auf der Stirn.

»Lauf, Charlotte!«, sagte er und griff sich mit beiden Händen an die verschwitzte Glatze.

Charlotte runzelte die Stirn. Woher kannte er ihren Namen?

»Eisenhauer sucht dich und der Prinz hat jemanden auf dich angesetzt. Lauf, so weit du kannst!«

Merle und Lina zogen sie weiter. Charlotte schaute sich noch einmal nach dem Mann um, der auf der staubigen Straße lag, doch verlor ihn bald aus den Augen.

Die Schwestern drängten sich zwischen den Gebäuden hindurch zum Tor im Westen. Fynns Hinweise erwiesen sich als hilfreich und sie verließen die Zitadelle ohne Verletzungen.

Dann rannten sie den Hügel hinunter, auf dem die Zitadelle erbaut worden war, und näherten sich dem Fluss.

Wenige Schritte vor der Brücke blieben sie stehen.

Seid ihr zu Hause in Gefahr? Machen die Wächter Probleme?

Die Schwestern schüttelten die Köpfe, und Charlotte spürte, wie eine große Last von ihren Schultern fiel.

Sie sind gekommen und haben Fragen gestellt. Sie wollten wissen, wo du bist. Aber sie sind wieder gegangen, nachdem wir ihnen alles gesagt hatten, erklärte Merle.

Geht nach Norden und macht einen großen Bogen um die Unruhen herum!, bat Charlotte ihre Schwestern.

Die beiden griffen nach ihren Händen, aber Charlotte schüttelte den Kopf.

Ihr müsst östlich der Zitadelle wieder Richtung Süden gehen, dann kommt ihr unbeschadet nach Hause. Sie erklärte ihnen mit den Händen die Straßen, die sie nach Fynns Anweisung meiden sollten, und machte sich von ihnen los. Es brach ihr fast das Herz, die beiden Mädchen von sich zu schieben, aber ihre Wege mussten sich hier trennen. Sie konnte nicht in ihr altes Leben zurück. Das war ihr heute endgültig klar geworden, und zu ihrer Überraschung brannten keine Tränen in ihren Augen, als sie die beiden zum Abschied umarmte und küsste. Trotzdem hätte sie alles dafür gegeben, sie sicher zu Hause zu wissen, und sah ihnen nach, solange sie konnte.

Merle und Lina passierten die Brücke, auf der zwei Männer der Stadtwache standen. Weit über das Geländer gebeugt, beobachteten sie das Treiben in den Straßen der Stadt. Charlotte lief von ihnen unentdeckt am Ufer des Flusses entlang, bis sie auf Fynn traf, der unter der Brücke mit einem Kanu im Schilf verborgen lag und auf sie wartete.

Fynn fragte nicht, was in der Halle geschehen war. Er stieß sich vom Ufer ab, nachdem Charlotte in das Boot geklettert war, und begann zu paddeln.

Charlotte war froh darüber, denn sie wusste nicht, was sie ihm sagen sollte. Hatte sie das erreicht, was sie sich vorgenommen hatte? Zumindest hatte sie noch immer große Angst vor dem Wächter mit der geflügelten Schlange. Am liebsten hätte sie ihm den Befehl gegeben, sich von der Empore zu stürzen, dann wäre sie ihn losgewesen. Aber sie war froh, dass sie den Gedanken nicht während der Zeremonie gehabt hatte. Denn später hätte sie es bitter bereut.

Charlotte seufzte. Vielleicht musste sie sich an die dunklen Träume gewöhnen. Mit der Zeit würden sie vielleicht weniger beängstigend werden. Solange Eisenhauer im realen Leben nicht wieder nach ihr fasste, musste sie zufrieden sein. Die Träume konnte sie ihm nicht entreißen.

In dem kleinen Boot kamen sie rasch voran und die Flüsse selber wurden dank des Tumults in der Stadt zurzeit nicht kontrolliert.

Bis zur Anlegestelle waren es nur noch wenige Meter.

Charlotte lehnte sich zurück und knöpfte den Mantel auf. Er war viel zu warm für den milden Septembertag und ihr Rücken war beim Laufen feucht geworden. Nun hatten sie es bald geschafft und konnten sich auf dem Hausboot verstecken und auf den Flüssen wie in einer Abenteuergeschichte umherreisen.

Charlotte kniff die Augen zusammen. Sie erkannte Jette auf dem Steg, das Haus und sogar die Stricke in den dicken Ästen des Baumes, die über das Dach ragten. Neben dem Steg war ein kleines Bootshaus. Die Bretter sahen morsch aus und hingen schief zwischen den Pfeilern. Einige fehlten.

Sie kamen schnell näher und Charlotte sah den grünen Bewuchs auf dem Holz.

Sie lehnte sich nach vorn. Hatte sich zwischen den Brettern etwas bewegt?

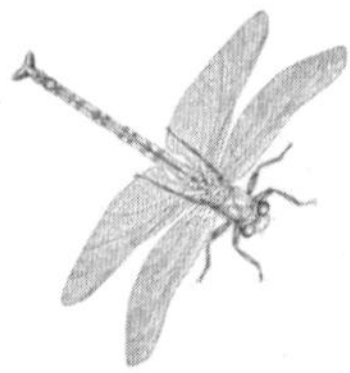

24. KAPITEL

Fynn steuerte langsam auf den Steg zu. Als er nur noch eine Armlänge von den Holzplanken entfernt war, kniete Jette sich hin, um das Seil an den Klampen festzumachen.

Da sprang ein Mann hinter dem Bootshaus hervor. Ruckartig hob Fynn das Paddel und schlug nach dem Fremden. Doch dabei geriet das Boot so sehr ins Schwanken, dass er das Gleichgewicht verlor. Er fiel und schlug mit dem Kopf auf den Rand des Kanus. Charlotte hatte nur entsetzt zusehen können und krabbelte nun zu ihm herüber.

Jette schrie, als der Mann ein Messer aus dem Hemd zog. Er bohrte die Klinge in ihren Mantel. Die alte Frau hob die Arme hoch über ihren Kopf und verstummte.

Charlotte wandte sich wieder Fynn zu und legte die Hand auf seine Brust. Er atmete.

Aus den Büschen kamen zwei weitere Männer gestürmt und legten sich auf den Steg. Mit ausgestreckten Armen versuchten sie, das Boot zu erreichen. Charlotte sah die groben Hände mit den schwarzen Fingernägeln. Immer dichter kamen sie ihrem Gesicht. Sie lehnte sich zurück und suchte die Paddel.

Sie trieben neben dem Kanu. Fynn hatte sie ins Wasser fallen lassen, als er gestürzt war.

Charlotte überkam Panik. Sie mussten diesen Männern entkommen! Sie beugte sich weit über den Bootsrand und streckte sich, um die Paddel zu erreichen.

In dem Moment bekamen die Männer das Kanu zu fassen und zogen es mit einem Ruck an den Steg. Charlotte verlor das Gleichgewicht und fiel über den Rand in den brackigen Fluss.

Vor Schreck schloss Charlotte die Augen, als sie die schlammige Brühe umgab. Als sie sie wieder öffnete, sah sie nicht einmal ihre eigenen Hände, die sie auf und ab senkte, um wieder an die Oberfläche zu gelangen.

Der dicke Mantel, der sich mit dem kalten Wasser vollgesogen hatte, zog sie immer tiefer in den Fluss hinein. Charlotte strampelte mit Armen und Beinen, doch sie verhedderte sich mit den Armen im Schilf und verfing sich mit den Beinen in den Algen. Überall stieß sie gegen Widerstände.

Bald konnte sie sich kaum noch rühren.

Charlotte spürte, wie ihr etwas Weiches über das Gesicht strich. Sie wollte schreien und öffnete den Mund. Modriges Wasser schwappte hinein. Es schmeckte nach altem Fisch und ranzigen Eiern. Mit einem kräftigen Schlag ihrer Beine gelang es ihr endlich, nach oben zu schwimmen. Doch sie schlug mit dem Kopf gegen etwas Hartes und der braune Fluss versank vor ihren Augen in der Dunkelheit.

ooooo

»Majestät, kann ich Euch helfen?« Der Heiler verneigte sich.

Prinz Børge schüttelte den Kopf und zog sich hinter den Wandschirm zurück. Er streifte die zerrissenen Kleider ab, der Mantel war auf der Flucht verlorengegangen. Ein Diener brachte ihm Hemd, Hose und ein Obergewand und machte aus dem zerzausten Haarknoten wieder eine richtige Frisur. Als der Prinz sich frische Kleider übergestreift hatte, setzte er sich an den Tisch, an dem der Heiler auf ihn wartete. Die anderen Stühle waren leer.

»Das Mädchen ist verschwunden«, begann der Heiler seinen Bericht. Bei den Worten hatte er den Kopf eingezogen, aber der Zorn des Prinzen brach nicht über ihn herein. Børge schüttelte nur den Kopf und betrachtete die Kerben an der Tischkante. Da fuhr der Heiler fort zu erzählen.

»Bei den Tumulten auf den Plätzen rund um die Mauer sind Hunderte Menschen verletzt worden, aber es besteht keine Lebensgefahr. Die Wächter der Zitadelle haben die Verletzten zu den Heilerinnen gebracht und dann das Gelände geräumt. In der Stadt ist es in den Wirtshäusern zu weiteren Vorfällen gekommen. Die Stadtwache kümmert sich darum, aber ich habe noch keinen Bericht über die Anzahl der Verletzten. Es gab allerdings anscheinend auch Todesopfer.«

Wieder wartete der Heiler auf eine Reaktion, aber der Prinz vergrub nur den Kopf in den Händen und stützte die Ellenbogen auf dem Tisch ab.

»Sie sind alle undankbar«, murmelte er schließlich.

»Majestät?«

»Das ganze Volk ist furchtbar undankbar«, sagte er und schlug mit den Handflächen auf den Tisch. »Ich tue doch alles, um ihnen zu helfen.«

Der Heiler nickte. »Der Hunger ist der Feind der Geduld, Majestät.«

»Wo ist mein Rat? Wer hat das Mädchen? Wie bekommen wir das Vertrauen des Volkes zurück und waren das wirklich Drachen am Himmel über dem Platz? Wo kommen die her?« Dann ließ der Prinz den Kopf wieder in die Hände sinken und starrte auf die Tischplatte.

Es klopfte an der Tür, und bevor die Diener ein Zeichen des Prinzen erhalten hatten, die Tür zu öffnen, betraten fünf Frauen in weißen Gewändern den Raum. Prinz Børge deutete auf die leeren Stühle, doch sie setzten sich nicht. Eine der Frauen trug den silbernen Haarreif der Priesterinnen, die anderen mussten Heilerinnen sein.

»Es ist Zeit für Veränderungen, Børge.«

Der Heiler hielt angesichts dieser respektlosen Anrede den Atem an, aber der Prinz nickte nur.

»Unser Hospital ist an seine Grenzen gekommen. Der Geruch von Krieg liegt in der Luft.«

Bislang hatte die Priesterin gesprochen, doch nun trat eine der Heilerinnen an den Tisch und beugte sich zu dem Prinzen hinüber. »Die Menschen haben Hunger und ihre Geduld ist am Ende. Doch wir vertrauen Euch nicht mehr«, sagte sie.

Der Prinz nickte beschämt. »Das verstehe ich, aber ich kann alles ändern. Wenn wir in der Universität …«

»Wir wollen Euren Vater sehen«, fiel ihm die Priesterin ins Wort. Der Heiler musterte die Frauen interessiert. Er hatte noch nie erlebt, dass sie eine Forderung gestellt hatten, obwohl er schon drei Jahrzehnte in der Zitadelle lebte.

»Das geht nicht, er ist schwer krank und empfängt keinen Besuch.« Der Prinz schüttelte empört den Kopf und richtete sich auf seinem Stuhl auf.

»Wir sind kein Besuch. Wir sind die besten Heilerinnen des Landes und wollen uns um ihn kümmern.« Eine zweite Heilerin hatte sich zu Wort gemeldet und war neben die Priesterin an den Tisch getreten.

»Ihr habt ihn doch gesehen.« Der Prinz erhob sich von seinem Thron und rückte die Krone zurecht, als wollte er sich damit selbst an seine Macht erinnern. »Als er krank wurde, habt ihr ihn hier untersucht und die Behandlung dem Heiler des Palastes überlassen.«

»Damals haben wir Euch noch vertraut. Heute nicht mehr.« Die Heilerinnen schüttelten den Kopf.

»Vielleicht sorgt jemand dafür, dass der König krank bleibt.« Die Priesterin beobachtete das Gesicht des Prinzen, als suchte sie in seiner Mimik nach einer Antwort auf diese Vermutung.

»Er wird am Tag und in der Nacht bewacht. Niemals ist er allein. Wie sollte ihn jemand vergiften?«, rief er empört.

»Von Gift hat niemand etwas gesagt. Aber das ist durchaus eine Möglichkeit. Da habt Ihr recht.«

»Ihr könnt nicht zu ihm. Er wird hier gut versorgt.« Die Stimme des Prinzen klang wie die eines trotzigen Jungen.

»Wir wollen ihn nicht besuchen. Wir wollen ihn holen. Wir nehmen ihn mit zu uns ins Hospital«, stellte die Priesterin fest.

Der Prinz schüttelte den Kopf. »Dort kann er nicht wohnen. Dort leben nur Frauen.«

»Wir nehmen ihn mit in das Haus für die Kranken« wiederholte sie. Ihre Stimme blieb ruhig und gelassen.

»Ihr könnt mich nicht zwingen, meinen Vater herzugeben!«, rief er. Sein Gesicht bekam rote Flecken.

»Ihr habt ihn schon längst verraten, als Ihr ihn Tag für Tag in seinem Bett allein gelassen habt.« Die Priesterin blieb unbewegt von dem Protest des Herrschers.

»Warum wollt ihr ihn holen?« Es war kein Protest mehr in seiner Stimme. Er hatte den Kampf längst verloren gegeben.

»Weil Ihr uns Danielle genommen habt«, sagte die Priesterin leise.

Der Prinz schwieg.

»Ihr werdet ihm nichts tun, um euch an mir zu rächen, oder?« Es sollte ein Befehl werden, doch es war in seinem Mund zu einer ängstlichen Frage geworden. Seit Jahren hatte er nicht mit seinem Vater gesprochen und seit Monaten sein Gesicht nicht mehr gesehen. Doch es war stets ein friedliches Gesicht gewesen, als würde sein Vater nur einen kurzen Schlaf halten. Er wollte nicht, dass er durch seine Schuld Schmerzen erleiden musste.

»Rache ist uns fern. Wir sind Heilerinnen und tun nichts anderes als Heilen.«

»Dann soll es so sein.« Prinz Børge seufzte. »Ich bringe euch zu ihm.« Mit hängenden Schultern führte er die Frauen in das Krankenzimmer seines Vaters.

ooooo

Eisenhauer brüllte und schimpfte.

Die Drachen hatten den Prinzen nicht angegriffen. Er war mit den Wächtern entkommen. Vielleicht war er auf dem Weg zum Ostturm, vielleicht verbargen sie ihn auch an einem anderen Ort.

Es waren die Wächter der Zitadelle gewesen, die ihn in ihre Mitte genommen hatten. Eisenhauer drängte sich durch die Menge und schlug sich den Weg frei, wo es nötig war. Wütend schob er seine Ellenbogen nach außen, wo ihn wimmernde Kinder oder brüllende Väter am Durchkommen hinderten. Endlich sah er die Glatze des Mannes, den er gesucht hatte. Der Heiler näherte sich der Zitadelle durch das Tor. Er war also außerhalb des Geländes gewesen. Hatte er dort irgendwo den Prinzen versteckt? Eisenhauer drückte sich hinter einen Mauervorsprung und griff nach der Schulter des Mannes, als er an ihm vorbeikam.

Dem Heiler entfuhr ein spitzer Schrei, und alle Farbe wich aus seinem Gesicht, als er mit einem Blick über die Schulter erkannte, wer ihn festhielt.

Der Hauptmann schloss die Hände fester um die Schulter und

drückte den Mann gegen die Mauer. »Wo ist der König?«, zischte er.

»Ich weiß es nicht.« Keuchend stieß der Heiler die Worte hervor. »Bitte, glaub mir! Ich weiß es nicht.«

Eisenhauer verstärkte den Druck seiner Hände, bis der Heiler nur noch leise wimmerte. Dann trat er einen halben Schritt zurück, um ihm ins Gesicht zu sehen.

»Wo bist du gewesen?«

Der Mann sah kurz zum Tor zurück, bevor er antwortete. »Ich bin Charlotte gefolgt. Sie ist zum Fluss gelaufen. Die Rebellen haben sie überfallen.« Er schnappte nach Luft, als Eisenhauers Finger sich tief in sein Fleisch bohrten.

»Sie ist ertrunken. Ich schwöre es dir, sie ist ertrunken.«

Der Hauptmann starrte ihn mit offenem Mund an. »Das ist unmöglich.«

Aber der Heiler schüttelte energisch den Kopf, bis Eisenhauer seine Arme kraftlos sinken ließ. Wie war das möglich? Lilles Tochter konnte nicht ertrinken!

»Sie kann nicht das Mädchen sein, das du suchst, Eisenhauer.«

Der Hauptmann drehte sich ohne ein weiteres Wort herum und rannte auf den Südturm zu. Die Unruhe war noch groß genug, niemand hielt ihn auf. Doch in den Türmen patrouillierten die Wächter der Zitadelle, und er musste einen Umweg und zwei Geheimgänge nehmen, um nicht entdeckt zu werden. Noch nie hatte er sich auf diese Weise durch den Palast bewegt. Er hasste es, sich zu verbergen.

Endlich erreichte er den Raum, den er sehen musste. Er schob den Wandteppich zur Seite und entzündete das magische Licht, das er hier aufbewahrte. Langsam ging er an den vollgeschriebenen Wänden entlang und betrachtete das Werk der letzten zehn Jahre. Unzählige Spione und seine Federn hatten die Hebammen des Landes befragt und hier die magischen Wurzeln mancher Familie zurückverfolgt. Andächtig betrachtete er die alten Runen, die er über die Namen gezeichnet hatte.

Von dem Stapel Papiere auf dem Boden nahm er die Zeichnungen von Charlotte Johansson und Freja Nygaard, die geflohen waren. Langsam näherte er sich der Stelle, an der Lilles Name stand. Es war die Wand, über der das Zeichen für Wasser prangte und auf der er alle Familien notiert hatte, die in ihrem Stammbaum irgendwann einmal einen magischen Wassermenschen vertreten hatten. Auf der Wand mit dem Erdzeichen gab es hier und dort einen Zwerg, einen Gnom oder einen Schrat. Auf den Wänden von Luft und Feuer war er nie ganz sicher gewesen, wie die magischen Wesen zugeordnet werden mussten. Bezogen die Drachen ihre Magie aus der Luft oder von der Sonne? Vielleicht gab es auch keinen Unterschied und die beiden Gruppen gehörten zusammen. In der Universität hatten sie darauf auch noch keine Antwort gefunden. Wütend zerknüllte er Charlottes Zeichnung und warf sie zurück auf den Tisch.

Wenn Charlotte im Fluss ertrunken war, dann musste Freja die Tochter der Nixe sein und die Wassermagie in ihren Adern haben. Charlottes Auftritt bei der Zeremonie warf bei dieser Schlussfolgerung allerdings Rätsel auf. Über welche Magie verfügte sie?

Der Hauptmann kniete sich neben die Papierstapel und nahm alle Unterlagen an sich, die er im Laufe der Zeit über Freja gesammelt hatte. Das Mädchen hielt sich oben im Turm bei den anderen Kindern auf, und sie war jetzt die beste Möglichkeit, um endlich wieder Kontrolle über Himmerland zu bekommen.

Doch bevor er sich um das Mädchen kümmerte, musste er ein weiteres Rätsel lösen. Warum waren die Drachen seinem Aufruf nicht gefolgt? Warum war Prinz Børge noch am Leben?

25. KAPITEL

Als Charlotte die Augen öffnete, blickte sie in das Gesicht ihres Vaters. Milan hatte geweint, das verrieten seine Augen. Immer wieder strich er ihr über die Stirn und murmelte ihren Namen. »Henna.« Immer wieder.

Charlotte hustete. »Nenn mich nicht Henna. Ich erinnere mich nicht an sie.« Ihre Stimme klang dünn und flach wie nach einer hartnäckigen Erkältung im Winter.

Doch statt mit Halswickeln und warmen Decken in ihrem Bett zu liegen, befand sie sich mit nassen Kleidern auf dem Sand am Ufer des Flusses und ihr Kopf ruhte im Schoss ihres Vaters.

Charlotte richtete sich auf. Sie mussten außerhalb der Stadt sein. Vor ihr lagen Wiesen und Felder.

Als sie sich umdrehte, blickte Charlotte in die grünen Augen ihrer Mutter. Lille saß zu ihren Füßen und strich sich die tropfenden Haarsträhnen aus dem Gesicht.

War sie durch den Fluss in die Stadt gekommen, um sie zu retten?

Aber sie war nicht allein in dem Boot gewesen.

»Hast du Fynn gesehen?«, fragte Charlotte und hielt den Atem an, bis Lille antwortete.

»Sie haben ihn aus dem Boot gezogen.«

Obwohl Charlotte es geahnt hatte, wurde ihr plötzlich schlecht. Sie legte die Hände auf den Bauch und atmete tief ein.

»Wo ist Jette?«

»Die alte Frau, die am Ufer stand?«, fragte Lille. »Die Männer haben sie auch mitgenommen.«

Charlotte spürte Milans Hand auf dem Rücken und drehte sich zu ihm um.

»Es waren Rebellen. Sie trugen keine königlichen Gürtel und waren nicht tätowiert.«

Milan nickte. »Es waren die anderen.«

»Wie sollen wir sie nur finden?« Charlotte strich sich die nassen Haare aus dem Gesicht und schlang die Arme um ihre Beine. Sie zitterte nun am ganzen Körper, nicht nur vor Kälte, sondern vor allem aus Sorge um Fynn und Jette.

»Ich werde nach ihnen fragen«, sagte Milan.

»Wen?«

»Freunde.«

Wenn sie Hilfe bekamen, war ihre Suche nicht aussichtslos. Charlotte sehnte sich danach, Hoffnung zu spüren, aber sie fühlte nur Schuld. Schließlich hatte sie die anderen überredet, in die Stadt zu gehen, anstatt sich zu verbergen. Die Rebellen hatten es auch dieses Mal sicher auf sie abgesehen und nicht auf Jette oder Fynn. Und nur sie war den Rebellen durch ein Wunder entkommen.

»Wie konntest du mich retten? Du wusstest doch nicht, wo ich war.« Charlotte drehte sich um und sah der Nixe ins Gesicht.

»Ich spüre immer, wenn meine Kinder in Gefahr sind. Aber ich kann dir nicht jedes Mal helfen.«

Charlotte spürte einen Stich im Herzen. Lille war nicht für immer verschwunden, sondern hatte sich auf die Suche nach ihr gemacht, um ihr zu helfen. Doch die anderen waren noch immer in Gefahr. Auch die Erinnerung an die vielen Jahre, die sie mit einer anderen Mutter verbracht hatte, bedrückten sie. Lille war eine Nixe und konnte nicht in ihrer Nähe sein. Sie war keine Mutter. Nicht so, wie Ina Johansson es gewesen war. Charlotte musste lernen, damit zu leben. Aber im Moment konnte sie die verschiedenen Gefühle kaum auseinanderhalten, die durch ihren Körper wimmelten. Vielleicht war sie doch dankbar für die Hilfe der fremden Frau. Denn nun konnte sie zusammen mit Milan nach ihren Freunden suchen, die sie in Gefahr gebracht hatte.

Lille streckte die Hand aus und berührte flüchtig die Wange ihrer Tochter. »Du hast Freunde in diesem Land. Das tröstet mich, wenn ich deine Angst fühle.«

»Ich hätte ertrinken können, mein Leben war in Gefahr. Danke.« Charlotte wusste nicht, ob sie ihr die Hand reichen sollte. Was für eine Geste war angemessen bei einer Frau, die ihr fremd war? Obwohl sie sich nicht daran erinnerte, hatte sie doch einige Jahre mit Lille und Milan verbracht.

Aber Lille schien nichts zu erwarten, sie nickte freundlich. »Du warst im Wasser und dort kann ich dir helfen. Der Fluss fließt unter der Mauer in die Stadt hinein. Die Gitter haben in den letzten Jahren rostige Löcher bekommen, durch die ich hindurchschwimmen konnte.«

»Wie hast du mich aus der Stadt bekommen?« Charlotte zog die Augenbrauen zusammen. Ihre Mutter war sicher nicht nackt durch die Stadttore gelaufen und hatte ihre bewusstlose Tochter an den Soldaten vorbeigetragen.

»Durch den Fluss.«

»Aber der verläuft unterirdisch. Wieso bin ich nicht erstickt?« Charlotte fror fürchterlich und ihr Hals schmerzte beim Sprechen, aber ansonsten war sie unversehrt. Wenn sie lange ohne Atem gewesen war, mussten dann nicht ihr Kopf oder ihre Brust schmerzen?

Lille lächelte und streckte eine Hand aus. Diesmal zog sie sie nicht wieder zurück.

Mit feuchten Fingern fuhr sie Charlotte über die Wange und strich ihr die Haare hinter das Ohr. Sie berührte Charlottes Stirn und ihr Kinn, als wollte sie wie eine Blinde das Gesicht des Mädchens mit den Fingern erfassen und sich für immer einprägen.

Charlotte schloss die Augen. Im Grunde war es eine fremde Frau, die sie berührte. Doch die warmen Finger, die über ihr Gesicht huschten und strichen, kamen ihr vertraut vor und erinnerten sie ganz entfernt an einen Geruch oder einen Gedanken.

»Hast du es noch nicht bemerkt? Du atmest unter Wasser«, sagte Lille schließlich und ließ die Hände wieder sinken.

»Sie ist nie im Wasser gewesen, oder?«, wandte sie sich an Milan.

Der schüttelte den Kopf. »Vermutlich nicht. Sie ist bei meinem Bruder in der Stadt aufgewachsen. Ich habe nicht gewagt, sie bei mir zu behalten.«

Er schämte sich. Charlotte sah es in seinem Gesicht.

Sie wollte ihm sagen, dass sie ihn verstand und ihm nicht mehr böse war. Aber sie konnte es nicht.

Sie saß zwischen einem Mann und einer Frau, die sie erst seit kurzer Zeit kannte. Trotzdem gehörte sie zu ihnen. Sie ahnte es tief in ihrem Inneren und wünschte in diesem Augenblick nichts sehnlicher, als dass die beiden einen Weg gefunden hätten, ihre Eltern zu sein.

»Du hast sie auf dem Boot gehabt für viele Tage«, zischte die Nixe und entblößte die spitzen Zähne.

Milan nickte, doch er schwieg. Er erfand keine Ausreden dafür, warum er Charlotte nicht genötigt hatte, in das Wasser zu tauchen.

Lille wandte sich wieder ihrer Tochter zu. Sie legte beide Arme auf Charlottes Schultern. Dann zog sie das Mädchen an sich.

Charlotte wehrte sich nicht. Ihr Kopf lag an Lilles nacktem Hals und sie spürte ihren warmen Körper durch die nasse Kleidung. Die Arme ihrer Mutter lagen auf Schulter und Rücken und wärmten sie auf seltsame Weise von innen.

Charlotte wusste nicht, ob es die magische Kraft der Nixe war oder die Arme einer Mutter, die so wärmen und trösten konnten. Sie fühlte sich geborgen und getröstet wie noch nie zuvor in ihrem Leben.

Da neigte Lille ihren Kopf und flüsterte in Charlottes Ohr.

Milan stand auf und streckte die Hand nach seiner Tochter aus. »Wir müssen jetzt gehen!«

Charlotte löste sich aus Lilles Armen und sah ihr ins Gesicht. Ihre Mutter nickte. »Geh nur, mein Schatz. Wärme dich auf. Ich komme morgen vor Sonnenaufgang zu eurem Boot. Bis dahin weiß ich, wohin sie deine Freunde gebracht haben.« Sie zwinkerte ihr zu und erhob sich. Nackt stand sie vor dem ehemaligen Geliebten und ihrer Tochter und schien sich nicht zu schämen.

Sie setzte sich auf einen Felsen, der am Ufer lag, und streckte ihre schlanken Beine aus. Mit den Füßen tauchte sie in das Flusswasser.

Milan stand auf und wartete ein paar Schritte entfernt am Ufer.

Charlotte trat neben ihre Mutter und starrte auf die Füße der Nixe, die Zentimeter für Zentimeter zu einem Fischschwanz verschmolzen und dann von glitzernden Schuppen überzogen wurden. Sie konnte nicht wegschauen. Eine Handbreit unter dem Bauchnabel verebbte das Glitzern und der flache Bauch ihrer Mutter begann.

Lille zwinkerte ihrer Tochter zu. Noch einmal streckte sie die Hand aus und strich ihr über das Gesicht. Dann stieß sie sich mit den Händen von dem Felsen ab und sprang anmutig ins Wasser. Die untergehende Sonne schimmerte dunkelrot auf der großen

Schwanzflosse, bevor sie im Fluss versank. Charlotte wartete, bis die Kreise auf der Wasseroberfläche das Ufer erreichten.

Milan trat neben sie. »Gehen wir zum Boot. Du musst trockene Kleider anziehen und dich aufwärmen.«

Charlotte nickte. Nebeneinander gingen sie am Ufer entlang. Immer wieder blickte Charlotte auf das Wasser. Die Sonne war hinter den Bäumen verschwunden und der Fluss lag wie eine dunkle Schlange neben ihnen. Charlotte erkannte weder Steine noch Fische in dem undurchdringbaren Schwarz des Flusses.

Der große Fischschwanz ihrer Mutter tauchte nicht wieder auf, und doch hatte Charlotte zum ersten Mal in ihrem Leben das Gefühl, jemand beobachtete sie und passte auf sie auf, auch wenn sie sie nicht sah.

ooooo

Die Wächter, die an den inneren Toren der Zitadelle standen, ließen Eisenhauer wortlos passieren. Sie hatten also keine Order bekommen, die Türme abzuriegeln. Wieso standen nur zwei Männer Wache und sahen in keiner Weise beunruhigt aus? Vor kurzer Zeit mussten hier sechs ausgewachsene Drachen und ein paar Jungdrachen im Hof gewesen sein, um in die Lüfte zu entfliehen. Er hatte sie am Himmel gesehen. Sie mussten durch die Tür gekommen sein, die er für sie offen gelassen hatte.

Eisenhauer lief über den Hof. Ein paar Hunde lagen am Brunnen und schliefen, sonst sah er niemanden. Die meisten Bediensteten hatten sich in die Halle der Zitadelle begeben und der Innenhof zwischen den Wohntürmen lag verlassen da.

Eisenhauer betrat das Gebäude und lief die verborgene Treppe in den Keller hinunter. Die geheime Tür stand offen und er betrat die Höhle unter dem Ostturm. Niemand empfing ihn.

Er nahm eine Fackel von der Wand und durchquerte das Gewölbe, doch die Einsamkeit blieb. Er hörte kein Fauchen und der schwefelige Geruch ihres Atems lag nicht in der Luft. Nach dreißig Metern verengte sich der Raum. Eisenhauer war am Ende angekommen, doch auch hier hielt sich niemand versteckt. Es gab keinen Zweifel daran, dass die Drachen den Keller verlassen hatten. Eisenhauer fragte sich, ob die Drachen über Magie verfügten, die er in all den Jahren nicht bemerkt hatte. Konnten sie unsichtbar werden oder die Menschen auf andere Weise täuschen?

Er drehte sich im Kreis und wollte die Höhle gerade wieder verlassen, als ihm ein seltsamer Schatten auffiel. Er trat auf die Wand zu. Doch dort war keine Mauer. Schwarz lag vor ihm ein Loch. Eisenhauer erhob seine Fackel und streckte den Arm aus. Ein Drittel der Wand war durchbrochen. Nirgends lagen Steine oder Staub herum. Vor langen Zeiten hatte jemand dieses Loch in den Stein gehauen und er hatte es all die Jahre übersehen.

Eisenhauer betrat den Raum dahinter. Er war halb so breit und führte weiter in die Erde hinein.

Nach einer Meile wurde der Raum schmaler und hinter einer Biegung sah Eisenhauer einen Lichtschein am Ende des Ganges.

Er war Richtung Norden gegangen, also musste der Tunnel unter dem Fluss hindurchführen. Als er heraustrat, sah er über sich den blauen Himmel. Eisenhauer stand in einer Kuhle, die von Bäumen eingefasst war, dessen armdicke Wurzeln aus dem Sand ragten.

Die Drachen hatten also einen anderen Weg gefunden, den Keller unter der Zitadelle zu verlassen. Das war die Erklärung für die fehlende Aufregung auf dem Gelände. Aber sein Plan war trotzdem nicht aufgegangen! Die Drachen hatten den Prinzen nicht erkannt. Leider waren ihre Augen nicht so gut, wie er stets vermutet hatte.

»Sie sind noch viel besser«, sagte eine Stimme hinter ihm.

Eisenhauer fuhr herum.

Der alte Drache mit den fleckigen Schuppen stand am Rand der Grube und schaute zu ihm herunter.

»Was ist viel besser?«, fragte Eisenhauer und überlegte, ob er den Namen des Tieres nicht doch schon einmal gehört hatte. Drachen waren eitel, und man tat besser daran, sie mit ihrem Namen anzusprechen.

»Du kennst ihn nicht«, sagte der Drache.

Eisenhauer verstand den Alten nicht. Er ging ein paar Schritte zurück, damit er den Kopf nicht so weit in den Nacken legen musste, um ihn anzusehen.

»Warum bist du noch hier?«, fragte Eisenhauer. »Ihr wolltet doch den König angreifen, der euch verfolgt.«

»Nein«, sagte der Drache. »Das wollten wir nie.«

Eisenhauer runzelte die Stirn.

»Aber durch seine Schuld seid ihr in Gefahr.«

Der Drache überlegte einen Moment. »Das stimmt«, sagte er dann.

Vielleicht hatte das Alter ihn verwirrt. Er würde ihm nichts nützen. Eisenhauer überlegte, wie er Børge schaden und mit Frejas Hilfe und etwas Unterstützung von den rebellierenden Nachbarländern seine eigene Macht wieder ausbauen konnte. Er setzte sich auf einen Stein, der am Rand der Grube lag, und stützte den Kopf auf die Hände. Der alte Drache ließ ihn nicht aus den Augen, doch Eisenhauer kümmerte es nicht.

Lille war verschwunden. Seine Männer hatten sich aus dem Staub gemacht. Vielleicht hatten sie sich im Turm der Wächter versammelt. Er konnte wieder hinauf in die Zitadelle gehen und nachschauen. Mit ihnen zusammen würde er den Prinzen aufspüren. Er bekam immer, was er wollte. Trotzig schob er das Kinn vor.

Vielleicht hatte das Mädchen mit seinen Fragen Unruhe in das

Land gebracht und ihm damit einen Gefallen getan. Er brauchte seine Männer, denn er musste ein Heer zusammenstellen und sich vor dem Prinzen behaupten.

Wenn er seine alte Macht ausstrahlte, würde der Herrscher ihn wieder als Hauptmann und Berater respektieren. Der Heiler würde dafür sorgen, und dann kam die Zeit, da er wieder der mächtigste Mann im Land war.

Der Drache senkte den Kopf. »Das wird nicht geschehen«, sagte er und seine Stimme klang kraftvoller als zuvor.

Eisenhauer erhob sich. Der Drache redete wirres Zeug. Das Beste war, ihm höflich zu antworten, denn er musste an seinem Kopf vorbei, um den unterirdischen Gang zu erreichen. Die Wände der Kuhle waren zu steil, um hinaufzuklettern.

»Was wird nicht geschehen?« Eisenhauer ging langsam auf die Höhle zu und hielt den Blick auf den Drachenkopf gerichtet.

»Ich bin Isiras Ahne, ihr Großvater, wie ihr Menschen sagt. Sie bat mich, hier auf dich zu warten.«

Eisenhauer hörte ihm nicht zu. Das Geschwätz des Alten interessierte ihn nicht. Langsam ging er weiter.

Der Drache senkte seinen Kopf tiefer in die Grube.

»Ich höre deine Gedanken, Mensch. Hüte dich!«, brüllte er.

Eisenhauer zuckte zusammen und blieb stehen. Jetzt verstand er. »Wie lange kennt ihr den anderen Ausgang aus der Höhle bereits?«

»Schon immer«, antwortete der Drache.

»Warum seid ihr geblieben?«

»Wir haben deine Gedanken gelesen und Freunde konnten vor dir und deinen Männern gerettet werden.«

Eisenhauer nickte. Es waren nur noch wenige Meter bis zur Höhle.

»Warum wart ihr so lange bei mir?«, fragte er.

»Ein Jahr ist wie eine Stunde und ein Sommer wie ein Tag. Wir sind nicht lange hiergeblieben.«

»Was wollt ihr?« Eisenhauer machte noch einen Schritt auf die Höhle zu.

»Wir wollen den alten König zurück. Er ist weise und hat Respekt vor allen Geschöpfen.« Die Stimme des Drachen hatte wieder den knarrenden, gleichmütigen Klang angenommen.

Eisenhauer nickte kurz, dann lief er los.

Isiras Großvater stieß mit dem Kopf nach vorn und schnappte nach ihm. Doch er verfehlte den Hauptmann und stieß direkt neben ihm mit dem Maul in den Sand.

Eisenhauer stürzte zur Höhle und rannte so schnell wie noch nie zuvor in seinem Leben.

ooooo

Milan führte Charlotte in die Kajüte und wärmte Wasser mit dem Hitzestein.

Er stellte einen Kübel vor sie auf die Erde und verschwand in einer Kabine. Mit einem Arm voller Tücher und Kleider kam er zurück.

»Steck deine Füße in das warme Wasser und trockne dich ab. Du musst wieder warm werden.«

Charlotte zögerte. Sie konnte kaum noch ihre Finger krümmen, und ihre Lippen fühlten sich taub an, doch sie wollte unterwegs sein, um Fynn und Jette zu suchen.

Milan strich ihr über den Kopf. »Ich gehe in den Wald, um ein paar Dinge in Erfahrung zu bringen. Ich bin bald zurück. Wärme dich auf! Wir werden Fynn und Jette finden.«

Sie zögerte, doch dann ließ sie sich auf die Bank fallen und nickte.

Milan schob den Kübel vor ihre Füße, beugte sich zu ihr hinunter und küsste sie auf die Stirn.

Als sie allein war, zog Charlotte sich aus und wickelte sich in die Tücher. Sie tauchte die Füße in das Wasser und genoss das Kribbeln, das durch die Beine bis zum Kopf hinaufstieg und die eisige Kälte vertrieb. Seufzend schloss sie die Augen und lehnte sich zurück.

Doch lange konnte sie nicht still sitzen. In ihrem Kopf purzelten die Gedanken und Erinnerungen durcheinander. Die Sorge um Fynn und Jette und die vielen Fragen trieben sie von der bequemen Bank fort. Sie stand auf und streifte die frischen Kleider über. Irgendetwas musste es geben, was sie tun konnte. Wenn sie nur genug nachdachte, würde ihr sicher einfallen, wie sie ihren Freunden helfen konnte.

Charlotte musste ihre Hände beschäftigen. Sie griff nach einem Tuch und rubbelte sich die Haare trocken. Der brackige Fluss hatte seine Spuren hinterlassen. Sie zupfte Algen und Schilfhalme aus den verfilzten Strähnen heraus. In einer der Kajüten hatte gestern ein Kamm gelegen, mit dem sie die Knoten aus ihren Haaren entfernen konnte.

Als sie sich umdrehte, um ihn zu holen, hielt sie erschrocken inne. An der Treppe zum Deck stand ein Zwerg. Charlotte sah sofort wieder das feuchte Lagerhaus vor sich, in dem sie so viele Stunden eingesperrt gewesen war, und das Atmen fiel ihr schwer. Ihre Brust fühlte sich plötzlich zu eng an, um ausreichend Luft in sich aufzunehmen.

»Kennst du mich noch, kleine Ausreißerin?«

Charlotte nickte. Wie sollte sie Brandur vergessen? Mit ihm hatte alles angefangen. Wollte er sie nun wieder entführen?

»Milan!«, brüllte sie, so laut sie konnte. Ihr Hals schmerzte, doch ihr Vater kam nicht.

»Er kann dich nicht hören«, stellte Brandur ruhig fest. »Wir zwei sind allein.«

»Wo ist deine Freundin?«, fragte Charlotte und spähte durch das gläserne Fenster in der Tür. Sie sah nur Dunkelheit.

»Ich bin allein gekommen, um mit dir zu verhandeln«, antwortete der Zwerg und deutete eine Verbeugung an.

Charlotte wich einen Schritt zurück. »Du willst mich nicht entführen?« Das Atmen fiel ihr wieder etwas leichter, doch sie musterte ihn skeptisch und behielt auch die Tür weiterhin im Blick.

Er schüttelte den Kopf. »Ich möchte dich nur etwas fragen.« Brandur räusperte sich. »Ich habe gehört, du hast in der Zitadelle eine Rede gehalten. Stimmt das?«

Sie nickte. In der goldenen Halle hatte Charlotte weder Zwerge noch andere Rebellen gesehen. Die Menschen, die sich mit dieser Gruppe verbunden fühlten, musste sie über die Ereignisse in der Zitadelle aufgeklärt haben. Vielleicht wusste er bereits, welche Gabe sie bei sich entdeckt hatte. Sie mussten vorsichtig sein.

»Hast du den König dazu gebracht, vor dem ganzen Volk die Aufgaben der geheimen Wächter zuzugeben?«, fragte Brandur.

Das konnte sie nicht abstreiten, ohne ihn misstrauisch zu machen. Er schien wirklich gut informiert zu sein. Also nickte sie.

Der Zwerg lachte und klopfte sich auf die Oberschenkel. »Das ist wunderbar.«

Charlotte wartete. In ihrem Kopf brummten Dutzende Fragen. Sie konnte sich kaum beherrschen, nicht mit all dem herauszuplatzen, was sie nicht verstand, und presste die Lippen aufeinander. Schließlich würde sie sonst Brandur verraten, was sie nicht wusste. Vielleicht wollte der Zwerg wirklich nur ein paar Fragen stellen und wieder verschwinden.

»Weiß das Volk von den magischen Geschöpfen, die er gefangen hält?«, fragte er weiter.

Charlotte nickte abermals.

Brandur grinste über das ganze Gesicht. »Das ist mehr, als ich je gehofft hatte. Wie hast du das gemacht?«

Charlotte zuckte mit den Schultern. Sie versuchte, in seinen Augen zu lesen, ob er sie ernsthaft um eine Antwort bat und ihre Gabe noch nicht erkannt hatte. Doch Brandur kniff die Augen zusammen, sodass kaum mehr als ein dunkler Strich übrig blieb. Charlotte konnte darin nichts erkennen, und sie ahnte, dass ihre Hoffnung vergebens war.

Der Zwerg wollte etwas von ihr, auch wenn sie noch nicht sagen konnte, was es war. Er würde nicht gehen, bis er es bekommen hatte.

»Du willst es mir nicht sagen?«

Sie schüttelte den Kopf.

Brandur wirkte nicht überrascht. Mit der Hand fuhr er sich durch den Bart und strich von den Ohren bis zum Kinn. Weiße Krümel rieselten ihm auf die Brust.

Charlotte schaute an ihm vorbei zu der Treppe, die auf das Deck des Schiffes führte. Von ihrem Vater war nichts zu sehen oder zu hören.

»Wir wollen die Universität vernichten. Kannst du den König dazu bringen, sie aufzulösen?«

»Warum?« Überrascht starrte sie Brandur an. Damit hatte sie nicht gerechnet.

»Die Magie soll allen zugänglich sein. Da waren wir uns doch einig, oder?« Brandur stand ihr gegenüber und wippte in seinen ledernen Stiefeln von den Zehen auf die Fersen.

»Es kann doch jeder an die Universität gehen und mit den Forschern Magie und Technik studieren«, wandte Charlotte ein.

Brandur schüttelte den Kopf. »Nur die Reichen. Und das ist nicht gerecht.«

»Das stimmt.« Charlotte erinnerte sich an den Hüter, der die dreckigen Hände durch das Tor gesteckt hatte, um Gold zu bekommen. Wenn sie an das widerliche Grinsen dachte, das seine Gier verriet und seine braunen Zähne zeigte, gab sie dem Zwerg nur zu gerne recht.

Zwischen dem buschigen Bart konnte Charlotte erkennen, dass Brandur lächelte.

»Bring den König dazu, sie zu schließen!« Der Zwerg verschränkte die Hände vor dem Bauch.

Doch Charlotte zögerte. »Vielleicht wird die Magie wirklich immer weniger. Es wäre doch gut, wenn wir elektrische Lichter haben. Die magischen Kerzen reichen längst nicht mehr für alle Menschen.«

Charlotte hatte keine Ahnung, ob es gut war, elektrische Lichter zu haben. Sie hatte das Wort einmal in der Schule gehört.

Der König forschte für das Volk. Das hatte er in der Zitadelle gesagt und er hatte sie nicht belügen können. Sie glaubte an ihn und sein Ziel, auch wenn er sich auf seinem Weg furchtbare Dinge erlaubt hatte.

»Nein, niemand darf über die Forschung der Magie bestimmen! Alle magischen Geschöpfe müssen freigelassen werden«, forderte Brandur.

»Du hast ja recht«, sagte Charlotte schnell. »Wenn noch welche eingesperrt sind, muss der König sie freilassen.«

Charlotte hustete. Suchend sah sie sich nach einem Wasserkrug um. Sie wagte es nicht, dem Zwerg den Rücken zuzuwenden, und wollte ihn nicht um Erlaubnis zum Trinken bitten. Schließlich waren sie auf dem Boot ihres Vaters.

Sie hustete noch einmal und schlug den Kragen ihres Hemdes hoch, um den Hals zu wärmen.

»Der König hat dem Volk versprochen, die Truppen der geheimen Wächter aufzulösen, weil sich die Menschen vor ihnen fürchten. Es gibt nur noch die Wächter der Zitadelle und die Stadtwache in Aalborg. Wusstest du das?«

Charlotte schüttelte den Kopf.

»Das wurde vor einer Stunde verkündet. Die Zeit der Veränderung hat begonnen! Geh zum König und bring ihn dazu, die Universität aufzulösen und den fahrenden Völkern und Wanderern das Jagdrecht für die Wälder zu erteilen, damit sie keinen Hunger leiden.«

»Was ist das Jagdrecht?«, fragte Charlotte und kratzte sich am Kopf. Die Haut juckte unter den verfilzten, struppigen Haaren.

»Kannst du es dir nicht denken? Es ist das Recht, in den Wäldern zu jagen, die der König für sich beansprucht.«

»Wild?«

»Auch.«

»Was noch?«

»Das braucht dich nicht zu kümmern. Wirst du den König dazu bringen?«

»Nein.« Charlotte trat einen Schritt zurück und stieß gegen die Tischplatte. Mit den Händen umfasste sie die Kante hinter ihrem Rücken und hielt sich daran fest.

Brandur blieb stehen und nickte. »Das habe ich mir gedacht.«

Während Charlotte abwartete, hörte sie ihr Herz wie wild schlagen und fürchtete, auch Brandur könnte die Aufregung und die Angst hören, die ihr Herz zur Eile antrieb.

»Möchtest du deinen Freund wiedersehen?«, fragte er und sah dabei ganz freundlich aus.

Der letzte Funken Hoffnung verschwand. Charlotte schloss die Finger um das Holz im Rücken, bis die Fingerkuppen schmerzten.

»Fynn?«, fragte sie. Doch ihre Stimme war nur ein heiseres Krächzen.

»Und deine alte Nachbarin?«

»Jette? Ihr habt sie gefangen?« Charlotte bekam zu wenig Luft. Sie riss die obersten Knöpfe ihres Hemdes auf.

Der Zwerg zuckte mit den Schultern. »Wirst du uns helfen?«

Charlottes Hals wurde immer enger und das Blut rauschte ihr in den Ohren. Sie konnte Brandur kaum noch verstehen.

Ihr Hals schmerzte und sie zwang sich, ein- und auszuatmen. Ihre Angst durfte sie nicht überwältigen.

Es war nur ein Mann, der vor ihr stand. Sie war heute in die Zitadelle gegangen, um zum König zu sprechen. Vor der ganzen Stadt hatte sie ihre magische Begabung eingesetzt. Sie wollte sich nicht von ihm einschüchtern lassen. Die Zeiten waren vorbei.

»Wenn du unsere Forderungen nicht vor den König bringst, werden Fynn und Jette dafür bezahlen. Und außerdem werden wir die Universität anzünden.«

»Das würdet ihr nicht tun!«, rief Charlotte. »Es sind Menschen darin, die dort leben und arbeiten, und vielleicht auch noch magische Geschöpfe. Wir konnten sicher nicht alle befreien!«

»Das Wohl aller geht vor das Wohl Einzelner.«

Diese Floskel hatte Charlotte schon einmal gehört, doch sie erinnerte sich nicht mehr daran, wann es gewesen war. Sie hatte sie damals nicht verstanden und sie verstand sie heute nicht. Nichts konnte wichtiger sein als das Leben eines Menschen.

Sie wollte die Zeit anhalten und sich mit jemandem beraten, wie sie sich in den letzten Tagen immer wieder mit ihrem Vater, mit Fynn oder mit Jette besprochen hatte. Stunde um Stunde hatten sie den Plan durchdacht, die Flucht aus der Zitadelle geplant und versucht, die Reaktionen der Soldaten und Wächter vorherzusehen und den Widerstand des Königs einzuschätzen.

»Was soll ich tun?«, fragte sie den Zwerg, und sie wünschte, es wäre jemand anders hier, der ihr eine Antwort geben könnte.

»Komm mit mir zu unserem Versteck. Wir sagen dir dann, was du tun sollst.«

Charlotte seufzte. Sie wusste keinen Weg, sich dem Zwerg zu widersetzen. Er hatte zwei unschlagbare Gründe: einen Jungen und eine alte Frau.

»Ich möchte Jette und Fynn sprechen«, verlangte Charlotte.

»Wir werden sehen«, antwortete Brandur.

Charlotte seufzte. Sie hatte keine Wahl. Natürlich konnte sie sich nicht weigern, alles für die Befreiung ihrer Freunde zu tun. Kurz überlegte sie, ob sie Milan unauffällig auf ihre Spur bringen konnte, doch auf die Schnelle wollte ihr keine Möglichkeit einfallen, und so ging sie hinter Brandur in Hemd und Hosen die Treppe hinauf. Ein Schal lag auf dem Deck und Charlotte griff nach ihm und wickelte ihn sich im Gehen um den Hals.

Am Ufer wartete ein Dutzend Rebellen.

Die Fackeln der Männer spiegelten sich auf dem dunklen Fluss und huschten geisterhaft über die Wasseroberfläche. Charlotte schluckte. Die finstere Entschlossenheit auf den Gesichtern der kleinen Männer ließ sie an ihren Chancen zweifeln. Würde sie wirklich allein einen Weg finden, ihre Freunde zu befreien?

25. KAPITEL

Eisenhauer musste neue Wege gehen, um seine Ziele zu erreichen. Lilles Tochter hatte alles durcheinandergebracht und seinen Einfluss auf den Prinzen gefährdet. Das Gespräch mit Freja war enttäuschend gewesen. Das Mädchen konnte mit ihrem Willen Feuer auf den Handflächen entfachen, zeigte aber keine Magie, die im Zusammenhang mit Wasser stand. Wenn sie wirklich Lilles Tochter war, dann musste ein Feuerwesen der Vater sein. Vielleicht halfen ihre Kräfte, falls er doch noch die Nachbarländer in die Auseinandersetzung mit einbeziehen musste.

Eines nach dem anderen würde Eisenhauer in Ordnung bringen. Zunächst musste der Prinz wieder Respekt vor ihm haben, denn das war die beste Möglichkeit, um Himmerland wieder unter Kontrolle zu bekommen.

Doch dazu brauchte Eisenhauer seine Männer zurück. Ohne sie fühlte er sich nackt. Früher war er auf seinen Reisen allein durch die Wälder gestrichen, hatte Höhlen durchsucht und Berge erforscht. Wenn er die Männer in seiner Nähe haben wollte, brauchte er nur den Sack mit den Flüstersteinen auszuschütten und nach ihnen rufen. Wo er sich auch aufhielt, innerhalb eines halben Tages waren sie an seiner Seite.

Heute war es anders. Eisenhauer stand allein vor der Tür zum

Zimmer der Wächter im Nordturm und legte die Wange an die Eichenholzbretter. Hinter der Tür hörte er Stimmen.

Er strich mit den Händen über den geschorenen Kopf, straffte die Schultern und streckte die Brust heraus.

Dann drückte er die Klinke herunter und stieß mit dem Fuß die Tür auf, sodass sie krachend gegen die Wand dahinter schlug. Weißer Putz rieselte auf den Boden, dann war es still in dem Raum geworden. Etwa zwanzig Männer starrten ihn an.

Eisenhauer runzelte die Stirn. »Was habt ihr vor?« Seine Stimme war es gewohnt, Befehle zu erteilen. Niemand konnte ihm eine Antwort vorenthalten.

»Nichts mehr«, sagte einer, der auf einem Hocker in der Ecke saß und den Kopf auf die Arme stützte. »Es gibt keine Federn oder Wiesel mehr und auch keine Zähne. Der Prinz wünschte, es hätte uns nie gegeben.«

Die anderen brummten zustimmend und die Starre fiel von ihnen ab. Sie trugen Messer, Lampen und Briefe auf Betten und Tischen zusammen, rollten Hemden und Hosen zu Bündeln und schnürten Rucksäcke.

Eisenhauer schnaufte. Die Männer packten ihre Habseligkeiten, um die Zitadelle zu verlassen!

»Der Prinz hat die geheimen Wächter entlassen? Er will unsere Dienste nicht mehr?« Er ging ein paar Schritte in den Raum und stand nun mitten unter den Wächtern.

»Ja«, antwortete einer aus dem hinteren Teil des Raumes. Eisenhauer schaute sich um. Er hatte sich getäuscht, als er hineingekommen war. Es waren nicht nur seine zwanzig Federn, sondern viel mehr. Womöglich hatten sich alle sechzig Wächter versammelt. Sie hatten hinter Truhen gekniet und ihre Kleidung aus den hinteren Räumen geholt. Doch einer nach dem anderen trat zu ihnen und sah Eisenhauer erwartungsvoll an.

»Das lassen wir uns nicht gefallen«, stellte Eisenhauer ruhig fest. Es war kein Befehl, es war seine Überzeugung.

Und es tat seine Wirkung. Wer noch gepackt hatte, hielt nun inne.

Manche hatten nur einen Flaum am Kinn, andere schon die ersten grauen Haare auf dem Kopf. Aber alle waren sie gewohnt, einem Hauptmann zuzuhören, wenn er sprach.

Sie sollten auf Befehl des Prinzen heute ihr altes Leben verlassen, das sie als Wächter im Nordturm der Zitadelle geführt hatten. Zusammen mit ihrer Lebensaufgabe und Bestimmung hatten sie ihr Zuhause und die Gemeinschaft verloren.

Eisenhauer sah in ihren Gesichtern all die Gefühle, die das auslöste. Vor jedem anderen konnten sie verbergen, was sie dachten und fühlten, wenn sie gnadenlos ihre Arbeit taten. Aber nicht vor ihm. Er hatte sie geformt. Sie waren noch halbe Kinder gewesen, als sie nach dem Trivium zu ihm gekommen waren. Es war ihre Bestimmung gewesen, Wächter zu sein und das zu tun, was er von ihnen erwartete.

Eisenhauer stand in ihrer Mitte und begann, sein Netz zu spinnen.

»Der Prinz schuldet uns etwas. Wir sind Wächter und bleiben es auch. Aber er ist nicht der König, sondern nur ein Platzhalter für einen anderen! Hört mir zu! Ich habe einen Plan.«

ooooo

Es war wie in seinem Albtraum. Schon wieder holten sie seine Tochter, rissen sie aus ihrem Leben und trennten sie von den Menschen, die sie liebte. Milan sackte auf die Knie. Gebückt hatte er hinter den leeren Kisten gestanden, die er vor wenigen Stunden am Ufer gestapelt hatte.

Der Zwerg war nicht allein zum Boot gekommen, ein Haufen Rebellen hatte ihn begleitet, die bis an die Zähne mit Stöcken und Säbeln bewaffnet waren.

Milan hatte nie eine Waffe besessen oder damit gehandelt. Alles, was größer war als ein Brotmesser, wollte er nicht in seiner Nähe wissen, denn er hatte für ein Leben genug Gewalt gesehen.

Tief atmete er die kalte Nachtluft ein und schlich im Schutz der Bäume hinter den Männern her, die seine Tochter in ihre Mitte genommen hatten.

Auf dem Gelände waren Schuppen, Lagerräume und zwei Hallen verstreut, die alle mit Fackeln und Laternen erleuchtet wurden. Brandur hatte Charlotte in die erste Halle gebracht. Vermutlich sollte sie dort die Nacht verbringen. Es gab zwei Türen und an jeder Seite ein halbes Dutzend Fenster.

Milan hätte bequem aufrecht hindurchschreiten können, wenn er sie aufbekommen hätte. Aber sie ließen sich nicht öffnen. Vorsichtig hatte er an ihnen gerüttelt und versucht, sie aufzustemmen – erfolglos. Er konnte noch nicht einmal hineinsehen, um festzustellen, ob Charlotte tatsächlich noch da war. Eine fingerdicke Schicht aus Staub und Öl bedeckte die Glasscheiben.

An der hinteren Seite hatte Milan mehrere Gitterstäbe entdeckt, die vor den Lüftungsschächten angebracht waren. Doch selbst wenn er die Gitter durchtrennen könnte, war er zu groß, um durch die Schächte zu klettern. Sie wären sogar für Charlotte zu eng und lagen etwa vier Meter über dem Boden.

Milan seufzte. Es gab nur eine Möglichkeit, seine Tochter zu befreien. Er musste die Halle durch die Tür betreten.

Bei der Erkundung des Geländes hatte er dreizehn Rebellen gezählt. Zwei Zwerge liefen auf dem Dach herum.

Etwas bewegte sich an dem ersten Lüftungsschacht.

Milan zog den Kopf zurück in den Schatten des Schuppens.

Ein heller Fleck erschien zwischen den Gitterstäben. Milan kniff die Augen zusammen. Er erkannte einen Schnabel inmitten eines weißen Federknäuels.

Das Tier schob sich durch das Gitter. Es sah aus wie ein Huhn, hatte aber den langen gelben Schnabel und das weißgraue Gefieder der Möwen.

Im Sinkflug stieß es auf die Erde zu und landete auf dem Sandboden zwischen den Gebäuden. Auf seinen Hühnerbeinen kam es auf Milan zu und stellte den hellbraunen Kamm auf.

Milan bückte sich zu dem Tier herunter.

»Hast du eine Nachricht für mich?«, fragte er leise.

ooooo

Fynn wurde von seinem eigenen rasselnden Husten geweckt und fand sich in einem Raum wieder, über dessen graue Wände Wassertropfen flossen. Langsam richtete er sich auf und versuchte, von der feuchten Mauer wegzurutschen. Doch ein stechender Schmerz fuhr ihm bei jeder Bewegung durch den Kopf und er war mit Stricken an einen Eisenring an der Wand gebunden. Beide Arme waren an den Handgelenken fest mit dem Seil umwickelt, und er sah keine Möglichkeit, sie zu lösen.

»Du bist wach«, sagte jemand und Fynn zuckte erschrocken zusammen. Dann erkannte er die Umrisse von Jette, die ein paar Schritte von ihm entfernt am anderen Ende des Raumes an die Wand gekettet war.

Zwei weiße Vögel saßen an ihren Füßen und spreizten die Flügel. Dann tauchten sie in die schmale Rinne, in der sich das Wasser sammelte, das aus allen Ecken und Ritzen in ihr Verlies floss, und verschwanden.

»Wo sind sie hin?«, fragte Fynn, aber ein erneuter Hustenanfall schüttelte ihn und er konnte Jettes Antwort nicht verstehen.

»Bist du verletzt, mein Junge?«

»Nein«, behauptete er. »Wie geht es dir?«

Sie lachte leise. »Wir sind eingesperrt und wissen nicht, was als Nächstes passieren wird. Dafür geht es mir ganz gut.«

Fynn wunderte sich über ihre Gelassenheit, aber er sagte nichts dazu. »Wo ist Charlotte?«, wollte er wissen.

Jette senkte den Kopf und starrte auf ihre Beine, die sie vor sich ausgestreckt hatte. »Sie ist … Ich weiß nicht, ob sie …«

Fynn hörte plötzlich Schritte hinter sich und drehte sich um. Der Umriss einer Tür leuchtete auf. Jemand rannte mit hellen Lichtern durch den Gang.

»Was ist hier los?«

»Smilla ist verletzt. Holt Hilfe!«

Wieder das Getrampel der Stiefel und dann das Wimmern einer Frau. Auch über ihnen hörten sie nun Stimmen und Schritte erklingen. Kurz darauf näherte sich jemand und rief schon von Weitem. »Legt sie hin, sie muss flach auf dem Boden liegen.«

Die Frau weinte nun laut.

»Wie konnte das geschehen?«

»Durch den Vorfall bei der Zeremonie ist der Prinz anscheinend in Panik geraten. Er hat zwar mit großem Gerede die geheimen Wächter entlassen, aber die Soldaten sind von den Grenzen in das Landesinnere verlegt worden. Tausende durchkämmen Himmerland, und sie sind gründlicher, als die geheimen Wächter es je waren.«

»Aber wir wechseln unser Versteck doch täglich. Wie können sie uns entdecken?«

»Es sind Hunderte und Tausende, die durch das Land ziehen. Niemand kann ihnen entkommen«, sagte jemand, der sehr nah an ihrer Tür stand. Seine Stimme klang unheilschwanger und die Männer schwiegen nun. Irgendwann hörte auch das Weinen auf, und nachdem einige Frauen Anweisungen gemurmelt hatten, entfernten sich alle. Die Schritte waren unregelmäßig und schwer, als würden sie nicht nur eine Frau in ihrer Mitte tragen.

Fynn keuchte und ein Hustenanfall schüttelte ihn erneut. Er griff sich an die Brust und erschrak. Sein Hemd war zerrissen und auf der Haut spürte er nur den nassen Stoff.

»Sind sie noch einmal wiedergekommen, nachdem sie uns eingesperrt haben?« Er konnte nicht anders, als immer wieder die Stelle zu berühren, an der vorher seine Schätze gewesen waren.

»Nein, mein Junge. Deine Papiere waren nach dem Überfall am Fluss durchnässt, und als sie dich über die Stadtmauer gezogen haben, ist dein Hemd zerrissen. Irgendwo im Wald sind die Sachen rausgefallen. Aber es waren braune matschige Klumpen, die kann bestimmt niemand mehr lesen.«

Fynn sackte zusammen und lehnte sich wieder an die feuchte Mauer. Nur mit Milans Hilfe würde er noch einmal die Möglichkeit bekommen, in die Universität zu gelangen. Schließlich wusste er nicht, wo er war und wie er den geheimen Ort von hier aus finden konnte. Falls es ihm jemals gelang, sich von seinen Fesseln zu befreien … Aber seine Gedanken wanderten immer wieder zu Charlotte. Er sorgte sich um das Mädchen, mit dem er die letzten Tage verbracht hatte. Er war so stolz auf sie gewesen, als sie nach der Zeremonie in das Kanu gestiegen war, und hatte sich schon darauf gefreut, von ihr einen Bericht zu bekommen. Hatte sie es gewagt, den mächtigsten Mann des Landes vor all seinen Untertanen nach der Wahrheit zu fragen?

27. KAPITEL

Die Halle erinnerte Charlotte schmerzlich an die Nacht, in der alles begonnen hatte.

Sie war nicht gefesselt, doch sie würde die Nacht wieder in einer Fabrik verbringen. Es war zum Verzweifeln. Charlotte wischte sich eine einzelne Träne aus dem Gesicht und schaute sich um. Statt Spinnrädern und Webstühlen sah sie vor sich Berge von Reisig und Weidenruten.

»Bevor die Magie ins Land kam, haben hier Dutzende Männer und Frauen Körbe geflochten«, sagte Brandur und trat gegen einen Korb mit einem großen Loch. Er kullerte trudelnd in die Dunkelheit.

Brandur entzündete eine Fackel und Charlotte sah auch den hinteren Teil der Halle.

Auf der einen Seite lagen Berge von Ästen, auf der anderen stapelten sich unfertige Körbe und Schalen aus geflochtenen Weiden. Über den Rand der obersten Körbe schauten Hühner zu ihnen herunter. Davor lagen ein paar umgekippte Eimer mit losen Henkeln.

In der Mitte der Halle standen in wahlloser Anordnung etwa fünfzig Hocker herum. Charlotte schloss die Augen und stellte sich vor, wie Männer und Frauen durch die Türen kamen. Sie kehrten den Staub vom Boden, rafften Weidenruten zusammen, füllten die metallenen Eimer mit Wasser und nahmen auf den Hockern Platz, um Körbe zu flechten. Als sie die Augen wieder öffnete, war Charlotte fast enttäuscht, weil die Halle genauso verlassen war wie zuvor. Sie hatte die Besen gehört, die über die Steine kratzten, und das Plätschern des Wassers in den Eimern. Nun war es wieder still.

Brandur band weitere Fackeln aus dem Reisig und umwickelte sie mit Lumpen. Dann schraubte er eine Flasche mit einem weiten Hals auf und tauchte das Holz hinein.

Charlotte hatte Flaschen wie diese auf dem Boot ihres Vaters gesehen. Sie enthielten dickes Öl und waren bei den Menschen sehr beliebt, die sich die magischen Lichter nicht mehr leisten konnten.

»Setz dich auf einen Hocker.« Brandur zeigte auf die Mitte der Halle.

»Wirst du mich fesseln?«, fragte sie und spürte, wie die Tränen wieder aufstiegen. Doch sie war zu müde, um es zu verhindern.

Brandur schüttelte den Kopf, aber Charlotte blieb stehen.

»Wo sind Jette und Fynn?«

»Die sind auch hier. In den Lagerräumen.«

»Kann ich sie sehen?«

»Du kannst sie erst sehen, wenn du unsere Bitte erfüllt hast.«

Charlotte lachte auf und ein bitterer Geschmack lag auf ihrer Zunge. »Das war keine Bitte.« Sie zeigte auf die Tür. »Am besten gehe ich sofort zum König in die Zitadelle.«

»Heute nicht.«

»Warum nicht?« Charlotte hustete. Ihr war kalt. Ohne Mantel war sie den Männern durch den Wald gefolgt. Die Blätter hatten gelb und rot an den Ästen gehangen. Es war viel zu schnell Herbst geworden in diesem Jahr. Charlotte zitterte und verschränkte die Arme vor der Brust.

»Ich hol dir eine Decke.« Brandur steckte die Fackel in eine Halterung an der Wand.

»Ich glaube dir nicht. Jette und Fynn sind nicht hier. Du hast sie nicht gefangen!« Charlotte sah dem Zwerg ins Gesicht und versuchte, ihre Angst zu verbergen. Ihre Zähne klapperten und Charlotte presste sie mit aller Kraft aufeinander. Kälte und Angst duften sie nicht überwältigen, wenn sie den Zwerg täuschen wollte.

Brandur grinste. »Wenn du mir nicht glauben würdest, wärst du nicht mitgekommen. Überzeuge den Prinzen, uns zu helfen, und du kannst mit deinem Freund und der Alten nach Hause gehen!« Der Zwerg strich sich über den Bart und verließ die Halle.

Einen Moment später hörte Charlotte, wie er die Tür von außen mit Kette und Vorhängeschloss verriegelte. Die Hühner flogen aus den Körben und staksten mit ihren dürren Beinen umher.

Charlotte hob die brennende Fackel auf, um die Vögel zu betrachten. Sie scharrten auf dem Steinboden wie auf einem Misthaufen. Aber wonach suchten sie? Hier drinnen wuchs nichts und auf dem Boden waren keine Krumen oder Samen zu sehen.

Sie hob die Fackel über ihren Kopf und ging durch die Halle. Die Fenster waren unversehrt und hatten keine Riegel, um sie zu öffnen. Es gab keinen Weg zu entkommen. Weder für sie noch für die Hühner.

Aber vielleicht gab es doch eine Möglichkeit. Sie hatte in den letzten Tagen und Wochen etwas über sich und ihre Eltern erfahren. So verwirrend und beängstigend das alles war, blieb ihr doch eine Gabe, die ihr helfen konnte.

Wenn sie dem Zwerg befahl, sie zu Jette und Fynn zu bringen, musste er gehorchen. Sie hatte keine bunten Farbkleckse zwischen seinen krausen Haaren entdeckt. Also hatte er die Ohren nicht mit Wachs verschlossen.

Die Glocke einer Uhr erklang in der Ferne und mit jedem Schlag schrumpfte ihre Entschlossenheit.

Schließlich hatte sie ihre Gabe noch nie bei einem Zwerg angewandt. Vielleicht hatte sie keine Macht über ihn, weil seine Ohren anders waren als die der Menschen. Wie konnte sie das herausfinden, ohne sich selbst in Gefahr zu bringen oder ihren Plan zu verraten? Vielleicht wurden Jette und Fynn von Rebellen bewacht, die die Ohren verstopft hatten. Wer weiß, was sie den beiden dann antun würden?

Charlotte hatte ihre Macht in der Zitadelle eingesetzt. Brandur und seine Freunde mussten von ihr wissen. Sie hatten überall Leute, die ihre Sache unterstützten und sie über das informierten, was in der Stadt geschah.

Als die Glocke verstummte, hatte Charlotte ihren Plan verworfen. Sie ließ den Kopf auf die Knie sinken und umschloss die Beine mit den Armen, als sie hörte, wie jemand an der Tür hantierte.

Die Kette hinter der Tür fiel rasselnd zu Boden und die Hühner flatterten zurück in ihre Nester.

Brandur betrat den Raum und kam auf sie zu.

»Mehr kann ich dir nicht geben«, sagte er und legte ihr eine Decke über die Knie.

Dann drehte er sich um und verließ die Halle. Es krachte viel zu laut, als die Tür hinter ihm ins Schloss fiel.

Sie hörte keine Schritte, die sich entfernten. Wahrscheinlich war der Zwerg direkt hinter der Tür stehen geblieben, um sie zu bewachen.

Charlotte nieste. Auf diesem Weg konnte sie auch nicht entkommen.

Sie stand auf und warf sich die Decke über die Schultern. Ihr Hals schmerzte. Konnte sich das auf ihre Begabung auswirken?

»Es ist dunkel«, sagte sie, um sich selbst zu hören. Ihre Stimme war kaum mehr als ein Flüstern. Sie hatte sich erkältet und wusste nicht, ob sie morgen überhaupt noch einen Ton herausbekam.

Was würde mit Jette und Fynn geschehen, wenn ihre krächzende Stimme den Prinzen nicht umstimmen konnte?

Mit der Hand tastete sie nach ihrer Stirn. Sie war feucht und heiß.

Ein Huhn raschelte in einem Korb mit seinen Flügeln. Nur die Fackel spendete noch Licht, einen Schritt daneben begann die Dunkelheit.

Charlotte ging zu dem Reisigstapel und griff nach den Ästen, um eine neue Fackel zu binden.

Da hörte sie Geräusche über sich und sah nach oben. Obwohl sie es besser wusste, hoffte sie, dass es Fynn war, der sich wie beim letzten Mal vom Dach abseilte, um sie zu retten. Doch das Dach war dicht. Hier würde niemand hereinkommen. Fynn und Jette waren gefangen, ihr Vater in den Wäldern unterwegs und ihre Mutter in den Flüssen.

Charlotte hörte wieder Geräusche über ihrem Kopf. Es waren Schritte. Jemand hielt sich auf dem Dach auf, damit sie nicht wieder auf diesem Weg entkam. Dieses Mal waren sie wirklich auf alles vorbereitet.

Charlotte ließ die Zweige fallen. Ihr war zum Weinen zumute. Es blieb ihr nur eine Möglichkeit. Sie musste dem König sagen, was die Rebellen wollten, und darauf hoffen, dass sie ihr Wort hielten und Jette und Fynn unversehrt freiließen. Aber vielleicht fiel ihnen dann noch etwas anderes ein, was Charlotte dem König oder jemand anderem sagen sollte. Würde sie jemals wieder ihre Ruhe haben? Würden Fynn und Jette für lange Zeit als Druckmittel in dieser Fabrik gefangen bleiben? Was hatte sie nur für ein Schlamassel verursacht? Charlotte fühlte sich einsam und verlassen wie noch nie zuvor.

Die Fackel am Boden war fast erloschen. Charlotte hob die ersten Zweige auf und band sie zusammen, wie Brandur es getan hatte. Sie wollte schließlich nicht im Dunkeln in ihrem Verlies hocken. Als sie den nächsten Ast aufhob, stockte sie. Mit den Fingern fuhr sie über das Holz und stellte überrascht fest, dass es feucht war.

Charlotte suchte den Boden um sich herum ab und entdeckte hier und da einen feuchten Glanz. Aber es war zu dunkel und sie konnte nur eine Handbreit um die glühende Fackel herum sehen. Kurzerhand ließ sie die Fackel auf den Boden fallen und warf die Zweige darauf. Mit einem Knistern und Zischen flammte die Glut wieder auf.

Das Licht breitete sich langsam aus und verschlang einen Meter der Dunkelheit. Charlotte konnte immer noch nicht genug erkennen.

Sie ließ sich auf die Knie sinken. Mit den Handflächen fuhr sie über den gepflasterten Boden. Am Rande des zuckenden Lichtkegels, den die Fackel erhellte, spürte sie eine Kante. Mit den Fingern tastete Charlotte an den Steinen entlang und fasste im nächsten Augenblick in eiskaltes Wasser. Es floss durch ihre gespreizten Finger und schob ihre Hand vor sich her.

Obwohl kein Geräusch es verriet, führte eine Rinne fließendes Wasser durch die Fabrik!

Charlotte brauchte mehr Licht. Sie holte einen Arm voll Reisig von dem Haufen neben der Tür und warf ihn auf die brennenden Zweige. Sie war zu ungeduldig, eine neue Fackel zu binden. Die Flammen ergriffen das trockene Holz und züngelten einen Meter in die Höhe.

Charlotte sah das Wasser und staunte über die Stille, mit der es über die Steine floss.

Nach ein paar Schritten verschwand es in der Dunkelheit.

Charlotte tastete mit den Händen nach der Rinne und krabbelte schließlich auf Händen und Knien durch die Halle, bis sie mit dem Kopf gegen eine Wand stieß.

Nachdem sie den Ärmel ihres Hemdes hochgeschoben hatte, tauchte Charlotte den Arm in die Wasserrinne. Das Wasser reichte ihr bis über den Ellenbogen, als sie mit den Fingerspitzen den Boden berührte.

Sie konnte keinen Abfluss ertasten, also legte sie sich flach auf den Boden. Endlich fand sie den Weg, den das Wasser nahm. Es versank nicht im Boden, es floss waagerecht durch ein Loch in der Mauer.

Charlotte setzte sich auf. Sie würde hindurchpassen. Sie könnte mit dem Wasser die Halle verlassen! Aber sie konnte nicht schwimmen und wusste nicht, wo genau das Wasser hinführte und ob sie tatsächlich im Freien wieder auftauchen würde. Vielleicht blieb der Tunnel unterirdisch und das Wasser versickerte irgendwo in der Erde.

Angestrengt dachte Charlotte nach und wog ihre Chancen ab. Hatte sie eine andere Wahl? Das Wasser war ihre einzige Möglichkeit zu entkommen.

Charlotte zog ihre Stiefel aus und tauchte ihre Füße in das eisige Wasser. Lille war eine wunderbare Schwimmerin und würde nicht zögern. Sie war mit ihrer Tochter durch die Stadtmauern getaucht und hatte sie gerettet. Aber Charlotte war keine Nixe.

Sie zögerte. Doch als vor ihrem inneren Auge Jette und Fynn aufflackerten, wie sie verletzt am Ufer lagen, fällte sie ihre Entscheidung und ließ sich ins Wasser gleiten.

Das Wasser reichte Charlotte bis zum Bauch, als sie in der Rinne kniete. Ihre Hose klebte an den Beinen.

Das Loch in der Mauer lag direkt vor ihr. Charlotte musste mit dem Kopf unter Wasser tauchen, um hindurchzugelangen.

Der Saum ihres Hemdes wurde immer schwerer, als er sich mit dem kalten Wasser vollsog. Nichts an ihrem Körper schien dafür gemacht zu sein, durch Wasser zu gleiten. Sie hatte nicht die Anmut ihrer Mutter und die nasse Kleidung störte jede Bewegung.

Zum ersten Mal hatte Charlotte das Gefühl, ihre Mutter zu verstehen. Lille trug weder Hose noch Hemd, weil sie im Wasser hinderlich waren. Ohne nassen Stoff auf dem Leib war die Nixe wendiger und schneller.

Für einen Augenblick war sie in der Versuchung, ihre nassen Kleider herunterzureißen, die wie Fremdkörper an ihr hingen. Doch da sie nicht wusste, wohin die Rinne sie führte, verwarf sie den Gedanken sofort wieder.

Ganz langsam näherte sie sich mit dem Gesicht der Wasseroberfläche.

Lille hatte behauptet, sie könne unter Wasser atmen. Aber Charlotte wusste nicht, wie sie es anstellen sollte.

Da sie bewusstlos gewesen war, als ihre Mutter mit ihr durch die unterirdischen Kanäle geschwommen war, konnte es nicht so schwierig sein.

Charlotte tauchte mit dem Gesicht in das Wasser.

Zunächst wollte Panik in ihr aufsteigen, doch Charlotte zwang sich, sich zu entspannen. Sie hielt die Luft an, doch es setzte kein beklemmendes Gefühl ein. Es fühlte sich fremd und vertraut zugleich an, unter Wasser zu sein. Sie öffnete die Augen. Die Steine am Boden der Rinne waren braun und hatten gelbe Flecken. Winzige Bläschen perlten von ihrer Haut ab.

Charlotte sah das Loch in der Mauer vor sich und streckte die Hände danach aus.

ooooo

Die Regeln der Höflichkeit hatte Milan beachtet. Er war absichtlich auf trockene Äste und gelbe Blätter getreten, um auf sich aufmerksam zu machen.

Sie waren vorbereitet.

Milan schob sich durch das Unterholz auf die Lichtung. Die Männer hatten ein großes Feuer gemacht und armdicke Äste aufgeschichtet. Auf Spießen steckten Kaninchen und brieten über den Flammen.

Einige Männer sahen Milan an, doch niemand sprach.

Jemand drehte den Spieß, und das Fett lief aus den Tieren und verbrannte zischend in den Flammen. Die Männer wandten sich von ihm ab und starrten wieder in das Feuer in ihrer Mitte. Nur einer hielt den Blickkontakt. Milan nickte ihm zu. Der Mann zögerte kurz. Dann nickte auch er und zeigte auf einen freien Platz neben ihm.

Milan setzte sich. Eine Flasche wurde herumgereicht. Der Mann an Milans anderer Seite wartete die Entscheidung des Anführers ab. Als der nickte, gab er die Flasche an Milan weiter. Er öffnete die Lippen kaum, damit nur ein winziger Schluck des scharfen Getränks seine Kehle hinablief. Er hatte nicht mehr von dem Gebräu getrunken seit der Nacht, als Lille aus dem Fluss gestiegen und zu ihm gekommen war.

Das Feuer prasselte und knackte, als eines von den Kindern eine Handvoll Tannennadeln hineinwarf.

Milan schloss die Augen. Der Geruch von Feuer und gebratenem Fleisch stieg ihm in die Nase. Er hörte das Zischen der Flammen und die Lieder der Frauen auf der anderen Seite des Feuers. Eine Geige spielte und jemand schlug den Takt auf einer Trommel.

»Wir haben dich lange nicht gesehen.«

Milan öffnete die Augen und nickte. Die anderen schwiegen

beharrlich und starrten ins Feuer. Doch er spürte ihre Aufmerksamkeit und roch ihr Misstrauen. Würde er ein Messer bei sich tragen, hätten sie ihm schon mit einem Dolch den Arm durchbohrt, bevor er es hätte erreichen können. Sie waren schnell. Das waren sie immer gewesen.

»Die Bootsleute kommen schon lange nicht mehr zu uns, und es wird jeden Tag schwerer, Handel zu treiben«, sagte der Anführer, und die anderen nickten mit ernsten Mienen, hoben die Hände oder die Flasche, um ihre Zustimmung zu bezeugen.

»Es wird viel geredet, und es heißt, unter den Wanderern und dem fahrenden Volk haben sich viele Familien den Rebellen angeschlossen.« Milan sah dem Anführer in die Augen und wartete auf seine Antwort. Nun würde sich zeigen, ob es ein Fehler gewesen war, sich zu ihnen in den Wald zu trauen.

»Wir sind nicht für Gewalt. Das waren wir nie.« Ramon schüttelte den Kopf. »Aber die Zeiten sind schlechter geworden, und wir nehmen es nicht hin, wenn der König seine Federn und Zähne ausschickt, um unsere Kinder zu holen.«

»Die Rebellen haben mein kleines Mädchen«, sagte Milan und spürte den Kloß im Hals.

Die Frauen verstummten, alle Gesichter wandten sich ihm zu. Die Trommel erklang noch ein letztes Mal, dann war es still im Wald.

Eine der Frauen stand auf. »Deine Henna?«, fragte sie.

Milan nickte. »Sie ist in der alten Korbfabrik. Wie steht ihr zu den Plänen der Rebellen?«

»Wir spucken auf den neuen König und seine Wächter, die durch die Wälder ziehen, als gehörten sie ihnen.« Große und Kleine sprangen auf und spuckten auf den Waldboden. Es waren fast hundert Leute hier versammelt, und als sie standen und ihre Fäuste ballten, bekam Milan ein ungutes Gefühl. Hatte er die falsche Entscheidung getroffen? Konnte er ihnen nach all den Jahren noch trauen? Zählte es nicht, dass durch seine Adern auch das Blut eines Wanderers floss?

»Wir spucken auf die Rebellen, die Kinder entführen!«, rief der Mann, neben dem Milan gesessen hatte.

Wieder spuckten sie auf den Boden, und viele rissen die Fäuste in die Luft und reckten sie zu den Baumspitzen.

»Es zählt nur die Familie! Die müssen wir durchbringen.« Er legte Milan den Arm um die Schulter und zog ihn an sich. »Und manchmal müssen wir alles tun, um sie zu beschützen.«

28. KAPITEL

»Sie ist doch nur ein Kind.«

»Sie hat kritische Fragen gestellt.«

»Kinder haben immer Fragen.« Der Prinz schob die Krone über das linke Ohr, weil er auf der rechten Seite Druckstellen bekam. Die Besprechung dauerte zu lange. Er wollte keine Einwände mehr hören.

»Woher hat sie all die Dinge gewusst?«

»Kinder sind neugierig.« Prinz Børge winkte ab. Bei einer Besprechung mit erwachsenen Männern sollte es nicht um ein Kind gehen. Die zwölf hatten sich zusammengefunden, um über die Erforschung von Magie und Technik zu reden und zu wachen. Sie hatten keine Zeit, sich um Schulkinder zu kümmern.

»Sicher haben die Rebellen sie geschickt.«

»Die Wächter müssen sich um das Mädchen kümmern.«

»Wir haben keine geheimen Wächter mehr und die Wächter der Zitadelle und die Männer der Stadtwache haben andere Aufgaben.«

»Aber irgendjemand muss herausfinden, woher das Kind seine Informationen hat.«

»Irgendetwas stimmt nicht mit diesem Mädchen.«

»Sie hat Euch verzaubert, Majestät.«

»Er hat uns nicht mehr gehört.«

»Bestimmt hat sie ihn verzaubert.«

Dem Prinzen dröhnte der Kopf. Er blickte von einem zum anderen, doch die Männer redeten immer schneller. Ihm wurde schwindelig und die Krone drückte schmerzhaft gegen seine Schläfen. Er wollte nicht mehr zuhören.

»Sie ist Lilles Tochter«, sagte Ludvigsen. Schweigend hatte er dem Wortwechsel gelauscht. Jetzt zog er eine Fotografie aus seinem Mantel und legte sie auf den Tisch. »Es ist Henna. Eisenhauer versucht schon seit Jahren, sie zu finden.«

»Warum?«

»Weil sie magische Fähigkeiten hat … und Lilles Tochter ist.«

»Wir sollten sie einsperren.«

»Sie ist doch nur ein Kind.«

»Aber sie hat dem Volk unsere Geheimnisse enthüllt«, protestierte Brodersen, ein Soldat, der neben Ludvigsen saß.

Der Prinz räusperte sich. »Wir haben das Land durchkämmt und sie nicht gefunden, und unser Heiler ist der Überzeugung, sie sei im Fluss ertrunken.«

Er nickte dem kleinen Mann zu, der sich mit einem Ärmel über die verschwitzte Glatze rieb.

»Ich habe die Soldaten ins Land geschickt, um die Rebellen zu finden. Sie werden alle Tauben und andere Vögel, die Botschaften überbringen, mit Pfeil und Bogen abschießen und die Wälder nach verlassenen Landhäusern und anderen Verstecken absuchen.« Er streckte den Rücken durch, damit er groß und entschlossen wirkte. »Jetzt ist es an der Zeit, den Menschen etwas Hoffnung zu geben. Wir haben einen Plan für die Zukunft, und die Menschen sollen sehen, dass wir das Richtige tun.« Børge bekam feuchte Hände. Endlich war eine Lösung in Sicht. Er konnte den Nachmittag in der Zitadelle wiedergutmachen. Wenn die Menschen seine Leidenschaft für die Technik teilten, würden sie ihm auch wieder uneingeschränkt vertrauen und ihn als ihren König anerkennen und bewundern. Er rückte seine Krone zurecht und reckte das Kinn hoch. »Wir zeigen ihnen eine technische Erfindung.« Seine Augen glänzten. Er sah die Männer am Tisch nicht mehr. Vor seinen Augen feierte die Technik einen Triumph und sicherte eine gute Zukunft für alle Menschen in diesem Land.

»Aber wir müssen die Grenzen zu den Nachbarländern bewachen.«

»Bis wir Eisenhauer gefunden haben, ist ganz Himmerland in Gefahr und wir besonders. Wer soll sich auf die Suche nach ihm machen?«

»Wir bekommen ihn nur, wenn wir das Mädchen haben.«

»Aber das Mädchen ist doch ertrunken …«

»Wenn sie Lilles Tochter ist, dann ist sie nicht ertrunken.«

»Woran denkt Ihr, Majestät? Die sich selbst öffnenden Türen?«, fragte der Heiler in das Gezänk hinein.

Die Männer wandten sich dem Prinzen zu und warteten auf seine Antwort. Der Heiler fasste ihn an der Schulter und wiederholte seine Frage.

»Nein«, sagte der und sah dem glatzköpfigen Mann kurz in die Augen. Dann verklärte sich sein Blick wieder und er starrte ins Nichts. »Etwas mit Licht oder Funken. Am besten ein Blitz.«

»Aber die Technik kann doch nicht das Wetter machen«, wandte einer der Hauptmänner ein.

»Wir werden sehen«, sagte Prinz Børge und lachte. »Wir werden sehen.«

ooooo

Die Luft fühlte sich kalt und hart an, als Charlotte auftauchte. Sie war seit einer Stunde durch die Rinne geschwommen und einmal nur ganz knapp der Entdeckung entkommen. Aber es hatte sich gelohnt, denn nun war sie fündig geworden.

Sie drehte sich um und sah in Fynns Gesicht. Er saß neben Jette an die Mauer gelehnt und lächelte sie an.

Charlottes Herz hüpfte aufgeregt in ihrer Brust. Sie legte die Arme auf den Rand der Rinne und zog sich aus dem Wasser. Zitternd krabbelte sie auf die beiden zu. Doch Jette und Fynn kamen ihr nicht entgegen und streckten die Hände nicht nach ihr aus.

Neben den beiden hing eine Fackel an der Wand und das Licht warf zuckende Schatten auf das Gesicht der alten Frau.

»Charlotte«, rief Jette. Ihre Augen waren von roten Ringen umrandet und ihre Falten sahen tiefer aus als je zuvor.

Charlotte öffnete den Mund, um die alte Freundin zu begrüßen, doch kein Ton kam über ihre Lippen. Die Erkältung hatte sie ihrer Stimme beraubt.

»Du zitterst, Charlotte«, stellte Fynn fest.

Charlotte schlug die Hände vor ihr Gesicht. Was würden die Rebellen tun, wenn sie davon erfuhren? Sie öffnete den Mund immer wieder und presste Worte hervor, doch es erklang nicht mehr als ein heiseres Krächzen. Sie streckte die Hände aus und erklärte Jette mit ihnen, was passiert war.

»Deine Hände zittern und du redest so hastig, ich kann dich nicht verstehen.« Immer wieder musste Jette das Mädchen bitten, sich zu wiederholen, bis sie die Nachricht verstanden hatte.

»Lille hat sie aus dem Fluss geholt und sie konnte mit ihren Eltern die Stadt verlassen«, erklärte Jette. Fynn hatte der Unterhaltung der beiden stumm zugesehen.

»Doch dann kam Brandur aufs Schiff und hat sie schon wieder entführt.« Jette seufzte. »Hinterlistiger kleiner Kerl!«

Charlotte begann, an den Fesseln zu zerren. Sie hatte zwar ihre Stimme verloren, aber wollte alles tun, um die beiden zu retten. Wer wusste, wann die Rebellen hier wieder auftauchen würden. »Sie haben gedroht, die Universität abzubrennen«, fiel Charlotte ein. Jette übersetzte die Worte für Fynn. Der zog erschrocken seine Hände zurück, aber Charlotte hatte mit ihren klammen Fingern an dem festgezurrten Knoten ohnehin nichts ausrichten können.

Fynn ließ sich gegen die Mauer sinken. »Bitte nicht«, flüsterte er. »Mein kleiner Bruder ist dort. Das denke ich jedenfalls.«

Fynn bekam einen Hustenanfall und Charlotte hockte sich neben ihn. Er hatte den Oberkörper weit nach vorn gebeugt, und sie strich über seinen Rücken, um ihn zu beruhigen. Sein Hemd war durchnässt und kalt. Als es vorüber war, starrte Fynn in das flackernde Licht der Fackel und erzählte ihnen seine Geschichte.

»Ich war neun Jahre alt und er sieben. Er ging gerade erst ein paar Wochen zur Schule, als es begann. Er konnte Sachen schweben lassen. Erst waren es nur kleine Dinge, doch sie wurden immer größer. Irgendwann ließ er die Kühe über Flüsse fliegen, wenn der Weg über die Brücke ihm zu weit erschien.« Fynn räusperte sich. »Sie haben gesagt, es gibt keinen Jungen, der Magie beherrscht, bevor seine Stimme tief wird. Eines Nachts sind sie gekommen und haben ihn mitgenommen. Sie haben behauptet, sie würden ihn zurückbringen, wenn wir keinen Aufstand machen. Meine Mutter ist verrückt geworden vor Sorge. Sie war nie wieder wie vorher. Als nach Wochen keine Nachricht kam, ist mein Vater in die Stadt gezogen, um meinen Bruder zu holen. Er kam nach sieben Tagen zurück und hat nie wieder ein Wort gesprochen. Da habe ich geschworen, in die Zitadelle zu gehen, um meinen Bruder zu suchen.«

Er schwieg lange. Dann wischte er sich mit dem Ärmel über das

Gesicht. »Ich weiß nicht, wo er sein könnte, wenn er nicht in der Universität ist.«

Fynn sah erschöpft und verzweifelt aus, und Charlotte wollte ihn trösten und ihm sagen, dass sie ihm helfen wollte, seinen Bruder zu suchen. Sie wollte es versprechen. Aber es kam kein Laut über ihre Lippen, und sie war zu aufgeregt, um es mit den Händen zu sagen und von Jette übersetzen zu lassen. Hatte er die ganze Zeit nach seinem Bruder gesucht? War das sein Geheimnis gewesen? War Niilo der Name seines Bruders? Fynn sah ihr in die Augen. Er hatte dieses Geheimnis seit Jahren mit sich herumgetragen und es nun endlich geteilt. Charlotte schlang die Arme um seinen Bauch und drückte das Gesicht an seine Brust. Ich verspreche es dir, dachte sie. Wir werden ihn finden.

Da öffnete sich die Tür und zwei Rebellen mit Säbeln betraten den Raum.

ooooo

Milan lief zum Fluss, so schnell ihn seine Füße tragen konnten. Als er bei seinem Boot angekommen war, erschien der erste rote Schimmer des neuen Tages am Himmel.

Lille saß auf einer Kiste auf dem Deck des Bootes und zog wortlos den Mantel an, den Milan ihr hinhielt.

»Wo ist Henna?«, fragte sie, als sie die Knöpfe geschlossen hatte.

»Sie wurde entführt.«

»Von wem?« Die Nixe sprang auf.

»Zwei Zwerge und ein paar Rebellen haben sich zusammengetan und wollen mit ihrer Hilfe den König überlisten.«

Sie runzelte die Stirn. »Was wollen sie von ihm?«

»Das weiß ich nicht. Seit ein paar Jahren verschwinden immer wieder magiebegabte Kinder und den Wanderern gefällt das nicht.«

Lille starrte ihn an.

»Deshalb habe ich unsere Tochter nicht bei mir behalten. Nachdem sie dich eingesperrt hatten, begann die Jagd erst.«

»Wo ist sie?«, fragte sie und legte die Hände auf Milans Schultern. Er schluckte.

»Sie ist in der alten Korbfabrik. Weißt du, wo die ist?«

Lille nickte.

»Wir müssen unsere Kleine da rausholen.«

»Das werden wir«, sagte sie und ließ die Hände langsam wieder sinken.

»Es gibt Brunnen und unterirdische Flüsse in der Halle.« Milan öffnete eine Kiste und nahm sich einen Mantel aus schneeweißem Fell heraus.

»Woher weißt du das?«

»Von Jette.« Milan warf den Mantel über seine Schultern.

»Wer ist Jette? Die alte Frau?«

»Du hast sie Linea genannt. Sie hat mir damals geholfen, Henna zu verstecken.«

»Linea«, sagte Lille und lächelte. »Geht es ihr gut?«

Milan schüttelte den Kopf. »Sie ist auch in der Fabrik eingesperrt. In einem der Lagerräume.«

»Was hast du vor?«, fragte Lille und Milan erklärte es ihr.

Lille hatte innerhalb kürzester Zeit einen Weg gefunden, um in den Brunnen zu kommen, der vor den Lagerhallen der Fabrik war. Sie tauchte auf, hielt sich mit den Händen an den eisernen Stufen fest und zog ihren Schwanz aus dem Wasser, damit er sich verwandelte.

Als eine Möwe über dem Brunnen kreiste, setzte sie die Füße auf die Sprossen und stieg aus dem Brunnen.

Sie hatte nicht viel Zeit, bis der nächste Wächter auf seiner

Runde über das Gelände hier vorbeikam. Mit geschlossenen Augen sog sie die Luft durch die Nase ein. Es gab drei verschiedene Brunnen, die das Wasser in die Hallen der Fabrik gepumpt hatten. Einer war versandet, den zweiten hatte sie benutzt, aber er floss nicht mehr richtig ab und sickerte irgendwo in das Gebäude hinein. Der dritte musste links von ihr sein. Neben der Halle roch es nach frischem fließendem Gewässer.

Lille lief zu dem Gemäuer und entdeckte eine runde Steinplatte. Sie schob sie beiseite und stieg die Stufen hinab, die in die Mauer des Brunnenschachtes eingelassen waren. Als sie mit den Füßen das Wasser berührte, kribbelte es in ihren Zehen, und sie spürte, wie die Beine zu einem Schwanz verschmolzen. Ein Schauer lief ihr über die Haut, als sich die glitzernden Schuppen aufrichteten.

Ein unterirdischer Gang führte das Wasser in die Halle.

Nach zwei Metern verschwand die Decke und das Wasser floss in einer Rinne durch die Fabrik.

Lille hob den Kopf aus dem Wasser. Es war niemand zu sehen. Sie schwamm weiter, tauchte durch einen Tunnel in den nächsten Raum. Als sie wieder den Kopf aus dem Wasser streckte, sah sie zwei Menschen, die mit dem Rücken an einer Mauer lehnten. Die Nixe musterte die alte Frau. Ohne Zweifel war es ihre Tochter Linea, die dem Jungen gegenübersaß. Sie war alt geworden, aber es war Linea.

Die Nixe stemmte ihren Körper aus dem Wasser und ging auf die Gefangenen zu.

»Lille!«, rief Fynn. »Sie ist nicht mehr hier! Die Rebellen haben sie geholt. Wir wissen nicht, wo sie jetzt ist.«

Sie kniete sich neben den Jungen und biss mit ihren spitzen Zähnen seine Fesseln durch. Fynn stand auf und rieb sich die Handgelenke. Dann lief er zur Tür und warf sich gegen das schwere Eichenholz. Die Tür bewegte sich nicht.

Lille hockte sich neben Jette. Die alte Frau beugte sich nach vorn, doch Lille bewegte sich nicht, um die Taue zu lösen. Sie sah ihr in die Augen.

»Du bist also auf dem Land geblieben, Linea« stellte sie fest und lächelte.

Jette nickte. Tränen schwammen in ihren Augen.

»Ich habe dich gesucht«, flüsterte sie.

»Ich bin immer da gewesen. Wo hast du mich gesucht?«

»Auf allen Flüssen und an der Küste.«

»Von einem Boot aus?«

Jette nickte.

»Warum bist du nicht zu mir ins Wasser gekommen?«, fragte Lille.

»Ich wollte nicht ein Leben wie deines führen«, antwortete Jette und starrte auf ihre Füße.

»Das verstehe ich.« Lille lächelte noch immer. »Du hast deine Wahl getroffen. Ich wünschte, du wärst damit glücklich geworden.«

Tränen liefen über Jettes Gesicht. Lille streckte die Hand aus und strich damit über Jettes faltige Wange.

»Es reicht nicht, sich für ein Leben zu entscheiden. Man muss dann auch das Beste daraus machen. Das bist du dir schuldig.« Sie tätschelte der alten Frau den Rücken wie einem kleinen Kind. Als die Tränen versiegten, beugte sie sich vor und trennte die Fesseln durch, die Jette an die Wand gekettet hatten.

Fynn hockte vor dem Ausgang und versuchte, die Tür aus den Angeln zu heben, doch es gelang ihm nicht, das schwere Holz zu bewegen.

Lille schob ihn zur Seite und legte das Ohr an die Tür. Auf der anderen Seite hörte sie Schritte.

»Komm her und lass uns raus!«, rief sie.

Der Mann blieb stehen und schob den schweren Riegel zur Seite. Dann öffnete er die Tür.

»Wo ist meine Tochter?«

Der Mann starrte die nackte Frau an und kratzte sich hinter den Ohren. »Es sind Tauben gekommen. Der König ist auf dem Weg zur Universität.« Er deutete mit den Armen links und rechts den Gang hinunter. »Hier sind nur ein paar Wachen, alle anderen sind auf dem Weg dorthin. Aber deine Tochter ist sicher bei den Kindern. Die werden zu dem nächsten Versteck gebracht.«

»Nein, das denke ich nicht«, entgegnete die Nixe.

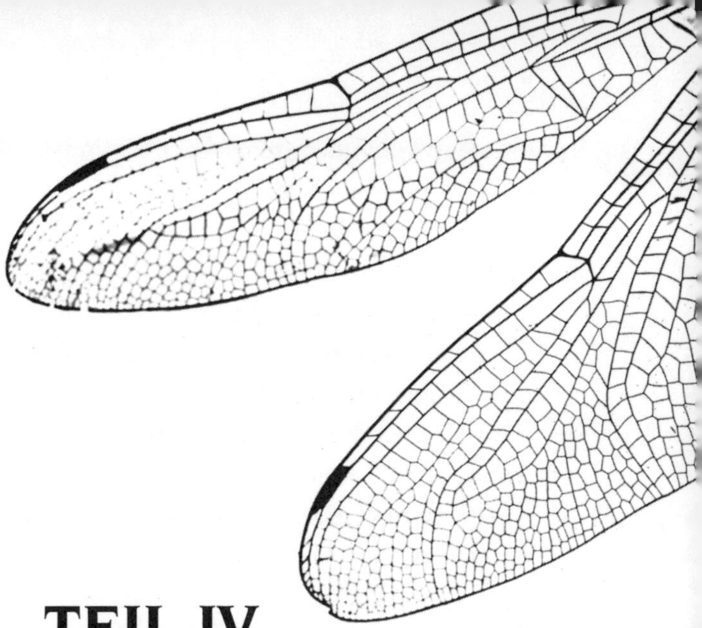

TEIL IV

DIE LIBELLE UND DIE DRACHEN

29. KAPITEL

Der Dekan der Universität stand am Pult in seinem Studierzimmer und schob die Papiere auf der Tischplatte hin und her. Bisher hatte ihn sein Stolz davon abgehalten, den Heiler der Zitadelle zu einem Gespräch einzuladen. Aber er war nun endgültig an einen Punkt gekommen, wo er allein nicht weiterkam. Auch die skrupellosen Experimente des Prinzen hatten keine neuen Erkenntnisse gebracht, und dessen technische Versuche gelangen nur, wenn er sie weit außerhalb der Universität durchführte, und selbst dann gab es keine Garantie.

Kasper Olsen sah durch das Fenster auf den Wald hinter der Universität, schob seine Brille die Nase hoch, so wie er es unzählige Male tat, und sortierte dann weiter die Notizen auf seinem Tisch. Seine Arbeit am Buch musste ruhen. Zum einen, weil er an seine Grenzen gestoßen war, und zum anderen, weil ihm die kleinen aufgerollten Zettel große Sorgen machten. Seine Spione aus der Stadt und der Zitadelle hatten sie geschickt, aber seit gestern war keine Nachricht mehr gekommen. Das war verdächtig. Vor allem, weil es in den letzten Nachrichten hieß, der Prinz habe die geheimen Wächter aus der Zitadelle gejagt und mithilfe der Soldaten angefangen, die Rebellen zusammenzutreiben.

Es rumpelte leise in der Schachtel mit den Flüstersteinen und der Dekan stürzte zu ihnen. Schnell zog er den Karton aus dem Regal und warf den Deckel fort.

Als er die Nachricht gelesen hatte, starrte er entsetzt auf die Steine. Der Prinz war auf dem Weg hierher, weil er unbedingt einen Blitz erschaffen wollte, um das Volk zu beeindrucken. Alle Tauben waren aus den Verschlägen gestohlen worden, und man munkelte in der Stadt, der Prinz habe sie alle zum Abendbrot verspeist. Aber die schlimmste Nachricht war die letzte. Hauptmann Eisenhauer war verschwunden. Niemand wusste, wo er war. Und das bedeutete nichts Gutes.

ooooo

Eisenhauer trat dem Soldaten in die Kniekehle und sah zu, wie er zusammensackte und auf dem Boden liegen blieb. Sein Gesicht blutete aus mehreren Platzwunden. Eisenhauers Stiefelabdruck würde in blauen und grünen Farben auf seinen Rippen erscheinen und den jungen Mann viele Wochen an diesen Vorfall erinnern.

Eisenhauer öffnete die Tür zu den Stallungen, als seine Wächter hinter ihm aus dem Nordturm kamen.

Dann hielt er inne. Es war zu still in dem Gebäude.

In dem Mittelgang, in dem sonst die Stallknechte hin und her liefen, pickte ein Spatz Haferkörner aus dem Sand.

Wann immer Eisenhauer in diesem Stall war, wurden Pferde hereingeführt und gestriegelt, Sättel gewachst, Hufe ausgekratzt und Futter verteilt. Doch heute war es still.

Eisenhauer lief durch den Mittelgang und wurde immer schneller. Das Stroh raschelte laut unter seinen Füßen. Er warf den Kopf nach links und nach rechts. Alle Verschläge waren leer.

Vor der Holzwand blieb Eisenhauer stehen. Ein Schnaufen erklang hinter ihm und er fuhr herum.

Hinter einem hüfthohen Gatter stand ein Pferd. Es hatte unzählige braune Flecken auf dem grauen Fell.

Eisenhauer schnalzte mit der Zunge, doch das Pferd blieb in der Ecke stehen. Der Hauptmann öffnete das Gatter und betrachtete das Tier. Eines der hinteren Beine war mit braunen Stoffstreifen bandagiert.

Er drehte sich um und lief fluchend zurück zum Eingang.

Die Wächter standen draußen vor der Tür und sahen ihn wortlos an. Eisenhauer erklärte nichts. Er rieb sich mit der Hand über die Stirn und überlegte. Ursprünglich wollte er in diesem Teil der Zitadelle bleiben und durch das Nordtor verschwinden. Es war nicht so schwer bewacht wie das Tor, das in die Stadt führte.

Doch ohne Pferde würden sie zwei Tage brauchen, um nach Ousía zu gelangen. Die Rebhjule fuhr zwar in die Nähe und würde ihnen ein Stück des Weges ersparen, doch die Zahnräder liefen noch nicht zuverlässig, und er hatte keine Ahnung, wann die nächsten Wagen abfahren würden. Es war keine Zeit für Erkundigungen oder Vorsicht. Er drehte sich um und lief zwischen den Türmen in den Innenhof. Dort war ein zweiter Stall, in dem die Pferde des Königs standen. Es waren die zwanzig schönsten Tiere, die Eisenhauer je gesehen hatte.

Als er pfiff, setzten sich die Wächter in Bewegung und folgten ihm. Sie erreichten den Stall, ohne jemandem zu begegnen.

Eisenhauer fluchte, denn auch dieser Stall war leer.

Seine Wächter waren vor dem Eingang stehen geblieben. Ihre Gesichter verrieten weder Zweifel noch Enttäuschung.

Er zog die Kapuze über seinen kahlen Kopf und die anderen taten es ihm nach. Sie sahen geheimnisvoll und gefährlich aus und ihre routinierten lautlosen Bewegungen gaben Eisenhauer die Sicherheit zurück. Ein Gefühl von Macht und Entschlossenheit strömte mit jedem Atemzug in ihn hinein.

»Wir fliegen nach Ousía«, sagte Eisenhauer und die Wächter folgten ihm stumm.

ooooo

Milan trat hinter einem Schuppen hervor und winkte die drei zu sich herüber.

Er umarmte Jette und klopfte Fynn auf die Schulter.

»Sie haben Charlotte weggebracht!«, sagte Lille.

»Das habe ich befürchtet.« Milan nickte. »Sie sind mit einem Wagen gefahren und haben nur fünf Rebellen hiergelassen, um das Gelände zu bewachen.«

»Die können uns nicht aufhalten«, sagte Lille. »Sie liegen in der Halle und schlafen bis morgen früh.«

»Sie sagten, die anderen sind auf dem Weg zur Universität. Wie weit ist das von hier?«, rief Fynn und krempelte die Ärmel seines Hemdes auf.

Milan zuckte mit den Schultern. »Vielleicht war das eine Lüge, um uns auf eine falsche Fährte zu locken. Kannst du ihre Spuren verfolgen, Lille?«

Die Nixe schüttelte den Kopf und zeigte auf den staubigen Weg. Es führten unzählige Spuren von Rädern und Pferdehufen in alle Himmelsrichtungen.

»Ich finde sie nur, wenn sie Wasser durchquert haben«, fügte sie hinzu.

»Der Fluss ist zu breit. Wenn sie auf die andere Seite wollen, setzen sie mit einem Floß über.«

»Was könnte ihr Ziel sein?«, fragte Jette leise. »Die Zitadelle in Aalborg?«

Lille legte ihr die Hand auf die Schulter. »Wir finden es heraus. Jette, schick die Seevögel aus, um unsere Kleine zu suchen. Wenn es in der nächsten Stunde keine anderen Hinweise gibt, gehen wir nach Ousía. Wir treffen uns am Boot.« Sie drehte sich um und lief zurück zum Brunnen.

»Lille«, rief Milan ihr hinterher. »Was hast du vor?«

»Ich suche ihre Spuren im Wasser«, antwortete sie und sprang in den Brunnen.

ooooo

Jemand hob Charlotte hoch und warf sie wie einen Sack Kartoffeln auf einen glatten Untergrund. Als sie die Augen öffnete, sah sie nur den braunen Leinensack, den sie ihr in dem Verlies von Jette und Fynn über den Kopf gezogen hatten. Sie spürte einen brennenden Schmerz, wo sie auf ihre Hüftknochen gefallen war, und auch der Rücken und die Arme taten ihr weh. Da die Rebellen Charlottes Hände auf ihrem Rücken zusammengebunden hatten, war sie ungebremst auf den Holzboden gefallen. Von Verletzungen hatte sie langsam genug. Auf dem Boot hatte sie beim Waschen einmal die grünen und blauen Flecken auf ihrem Körper gezählt. Es kam ihr vor, als wäre es schon Wochen her.

Die Tage auf dem Boot mit Jette, ihrem Vater und Fynn waren wie ein unwirklicher bunter Traum in einer grauen Zeit. Sie sehnte sich nach warmen Decken und Mänteln, gutem Essen und lieber Gesellschaft, heißem Tee und Geschichten am Abend. Aber sie spürte nicht mehr das erdrückende Schuldgefühl, sondern nur noch Wut und den unbändigen Wunsch, ihre Freunde aus dieser misslichen Lage zu retten. Schließlich war es ihr trotz allem gelungen, ihre Mutter aus der Gefangenschaft zu befreien. Und sie würde auch Fynns Bruder finden und ihren Vater und Jette in Sicherheit bringen.

Mit aller Kraft schüttelte sie den Kopf, aber sie wurde den Sack nicht los. Sie zog die Knie unter den Körper und versuchte, sich aufzurichten, aber da schnalzte jemand mit der Zunge und mit einem Ruck setzte sich Charlottes Lager in Bewegung. Sie fiel um und schlug mit dem Kopf gegen etwas Hartes.

ooooo

Eisenhauer trat gegen die Tür. Krachend brach die Verankerung aus der Wand. Der Hauptmann lief über das Holz, noch bevor sich der Staub gelegt hatte. Er hatte Schlüssel für jede der Türen, die er eingetreten oder aus den Angeln gehoben hatte. Aber es gefiel ihm, wie es die Stimmung seiner Wächter veränderte.

Die Zurückhaltung schrumpfte mit jedem Akt der Zerstörung. Eisenhauer roch die Aufregung der Männer und sah ihre glänzenden Augen, wenn er sich nach ihnen umschaute.

Zusammen mit ihnen würde er den Prinzen das Fürchten lehren. In wenigen Stunden konnte er bei der Universität sein.

Er führte die Männer die Stufen hinunter. In den Kellern hatte er die Geschöpfe verborgen, die er dem Dekan nicht anvertraute. Hier hatte er Einhörner, Hexen und Wurzelgnome versteckt, um sie zu beobachten. Die meisten waren irgendwann in den Höhlen verschwunden. Bislang hatte er gedacht, sie starben nach einigen Wochen in der Gefangenschaft.

Doch er war auch der Meinung gewesen, die Drachen gehorchten seinem Willen. Es war Zeit, behutsamer zu sein und den magischen Wesen mehr zuzutrauen. Sie ließen sich nicht so leicht lenken und manipulieren wie gewöhnliche Tiere.

Mit dem Schlüssel öffnete er die letzte Tür und trat in das Verlies ein. Er hatte Glück. Sie waren noch da.

Die Wächter traten hinter ihm durch die Tür und erhoben ihre Fackeln. Das Licht fiel auf zwei Dutzend schwarze Vögel, deren

Hälse den Männern bis zur Brust reichten. Die Tiere drehten ihre Köpfe und einige der Wächter wichen zurück.

Eisenhauer drehte sich um. Ein Junge mit blonden Locken stand direkt neben ihm. Auf seinen Arm war eine Bisamratte tätowiert. Er kannte den Wächter kaum, denn er war Hauptmann Ludvigsen zugeordnet gewesen.

»Sie sehen aus wie riesige Kormorane«, flüsterte der Junge. Eisenhauer räusperte sich und einer der Vögel stieß mit dem Schnabel in seine Richtung. Der blonde Wächter zuckte zusammen und wich noch einen Schritt zurück.

Eisenhauer nahm dem Jungen die Fackel aus der Hand. Er beugte sich herunter und sah ihm in die Augen.

»Du bist ein Feigling. Für dich habe ich keine Verwendung.« Er drehte sich um und streckte die Hand nach dem Tier aus, das ihm am nächsten stand.

»Ich nehme nur die Wächter mit, die sich ihres Amtes würdig erweisen. Die anderen müssen einen anderen Weg finden, um zur Universität zu kommen.« Eisenhauer stieg auf den Rücken des Tieres.

Die Wächter stürzten auf die Vögel zu und kämpften mit Fausthieben und Tritten gegen jeden, der sich ihnen näherte.

Eisenhauer wartete, bis die Schlacht um die Vögel geschlagen war. Außer ihm saßen schließlich noch etwa vierzig Wächter auf dem Rücken eines Tieres. Die anderen lagen blutend und fluchend auf dem Boden des Verlieses.

Eisenhauer wandte sich zur Tür.

»Wir holen uns, was uns zusteht!« Eisenhauers Worte hallten durch die dunklen Gänge, die vor ihm lagen. Er presste die Knie gegen den Hals des Vogels und schnalzte mit der Zunge. Die Tiere schritten auf die Tür zu und watschelten mit ihrer schweren Last die Treppen hinauf. Die Männer schwankten bei jedem Schritt von einer zur anderen Seite und warfen sich skeptische Blicke zu, während Eisenhauer nach vorn schaute.

Als sie im Innenhof des Palastes angekommen waren, breiteten die Tiere ihre Flügel aus, und die Soldaten klammerten sich an die gefiederten Hälse.

Die Vögel watschelten drei Schritte über den Hof und erhoben sich dann in die Lüfte. Sie kreisten einmal über der Zitadelle und flogen dann über dem Fluss Richtung Osten. Bevor sie in der Ferne das Meer sehen konnten, riss Eisenhauer am Hals seines Vogels, damit er sich nach Süden wandte.

Wie konnte er die Aufmerksamkeit des Prinzen am besten auf sich ziehen und dem Ansehen des Thronfolgers gleichzeitig einen großen Schaden zufügen?

Der Hauptmann lehnte sich zur Seite und bewunderte den großen Schatten, den sein Vogel auf die Felder warf. In einer Stunde würde er in Ousía sein.

Und da endlich kam ihm die Erkenntnis! Wenn er den Prinzen treffen wollte, musste er den Technikflügel der Universität zerstören. Vor seinem Volk stand er dann ohne Plan da und im Ausland würde diese Ziellosigkeit den Herrscher ebenfalls schwach erscheinen lassen.

Eisenhauer sah über die Schulter zu den anderen zurück. Die Wächter klammerten sich an den Hälsen der Tiere fest. Manche waren blass im Gesicht. Trotzdem waren sie seine Wächter. Er wusste, zu was sie imstande waren, denn er hatte sie ausgebildet.

Wieder marschierte er auf die Universität zu, doch nichts erinnerte an seinen ersten Versuch. Ludvigsen war viele Meilen entfernt. Eisenhauer musste keine Befehle oder Regeln befolgen. Die Wächter trugen noch immer dieselbe Kleidung, doch sie waren nicht mehr die Männer des Königs, sondern seine private Armee.

Der Wind nahm zu und Eisenhauers Kapuze flatterte.

Mit diesen Männern konnte er das vernichten, was dem Prinzen am wichtigsten war: die Erforschung der Technik in der Universität.

Dann musste Børge Eisenhauer um Hilfe bitten, denn das Land stand vor dem Bürgerkrieg und würde in wenigen Tagen in Chaos versinken. Niemand kannte die magischen Geschöpfe wie er und die Keller unter der Zitadelle beherbergten Hunderte von ihnen. Selbst der Dekan verfügte nicht über so viele Wesen, die es zu untersuchen und für die Produktion von magischen Hilfsmitteln zu benutzen galt. Natürlich nur, wenn die Drachen nicht einen Weg gefunden hatten, die anderen Gefangenen zu befreien. Aber was der Prinz nicht wusste, spielte keine Rolle. Hatte Eisenhauer die Magie, hatte er die Macht. Der Herrscher wäre dann nur noch eine Marionette, so wie es immer geplant war. Wenn dann endlich der alte König gestorben war, konnte Børge gekrönt werden. Bislang hatte Eisenhauer das verhindert und über den Schlaf von König Frederik gewacht, weil es ihm gefiel, wie sehr es den Prinzen verunsicherte, keine richtige Krone zu haben.

Eisenhauer richtete sich auf und schaute über den Kopf des riesigen Vogels nach vorn. In der Ferne sah er das graue Dach des Turms der Universität. Bis sie dort waren, musste er einen Plan haben, wie er die Technik dort vernichten konnte.

30. KAPITEL

Ein Klopfen riss ihn aus den Träumen. Der Dekan schlug sein Federbett zurück und taumelte aus dem Bett. Er hielt sich an dem Tisch fest und rieb sich die müden kleinen Augen. Es klopfte wieder.

Seufzend griff er nach der Schachtel mit den Flüstersteinen und hob den Deckel. Die Steine rührten sich nicht.

Der Dekan fuhr sich durch die krausen Haare. Es klopfte wieder. Fluchend schüttelte er den Kopf, um die Müdigkeit und die Geister der Nacht zu vertreiben, nahm seine Brille vom Tisch und schob sie auf die Nase. Dann öffnete er die Tür.

Dort stand einer der Hüter und überbrachte ihm eine Nachricht. Als er das Zimmer wieder verlassen hatte, trat Kasper Olsen an das Fenster und sah hinaus.

Die Straße war voller Menschen. So weit das Auge reichte, ritten Soldaten auf die Universität zu. Die aufgehende Sonne hatte den Himmel eingefärbt und blaue Banner und Fahnen mit der Libelle des Königshauses wehten vor dem roten Hintergrund.

Der Dekan ballte die Fäuste.

Allen voran ritt ein Mann mit einem silbernen Helm, aus dem bunte Federn in die Luft standen. Er sah aus wie ein eitler Hahn mit aufgestelltem Kamm.

Als er das Tor erreichte, erkannte der Dekan Prinz Børge an der Libelle, die mit goldenen und silbernen Fäden auf sein Wams gestickt war, und seinen aufwendig geflochtenen roten Haaren.

ooooo

Charlotte stieß mit dem Kopf gegen einen Holzbalken, kullerte über die Ladefläche des Wagens und blieb auf dem Bauch liegen. Sie versuchte, sich auf die Seite zu drehen, aber ihre Füße traten ins Leere, und die Hände, die hinter ihrem Rücken verschnürt waren, fühlten sich taub an.

Nicht weit von ihrem Ohr entfernt sauste etwas durch die Luft. Charlotte schüttelte den Kopf, bis ihr schwindelig wurde, aber sie konnte den Sack nicht loswerden, um zu sehen, was um sie herum geschah.

Irgendwo schlug Metall aufeinander und jemand schrie. Dann war es still, bis auf das Rumpeln der Räder und das Klopfen der Hufen auf dem Weg. Der Wagen schleuderte und Charlotte rutschte über die Holzplanken. Mit den Fingern tastete sie nach den Brettern an der Seite, aber sie fand nichts, um sich festzuhalten.

Dann blieb der Wagen mit einem Ruck stehen, doch das Getrappel von Hufen wurde immer lauter. Wieder schrie jemand auf. Obwohl sie nichts sehen konnte, schloss Charlotte die Augen. Die Geräusche kamen von allen Seiten, schwirrten um sie herum und entfernten sich wieder.

Dann wurde es still. Mit klopfendem Herzen hörte sie, wie Schritte sich näherten. Dann ruckelte es am Wagen und einen Augenblick später umfasste jemand ihre Taille.

Charlotte wollte laut aufschreien. Doch kein Ton kam über ihre Lippen. Nicht einmal ein heiseres Krächzen hatte die Erkältung von ihrer Stimme übrig gelassen.

Sie wurde aufgesetzt und der Sack über ihrem Kopf entzweigeschnitten. Charlotte riss die Arme vor das Gesicht, um sich zu schützen. Als nichts geschah, schlug sie zögernd die Augen auf und ließ die Hände wieder sinken. Direkt vor ihr kniete ein Mann mit einem Messer. Sein Gesicht war von der Sonne braun gebrannt und seine schwarzen Haare mit vielen Bändern zu einem langen Zopf geflochten.

Charlotte zuckte mit dem Kopf zurück und stieß gegen den Wagen.

»Ich bin Ramon«, sagte er und lächelte.

Er setzte das Messer auf das Tau an ihren Handgelenken und zog es einmal nach vorn. Links und rechts ihrer Hände fiel das dicke Seil zu Boden, als wäre es aus hauchdünnem Stoff gewebt. Erleichtert rieb Charlotte sich über die wund gescheuerte Haut, während Ramon aufstand. Nun konnte sie an ihm vorbei auf die Straße sehen und entdeckte ein paar Schritte entfernt von ihr zwei Zwerge und ein Dutzend Rebellen, die am Boden lagen.

Dahinter standen etwa vierzig bunt gekleidete Männer mit Pferden. Charlotte hätte alles dafür gegeben, um zu wissen, wessen Gefangene sie nun geworden war.

Ramon zeigte auf ihre Handgelenke. »Tut es weh?«

Schnell senkte Charlotte den Kopf. Sie hatte gedankenverloren mit den Fingern über die abgeschürften Stellen gestrichen und schüttelte nun den Kopf. Schmerz zuckte durch ihren Hinterkopf. Sie hätte fast mit den Händen nach Beulen und Schürfwunden getastet, aber sie hielt sich zurück.

»Steh auf, Kleine«, sagte Ramon. »Wir bringen dich zu deinem Vater, wenn wir die verschnürt haben.« Er zeigte mit der Spitze seiner Stiefel auf die Rebellen, die auf dem Boden lagen. Einige Männer nahmen aufgewickelte Taue von den Sätteln und knieten sich neben die Männer.

»Der König hätte sie sicher gerne. Mal sehen, was er uns dafür anbietet«, sagte Ramon und die Männer lachten.

»Wir kümmern uns später darum, Henna.« Ramon zeigte auf Charlottes Handgelenke und half seinen Leuten, Brandur und seine Freunde zu fesseln.

Charlotte lief zwischen den bewusstlosen Rebellen hindurch und griff nach Ramons Arm. Sie zog daran und zwang ihn, sie anzusehen.

»Warum nennt ihr mich Henna?«, wollte sie fragen, doch aus ihrem Hals kam nur ein heiseres Keuchen.

ooooo

Der Prinz nahm seinen Helm ab und hängte ihn an den Sattelknauf. Mit beiden Händen fuhr er sich durch das Haar und strich das Wams glatt. Dann schwang er sich von seinem Pferd.

Mit großen Schritten ging er durch das Tor auf die Universität zu. Er schaute nicht zurück zu den Soldaten, die an der Straße warteten. So befolgten sie das alte Gesetz, das ihnen das Betreten des Geländes verbot, und außerdem sahen sie nicht, wie seine Hände zitterten und Schweißperlen über seine Stirn liefen.

Noch einmal strich er über sein Wams. Es saß tadellos, doch er konnte auf dieses Weise unauffällig seine schwitzenden Hände trocknen.

Der Dekan stand vor der geschlossenen Tür der Universität und erwartete ihn. Børge ballte die Hände zu Fäusten. Der Weg war lang, und die Höflichkeit gebot es dem Dekan, ihm ein Stück entgegenzukommen, doch der alte Mann rührte sich nicht.

Der Prinz hatte seinen Helm bei den Pferden zurückgelassen und nun bereute er es.

Kasper Olsen war ein großer hagerer Mann und die grauen

Haarsträhnen an den Schläfen erinnerten ihn zu sehr an seinen Vater. Er war in einem Alter, in dem alle Männer weise aussahen, und der Prinz hasste ihn dafür.

Gerne hätte er jetzt Krone und Mantel gehabt. Zusammen mit dem Helm hätte er es zumindest in der Größe mit dem gebildeten Mann aufnehmen können und vielleicht hätte das glitzernde Zeichen seiner Autorität dem Wissenschaftler Respekt eingeflößt.

Der Prinz sah über die Schulter zurück zu seinen Soldaten und die blauen Fahnen und Banner erfüllten ihn mit Stolz. Er richtete seinen Rücken auf und fühlte sich sofort einen halben Meter größer.

Die Füße seiner Männer bedeckten alle Straßen des Dorfes. Er war nicht als ein Bittsteller zur Universität gekommen, sondern als der Herrscher des Landes und er hatte dreitausend Soldaten hinter sich.

Einige Schritte vor den Türen blieb er stehen.

Nichts an der Haltung des Dekans zeigte Untertänigkeit. Selbst als er eine Verbeugung andeutete, rundete sich sein Rücken kaum.

»Ich brauche einen Blitz«, stellte der Prinz fest, ohne sich mit einer höflichen Begrüßung aufzuhalten.

Für den Bruchteil einer Sekunde starrte der Dekan ihn mit offenem Mund an. Dann fing er sich wieder.

Sein trotziger Blick und die zusammengekniffenen Lippen erinnerten den Prinzen an Hauptmann Eisenhauer.

Auch ihn hatte er seit dem ersten Tag gefürchtet und doch nie auf seine Hilfe verzichten können.

»Majestät, wir können keinen Blitz hervorbringen«, sagte der Dekan. »Die Blitzeulen sind bei dem Vorfall entkommen.« Er verschwieg höflich, dass der Prinz die meisten selbst auf dem Gewissen hatte.

»Ich will keinen magischen Blitz, sondern einen technischen.«

Als er es ausgesprochen hatte, hätte er sich gern mit der flachen Hand an die Stirn geschlagen. Er hatte die Gelegenheit verpasst, den Dekan und seine Hüter zu schelten. Schließlich hatten sie Hunderte der eingesperrten Tiere bei einem Einbruch verloren. Aber er konnte es nicht hinzufügen, denn der Dekan antwortete unverzüglich.

»Wir versuchen es seit Monaten, aber es will uns nicht gelingen. Mit einer Wassermühle treiben wir einen Generator an und erzeugen Spannung. Wir haben versucht, sie zu speichern und zu erhöhen. Aber wir bekommen sie nicht groß genug, um die Luft zu ionisieren. Ein halbes Dutzend Wissenschaftler arbeitet daran Tag für Tag, aber wir haben das Problem noch nicht lösen können.«

»Wann werden sie es lösen?« Der Prinz kaute auf seiner Unterlippe. Er wollte einen Blitz. Eine sich selbst öffnende Tür war nicht genug. In der Stadt brodelte der Widerstand und die Unzufriedenheit wurde in den Straßen offen ausgesprochen. Die Zeit der heimlichen Beschwerden und der versteckten Lieder war vorbei. Die Menschen machten den Herrscher für die Armut verantwortlich. Es würde nicht mehr lange dauern, bis sie ihren Worten Taten folgen ließen. Davor konnte selbst er seine Augen nicht verschließen. Er brauchte eine mächtige Demonstration der Macht der Technik. Das würde den Menschen Hoffnung geben und sie besänftigen, und es war wichtiger als alles andere, aber Kasper Olsen zuckte nur mit den Schultern. Als würde es ihn nicht betreffen, wenn die Menschen sich gegen die Ordnung stellten und auf die Straße gingen, um für ihre Rechte und ihren Wohlstand zu kämpfen.

»Vielleicht brauchen sie Hilfe?«, fragte der Prinz. Er hatte kein Wort verstanden von dem, was der Mann ihm erklärt hatte. Aber vielleicht dachten die Wissenschaftler schneller, wenn ein Soldat mit einem Schwert hinter ihnen stand.

Der Dekan rümpfte die Nase. »Wer etwas in diesem Land von Technik versteht, der lebt in diesen Mauern.« Er deutete mit den Armen auf das Gebäude hinter ihm.

Der Prinz schnaubte. Das war zu viel an Unverfrorenheit und konnte nicht unbeantwortet bleiben.

»Sie schaffen es anscheinend nicht, dieses Haus zu verteidigen. Deshalb werde ich es mit meinen Soldaten bewachen, bis sie einen Blitz hergestellt haben. Ich wünsche keine weiteren Zwischenfälle.«

Die unbeweglich gleichgültige Miene des Dekans veränderte sich. Er zwinkerte häufiger und bekam rote Flecken auf den Wangen.

»Das dürfen sie nicht«, presste er zwischen kaum geöffneten Lippen hindurch. »Es gibt Gesetze.«

»Ich ändere sie«, sagte der Prinz und hob den Arm. Sogleich setzten sich die ersten Soldaten auf der Straße in Bewegung und gingen auf das Tor der Universität zu. Børge hatte lange genug darauf gewartet, dass seine Zeit zu regieren kommen würde. Heute würde er einfach beginnen, Entscheidungen zu treffen. Der Rat der Zwölf konnte ihm gestohlen bleiben. Einer hatte ihn hintergangen, einer war verschwunden. Von nun an war er selbst der Rat und entschied, was es zu entscheiden gab.

ooooo

Eisenhauer lehnte sich auf dem Riesenkormoran weit nach vorn. Die Männer taten es ihm nach und langsam verloren sie an Höhe. Sie waren nicht mehr weit von der Universität entfernt. Eisenhauer sah die blauen Wimpel und Fahnen des Königreichs. Er würde seinen Auftritt genießen. Seit zwei Jahren hatte niemand mehr Riesenkormorane gefangen und gezähmt. Er brachte sie auf dem Luftweg in die Universität und die Studien zu magischen Vögeln konnten endlich wieder aufgenommen werden. Wenn der Prinz ihm nicht mit Respekt begegnete und ihm seine Macht zurückgab, konnte er immer noch den Angriff befehlen und mit den geheimen Wächtern die Universität von oben angreifen. Natürlich waren sie den Soldaten in der Anzahl unterlegen. Aber er wusste endlich, wie er die Technikabteilung mit wenigen Mitteln vernichten konnte. Auf seinen vielen Besuchen hatte er alle Räume der Universität erkundet und sich auch in der Technikabteilung umgesehen. Er wusste, wie sie dort Feuer erzeugten, ohne Feuerechsen oder Drachen. Mit dem Stroh aus den Ställen der Einhörner würde es ein Inferno werden.

ooooo

Milan hatte unaufhörlich zur Eile angetrieben. Die Angst um seine Tochter raubte ihm die Geduld und lag schwer wie ein Mühlstein um seinen Hals. Seit ihrem fünften Lebensjahr war ihr Leben von denen bedroht gewesen, die sie untersuchen und verstehen wollten, um sie für ihre Zwecke einzusetzen. In den letzten Wochen hatten diese Verfolger viele verschiedene Gesichter bekommen und er konnte seine Tochter nicht mehr beschützen. Er hatte alles getan, was möglich war, und nun war sie doch allein. Es brach ihm fast das Herz.

Er lief noch schneller. Jette und Fynn würden ihn einholen. An der nächsten Wegbiegung blieb er stehen und kniete sich auf den Boden. Vor Kurzem war hier ein Reiter vorbeigekommen. Doch es war keines der beschlagenen Pferde aus der Zitadelle. Konnten Brandurs Leute ihn eingeholt haben?

Er lief zum Boot und sah ein Pferd, das er kannte.

Auf dem Deck seines Bootes stand Ramons Frau.

Er lief durch das nasse Schilf zur Planke.

»Wir haben Henna«, rief Sinah, bevor er bei ihr an Deck war. »Die Männer wollen die Gefangenen zum König bringen. Die Rebellen haben ihm viel Ärger gebracht und sollten ihm etwas wert sein.«

»Wo ist sie?« Milan griff in seine Seite. Sie schmerzte vom Laufen.

»Sie sind auf dem Weg zur Universität, weil der König mit seinen Soldaten dort ist. Er ist durch die Wälder gezogen wie in einen Krieg.«

»Ist sie bei ihnen?«, schnaufte Milan.

Sinah berührte seinen Arm. »Mach dir keine Sorgen. Sie halten die Kleine versteckt und bringen sie dann her.«

»Es ist zu gefährlich für sie«, sagte Milan.

Sinah lachte. »Du weißt, wir sorgen gut für unsere Kinder. Ihr wird nichts geschehen. Die Männer achten auf sie.«

Milan schüttelte ihren Arm ab und trat auf sie zu. Sein Atem blies ihr ins Gesicht und sie neigte den Kopf zurück.

»Der König sucht sie. Wenn sie in der Nähe des Schlosses ist, dann findet er sie. Wer weiß, was er dann mit ihr anstellt.«

Sinah zog die Augenbrauen zusammen. »Warum sucht der König deine Tochter?«, fragte sie.

Milan seufzte. »Weil sie auch Lilles Tochter ist. Sie ist das Kind einer Nixe und eines Wanderers.«

31. KAPITEL

Fynn stolperte über den Weg. In seinen Armen hielt er Jette, die von den Ereignissen der Nacht vollkommen erschöpft war. Ihr Gewicht hing mit jedem Schritt schwerer an seiner Schulter. Als er endlich den Steg erreichte, blieb er stehen und atmete tief ein. Er hörte ein rasselndes Geräusch, als seine Brust sich weitete.

Auf dem Boot schrie Milan eine Frau an. Die beiden sahen nicht zum Ufer herüber. Fynn seufzte. Er wusste nicht, wie er die Frau über die schmale Rampe führen sollte. Doch er wollte das Gespräch nicht unterbrechen und versuchte, sie so gut zu stützen, wie er konnte.

Jette schwankte, doch Fynn hielt sie und beide kamen trockenen Fußes auf dem Deck des Bootes an. Noch immer zeigten die beiden Streitenden kein Interesse an ihnen.

»Sie ist meine Tochter«, schrie Milan.

»Verdammt, Milan, es geht um mehr«, antwortete die Frau. Jedes Wort unterstrich sie mit einer geballten Faust oder dem Stampfen mit ihren nackten Füßen. Dabei schwang ihr langes rotes Kleid hin und her und entblößte Arme und Beine, wenn sie gestikulierte. Fynn konnte keine Waffe entdecken.

Er führte Jette zu der ersten Kiste und ließ sie aus seiner Umarmung gleiten. Dann schob er eine Decke in ihren Rücken.

»Ich weiß, worum es geht. Aber das Leben eines Kindes ist wichtiger, Sinah.«

Jette ließ sich gegen die Decke sinken und schloss die Augen. Sie zeigte sich unbeeindruckt von dem wütenden Gezanke. Fynn richtete sich auf und schaute von einem zum anderen.

»Ich habe auch Kinder. Wir lieben unsere Kinder wie du. Um ihres Lebens willen müssen wir endlich gewinnen. Wir brauchen das Jagdrecht.« Sinah ließ ihre Arme sinken und deutete mit dem Kopf zu Fynn hinüber. »Hör dir seinen rasselnden Atem an. Wir brauchen die Kräuter und er braucht sie auch.«

»In der Nähe des Königs ist es zu gefährlich für Henna. Wir müssen sie holen«, sagte Milan. Er schrie nicht mehr, doch seine Miene hatte sich nicht verändert.

»Warte, bis sie das Jagdrecht vom König bekommen. Das bist du uns schuldig. Wir haben deine Tochter befreit.« Sinah stemmte die Hände in die Hüften.

Milan schüttelte den Kopf. »Ich schulde euch nichts. Ihr habt euch geholt, was ihr braucht. Es war ehrenwert, mir zu helfen, und ich danke euch. Doch meine Tochter ist noch immer in Gefahr und ich schulde euch nichts.«

»Du kannst nicht gehen, um sie zu holen. Du trägst keine Waffen.« Sie zeigte mit dem Finger auf seinen Gürtel. »Außer dir sind alle bewaffnet. Wir tragen Messer, Schwerter und Dolche und benutzen sie auch. Du kannst deine Tochter nicht retten.« Sinah schüttelte den Kopf. Sie stand aufrecht da. Obwohl sie einen halben Kopf kleiner war als Milan, schaffte sie es, auf ihn herabzublicken.

»Sie ist in Gefahr«, wiederholte Milan. »Sie kann sich nicht verteidigen.«

Sinah lachte. »Wenn sie Lilles Tochter ist, hat sie Möglichkeiten, auf sich aufzupassen.«

»Nein«, rief Fynn. Er hielt es nicht mehr aus, still zu warten, während die beiden sich stritten.

»Sie ist erkältet und kann nicht sprechen«, erklärte er. »Sie braucht unsere Hilfe.«

Die beiden Erwachsenen standen nur einen Schritt voneinander entfernt. Fynn fürchtete, sie würden einander wieder anschreien oder sogar aufeinander losgehen.

Er atmete tief ein. Es schmerzte kaum noch, als die Luft in seine Brust strömte.

»Ich gehe zurück«, sagte Fynn. Er hörte es sich sagen und wusste, es konnte ihn nichts aufhalten. Vor seinen Augen sah er Charlotte und das Bild seines Bruders. Sie verschmolzen miteinander und trennten sich wieder. Er musste zur Universität. Wenn es einen Krieg um das Haus geben würde, konnte er die letzte Chance verpassen, seinen Bruder zu finden. Seit vielen Jahren hatte er nur das eine Ziel gehabt: die Universität finden und seinen Bruder befreien. Er wusste, wo er suchen musste. Das war alles, was er sich in den letzten Jahren gewünscht hatte.

»Es ist mir egal, wie lange ihr noch streitet. Ich gehe jetzt zur Universität. Ich will meinen Bruder suchen. Er ist dort, und wenn gekämpft wird, ist er in Gefahr.« Fynn ging zur Rampe. Bevor er das Boot verließ, blieb er noch einmal stehen und drehte sich um. »Und ich komme nicht ohne Charlotte zurück.« Die Hitze stieg in seinen Kopf, und Fynn spürte, wie sein Gesicht sich rot färbte. Er drehte sich schnell wieder um und machte sich auf den Weg.

ooooo

Charlotte hockte auf einem Baum und sah zu der Universität von Ousía hinüber. Nur ein paar Schritte von hier entfernt hatte sie mit Fynn hinter den Büschen gehockt und auf Rettung gewartet.

Milans Boot lag nicht weit von hier am Fluss, doch sie hatte keine Ahnung, ob sie den Weg zu Fuß finden konnte.

Ramons Männer hatten die Gefangenen auf die Pferde gelegt und waren mit einer weißen Fahne zur Universität geritten. Sie hatten gelacht und von ihrem Jagdrecht gesprochen.

Ein alter Mann war bei Charlotte geblieben, um sie zu bewachen.

Er saß unter dem Baum und murmelte unverständliche Dinge.

In seinem Mund waren kaum noch Zähne und er hatte dünnes weißes Haar. Er sah aus, als würde er jeden Moment zu Staub zerfallen, und Charlotte fürchtete sich vor ihm.

Sie kletterte noch zwei Äste weiter nach oben und legte die Hand an die Stirn. Sie sah die Universität, die Häuser des Dorfes und erkannte auch die Soldaten, von denen ihr Ramon erzählt hatte.

»Henna.« Der alte Mann hielt ihr einen Lederschlauch und Brot entgegen. Charlotte kletterte herunter und trank Wasser aus der Flasche. Als sie in das Brot biss, fielen Krumen auf den Waldboden.

Charlotte hockte sich mit dem Rücken gegen den Baumstamm und schloss die Augen. Hier hatte sie mit Fynn in der Nacht gesessen, als sie auf Milan und Jette gewartet hatten, und nun wusste sie nicht, ob er noch am Leben war. Es war ihre Schuld und sie konnte nichts für ihn tun. Ihre Stimme war nicht mehr mächtig. Sie war verloren gegangen. Selbst wenn sie zu der Fabrik zurücklaufen wollte, um ihn zu befreien, wusste sie nicht, in welche Richtung sie musste.

Nichts konnte sie für Jette und Fynn tun. Allein saß sie unter diesem Baum. Dabei wollte sie mit Fynn hierher zurückkommen, um seinen Bruder zu suchen. So war es ausgemacht gewesen.

Charlotte öffnete die Augen und schaute in den Himmel. Irgendetwas stimmte nicht. Sie hörte etwas und wusste nicht, was es war.

Sie ließ das Brot fallen und kletterte, so rasch sie konnte, den Baum hinauf. Jede Faser ihres Körpers ahnte es: Mit dem Geräusch näherte sich eine Katastrophe.

Charlotte legte den Kopf in den Nacken, und dann sah sie am blauen Himmel, was auf sie zukam: große schwarze Vögel! Es mussten Riesenkormorane sein. Sie hatte noch nie echte gesehen, doch die Tiere erinnerten sie an die Bilder der magischen Vögel auf dem Spiegel und der Uhr am Tor der Zitadelle. Sie begann zu zählen, doch die Vögel veränderten die Formation. Es mussten fast fünfzig sein, und auf ihren Rücken saßen Männer mit weiten Kapuzen, die hinter ihnen im Wind flatterten.

Brandur hatte etwas über die Wächter gesagt, als er sie von dem Boot ihres Vaters geholt hatte. Charlotte runzelte die Stirn und suchte in ihren Erinnerungen nach seinen Worten. Der König hatte die Wächter entlassen, weil sie dem Volk Angst machten. Über den Bäumen verloren die Vögel an Höhe und hielten auf die Universität zu. Die Soldaten und die Stadtwache hatten keine Kapuzen an ihren Uniformen.

»Das müssen Wächter sein«, krächzte sie erschrocken und deutete in den Himmel. Der Alte wackelte nur verständnislos mit dem Kopf.

Charlotte dachte an die Gefangenen in der Universität und Fynns Bruder. Sie konnte nichts für ihre Freunde tun, aber vielleicht gab es etwas, das sie für die Fremden tun konnte, die in den Kerkern der Universität eingesperrt waren.

Charlotte schluckte alle Bedenken und Ängste hinunter und kletterte vom Baum herab.

ooooo

Lille zog sich über die Bordwand und setzte sich auf eine Kiste. Das Wasser tropfte von ihren Haaren und bildete eine Pfütze um ihre Füße.

Sinah musterte die nackte Nixe von Kopf bis Fuß. Sie öffnete den Mund, doch Milan hob die Hand und schüttelte den Kopf. Empört kniff Sinah die Lippen zusammen und drehte sich um. Auf dem Weg über die Rampe stieß sie Fynn zur Seite. Mit den Händen griff sie in die Mähne ihrer Stute. Sie schwang sich auf den Rücken des Pferdes und trabte davon.

Milan betrachtete Fynn.

Der Junge stand auf der Rampe, hielt sich mit beiden Händen an einem Seil fest und starrte ihr hinterher, bis sie im Wald verschwunden war.

»Du schaffst es nicht allein bis zur Universität«, sagte Milan. »Ich höre, wie dein Atem rasselt.«

Fynn ließ das Seil los und legte eine Hand auf die Brust. »Das stimmt«, stellte er fest. Sonst sagte er nichts und blieb, wo er war.

Milan nickte. Er bewunderte den Mut des Jungen und die Stärke, mit der er gegen seine Atembeschwerden anging. Er drehte sich zu den Frauen um.

Jette schlief noch immer und Lille betrachtete die nassen Planken unter ihren Füßen. Dann hob sie den Kopf und sah ihm in die Augen.

»Ich kann ihr nicht helfen, sie ist zu weit weg«, sagte sie und sah auf einmal viel kleiner aus als sonst.

Milan schmerzte ihr trauriges Gesicht beinahe so sehr wie die Angst um seine Tochter. Er streckte die Hände aus, um sie in die Arme zu schließen wie damals. Vor ewigen Zeiten.

Fynn räusperte sich und Milan ließ die Arme wieder sinken.

»Wir brauchen Hilfe«, sagte Lille und Milan nickte.

»Von wem?« fragte Fynn. Er trat von einem Bein auf das andere.

»Ich war die ganze Nacht unterwegs, um alle zu rufen, die mir einen Gefallen schulden, weil ihre Geschichte mit meiner verbunden ist. Sie werden kommen und uns zur Universität bringen.«

Milan sprang auf eine Kiste und kletterte auf das Dach der Kajüte. Dort legte er die Finger in den Mund und stieß drei kurze Pfiffe aus. Er ließ die Hand noch immer an den Lippen und sein Gesicht verfärbte sich rot.

Fynn wandte sich enttäuscht von ihm ab.

»Ich habe es gehört«, sagte Lille und lächelte ihm aufmunternd zu.

Für einige Minuten schien die Zeit stillzustehen. Nichts geschah. Doch dann füllte sich die Luft über ihnen mit einem atemberaubenden Getöse.

ooooo

Die Vögel landeten auf der freien Fläche vor dem Schloss, in dem die Universität zu Hause war. Sie liefen ein paar Schritte über die Wiese und hielten an. Ein Wächter nach dem anderen sprang von dem Rücken der Tiere. Sie schwankten, aber fanden ihr Gleichgewicht schnell wieder.

Eisenhauer straffte die Schultern und schlug die Kapuze zurück. Dann ging er auf den Prinzen und den Dekan zu.

Beide starrten ihn an, als wäre er soeben einem Grab entstiegen, und er lachte.

Die beiden mächtigsten Männer standen vor ihm und ließen arglos zu, dass er sich ihnen mit einem armlangen Messer unter dem Mantel näherte. Es war einfacher, als er gedacht hatte. Viel zu einfach.

Die Vögel schlugen mit den Flügeln, liefen über die Wiesen oder zogen auf der Suche nach Mäusen und Maulwürfen mit dem

Schnabel Furchen in den Boden. Ein Tier lief dicht an ihm vorbei und der Luftzug wehte seinen Umhang hoch. Für einen winzigen Augenblick blitzte die Klinge des Messers in der Sonne.

Eisenhauer sah zu den beiden Männern, die vor dem Eingang der Universität standen. Gebannt verfolgten sie die Bewegungen der riesigen Vögel.

Eisenhauer lächelte, doch dann sah er eine Bewegung in den Augenwinkeln. Seine Wächter folgten ihm nicht mehr wie Schatten. Sie hatten sich zum Tor umgedreht und beobachteten die Männer, die sich ihnen von dort näherten. Die Soldaten des Königs betraten das verbotene Gelände. Die vordersten hundert Männer setzten sich in Bewegung, um das Leben ihres Königs zu beschützen.

Sie drängten sich durch das Tor und stürzten sich auf die Wächter. Es dauerte nur Sekunden und schon war aus vereinzelten Schwertkämpfen eine Schlacht geworden.

Der Dekan kam zu sich und brüllte Befehle. Die Türen der Universität öffneten sich wie durch Geisterhand und Hüter stürmten heraus, erhoben Lanzen und Schwerter und stellten sich vor den Eingängen auf.

Eisenhauer warf sich herum.

Die Soldaten des Königs und seine Wächter schlugen aufeinander ein bis zum bitteren Ende. Das Geschrei und der Klang der aufeinanderklirrenden Schwerter und Säbel schwoll an zu einem ausgewachsenen Kampf.

Eisenhauer zog das lange Messer unter seinem Mantel hervor und drehte sich im Kreis herum. Er fluchte, weil er weder Schwert noch Säbel bei sich hatte.

Als neben ihm ein Wächter zu Boden fiel, bückte sich Eisenhauer und nahm das Schwert an sich. Dann schlug er dem Soldaten, der ihm am nächsten stand, den Arm ab.

Zuerst verteidigten die Hüter der Universität nur ihre Türen gegen die Eindringlinge. Doch es dauerte nicht lange, bis sie von den Wächtern und Soldaten in das Geschehen verwickelt wurden und sich im Kampf ein paar Schritte von den Eingängen entfernten.

Eisenhauer schwang das Schwert und wartete auf die Gelegenheit, durch eine unbewachte Tür zu schleichen. Als er gerade losstürmte, fiel ihm ein junger Wächter vor die Füße. Es war einer aus seiner Truppe. Er trat ihm auf den Kopf und stürzte auf sein Ziel zu. Doch sein Zögern hatte ihn die Möglichkeit gekostet. Die Hüter waren schneller und sicherten nun wieder die Tür.

Eisenhauer sah sich um. Dekan und Prinz waren in der Menge verschwunden. Das Klirren der Schwerter war Musik in seinen Ohren. Es gab den Rhythmus vor, in dem er sich bewegte. Gekonnt führte er das lange Messer wie einen Degen im Kreis und drängte die Angreifer geschickt zurück. Mit der anderen Hand stach er mit dem Schwert des Wächters zu. Beide Waffen waren rot vom Blut seiner Gegner.

Die Schlacht wurde unübersichtlicher. Es gab keine Fronten mehr. Die Stiefel der Männer zertraten den Rasen und wirbelten den sandigen Boden auf.

Eisenhauer wischte sich mit dem Ärmel über die Stirn. Mit so einem Kampf hatte er nicht gerechnet. Er war stolz auf seine Männer. Trotz der zahlenmäßigen Übermacht der Soldaten schlugen sie sich tapfer. Sie waren besser ausgebildet und den Männern des Königs in Geschick und Unbarmherzigkeit weit überlegen. Er sah kaum eine schwarze Kapuze zu Boden gehen. Sie kämpften unerbittlich, aber immer mehr Soldaten drängten sich durch das Tor und überschwemmten den Hof mit ihren blauen Bannern. Ihm blieb nicht viel Zeit.

Als Eisenhauer sich umdrehte, sah er plötzlich in das Gesicht eines Rebellen. Eisenhauer hob sein Schwert und schlug dem anderen die Waffen aus den Händen. Der Mann starrte auf seine blutenden Hände, während Eisenhauer sich nach weiteren Angreifern umsah.

Alles war in sandigen Nebel getaucht, und er konnte nicht sehen, wo die Rebellen hergekommen waren und auf wessen Seite sie kämpften. Die Schlacht war außer Kontrolle geraten. Dekan und Prinz waren verschwunden und die Türen der Universität unaufhörlich bewacht. Er brauchte einen neuen Plan.

Da hörte er ein mächtiges Grollen am Himmel.

Eisenhauer schwang Messer und Schwert über dem Kopf, um sich etwas Bewegungsfreiraum zu verschaffen. Als die Männer in seiner Nähe zurückgewichen waren, wagte er einen Blick nach oben. Doch was er hier sah, hätte er lieber nicht gesehen.

32. KAPITEL

Charlotte war ganz nah an die Straße herangelaufen, die zum Tor der Universität führte, und dann hoch in die Bäume hinaufgeklettert. Doch auch von den Wipfeln sah sie nichts außer einer gewaltigen Staubwolke. Inmitten des Klanges von eisernen Waffen und dem Getrampel der Stiefel hörte sie Schreie und wollte sich die Hände auf die Ohren pressen. Tränen liefen über ihre Wangen. Es waren Schreie der Wut und des Schmerzes, und sie wusste nicht, wer alles auf dem Feld vor der Universität kämpfte.

Sie öffnete den Mund, um den Männern das Kämpfen zu verbieten, aber kein Geräusch kam über ihre Lippen.

Charlotte fluchte lautlos. Aus dem Staub ragte nur das graue Dach des Turmes der Universität heraus. Sie wusste nicht, wo die anderen Türen lagen und in welche Richtung sie laufen musste. Konnte sie es wagen, den Weg durch den Fluss zu nehmen, den sie mit Fynn in der Nacht gegangen war?

Vor dem großen eisernen Tor drängten sich noch immer die Soldaten des Königs. Sie schoben sich langsam durch die geöffneten Pforten und strömten dann auf den Tumult auf der Wiese vor dem Haupteingang zu. Dort würde Charlotte sich nicht zwischen drängeln können, und wenn sie auf dem Weg zerquetscht wurde, nützte sie Fynns Bruder in seinem Kerker nichts.

Am Himmel ertönten wieder Geräusche. Charlotte legte den Kopf in den Nacken. Eine große dunkle Scheibe schob sich vor die Sonne. Es konnte keine Sonnenfinsternis sein und am Himmel waren weit und breit keine Wolken zu sehen.

Die Scheibe bewegte sich von der Sonne weg und veränderte ihre Form. Da erkannte Charlotte, aus was sie sich zusammengesetzt hatte. Unzählige kleine und große Wesen flogen auf die Universität zu. Es waren Elfen, die wie Bienen in Schwärmen flogen, ein Dutzend der schwarzen Riesenkormorane, Löwen mit Adlerköpfen und hauchdünnen Flügeln, silberne Vögel mit weiblichen Gesichtern und geflügelte Pferde. In ihrer Mitte flogen fünf Drachen. Echte Drachen! Charlotte legte eine Hand über die Augen. Aber sie hatte sich nicht getäuscht und die aufgehende Sonne hatte ihr keinen Streich gespielt. Es waren die anmutigsten und schönsten Geschöpfe, die Charlotte je gesehen hatte. Sie waren noch schöner als all die Bilder und Skulpturen, die es auf den Turmuhren und Steinsäulen von ihnen gab. Ihre großen ledrigen Flügel trugen sie so mühelos durch die Luft, als wären die mächtigen Geschöpfe leicht wie Federn. Auf dem Rücken von einem von ihnen saß Lille und beugte sich über den langen roten Kopf des Tieres. Eine Hand hatte sie an die Stirn gelegt, um trotz der Sonne das Schlachtfeld unter sich zu erkennen.

»Henna«, brüllte sie immer wieder.

Charlotte öffnete den Mund, doch sie konnte nicht antworten. Hier bin ich, Mama, wollte sie rufen, doch nichts als ein heiseres Krächzen ertönte und wurde von den Geräuschen der Schlacht verschluckt.

»Henna«, rief Lille weit über ihr. Auf dem Drachen daneben, der blau glänzende Schuppen hatte, saß ihr Vater. Auf zwei kleineren Tieren mit grün schimmernden Körpern klammerten sich Fynn und Jette an die Hälse der Tiere. Tränen liefen Charlotte über das Gesicht. Aber es war nicht Traurigkeit oder Verzweiflung, die sie hervorbrachten, sondern große Dankbarkeit, die ihren ganzen Körper durchströmte. Niemand war zu Schaden gekommen! Ihre Eltern und ihre Freunde kreisten über dem Schlachtfeld und suchten nach ihr. Doch die anderen Wesen verhielten sich nicht so friedlich. Die Elfen flogen auf die Soldaten und Wächter zu, schwirrten um ihre Köpfe und warfen mit kleinen blauen Flammen nach den Kriegern. Die Riesenkormorane stießen aus der Luft in die Menge und hackten mit ihren Schnäbeln in Nacken und Schultern. Charlotte kannte nicht die Namen all der wundersamen Geschöpfe, die sich nun auf die Menschen stürzten, aber keines hielt sich zurück. Alle griffen sie jene an, die ihre Waffen noch in den Händen hielten. Trotz der fürchterlichen Geräusche, die von dem Schlachtfeld erklangen, stieg Hoffnung in ihr auf. Ihre Freunde waren unversehrt!

Sie spürte, wie ihr die Tränen wie Honig den Hals hinabliefen. Und plötzlich hörte sie ihr eigenes Lachen. Die Tränen hatten ihre Stimme geheilt.

Charlotte hob die Arme und wollte ihre Mutter rufen, doch da entdeckte sie den Tumult an den Türen zur Universität.

ooooo

Børge zwängte sich durch den schmalen Spalt und schlug die Tür hinter sich wieder zu. Endlich hatte es einen günstigen Augenblick gegeben, um sich in die Universität hineinzuschleichen.

Der Prinz lehnte sich mit dem Rücken gegen die Tür und wartete, bis sein Herz wieder ruhiger schlug und seine Hände nicht mehr zitterten. Dann richtete er sich auf und wischte sich mit dem Ärmel über die verschwitzte Stirn.

Mit den Händen tastete er über den Kopf, die Arme und die

Beine. Ein Schwert hatte ihn am Bein gestreift, doch nur eine zerrissene Hose und einen Kratzer verursacht, sonst konnte er keine Verletzungen entdecken. Durch ein unsagbares Glück war er unbeschadet durch die Kämpfenden gelangt, um sich hier zu verstecken. Er würde nie wieder ohne eine königliche Kopfbedeckung ausgehen. Niemand erkannte ihn ohne den Kopfschmuck in diesem Getümmel und so konnte auch keiner für seine Sicherheit sorgen.

Børge lächelte erleichtert. Das Schicksal hatte ihn bewahrt.

Wenn er schon hier war, konnte er sich auch ein wenig umsehen. Vielleicht fand er die Hüter der Universität. Hier mussten noch Dutzende sein, die draußen dringend benötigt wurden. Denn Eisenhauers Wächter machten seinen Soldaten mehr Probleme, als er gerne zugeben würde. Aber irgendwo mussten die Hüter sein, und er würde sie zwingen, seinen Männern zur Hilfe zu eilen. Børge trat in die Halle und sah eine Gestalt, die am anderen Ende an einer Säule lehnte.

Der Prinz erstarrte. Er zwinkerte mehrmals. Seine Augen hatten sich schon etwas an das dämmerige Licht hier drinnen gewöhnt. Doch er konnte nicht erkennen, wer mit ihm in der Eingangshalle war.

»Majestät«, sagte der Mann an der Säule, und der Prinz erkannte die spöttische Stimme des Dekans, obwohl sein Gesicht im Schatten lag.

Er ging ein paar Schritte auf ihn zu. Der Dekan sah nicht verletzt oder verschmutzt aus. Er war nicht einmal atemlos oder aufgeregt und der Prinz hasste ihn dafür.

»Sagt Euren Hütern, sie sollen mit den Soldaten gegen Eisenhauer und die abtrünnigen Wächter kämpfen«, befahl der Prinz.

»Ihr habt hier nichts verloren«, rief Kasper Olsen und seine Stimme hallte gespenstisch laut von den Wänden und der hohen Decke wider. Der Dekan verschränkte die Arme vor seiner Brust.

Wütend stürmte der Prinz auf ihn zu.

»Ich bin der König und ihr müsst meine Befehle befolgen«, schrie er und seine Stimme überschlug sich wie die eines Jungen im Stimmbruch.

»Ruft die Soldaten zurück«, zischte der Dekan. »Bevor noch mehr Menschen verletzt werden.«

»Du musst mir helfen, gegen die Wächter zu kämpfen. Du hast noch mehr Hüter. Wo sind sie?« Der Prinz hob die Faust und bewegte sie drohend vor dem Gesicht des Dekans. Er wollte ihm wehtun und das respektlose, wissende Lächeln aus seinem Gesicht schlagen.

»Ich verteidige nur unsere Unabhängigkeit und bin nicht verpflichtet, dich in deinen Machtkämpfen zu unterstützen.«

Hinter ihm im Gang erhob sich ein Summen. Weit entfernt klapperten Hufe über den steinernen Boden.

Der Prinz ließ die Faust sinken und starrte in die Dunkelheit. »Was ist das? Hast du Pferde bei den Hütern hier drinnen?«

Der Dekan schüttelte den Kopf und der Prinz begriff.

»Du lässt die Gefangenen frei«, stellte er fest und die Farbe wich aus seinem Gesicht. Er taumelte ein paar Schritte zurück, bis er mit ausgebreiteten Armen das Gleichgewicht gefunden hatte.

»Warum hast du das getan?«, flüsterte er. Das Summen und Klappern wurde lauter.

»Ich habe viel zu lange geduldet, dass sie untersucht werden, statt in Ruhe zu forschen«, stellte der Dekan fest. »Ich will nicht für ihren Tod verantwortlich sein. Eisenhauer ist draußen und er ist besessen von den magischen Geschöpfen. Ich weiß nicht, was er mit ihnen vorhat, aber ich werde nicht warten, bis es zu spät ist.« Er spuckte dem Prinzen vor die Füße. »Du bringst keinen Segen über dieses Land. Ich wünschte, dein Vater wäre hier.«

»Ich kann doch nichts für den Rückgang der Magie«, stammelte der Prinz. »Niemand hatte es geahnt.« Hilflos streckte er die Hände aus.

»Mein Buch ist fertig«, sagte Kasper Olsen ruhig und zog einen Stapel Papiere unter seinem Arm hervor. »Ich habe alles aufgeschrieben, was wir bislang erforscht haben, und ich bin endlich dahintergekommen, was den Rückgang der Magie verursacht hat.«

Børge starrte den Dekan mit offenem Mund an. Er war sich dessen bewusst, aber er konnte es nicht ändern. Zu verrückt war die Situation, in die er geraten war. Um sein Leben zu retten, war er in das Gebäude geflohen. Jetzt hörte er von dem Ungehorsam des Dekans, der all die mühsam zusammengetriebenen Wesen freilassen wollte, und einer Erklärung, die keine Rolle mehr spielte.

Kasper Olsen wartete. Doch Børge stellte die Frage nicht.

»Willst du es nicht wissen?«

Obwohl das Gesicht des Dekans immer noch im Dunkeln lag, wusste Børge genau, wie es aussah. Vermutlich hatte der Mann gerade seine Brille über die Nase geschoben, als der Arm sich bewegt hatte, und dann seine schon fast grauen Augenbrauen missbilligend hochgezogen.

»Nein!«, brüllte der Prinz und seine Stimme wurde unheimlich und laut von der hohen gewölbten Decke der Eingangshalle zurückgeworfen. »Es spielt keine Rolle. Ich muss das Königreich retten und einen Blitz erscheinen lassen, um das Volk zusammenzuhalten!«

Irgendwo in den Tiefen der Gänge wurden Lichter angezündet. Børge sah die Umrisse von Kasper Olsen scharf vor dem hellen Hintergrund.

»Es ist zu spät«, sagte der Dekan und schüttelte traurig den Kopf. »Du täuschst das Volk seit zehn Jahren und nun können sie deine Lügen nicht mehr hören.«

Børge wollte widersprechen, brüllen, toben und den Mann in seine Schranken weisen. Aber er hatte keine Zeit.

Das Getrampel der Hufe und Füße und das Surren in der Luft schwollen an. »Dann sag es mir doch! Warum kann ich mit der Technik nicht alle Wünsche meines Volkes erfüllen?«

»Ich habe die Antwort in sehr alten Aufzeichnungen gefunden. Es gab schon einmal ein Jahrhundert voller Magie, in dem die besonders sensiblen Menschen magische Fähigkeiten an sich entdeckten, wenn es in ihrem Stammbaum mal eine Vereinigung mit jemandem gab, der mit der Erde, dem Feuer, der Luft oder dem Wasser verbunden war.« Der Dekan lachte leise. »Egal wie weit die Verbindung zurückliegt.«

»Das verstehe ich nicht. Warum hat es dann wieder aufgehört?«

»Alles geschieht in Kreisen, Børge. Es kommt und geht, wie der Mond und die Sonne.«

Der Prinz stampfte wütend mit dem Fuß auf. Er hatte also gar nichts falsch gemacht?

»Was ist mit der Technik? Kommt und geht die auch in Kreisen?«, fragte er hoffnungsvoll.

»Nein. In ihrer Gegenwart wird die Magie gestört. Du hast das Ende des Zeitalters hervorgerufen, als du deine Experimente begonnen hast.«

»Nein, das kann nicht sein!«

»Ich fürchte, es ist die Wahrheit. Wenn du die Magie beobachtest, veränderst du sie. Und wenn du die Technik in die Nähe der Magie bringst, dann veränderst du sie auch. Diese ganze Universität, wo alles unter einem Dach erforscht werden sollte, war eine grässliche Idee. Wir haben alles nur schlimmer gemacht.« Kasper Olsen wedelte mit seinen Aufzeichnungen hin und her und warf den Stapel Papiere in die Luft. Sie segelten durch die Halle und verteilten sich wie monströse Schneeflocken auf dem Hallenboden.

Der Dekan hatte anscheinend den Verstand verloren. »Das ist doch Unsinn«, protestierte Børge. »Ich kann nichts verändern, nur weil ich es beobachte.«

Die Geräusche in den Gängen wurden noch lauter und der Prinz hörte seine eigenen Worte kaum noch.

»Du bist kein kluger Mann. Es ist nicht deine Schuld. Aber wer wenig Verstand hat, braucht gute Ratgeber, um weise Entscheidungen zu treffen. Stattdessen hast du den Frieden zwischen den Menschen und den magischen Geschöpfen zerstört«, rief der Dekan und verschwand im nächsten Moment. Der Prinz schwankte einen Schritt zur Seite, doch er konnte ihn nirgends entdecken.

Dann strömten die Gefangenen der Universität in die Eingangshalle.

ooooo

Eisenhauer drängte sich in eine Nische, um von den Hufen, Füßen und Pfoten nicht zerquetscht zu werden. Als er eine Lücke zwischen den fliehenden Tieren entdeckte, stürzte er mit erhobenem Schwert zum nächsten Seiteneingang. Der Dekan und der Prinz waren nicht mehr zu sehen. Aber es kümmerte ihn auch nicht.

Was er von ihrem Gespräch gehört hatte, passte sich mühelos in seinen Plan ein. Nun konnte er vor dem Volk und auch den Herrschern der Nachbarländer Prinz Børge die Schuld für den Untergang von Himmerland geben. Wenn die Magie unwiderruflich abnahm, kam ihm das nur gelegen. Magischen Wesen traute er ohnehin nicht. Für die Versorgung des Volkes konnten die alten Fabriken wieder in Betrieb genommen werden. Menschen zu finden und Probleme zu lösen, das war seine Bestimmung, und niemand war besser darin als er.

Eisenhauer drückte sich um die nächste Ecke, als der Strom

der Befreiten wieder etwas weniger dicht wurde. Dann erreichte er endlich den Technikflügel. Hierhin hatte sich niemand verirrt.

In der großen Halle konnte er ungestört die Dinge zusammensuchen, die er brauchte. Technik hatte ihn nie interessiert, aber ein altmodisches Feuer, das war ihm auf seinen Reisen durch die Wälder schon oft ein Lebensretter gewesen.

In dem anderen Teil des Gebäudes war noch immer lautes Getöse, deshalb lief Eisenhauer nicht zu den Ställen der magischen Wesen, sondern trug das Holz zusammen, das er hier finden konnte. Tischbeine, Kisten und Schranktüren stapelte er in der Mitte des Raumes. Darauf schichtete er die Kohlestücke aus den Feuerstellen und die Weidenkörbe, in denen die Späne vom Sägen zusammengekehrt wurden. Das sollte reichen.

Zufrieden betrachtete Eisenhauer den Stapel in der Mitte der Halle und zog einen Beutel aus seiner Hemdtasche. In ihm bewahrte er die Schätze auf, die er bei seinen Kontrollen verschwinden ließ. Nachdem er die Dinge eine Weile hin und her geschoben hatte, fand er endlich ein Zündholz. Er legte es auf eine raue Metallplatte und wollte es gerade anreißen, als ihm jemand mit Wucht auf den Arm hieb. Eisenhauer stolperte ein paar Schritte rückwärts, und der Dekan, der sich mit seinem ganzen Gewicht auf ihn geworfen hatte, fiel ihm vor die Füße. Erstaunlich flink sprang der alte Mann wieder auf und sah dem Hauptmann herausfordernd ins Gesicht.

»Du wirst in meiner Universität kein Feuer legen«, zischte er.

Eisenhauer betrachtete das faltige Gesicht und das zerrissene Hemd des Dekans und fing an zu lachen.

»Wenn ich ein Feuer machen will, dann mache ich ein Feuer, und du wirst mich nicht daran hindern.« Demonstrativ hob er das Zündholz und strich es langsam durch die Luft.

Irgendwo sprangen Fensterscheiben entzwei und die Geräusche

der Schlacht drangen zu ihnen herein. Kasper Olsen zuckte zusammen, als er das Geschrei und das metallische Scheppern hörte, aber Eisenhauer lächelte nur. Seine Wächter waren in der Unterzahl und trotzdem waren die Kämpfe noch nicht beendet. Und ihm gegenüber stand sein alter Lehrer, der sein Leben lang nur die Nase in Bücher und zerfledderte Aufzeichnungen gesteckt hatte. Wie sollte er ihn aufhalten?

Kasper Olsen richtete sich auf und hob die Fäuste vor sein Gesicht. Er war bereit. Eisenhauer schlug ihm mit der flachen Hand die Brille aus dem Gesicht und zielte dann auf die Leber. Mit einem Haken schlug er von unten in den weichen Unterleib. Eisenhauer trat neben den Dekan, um ihn mit einer geübten Drehung und einem Stoß in die Kniekehlen zu Boden zu werfen. Aber das war nicht mehr nötig. Kasper Olsen sackte bewusstlos zusammen und blieb am Boden liegen, ohne einen Ton von sich zu geben. Eisenhauer stieg über seinen Körper hinweg und entzündete das Streichholz.

33. KAPITEL

»Hört auf zu kämpfen und lasst mich durch!«, rief Charlotte ununterbrochen, während sie über das Schlachtfeld rannte. Es gelang ihr, unverletzt über das Gelände zu laufen, aber die wenigen Männer, die ihre Stimme gehört hatten, mussten nur Augenblicke später die Schwerter wieder heben, um sich gegen die Angreifer in ihrer Umgebung zu verteidigen. Zumindest hatten ihre unüberlegten Befehle nicht alle das Leben gekostet, die sie gehört hatten. Denn sie verteidigten sich wacker gegen alle Hiebe, wenn sie auch selbst nicht mehr angriffen.

Charlotte brüllte noch einmal laut ihre Anweisung, als sie an den Toren der Universität angekommen war, aber der Lärm war ohrenbetäubend. Die Schreie der Angreifenden und der Verletzten mischten sich mit dem Geräusch der Klingen, die aufeinanderschlugen. Auch griffen die magischen Wesen noch immer unbarmherzig aus der Luft an. Es waren längst keine klaren Fronten mehr erkennbar. Zu den Wächtern und Soldaten war nun auch die Stadtwache aus dem Gefolge des Prinzen auf dem Feld angekommen, die noch am Eingang zurückgeblieben war.

Außerdem mischten sich immer mehr Männer und Frauen unter die Kämpfenden, die keine Uniformen trugen. Es mussten Rebellen sein, die sich gegen den König stellen wollten. Sie strömten vom Fluss herüber. Aber auch durch das Tor kamen Menschen ohne Uniformen, die auf ihrem Weg Forken und Heugabeln schwangen. Unter ihnen entdeckte sie auch Brandur. Irgendjemand hatte also die Gefangenen von Ramon befreit. Hoffentlich war ihm dabei nichts geschehen, dachte sie noch, bevor sie sich durch den Türspalt in das Innere des Gebäudes schob.

In der Eingangshalle herrschte ein fast noch größeres Durcheinander. Es wimmelte von großen und kleinen Geschöpfen, die sich kriechend, fliegend und laufend in der Nähe der Türen drängelten. Die Hüter riefen zur Ordnung und wollten sich hindurchschieben, um die Türen zu öffnen, doch niemand schien ihnen zu trauen. Ihre Schreie wurden ignoriert. Zwerge warfen sich gegen die Riegel und versuchten, die Türen mit Gewalt aufzubrechen. Doch Charlotte kannte den kleinen, etwas verdeckten Griff, mit dem sie geöffnet wurden, und riss die erste Tür weit auf.

Zu spät bemerkte sie, dass es ein Fehler gewesen war. Die Elfen flogen sogleich hinaus und leuchteten mit ihren zitternden Körpern den anderen den Weg. Die Einhörner, Feuersalamander und einige kleine Geschöpfe, die wie junge Bäume aussahen, stürzten Richtung Freiheit und schoben Charlotte vor sich her. Ehe sie sichs versah, befand sie sich wieder mitten auf dem Schlachtfeld. Schwerter sausten durch die Luft und Charlotte zog den Kopf ein und hob die Arme schützend über ihr Gesicht. Aber die Elfen, die über den Kämpfenden ihre Kreise zogen, sprühten Funken und verbrannten ihr die Haut.

»Hört auf zu kämpfen!«, rief sie verzweifelt. Ellenbogen schlugen ihr in die Seite, und als sie den Mund öffnete, um die Kämpfenden auseinanderzutreiben, wurde sie von einem verwundeten Soldaten zu Boden gerissen. Sie stürzte mit dem Knie auf einen Stein und der Schmerz nahm ihr für einen Augenblick die Orientierung. Doch die schweren Stiefel trampelten immer näher an ihrem Gesicht vorbei und sie biss die Zähne zusammen und raffte sich wieder auf.

»*Lasst mich durch!*« All ihre Wut und ihre Angst, in dem Gerangel zerquetscht zu werden, hatte sie mit hinausgeschrien und diesmal reagierten die Kämpfenden. Sie wichen von ihr zurück und Charlotte konnte sich einen Weg zurück zu der Tür bahnen. Sie musste Fynns Bruder finden! Das hatte sie ihm versprochen.

Nur noch wenige Schritte vom Eingang entfernt, umklammerte plötzlich jemand ihr Handgelenk und riss sie ein paar Schritte zurück. Sofort schlug sie mit der anderen Hand zu.

Doch Fynn wich ihrer Faust aus und schloss sie dann in seine Arme. Nur den Bruchteil einer Sekunde konnte Charlotte sich an ihn klammern, bevor er sich schon wieder von ihr löste. Er griff nach ihrer Hand und zog sie zum Rand des Schlachtfelds.

»Du hast die Türen geöffnet«, rief er und keuchte dabei, als wäre er seit Tagen ununterbrochen gelaufen. Charlotte nickte und war zum ersten Mal in ihrem Leben uneingeschränkt stolz auf etwas, das sie getan hatte. Es war ein wunderbares Gefühl. Aber die Sorgen holten sie schnell wieder ein.

»Ich habe deinen Bruder nicht gefunden, Fynn. Meinst du, er ist noch eingesperrt?«

»Ich habe von oben gesehen, wie der Prinz und dann Eisenhauer hineingegangen sind.«

»Ich habe die beiden auch gesehen und mir gedacht, dass das nichts Gutes heißen kann. Ich kam aber nicht hinein.«

»Milan hat mir einen geheimen Seiteneingang gezeigt. Er muss hinter der nächsten Nische sein.« Fynn wandte sich um und lief an der Mauer entlang, bis er die Tür gefunden hatte.

»Wo sind die anderen?«, wollte Charlotte wissen. »Kreisen sie noch über dem Feld?«

Fynn druckste herum. Sie sah in der Dunkelheit sein Gesicht

nicht, aber sie hätte schwören können, dass er rot wurde. »Sie suchen nach dir«, sagte er schließlich. »Ich habe ihnen nicht gesagt, dass ich dich entdeckt habe, weil sie dich dann weggebracht hätten.« Er atmete tief ein. »Ich wollte nicht ohne dich in die Universität, aber du musst natürlich nicht mit …«

Sie tastete nach seiner Hand, und als sie seine Finger zwischen ihren fühlte, drückte sie sie. Wie konnte sie ihm sagen, was es ihr bedeutete? Endlich vertraute er ihr und wollte sie an seiner Seite wissen! Milan und Lille machten sich Sorgen, aber sie konnte ihn jetzt nicht im Stich lassen. Fynn musste seinen Bruder finden, und sie würde alles tun, um ihm zu helfen.

Er verstand sie auch ohne Worte und lächelte. Dann öffnete er die Tür und sie betraten die privaten Räume des Dekans. Das Zimmer lag hell und verlassen vor ihnen. An den Wänden brannten Öllampen und einige Jårlys. Die Geräusche der Schlacht waren draußen geblieben. Nur irgendwo im Inneren des Gebäudes wurden noch Türen geschlagen und Befehle gerufen. Es klang gedämpft zu ihnen durch die dicken Mauern. Charlotte hatte kurz ein schlechtes Gewissen, als sie an dem zerwühlten Bett des Dekans vorbeiging, doch dafür hatte sie keine Zeit. Sie musste sich auf ihre Aufgabe konzentrieren. Wo sollten sie in diesem riesigen Gebäude anfangen, nach weiteren Gefangenen zu suchen? Sie drehte sich zu Fynn um, der die Papiere auf dem Schreibtisch untersuchte und die Flüstersteine aus ihrer Kiste auf die Tischplatte schüttete. Er hatte anscheinend keine Gewissensbisse, die privaten Sachen des Dekans zu untersuchen. Heiligte der Zweck die Mittel?

»Fynn, soll ich schon einmal in den Magieflügel laufen und sehen, ob die Hüter alle Kerker geöffnet haben?«

Er schüttelte den Kopf. »Dort waren wir doch schon. Die Menschen müssen irgendwo anders sein …«

»Aber vielleicht haben die Hüter sie schon befreit und wir wissen es noch nicht.« Das war durchaus möglich. Die ganze Eingangshalle war voller befreiter Geschöpfe gewesen, und die Hüter hatten nicht aufgehört, sich um sie zu bemühen. Vermutlich waren sie wieder in das Innere der Universität zurückgegangen, um die anderen zu befreien. Sie wollte nicht tatenlos neben Fynn stehen und zusehen, wie er Papiere studierte, aber noch weniger wollte sie selbst in den Sachen des Dekans wühlen.

»Ich sehe nach, ob dort alle befreit sind«, beschloss sie. »Milan hat gesagt, dass es im Erdgeschoss nur die zwei großen Flügel gibt und oben die Wirtschafts- und Schlafräume sind. Ich werde nach Kammern und Treppenhäusern Ausschau halten. Vielleicht gibt es irgendwo Geheimgänge.«

Fynn sah von den Papieren auf. »Geh nicht allein«, bat er sie. Doch er legte die Unterlagen nicht aus der Hand.

»Es muss hier einen Hinweis geben, wo er sein könnte und was sie mit ihm gemacht haben.«

Charlotte sah den Kummer in seinem Gesicht, aber sie war gekommen, um zu helfen, und das konnte sie nicht, wenn sie hier neben ihm stand und wartete.

»Komm nach, wenn du fertig bist. Ich fange mit dem Magieflügel an.« Sie lächelte ihm zu und öffnete die Tür, ohne auf eine Antwort zu warten.

Im Korridor war es dunkel bis auf einen flackernden Schein am Ende des Ganges. Irgendwo zersprangen Fensterscheiben und ein furchtbarer Gestank verbreitete sich. Dann hörte sie die ersten Rufe. »Feuer!«

Charlotte lief bis zur nächsten Ecke. Als sie sich einen weiteren Schritt vorwagte, schlug ihr die Hitze entgegen und raubte ihr fast den Atem. Charlotte zögerte. Vielleicht brauchte jemand Hilfe, aber sie wollte zuerst Fynn warnen. Oder vergeudete sie kostbare Zeit, wenn sie wieder zurück in den Raum des Dekans lief? Sie hörte jemanden keuchen und drehte sich um. Fynn stand hinter ihr. Er hatte sich die Ärmel seines Hemdes abgerissen und vor Mund und Nase geknotet. Für einen Augenblick starrte Charlotte auf die Libelle, die auf seinen Oberarm tätowiert war. Im Schein des Feuers schienen ihre Flügel zu vibrieren.

»Da liegt jemand«, rief Fynn und rannte noch ein paar Schritte weiter. Charlotte folgte ihm zu einem Hüter, der auf dem Boden kniete. Sie zogen an seinem Rücken und seinen Beinen, doch er schlug ihre Hände weg.

»Mir geht es gut«, brüllte er. »Aber der Dekan steckt fest. Allein schaffe ich es nicht!«

Er lehnte sich zur Seite, und Charlotte sah den Mann, der mit rußverschmiertem Gesicht unter einem umgefallenen Schrank feststeckte. Die Hitze war unerträglich. Charlotte und Fynn duckten sich tief herunter und griffen nach dem eingeklemmten Körper. Der Hüter hob den Schrank an und Charlotte und Fynn zogen den Dekan an den Beinen zu sich. Im nächsten Moment krachte es, und Charlotte sah, wie der brennende Stapel aus Türen und anderen Holzstücken zusammenbrach und Funken in alle Richtungen stoben. Die Flammen züngelten bis zur Decke hinauf. Fynn zog den Dekan weiter in den Gang hinein, während Charlotte die Funken ausschlug, die auf seinen Kleidern glommen.

»Wir müssen hier raus!«, rief der Hüter, der an der Wand lehnte und versuchte aufzustehen.

Charlotte hielt ihn am Ärmel zurück. »Wo sind die Menschen eingesperrt?«

Der Hüter schüttelte ihre Hand ab. »Im Keller, genau unter uns.« Er zeigte auf die Flammen, und Charlotte erkannte den Umriss einer Tür, an der das Feuer bereits zerrte.

»Aber sie sind doch alle befreit, oder?«

»Nein.«

Noch mehr Fensterscheiben splitterten, und das Feuer züngelte höher und gieriger, als es die frische Luft aufsog. Charlotte drehte sich wieder zu dem Mann herum, aber er war verschwunden. Sie hörte trotz des Getöses der Flammen seine schweren Stiefel im Gang.

Fynn hatte sich über den Dekan gebeugt. »Er atmet noch, aber ich bekomme ihn nicht wach.« Er schlug dem alten Mann ins Gesicht, doch der rührte sich nicht.

Charlotte zeigte auf das Feuer. »Hast du gehört, was der Hüter gesagt hat? Da sind noch Gefangene drin!«

Fynn starrte in die Flammen und ihm traten Tränen in die Augen. Vielleicht war es die Hitze, vielleicht aber auch die Erkenntnis, dass sie nichts mehr für die Menschen tun konnten, die von dem Feuer eingeschlossen waren. »Können sie vielleicht …«, begann er, aber dann verstummte er.

Fynn schob das Tuch von Mund und Nase und richtete sich auf. Sofort wurde er von Husten geschüttelt, doch das hielt ihn nicht auf. Er griff dem Dekan unter die Arme und zog ihn weiter den Gang entlang. Charlotte wollte ihm helfen, doch Fynn schüttelte den Kopf. »Mach mir die Tür auf«, bat er sie.

Charlotte lief vor und öffnete die Tür zu den Räumen des Dekans, dann half sie Fynn und stützte den alten Mann von der anderen Seite. Gemeinsam schafften sie es, ihn durch die Seitentür ins Freie zu tragen, und legten ihn einige Schritte entfernt unter einen Baum. Die Kämpfe tobten mit unverminderter Härte weiter, doch sie erstreckten sich nicht bis zu dieser Seite des Geländes. Charlotte hörte die Geräusche der raufenden und kreischenden Menschen und ballte die Hände zu Fäusten. Wenn sie alle dazu bringen würde, Wasser aus dem Fluss zu holen, dann könnten sie die Menschen in der Kammer vielleicht noch retten.

Sie lief ein Stück im Schatten des Gebäudes und näherte sich der Schlacht. Die Flammen loderten aus den zerbrochenen Fenstern und leckten an den dunklen Mauern. Das Schreien und Keuchen, Schlagen und Stechen war ohrenbetäubend. Charlotte brüllte, so laut sie konnte: »*Hört auf zu kämpfen!*«

Doch nicht einmal die Soldaten, die nur wenige Schritte von ihr entfernt standen und mit einem halben Dutzend Zwergen kämpften, unterbrachen ihren grausamen Rhythmus. Sie versuchte es wieder und wieder, bis ihr Hals schmerzte. Erschrocken hörte sie auf zu schreien. Den Verlust ihrer Stimme durfte sie bei diesem sinnlosen Unterfangen nicht riskieren. Enttäuscht lief sie zurück zu Fynn, der neben dem Dekan hockte und dessen Puls fühlte. Sein Atem ging keuchend, Tränen liefen über sein Gesicht und bahnten sich helle Wege durch sein rußverschmiertes Gesicht. Charlotte betrachtete ihn einen Augenblick und fasste einen Entschluss. Sie drehte sich um und kehrte in die Universität zurück. Die Flammen erfüllten bereits die gesamte Halle und züngelten durch die Gänge, um den Rest der Universität zu erobern. Wasser! Sie brauchte Wasser, um all die zu retten, die noch eingesperrt waren. Wie schrecklich musste es sein, das Feuer zu riechen und die Hitze zu spüren, ohne ihr entkommen zu können?

Irgendwo hinter sich hörte Charlotte Pferde oder Einhörner ängstlich wiehern, Vögel stießen schrille Schreie aus, und ein Brummen erklang, das auch die Wände und den Boden erzittern ließ. Wasser! Sie brauchte Wasser! Konnte sie allein etwas ausrichten, wenn sie Töpfe suchte und zum Fluss lief? Die Vorstellung war so absurd, dass Charlotte fast laut gelacht hätte. Das Feuer war doppelt so hoch wie sie und brachte die Glaskugeln zum Bersten, in denen die magischen Lichter unter der Decke gehangen hatten. Charlotte zog den Kopf ein. Die Scherben prasselten auf sie nieder.

Sie wich in den Gang zurück. Wie weit hatte sich das Feuer

bereits in die andere Richtung ausgebreitet? Warum hatte sie die Kämpfenden draußen nicht dazu bringen können, das Feuer zu löschen? Ihre Kräfte waren nutzlos, und sie allein konnte nichts tun, um Niilo und die anderen zu retten. Wasser! Sie brauchte Wasser!

Vielleicht wusste Lille Rat? Sie war schließlich im Wasser zu Hause. Aber wie sollte Charlotte sie finden, bevor das Feuer alles verschlungen hatte? Sie wich zurück und stolperte. *Wasser!*

Das Brummen wurde ohrenbetäubend und ging in ein lautes Rauschen über. Der Boden und die Wände erzitterten und knackten. Charlotte rappelte sich auf und drehte sich um. Bevor sie sich fragen konnte, woher das Zittern kam, schoss plötzlich eine Flutwelle um die Ecke. Geschockt starrte sie dem Wasser entgegen, das sie in wenigen Sekunden erreichen würde. Instinktiv hielt sie den Atem an und kniff die Augen zusammen, denn sie hatte keine Zeit, um auszuweichen. Im nächsten Moment spürte sie feine Tropfen der Gischt in ihrem Gesicht und hörte das Tosen des Wassers um sich herum. Doch sie wurde nicht vom Wasser mitgerissen. Als sie vorsichtig die Augen öffnete, konnte sie kaum glauben, was sie sah: Das Wasser hatte sich geteilt und floss links und rechts von ihr unaufhörlich in die Halle hinein. Es zischte und brauste, während sich auf Charlottes Gesicht ein Lächeln ausbreitete, das in schallendes Lachen überging. Sie hatte es geschafft! Allein ihr Wille hatte dafür gesorgt, und Charlotte spürte, wie sich Stolz und Freude in ihr ausbreiteten.

Es dauerte nur wenige Minuten, bis die Wassermassen das Feuer unter sich begraben hatten. Der Fluss verebbte, und Charlotte watete durch das kniehohe Wasser, das langsam gurgelnd in Richtung der Eingangshalle abfloss. Warmer Nebel erfüllte die Halle, wo eben noch das Feuer gewütet hatte. Die Wände waren kohlrabenschwarz und die Mauersteine dampften. Charlotte bahnte sich einen Weg durch die verkohlten Überreste auf die Stelle zu, auf die der Hüter gezeigt hatte. Das Feuer hatte die hölzerne Tür gefressen, ein Schloss, das zur Hälfte zu einem faustgroßen Klumpen geschmolzen war, lag auf dem Boden vor ihren Füßen.

Charlotte hielt den Atem an. Konnte sie sich in den Raum hineinwagen? Würde sie dort noch Lebende finden? Bei dem Gedanken daran, was sie vielleicht zu sehen bekam, wurde ihr übel, und sie lehnte sich an die Wand. Dann atmete sie tief ein und aus und ging durch die Tür.

»Ist hier jemand?«, rief sie zaghaft in die Dunkelheit hinein und tastete nach dem Treppengeländer. Viele Meter unter der Erde brannte ein winziges Licht.

»Ihr könnt heraufkommen. Es ist sicher!«, rief sie etwas lauter und beobachtete den zitternden Lichtschein. Dann hörte sie Schritte und Stimmen tief unten in der Erde. Das Licht näherte sich, und noch mehr Laternen kamen dazu, die schwankend die Treppe hinaufgetragen wurden. Der Erste erreichte den Durchgang zur Halle. Es war ein erwachsener Mann, der Charlotte mit großen Augen ansah.

»Draußen kämpfen die Soldaten gegen die Rebellen, aber ich kann euch einen Weg zeigen, wie ihr hier rauskommt und fliehen könnt.« Der Mann nickte ernst und nahm die Kinder in Empfang die nach ihm die Treppe hinaufkamen. Es folgten noch einige Jugendliche und auch ältere Männer und Frauen. Charlotte sah jedem Jungen ins Gesicht in der Hoffnung, Fynns Bruder zu entdecken. Doch erst einer der Letzten, der in die Halle trat, glich Fynn wie ein Ei dem anderen. Er hatte dieselben lustigen Sommersprossen und rotes lockiges Haar. Doch seine Augen blitzten nicht voller Tatendrang. Wie alle anderen sah er müde aus und bewegte sich kraftlos und matt. Charlotte hätte ihn gern in die Arme geschlossen, stattdessen ließ sie ihn nicht aus den Augen, während die Befreiten an ihr vorbeizogen. Eine Frau trug ein Gewand der Heilerin, und Charlotte ahnte, dass es Danielle war, die im Wald entführt worden war.

»Ich bin die Letzte«, sagte sie und sah noch einmal zurück in das dunkle Loch. Die anderen standen dicht aneinandergedrängt in der nebeligen Halle und sahen sich um. Die Griffe der Laternen hielten sie fest umklammert.

34. KAPITEL

»Fynn!«, rief Charlotte, als sie in die frische Luft trat. Die Sonne ging gerade auf und tauchte den Platz in ein unwirkliches hellrotes Licht.

Zögernd ließ er die Hand des Dekans fallen und erhob sich mit zitternden Knien. Dann rannte er auf sie zu und sank vor seinem Bruder auf die Knie. »Niilo«, flüsterte er und schloss seinen kleinen Bruder fest in die Arme. Charlotte sah, wie die Jungen ihre Hände tief in die Jacken des anderen gruben, als wollten sie einander nie wieder loslassen. Endlich hatte Fynn seinen kleinen Bruder wiedergefunden, den er all die Jahre verzweifelt gesucht hatte. Tränen stiegen Charlotte in die Augen, als sie die beiden beobachtete und sich vorstellte, wie es sich anfühlen musste, ihn endlich wiederzusehen. Die hellen Spuren in den schmutzigen Gesichtern der Jungen verrieten auch ihre Tränen, bevor sie sie mit den Ärmeln verlegen wegwischen konnten. Die anderen Befreiten blieben eng beieinander stehen und sahen ängstlich in die Richtung, wo die Kämpfe noch immer tobten. Charlotte wollte Fynn in seinem Glück nicht stören, doch sie brauchte seine Hilfe.

»Bring sie zum Fluss«, bat sie ihn und legte eine Hand auf seine Schulter, damit er sie ansah. »Von dort kommen vielleicht immer noch Rebellen, aber sie werden euch nichts tun. Ihr seid nicht bewaffnet und gehört nicht zum König.« Sie deutete auf seine Tätowierung. »Zieh lieber ein Hemd mit Ärmeln an, um sicherzugehen!«

Die nächsten Dinge geschahen schnell und wortlos. Ein Jugendlicher tauschte mit Fynn das Hemd und die Gruppe machte sich auf den Weg, an dem Gebäude entlang zur Rückseite zu gehen. Charlotte beobachtete, wie sie sich an den Händen hielten wie kleine Kinder, und wäre zu gerne mit ihnen gegangen. Aber nun musste sie es ohne Fynns Hilfe beenden. Als hätte er ihre Gedanken gehört, drehte er sich plötzlich um und rannte zu ihr zurück. »Wir sehen uns auf Milans Boot, wenn du alle zur Vernunft gebracht hast«, flüsterte er und legte seine Hand auf ihre Wange. Und noch bevor Charlotte etwas sagen konnte, zog Fynn sie an sich und küsste sie. Seine Lippen fühlten sich weich und warm an und für einen Augenblick zählte nur das. Ein Rauschen in ihren Ohren übertönte das Klingen der Schwerter und die Rufe der Kämpfenden. Dort, wo seine Hände in ihrem Rücken und auf ihrer Wange lagen, kribbelte ihre Haut. Viel zu schnell löste Fynn sich wieder von ihr und lief zurück zu den anderen.

Charlotte fuhr benommen mit den Fingern über ihre Lippen, als er ihr vom Waldrand zuwinkte. Dann erklangen die Geräusche der Schlacht wieder laut und bedrohlich und der Moment war verflogen. Ihre Wangen und ihre Lippen brannten noch immer, doch sie hatte keine Zeit zu verlieren.

Irgendetwas hatte sie mit dem Wasser getan, doch das würde ihr nicht helfen, die Kämpfe zu stoppen. Sie war machtlos.

Langsam tastete sie sich an der Mauer entlang und betrachtete den Himmel über dem Schlachtfeld. Irgendwo dort oben mussten die Drachen sein.

»Henna!«, hörte sie die Stimme ihrer Mutter rufen. Da entdeckte Charlotte sie und sprang aus dem Schatten des Gebäudes.

»Hier bin ich«, schrie sie und riss die Arme in die Luft. Als einige Zwerge einen Trupp Soldaten von den anderen isolierten und auf die Seite des Gebäudes zutrieben, lief sie schnell zu den Bäumen zurück. Doch ihre Mutter hatte sie gesehen und lenkte den Drachen zu ihr herüber. Als sie über ihrer Tochter kreiste, warf sie ein Seil zu ihr herunter. Charlotte ergriff es und zog sich daran hoch. Trotz der Brandblasen und Abschürfungen bemühte sie sich, das Seil fest zu umfassen und sich langsam hinaufzuhangeln.

Charlotte wagte nicht, nach unten zu sehen. Die Geräusche der Schlacht drangen an ihre Ohren und erinnerten sie an das, was geschah, wenn sie den Halt verlor. Ihre Hände schmerzten, weil sie nicht genug Kraft hatte und immer wieder ein Stück am Seil hinunterrutschte. Lille musste über ungeheure Kräfte verfügen, denn sie zog das Tau aufwärts, um den Weg für Charlotte zu verkürzen.

Endlich griff sie nach ihren Händen und zog sie hinter sich auf den Rücken des Drachen. Charlotte weinte vor Erleichterung, als sie mit dem Oberkörper gegen Lilles Rücken sank. Der Drache reckte seinen Kopf nach hinten und blies warme Luft durch seine Nüstern.

»Ich habe das Wasser gerufen«, flüsterte sie erschöpft.

Ihre Mutter warf lachend den Kopf zurück. »Das ist eine seltene Gabe! Mit mir redet es, aber ich kann es nicht lenken.«

Charlotte wäre gern ewig weitergeflogen mit dem Geruch ihrer Mutter in der Nase, ihren Haaren, die über ihre Schultern flatterten und Charlottes Gesicht streiften. Sie würden einander ihre Geschichten erzählen und vom Wasser reden. Aber das Klirren der Schwerter weit unter ihr zwang sie, die Augen zu öffnen. Widerwillig richtete sie sich auf. Die glänzenden Schuppen des Drachen waren erstaunlich weich und zeigten ein geflecktes Muster, in dem sich die Sonne spiegelte. Charlotte lächelte. Wie hatte etwas so Wunderbares all die Jahre im Verborgenen bleiben können? Alle hatten behauptet, sie wären schon vor Zeiten ausgestorben. Nur Jette hatte von ihnen erzählt, als könnten sie sich jederzeit von den Bergen hinabschwingen oder in der Gischt der Meere auftauchen.

»Wo sind die anderen?«, fragte sie mit einem Blick über den weiten Himmel.

Da tauchte Jette mit dem kleinen grünen Drachen neben dem ihres Vaters auf. Sie winkten ihr beide, und Charlotte erkannte, dass Jette sich mit Seilen an dem Rücken des Tieres festgebunden hatte. Ihr Gesicht war blass, aber sie lächelte zufrieden und hob sogar kurz die Hand, um Charlotte zu winken.

Milan wischte sich verstohlen mit dem Ärmel über das Gesicht. »Wir müssen die Kämpfe beenden! Wir können nicht fliehen und die Menschen so zurücklassen.« Flehend drückte Charlotte den Arm ihrer Mutter. Lille drehte sich zu ihr um und strich ihr über die Wange.

»Allein schaffe ich das nicht, aber zusammen können wir das, Henna.«

»Wie?«, fragte Charlotte. Sie hatte sich langsam an den Klang ihres alten Namens gewöhnt und wollte keine Zeit damit vertrödeln, sich gegen ihn zu wehren.

Lille ergriff ihre Hand. »Wenn wir gemeinsam rufen, werden sie uns hören.«

Charlotte schüttelte den Kopf. »Die Waffen und das Geschrei sind zu laut. Ich habe es schon versucht.«

»Wenn du es willst, dann wird es auch geschehen.«

ooooo

Eisenhauer wusste, wann eine Schlacht verloren war. Die Soldaten schlugen nur noch halbherzig zu, denn das Schlachtfeld war in den letzten Stunden zu einem unübersichtlichen Getümmel geworden.

Die Stadtwache hatte ihre Posten auf der Straße verlassen, aber mit den Männern kamen auch Bewohner des Dorfes und keiner wusste, auf wessen Seite sie standen. Sie unterschieden nicht zwischen Soldaten und Eisenhauers Wächtern und schlugen auf alles ein, was sich ihnen näherte. Unter ihnen waren auch Frauen und ältere Kinder, und viele Soldaten zögerten, sie anzugreifen. Aus dem Wald waren Rebellen auf das Feld gestürmt, die nur auf die Fahnen des Königs eindroschen und nach dem Prinzen Ausschau hielten. Børge war schon seit langer Zeit nicht mehr gesehen worden. Vielleicht war er mit dem Dekan in dem Feuer umgekommen, was einiges vereinfachen würde. Diese Schlacht war verloren. Es gab für ihn nur noch eine Sache zu tun, damit er morgen nicht als Geächteter durch die Wälder streifen musste.

Eisenhauer schlug sich mit den blutigen Waffen eine Schneise. Dreißig Schritte entfernt stritten zwei Kormorane um einen Hasen, den das Getrampel der kämpfenden Männer aus seinem Bau gescheucht hatte.

Eisenhauer streckte die Hand nach einem aus, als er ihre Stimme hörte.

Er sah in den Himmel. Auf einem feurig roten Drachen ritt Lille durch die Luft und steuerte auf das Schlachtfeld zu. Der Anblick ihres ewig jungen Gesichtes, ihrer langen Haare und ihres schönen Körpers erschütterte ihn und er presste eine Hand auf sein Herz.

Hinter ihr saß ihre Tochter. Sie war noch jung und trotzdem schon eine Schönheit. Die Frauen hielten sich an den Händen und öffneten ihre roten Lippen.

Ihre Stimmen hallten wie Donner und Meeresrauschen über das Schlachtfeld. Er hatte nicht verstanden, was sie gerufen hatten, aber er konnte den Wunsch nicht unterdrücken, sofort Messer und Schwert auf den Boden zu legen.

Hinter ihm ertönte ein Klirren und Scheppern. Alle Männer ließen die Waffen fallen und starrten die Frauen auf dem Drachen an, der über dem Schlachtfeld seine Kreise zog. Eisenhauer ballte die Fäuste. Außer ihm sollte niemand diese Schönheit bewundern. Er wusste, er konnte ihnen die Augen ausstechen, doch er erinnerte sich nicht mehr wie. Vor seinen Füßen lagen die Waffen im Staub.

Der Kormoran stupste mit dem Schnabel gegen seine Schulter.

ooooo

Charlotte sah zu ihrer Mutter hinüber. Die ließ ihre Hand los und starrte nach unten. Über dem Schlachtfeld legte sich langsam der Staub der Kämpfe, und Lille zeigte auf einen Mann mit schwarzer Kapuze, der bei den Riesenkormoranen stand. Lille griff nach dem Seil und schwang sich vom Rücken des Drachen. Obwohl er bereits auf den Boden zusteuerte, kletterte sie flink an dem Seil herunter. Charlotte wollte sie aufhalten, doch ihre Mutter war zu schnell.

Lille rannte auf Eisenhauer zu und baute sich vor ihm auf.

»Du hast mir meine Freiheit genommen und meine Familie. Die Zeit war noch nicht gekommen, sie zu verlassen. Ich hätte es für sie noch zwei Jahre an Land ausgehalten. Sie brauchten mich«, sagte sie und stemmte die Hände in die Hüften.

Der Drache war hinter ihr gelandet und Charlotte strich dankbar über seinen Hals, als sie herunterkletterte. Der Mantel des Wächters war zerrissen, und Charlotte sah die geflügelte Schlange vor sich, von der sie seit Jahren träumte. Wenn sie die Hand ausstrecken würde, könnte sie den Arm berühren.

Die Erinnerungen an die dunklen Träume von der Hütte und die Angst vor dem Mann überschwemmten sie. Tränen stiegen ihr in die Augen und das Blut rauschte ihr in den Ohren. Ihre Mutter sprach mit dem Mann, doch sie konnte die Worte nicht verstehen.

Aber Lilles Stimme klang anders als sonst, und Charlotte ahnte, was ihre Mutter vorhatte. Sie wollte den Mann töten. Eine Gänsehaut kroch ihr die Arme hinauf.

»Nein!«, brüllte sie, so laut sie konnte.

Lille drehte sich um und starrte Charlotte mit offenem Mund an. »Er hat uns getrennt und mich eingesperrt.«

»Ich weiß«, sagte Charlotte und nahm die Hand ihrer Mutter. »Aber du sollst ihn nicht töten.«

»Er hat es verdient.«

Charlotte hielt die Hand ihrer Mutter fest umklammert. »Bitte, tu das nicht. Du sollst diese Schuld nicht auf dich laden.« Das Bild der verletzten Wächter war wieder so lebendig in ihrer Erinnerung wie in den ersten Nächten, nachdem sie ihre mächtige Stimme entdeckt und furchtbaren Schaden angerichtet hatte.

Lille zögerte. »Ich fühle die Schuld nicht, wie du sie fühlst«, sagte sie. »Er hat es verdient zu sterben, weil in seinem Herzen nur Finsternis ist.«

»Bitte, tu es nicht!«

Lille zog ihre Tochter an sich. »Gut, ich werde ihn verschonen«, flüsterte sie in Charlottes Ohr.

Das Mädchen schloss einen Moment die Augen und atmete den Duft ihrer Mutter tief ein. Sie vergrub ihr Gesicht in den feuchten Haaren und wünschte, sie könnte all die Jahre nachholen, die sie ihre Mutter vermisst hatte, ohne von ihr zu wissen.

Als sie die Augen wieder öffnete, drehte sie sich um und sah, wie Eisenhauer auf den Rücken des Kormorans sprang. Der Vogel lief drei Schritte und erhob sich dann in die Luft.

Lille warf ihm einen wütenden Blick hinterher. Charlotte lächelte. »*Er wird bekommen, was er verdient*«, sagte sie und meinte es auch.

ooooo

Eisenhauer keuchte, als er endlich angekommen war. Unter dem Dach des Turmes war die Kammer, in die er wollte. Ein Junge sprang von dem Stuhl auf, als der Hauptmann durch die Tür trat. Er wischte sich mit dem Ärmel über die Augen. Eisenhauer nickte nur.

Sein Hemd war eingerissen und die Hose hatte große Flecken. Umso zerrissener und abgekämpfter er aussah, umso eher würden ihm die Herzöge und Königinnen der Nachbarländer seine Lügenmärchen glauben.

Den Jungen kümmerte Eisenhauers Aufmachung nicht. Er hatte sich wieder auf den Stuhl gesetzt und die Augen geschlossen.

Eisenhauer ging auf das Bett zu. Unter seinem Umhang zog er eine Flasche hervor und verbarg sie in seiner Hand. Umständlich zog er den Korken heraus.

Auf dem Tischchen neben dem Bett stand ein Glas Wasser bereit, doch von dem Kranken fehlte jede Spur.

Eisenhauer drehte sich um. »Wo ist er?«

Der Junge sprang auf die Füße und der Stuhl kippte gegen die Wand hinter ihm. Er zuckte mit den Schultern. »Sie haben ihn geholt.«

»Wer?«

»Heilerinnen und Priesterinnen.«

Eisenhauer fluchte und der Junge bekam rote Ohren.

»Warum bist du noch hier?«, raunzte Eisenhauer ihn an.

»Ich habe keinen anderen Befehl erhalten und komme hierher, bis man mir etwas anderes sagt.«

»Verschwinde!«, rief Eisenhauer.

Der Junge rührte sich nicht. Konnte er nicht einmal einem Jungen Angst machen, der noch grün hinter den Ohren war?

Eisenhauer zog einen kleinen Dolch aus dem Stiefel und ging auf ihn zu. Da schlug er rasch einen Haken und rannte zur Tür.

Eisenhauer ließ sich auf das Bett fallen. Alles war zu Ende. Selbst wenn er einen Krieg mit den Nachbarländern anzetteln konnte, half es nichts, falls der alte König wieder erwachte. Er würde sich erinnern an Hauptmann Eisenhauer, der mit ihm Wein getrunken hatte.

Eisenhauer hatte die magischen Geschöpfe nicht ausrotten können. Seine Aufzeichnungen in der geheimen Kammer unter dem Südturm hatten ihn zu einigen Familien geführt, doch vermutlich waren viele dem Feuer entkommen. Und Lille … Ihr Herz hatte er damals nicht erobern können und deshalb hatte er sie vor allen anderen in der Universität verborgen. Trotz all der Jahre war sie nicht schwächer geworden und hatte ihn nie angefleht, sie zu retten. Heute war Lille auf einem Drachen geritten und hatte schöner ausgesehen als je zuvor.

Der alte König würde sich an den Streit mit ihm erinnern und seinen alten Freund und Gefährten ins Verlies werfen.

Eisenhauer hörte schnelle Schritte auf dem Gang. In seiner Hand lag die entkorkte Flasche. Der Hauptmann setzte sie an seine Lippen und trank die rote Flüssigkeit in einem Zug.

35. KAPITEL

König Frederik schlug die Augen auf und betrachtete das fremde Zimmer, in dem er geschlafen hatte. Er fuhr sich durch das weiße Haar und schob die Schlafmütze von seinem Kopf. Verwundert ließ er sie durch seine runzeligen Finger gleiten und strich über die aufgestickte Sonne. Jede Bewegung kostete ihn ungeheuer viel Kraft, als wären seine Glieder in der Nacht mit Blei gefüllt worden. Eine Frau betrat das Zimmer und sah ihn freundlich an. Sie trug das Gewand der Heilerinnen und hielt ein Tablett mit Tee und Gebäck in den Händen.

»Was ist geschehen? Warum bin ich nicht in meinem Schlafgemach?«, fragte Frederik und seine Stimme klang krächzend und fremd wie die eines uralten Mannes.

»Dort wohnt ein anderer«, sagte die Frau, stellte das Tablett an sein Bett und schlug den Vorhang vor dem Fenster zur Seite. »Ihr habt lange geschlafen und ich habe Euch viel zu berichten.«

»Wer bist du?«, fragte der König und sah aus dem Fenster. Dort erhoben sich die Mauern der Zitadelle im Licht der Mittagssonne.

»Danielle.«

Die Frau erzählte ihre Geschichte und Frederik lauschte ihren Worten fassungslos. Er bezweifelte kein Detail. Nach einer Stunde endete sie und er schloss ermattet die Augen.

»Es tut mir leid, was dir geschehen ist, Danielle. Es tut mir aufrichtig leid. Ich kann es nicht ungeschehen machen. Aber ich werde nicht zulassen, dass weiterhin Unschuldige gefangen genommen und gequält werden. Ich finde einen Weg, den Menschen in Himmerland zu helfen. Das verspreche ich dir.«

Langsam hob er seinen Oberkörper und setzte sich auf. Mit zitternden Fingern führte er den Tee an seine Lippen.

»Kannst du eine Nachricht für mich verschicken, Danielle? Ich muss zurück in meinen Turm und ich brauche einen neuen Rat.«

ooooo

Die Drachen landeten bei dem Boot am Fluss. Milan dankte ihnen für ihre Hilfe und brachte dann die erschöpfte Jette zu einer Kiste, damit sie sich setzen konnte.

Charlotte stand am Bug des Schiffes und sah zu, wie sich die Drachen mit wenigen Schlägen ihrer weiten Flügel über die Lichtung erhoben.

Lille blieb neben Milan stehen und berührte seinen Arm.

»Du willst schon wieder gehen?«, fragte er leise.

»Ich kann nicht bleiben. Auch wenn ich es gern würde …«

Sie sah ihm in die Augen und er nickte stumm. Dann beugte sich Lille zu Jette hinunter und küsste ihre Stirn.

»Lebe wohl, meine Liebe. Ich wünsche dir nichts als Zufriedenheit.«

Jette lächelte. »Ich bin zwar eine alte Frau geworden, aber ich habe dich gefunden, wie ich es mir immer gewünscht habe. Wie sollte ich nicht zufrieden sein?«

Lille umfasste ihr Gesicht und sah sie lange an. »Du wirst noch viele Jahre vor dir haben und Geschichten vom Meer erzählen und von der Freiheit.« Jette lachte, aber sie protestierte nicht, als Lille ihr wie einem kleinen Kind über den Kopf strich und sich dann Charlotte zuwandte.

»Werde ich auch noch viele Jahre haben?« Eigentlich sollte es spöttisch klingen, aber sie hatte einen dicken Kloß im Hals. Die Nixe lächelte. Sie hatte noch immer diese fremdartige und kühle Ausstrahlung wie bei ihrer ersten Begegnung in der Universität. Doch seitdem war viel passiert.

»Ruf mich, wenn du mich sehen möchtest. Komm ins Wasser und ich werde dich hören«, versprach Lille und Charlotte nickte. Viel zu kurz war die Zeit gewesen, die sie zusammen gehabt hatten. Konnte sie etwas sagen oder tun, um Lille bei sich zu halten? Aber dann öffnete ihre Mutter die Schnalle ihres Mantels und streifte ihn ab. Charlotte sah die Erleichterung mit einem Lächeln über das Gesicht ihrer Mutter huschen, als die Kleider zu Boden fielen, und sie fühlte keine Bitterkeit mehr. Natürlich sehnte sie sich nach der Umarmung ihrer Mutter und der Zeit, die sie zusammen verbringen könnten, aber sie ahnte auch das Verlangen nach dem unendlichen Meer, das unaufhaltsam in Lilles Brust schlug.

Sie legte noch einmal ihren Kopf an die nackte Schulter ihrer Mutter und genoss die Umarmung und das leises Flüstern an ihrem Ohr.

Lille strich mit ihren Händen zärtlich über die Wangen ihrer Töchter.

Dann löste sie sich von ihnen und sprang ins Wasser.

Charlotte griff nach Jettes Hand. Die alte Frau drückte sie fest. Da tauchte der Kopf ihrer Mutter noch einmal zwischen den Wellen auf. In ihrem Gesicht spiegelte sich die Freiheit, die sie im Wasser empfand.

»Aus meinen kleinen Mädchen sind kluge Frauen geworden!«, rief sie ihnen zu. »Ich bin stolz auf euch!«

Dann verschwand Lilles Gesicht wieder im Wasser. In der Ferne tauchte für einen Augenblick der grünblaue, glitzernde Fischschwanz auf. Aber vielleicht hatte die Sonne auf den Wellenkronen ihnen auch einen Streich gespielt.

Charlotte ließ sich neben Jette auf die Kiste fallen und sah zu Milan, der an der Reling stand und in das Wasser starrte.

»Ich bin furchtbar müde«, sagte sie. »Ich könnte eine Woche schlafen.«

Jette tätschelte ihr den Rücken und lachte leise. »Das werden wir, meine Kleine.«

»Und dann?« Charlotte richtete sich auf. »Was wird dann geschehen? Muss ich in den Südturm der Zitadelle? Lebe ich wieder bei den Johanssons?«

Milan drehte sich zu ihr um. »Wir werden sehen, wie es morgen in der Stadt aussieht. Die vielen Verletzten müssen versorgt und die Toten begraben werden. Dann wird es sicher einen neuen Rat geben und neue Gesetze.« Milan hob die Schultern und deutete auf die Kajüte. »Du kannst ruhig schlafen gehen. Ich warte, ob es noch Nachrichten gibt über den Prinzen und Eisenhauer und über Ramon und seine Familie.«

Charlotte nickte und unterdrückte ein Gähnen. »Und dann? Wo werde ich leben und was soll ich tun?«, fragte sie und beobachtete sein Gesicht.

»Zunächst musst du schwimmen lernen, damit du deine Mutter sehen kannst, wenn du es möchtest, und auf meinem Boot wird immer Platz für dich sein«, sagte Milan und lächelte ihr zu. »Aber die wichtigste Frage ist, wo du sein möchtest und was du aus deinem Leben machen willst.«

ooooo

Der Heiler ordnete die kastaniengroßen Steine auf dem Boden und formte seine Botschaft. Da der König bei den Heilerinnen im Hospital tatsächlich aufgewacht war, hatte er sich kurzerhand entschlossen, alle eingesperrten Kinder umgehend zu ihren Eltern zu schicken. Falls der Prinz in der Zitadelle je wieder etwas zu sagen bekam, sollte er sie selbst wieder zurückholen. Er war zu alt, um zweimal den gleichen Fehler zu machen. Die Zeit würde zeigen, welcher Wind in diesen Mauern und in Himmerland fortan wehen würde. Im Moment lagen der Dekan und der Prinz noch mit schweren Verletzungen im Hospital. Die Stadtwache sorgte für ein Mindestmaß an Ordnung und das Land war nach dem furchtbaren Kampf an der Universität in eine erschrockene Starre verfallen. In wenigen Tagen würde wieder der Alltag einkehren und der Umschwung konnte eingeleitet werden.

König Frederik schien noch nicht wieder ganz bei Kräften zu sein, denn es dauerte einige Minuten, bis die Antwort kam. Dann rollten die Steine durcheinander und blieben in einer anderen Formation liegen.

Ist er tot?, fragten sie den Heiler.

Der Mann strich sich mit den Händen über seine Glatze. Dann formte er die Antwort.

Nein, er schläft.

Wie lange?, wollte der König wissen. Der Heiler dachte an die Flasche, die er in Eisenhauers Hand gefunden hatte.

Hundert Jahre, antwortete er. Er wartete. Es kam keine Botschaft mehr. Als der Heiler die Hand nach den Steinen ausstreckte, veränderten sie ihre Lage doch noch einmal und kullerten über den Boden, bis sie ein neues Muster formten.

Was wird dann mit ihm geschehen?, fragten die Steine.

Das weiß nur die Sonne allein, antwortete der Heiler und räumte seine Flüstersteine in die Schachtel.

EPILOG

Charlotte trat ein paar Schritte zurück, um die Figuren an der Turmuhr zu betrachten, und erinnerte sich mit Schaudern an das letzte Mal, als sie hier gestanden hatte. Sie hatte Fynn erkannt und dann einen Sack über den Kopf bekommen. Sie betrachtete die Bilder der Wesen, die sie alle lebendig gesehen hatte, wie sie über der Universität kreisten, die Soldaten und Wächter angriffen oder über den Boden in die Freiheit flohen. Es gab sie wirklich und nicht nur in den Geschichten der Alten. Vielleicht würde sie noch einmal in ihrem Leben die Gelegenheit bekommen, ihnen zu begegnen.

Charlotte hatte Fynn seit dem Morgen an der Universität nicht mehr gesehen, doch er hatte ihr eine Nachricht geschickt und wollte sich hier an der Turmuhr mit ihr treffen. Allein bei dem Gedanken an den Kuss stieg Charlotte die Röte in die Wangen und ein mulmiges Gefühl breitete sich in ihrem Bauch aus. Erinnerte er sich auch so lebendig daran wie sie? Oder hatte er es längst vergessen? Als sie überlegte, ob sie nicht doch wieder umkehren sollte, tauchte Fynn auf der anderen Seite des Tores auf. Er strahlte, als er sie entdeckte, und lief auf sie zu. Ohne zu zögern, griff er nach ihrer Hand und zog sie weiter zum Marktplatz.

»Keine Sorge, heute wird dich niemand entführen außer mir.«

Verschmitzt zwinkerte er ihr zu und Charlotte betrachtete zufrieden die kleinen Grübchen in seinem Gesicht. Nichts war vergessen! Zusammen schlenderten sie über den Marktplatz, wobei sie die Finger miteinander verschlungen hielten.

»Die Soldaten haben die Rebellen alle festgenommen. Der alte König wird über ihr Schicksal entscheiden, wenn er in der nächsten Woche wieder die Herrschaft übernimmt.«

»Wird er sie hart bestrafen? Schließlich haben sie nur versucht, gegen die Ungerechtigkeit in Himmerland zu kämpfen.«

Fynn hob ratlos die Schultern. »Das weiß nur die Sonne. Aber es wird sich einiges ändern in Himmerland. Das ist sicher.«

Er zeigte zu den Toren der Zitadelle, die weit offen standen. Die geheimen Vorräte wurden in die Stadt auf den Markt geschafft und verteilt.

»Aber sie haben immer noch nicht erklärt, warum die Magie immer weniger wird. Ob sie die Universität wohl wieder aufbauen, um es herauszufinden?«

»Ich mache mir keine Sorgen. Ich habe ja dich«, sagte Fynn und grinste wieder.

Charlotte spürte, wie sich ihre Wangen röteten, und sie sah zu Boden.

»Wie geht es Niilo?«, fragte sie schnell.

»Dem geht es prima. Die Kühe fliegen wieder zur Weide und meine Eltern sind die glücklichsten Menschen der Welt.«

Um sie herum begann der Markt. Die Bauern aus dem umliegenden Land drängten mit ihren Karren durch die engen Gassen zum Marktplatz und die ganze Stadt erwachte.

»Wirst du zurück nach Hause gehen oder bleibst du in Aalborg bei der Stadtwache?«

»Was möchtest du denn tun?«

»Ich möchte einen Monat lang schlafen«, rief Charlotte. »Ich habe zum ersten Mal in meinem Leben in der Nacht keine Angst gehabt. Keine dunklen Träume, keine geflügelte Schlange.«

»Und danach?«

»Das wird sich dann zeigen«, lachte Charlotte. »Vielleicht nähe ich Kleider wie meine Schwestern oder ich fahre auf einem Boot durch das Land und treibe Handel wie mein Vater, oder ich finde heraus, warum die Magie das Land verlässt …«

Fynn drückte ihre Hand. Sie hatten genug Zeit, das herauszufinden. Er zog sie mitten in die Stadt hinein, zwischen die feilschenden und handelnden Menschen, die Zwerge, die sich neugierig durch die Gassen drängten, zu den Elfen, die über den Blüten an der Stadtmauer kreisten, und an den Fluss, durch den sich ein paar junge Nixen schlängelten, die auf dem Weg zum Meer waren.

ooooo

Als die letzte verträumte Elfe die Universität durch das Haupttor verließ, zuckte mit einem lauten Knall ein Blitz durch den Technikflügel der Universität. Das Experiment war endlich gelungen. Doch es war niemand da, der es bemerkt hatte.

In der Fachwerkstadt Celle geboren (*1978), studierte Antoinette Lühmann nach dem Abitur in Lüneburg und Hamburg. Sie ist ausgebildete Märchenerzählerin, Pastorin und Mama von vier Kindern zwischen 3 und 13 Jahren. Mit ihrem Mann, drei Söhnen und einer Tochter wohnt sie in einer Kleinstadt im Westen Hamburgs. Ideen für Geschichten sammelt sie vor der Haustür und in dem Rest der Welt und schreibt immer gerade an irgendeinem Abenteuer.
Mehr Infos über die Autorin gibt es hier:
www.antoinette-luehmann.de

Antoinette Lühmann
Sternengreifer
352 Seiten. Gebunden
ISBN 978-3-649-61535-4
Auch als ebook erhältlich:
ISBN 978-3-649-62201-7

Es ist eine Zeit des Wandels angebrochen – ganz Paris ist im Umbruch und soll in neuem Glanz erstrahlen. Auch der 14-jährige Benedict will sein Leben verändern und in der Hauptstadt sein Glück finden. Der Waisenjunge liebt die Welt der Technik und träumt davon, ein großer Erfinder zu werden wie sein Vorbild, der Luftschiffbauer Henri Giffard. Doch auf der Suche nach dem Mann muss Benedict schnell lernen, dass Paris ein hartes Pflaster ist und nicht jeder ihm wohlgesonnen ist. Im Gegenteil, überall scheinen Gefahren zu lauern, die ihm sogar das Leben kosten könnten …